par

Effie & Ryanne
H O L L Y N

#Copyright

Effie HOLLY
Ryanne KELYN
©Him
Romance M/M

Conception de la couverture par Effie & Ryanne HOLLYN.
© 2020 HOLLYN.
©Copyright Him
Tous droits réservés, y compris de reproduction partielle ou totale, sous toutes ses formes.

#Note des auteures

Ce roman est une fiction. Les paroles, pensées, idéaux politiques et actions appartiennent aux personnages. Bien que la ville de Fairfax emprunte un nom déjà existant, ses habitants et sa géolocalisation sont <u>totalement</u> fictifs.
<u>Attention</u>, ce roman traite de sujets tels que la sexualité chez les adolescents, le racisme, l'homophobie, la misogynie, et les agressions sexuelles.

Les personnages et évènements sont issus de l'imagination des auteures. Toute ressemblance avec des personnages vivants ou ayant existé <u>serait purement fortuite</u>. Les marques et œuvres citées appartiennent à leurs propriétaires.

Présence de scènes à caractère sexuel, d'un langage familier, de comportements et d'insultes homophobes.

Public averti.

#Playlist

Niall Horan – *This Town*
Lewis Capaldi – *Let It Roll*
Lewis Capaldi – *Grace*
Talos – *Voices*
Joel Porter – *Hymn*
Tones and I – *Ur So F**king Cool*
Lana Del Rey – *Lucky Ones*
London Grammar – *Nightcall*
5 Seconds of Summers – *Young Blood*
Coldplay – *Hypnotised (chapitre 18)*
Coldplay – *Viva La Vida (chapitre 8)*
FDVM – *Make It Right*
One Direction – *18*
One Direction – *You & I*
Ruelle, Fleurie – *Carry You*
SYML – *Where's My Love*
Zoe Wees – *Control*
Michael Schulte – *Back To The Start*
Grease – *Summer Night*
Ed Sheeran – *Perfect (chapitre 47)*
Ed Sheeran – *All of The Stars*
Vance Joy – *Mess Is Mine*

#Des mêmes auteures

SÉRIE LOVE ME
#romance #érotisme #humour

LOVE ME *Only*
Harry
« Peut-on aimer deux hommes à la fois ? »

LOVE ME *Better*
David
« Un cœur brisé peut-il être réparé ? »

LOVE ME *Now*
Emilio
« Il faisait seulement partie de son paysage... Et maintenant ? »

LOVE ME *Slowly*
Micah
« Micah n'a jamais cherché l'amour, et si c'était lui qui le trouvait ? »

LOVE ME *More*
Erick
« Et si l'amour n'était pas un poison, mais un antidote ? »

LOVE ME *Stronger*
Quinn
« L'amour peut-il être contrôlé ? »

SÉRIE ROCKBURY
#romance #drame

Livre 1
Le poids de nos secrets
Benji et Phoenix
« Et si les mensonges nous protégeaient mieux que la vérité ? »

Livre 2
Quand nos cœurs se lâchent
Terence et Liosha
« On enferme son cœur dans une cage pour le protéger, jusqu'à ce qu'un jour, quelqu'un trouve le double des clés. »

Livre 3
Faits de lumières et d'ombre
Raphael et Fabian
« Il faut parfois traverser l'obscurité pour trouver la lumière. »

Livre Bonus
Comme si on s'aimait
Kaio et Falcon
« Il faut parfois laisser faner le passé pour permettre au futur de fleurir... »

ONE SHOT

But, I *Love* you
« L'amour peut-il tout pardonner ? »
#romance #érotisme #secondechance #exboyfriend

HAVANA
« Envolez-vous pour Cuba et vivez un été sensuel et inoubliable… »
#romance #érotisme #différencedage #amourdété

DON'T CALL ME *Darling*
« Deux mâles ont matché sur Crusher, rendez-vous à 19 heures, chambre 210,
« Amusez-vous ». »
#romance #érotisme #humour #quarantenaire

#Résumé

À dix-sept ans, c'est la course à la popularité. Mais William Gilson, lui, rêve de normalité. Pour ce sportif, studieux et râleur, se fondre dans la masse aurait dû être simple. Du moins, en théorie ! Car William ne se sent pas comme tout le monde. Un sentiment honteux grandit en lui, l'effraie et l'isole jour après jour. Un sentiment que personne ne devrait découvrir. Un sentiment qu'il doit anéantir.

Mais lorsqu'Alex Bird débarque dans sa vie avec la puissance d'une météorite, le self-control de William s'effondre ! Alex est ouvertement gay, téméraire, joueur et trop curieux. Alex est sans gêne, adoré, détesté et trop voyant. Alex est tout ce que William n'est pas, tout ce qu'il redoute. Pourtant, malgré ses efforts pour le maintenir éloigné, une seule rencontre suffit à ce que le « gay du lycée » jette son dévolu sur lui.

#Prologue

William

Encore cette maison.

Je ne la connais pas, du moins, pas réellement. Mais je sais que j'y suis déjà venu… Il y fait doux, les fenêtres sont ouvertes et une brise fait onduler les rideaux comme les voiles d'un bateau. Le soleil couchant nimbe de rose les pièces vides que je traverse. J'avance seul, sans réfléchir, tout en sachant où je dois aller.

Je repère l'escalier qui mène à l'étage. Les marches couvertes d'une fine couche de poussière grincent sous mes pieds nus. Quand j'arrive sur le palier, une porte est ouverte, formant un triangle de lumière sur le plancher. Je m'avance et la pousse délicatement.

Il est là à m'attendre, allongé sur le lit. Comme chaque fois que je viens, je ne vois pas sa figure. Ses traits sont flous, gommés, ombragés par ses cheveux bouclés.

À mon approche, il se redresse et dévoile un torse imberbe, hormis l'ombre brune qui prend forme sous son nombril. Je m'y attarde un instant, redessinant mentalement les lignes de ses abdominaux. Mes jambes faiblissent et mes mains s'engourdissent.

Lorsque j'atteins le lit, son visage se dévoile enfin à moi. Son identité m'est révélée tandis que ses grands yeux bleus m'observent avec sensualité. Doucement, il m'ouvre les bras et son sourire s'agrandit.

— Tu es en retard… Je t'attendais.

# Chapitre 1

William

Octobre,

Je me réveille en sursaut, les yeux fixés sur le plafond de ma chambre. Mon cœur bat la chamade. Une goutte de sueur glisse le long de ma tempe. Nerveux, je passe une main sur mon visage pour effacer les images qui défilent dans ma tête.

Putain, il a encore fallu que je rêve de lui.

Lorsque ma respiration se calme enfin, je me redresse en prenant conscience de la bosse qui gonfle mon boxer. Et voilà, j'ai encore la gaule dès le matin… Je tire sur l'élastique pour libérer la forme pyramidale écrasée sous le tissu noir. J'ai envie de me soulager, mais je ne le ferai pas. Pas alors que j'ai encore son visage imprimé dans ma tête.

Mon réveil sonne. Je râle et me laisse retomber comme une masse sur mon lit. Au loin, j'entends déjà la maison qui se réveille. Une porte claque. Des pas dévalent l'escalier. Puis les bruits caractéristiques de la cuisine prennent le relais. Le frigo qui s'ouvre et se referme, les couverts qui s'entrechoquent… Je jette un coup d'œil à la pendule accrochée à l'autre bout de ma chambre. *Sept heures quinze.* Ma mère ne va pas tarder à se pointer.

En prévision, j'entame le compte à rebours dans ma tête 5… 4… 3… 2… 1… On frappe à ma porte.

— Will ? Lève-toi ou tu vas être en retard !

— Ouais… J'arrive.

J'enfonce un peu plus ma tête dans l'oreiller.

— Allez ! Debout ! Sinon je te sors du lit par la peau des fesses.

Un grognement prend forme au fond de ma gorge. D'un geste lent, je repousse ma couette pour m'asseoir au bord du lit. Je bâille à m'en décrocher la mâchoire tout en jetant un coup d'œil à mon téléphone portable. Comme un rappel à l'ordre, la page Instagram que j'ai matée hier soir est encore ouverte sur la page d'accueil. Une nouvelle photo vient de s'ajouter aux centaines d'autres, prise à la soirée de samedi soir. *Ses yeux… Ce sourire… Putain.* Je verrouille mon portable et quitte mon lit.

Après avoir enfilé un jogging et un tee-shirt, je sors de ma chambre en traînant des pieds. Une odeur de pancake flotte à l'étage. Elle embaume mes narines et fait gronder mon estomac. Comme à chaque début de semaine, ma mère a préparé le petit-déjeuner avant d'aller bosser. C'est devenu l'une de ces habitudes depuis sa séparation avec mon père, comme si créer une nouvelle routine l'aidait à aller de l'avant. Chacun sa thérapie…

Je descends les marches en chaussettes de tennis. Le carrelage froid fait remonter un frisson le long de mes jambes. Dans l'entrée, je croise ma mère qui fait des allers et retours entre le salon et le couloir du rez-de-chaussée. Elle est déjà prête à aller bosser, le corps moulé dans un tailleur gris clair et ses cheveux roux soigneusement coiffés. Tandis que je pénètre dans la cuisine, elle me lance un sourire qui ride le coin de ses beaux yeux bleus.

Mon frère est déjà attablé, la tête penchée au-dessus de cinq énormes pancakes. Il me jette à peine un regard quand je m'installe en face de lui et continue de s'empiffrer comme un ogre.

— Prends le temps de mâcher ou tu vas t'étouffer, je déclare en attrapant le sirop d'érable posé près de son assiette.

Un bruit de mastication me répond.

Voyant le sirop lui glisser sous le nez, Lewie s'arrête subitement de manger. Dissimulés derrière son épaisse frange rousse, ses yeux noisette me jugent avec méfiance, comme s'il craignait que je me jette sur ses pancakes pour les gober.

Chaque fois que je me retrouve en face de mon frère, j'ai l'impression de m'observer dans un miroir temporel, me renvoyant deux ans en arrière. On a les mêmes cheveux, les mêmes yeux, et la même peau dorée. Lorsqu'on nous voit côte à côte, il n'y a aucun doute sur notre lien de parenté. Et si ma mère s'ajoute à l'équation, on sait tout de suite de quel côté de l'arbre généalogique s'est transmise la génétique. Nos différences se situent davantage sur le plan psychologique. Lewie a hérité du caractère fier et borné de mon père, tandis qu'il semblerait que j'ai la sensibilité et l'humour de ma mère.

— Maman veut m'emmener au centre commercial, me dit mon frère après avoir vidé la moitié de son verre de jus d'orange.

— Et alors ?

Il vérifie l'emplacement de notre mère avant de me lancer d'un ton plus bas :

— Je ne veux pas y aller avec elle. Tu sais comment elle est, elle va encore vouloir faire des boutiques de nanas…

— Je croyais que c'était ton fantasme, les soutifs, les strings… Tout ça, quoi.

— Ouais, mais sur les meufs du lycée, pas quand c'est ta mère qui fais les essayages. Là, c'est hyper gênant.

— T'abuses…

— Tu dis ça parce que tu n'as jamais vu de nichons de ta vie !

— Parce que, toi, si ? Laisse-moi rire.

Un soupçon de fierté tire sur le coin de sa bouche. *Quel Mytho.*

— Et puis, j'ai un truc à faire en fin d'après-midi, je ne veux pas y rester trois plombes, renchérit Lewie.

— Un truc à faire ? Comme quoi ? Rouler des pelles à Jenny dans le parc ?

— Ouais, quelque chose dans le genre.

— Tsss, arrête tes conneries, tu ne sors même pas avec elle.

— Pas encore, mais ça va venir. D'ailleurs, il serait temps que tu t'y mettes, Will, à moins que les filles ne t'intéressent pas.

— Non, je préfère les vaches, c'est bien connu.

— Ou les mecs.

Sa dernière phrase lance un blanc. Satisfait d'avoir réussi à me la boucler, mon frère se dandine sur sa chaise en se mordant la lèvre.

— Redescend d'un étage, petites couilles ! je râle.

Vexé, il me donne un coup de pied sous la table. Le léger craquement et sa grimace de douleur m'informent qu'il s'est cogné l'orteil contre le pied de ma chaise. Je souffle de rire tandis que Lewie se renfrogne, la larme à l'œil. La suite du déjeuner se passe sans qu'aucun n'ajoute quoi que ce soit. Une fois nos assiettes dans le lave-vaisselle, Lewie reprend la parole :

— Je ne comprends pas pourquoi maman ne veut toujours pas me filer sa carte bancaire.

— Parce que la dernière fois, t'as liquidé toute sa tune dans des baskets hors de prix.

— Mais elles étaient grave cool ! Mes potes n'ont pas besoin de chaperon pour sortir en ville, on va penser quoi si on me croise avec ma mère ? J'ai quinze ans, bordel !

— Lew ! le reprend la concernée en arrivant derrière lui. Si tu continues de râler, tu n'iras pas du tout.

— Génial… Les menaces sont à l'ordre du jour ?

— Arrête tes mélodrames, je souris.

— Quand je vais chez Papa, j'ai le droit de faire ce que je veux !

Une ombre passe sur le visage de ma mère. Je la sens prête à répliquer, mais elle prend sur elle et déclare :

— Je viendrai te chercher à 15 heures 30.

Lewie donne un coup sur la table avant de sortir de la cuisine en grommelant.

— C'est bon, maman, je vais l'accompagner, je lui dis en emboîtant le pas de mon frère.

Ragaillardi, ce dernier pivote sur ses talons, des étoiles plein les yeux.

— Mais tu ne dois pas aller à ton club aujourd'hui ? s'étonne-t-elle.

— Je m'arrangerai avec le prof pour partir plus tôt. Il n'y a jamais personne qui vient en soutien de toute façon.

Elle acquiesce, mais je la sens un poil déçue de reporter sa sortie mère-fils. Après que mon père a quitté la maison, elle s'imaginait probablement passer plus de temps avec ses fils. Malheureusement, ni

Lewie ni moi n'avons beaucoup de temps à lui accorder. J'ai les cours et la boxe et mon frère préfère développer sa vie sociale.

Ma mère récupère son portefeuille dans l'entrée et en sort deux billets qu'elle tend à Lewie. Ce dernier lui arrache littéralement des mains avant de les compter à la manière d'un narcotrafiquant après une transaction de cocaïne. Elle me confie ensuite sa carte bancaire en déclarant :

— C'est vraiment dommage que le bus du lycée ne passe pas devant le centre commercial, ça m'éviterait d'avoir à le payer.

— Ça va, un ticket coûte 2$, riposte Lewie en levant les yeux au ciel.

Ma mère pousse un profond soupir avant de nous devancer dans l'entrée. Je donne une claque derrière la tête de mon frère. Il lâche un son rauque et plaintif tout en se frottant les cheveux. Autrefois, je n'accordais pas beaucoup de crédits aux remarques de Lewie, mais depuis que notre vie a changé, il y a des choses qui ne passent plus.

— Will, je te fais confiance pour surveiller ce qu'achète ton frère. Je n'ai pas envie de dépenser trop d'argent ce mois-ci, il faut encore que je paie les réparations de la voiture.

— Ouais, ne t'inquiète pas.

— C'est vrai que t'es l'homme de la maison maintenant, se moque Lewie tout en faisant rouler ses billets sous son nez en trompette.

L'homme de la maison… Je me demande quelle valeur ça a encore aujourd'hui.

. . .

Bienvenu à Edison High. Lycée de secteur à la réputation douteuse. Paradis du paraître, des clichés, et de la pression sociale. Zone de guerre entre les gens stylés, les invisibles, et les persécutés. Quand on passe la porte du bâtiment principal, on part au combat. Chacun choisit ses armes. Ici, ça tire à balles réelles. Pour survivre, deux options s'offrent à nous : s'entourer d'alliés ou savoir se défendre par ses propres moyens. Inutile de préciser laquelle détient le plus grand pourcentage.

À mesure que la journée passe, les cours s'enchaînent dans le climat pesant et soporifique du début de semaine. La digestion post-déjeuner n'aide pas à trouver un semblant de concentration. Plus personne ne s'intéresse au bilan de la guerre d'indépendance et aux ravages des épidémies de varioles du XVIIIe siècle.

Alors que je suis incapable de résister à ma somnolence, mes paupières papillonnent, une, deux fois… Lorsque l'obscurité engloutit mes yeux, je me retrouve à nouveau dans cette maison vide. Je revois la lumière tamisée de la chambre… La silhouette allongée sur le drap blanc… Sa peau claire et lisse…

Ses boucles brunes en bataille... Son regard magnétique...

Soudain, un rire brise le silence mortuaire de la salle N°B4. Je sursaute en rouvrant les yeux. Tous les regards convergent en direction de Calvin Crosby. Un blond aux cheveux courts, aux petits yeux clairs, au nez pointu, et toujours habillé de polos. Conscient d'avoir sorti la classe de sa léthargie, il pince ses lèvres fines et effectue des excuses silencieuses sans se détacher de son sourire de frimeur.

Assis à sa droite, Scott Foster le réprimande d'une frappe dans l'épaule. L'autre ne fait pas le poids face au sportif à la mâchoire carrée et aux épais cheveux châtain rabattus en arrière. Je connais assez mon meilleur pote pour savoir que Calvin vient de perdre quelques points sur l'échelle de l'amitié.

Imperturbable, madame Stewart reprend son monologue sur la révolution américaine. J'interroge Scott d'un geste du menton. Ses yeux marron me désignent un mec assis à deux rangées devant lui. Le dos de celui-ci ressemble à un vieux tapis de bain couvert des bouloches multicolores. Je comprends rapidement qu'il s'agit de boulettes de papier peintes au surligneur et engluées de colle liquide. Ça fait marrer Calvin et Nolan Moore – le Quaterback de l'équipe de football – d'avoir flingué le sweat de ce mec. Je garde mes réflexions pour moi et tente de suivre le cours.

Depuis la séparation de mes parents, on se serre la ceinture à la maison. Que ce soit pour la bouffe, les fringues, ou les sorties, on fait attention aux dépenses. J'imagine ce que va ressentir la victime de Moore en réalisant que son pull Tommy Hilfiger est bon à mettre à la poubelle. Heureusement, la sonnerie qui résonne dans le couloir l'empêche d'essuyer une autre salve.

Après avoir fourré mes affaires dans mon sac, je quitte la salle de classe d'un pas décidé. Je suis rapidement rattrapé par mon meilleur pote dont le Teddy bleu et blanc lui libère le passage parmi les autres élèves. Arrivé à mon niveau, il passe un bras autour de mes épaules et son rire grave vibre dans mes oreilles.

— T'as vu la dégaine d'Edmond ? me dit Scott. On aurait dit un lit de motel recouvert de capotes usagées.

— Ouais, j'ai vu. Son sweat avait l'air neuf.

— Il ne va pas en mourir, Will.

— Non, mais sa fringue est morte.

— Un peu comme tes casquettes. T'as décidé de ne plus planquer ta crinière de lion cette année ?

— Mon frère me les a piquées. Il est où Calvin ?

— Parti aux chiottes. J'ai soif, tu me suis ?

La marée humaine qui évolue dans le couloir s'écarte sur notre passage jusqu'à ce qu'on atteigne la fontaine à eau. C'est ça de traîner avec un footballeur, leur Teddy bleu ouvre la voie, tel Moïse avec la mer rouge. On patiente derrière une blonde déjà en train de boire.

— Quelle bombe cette Kloe Berry... chuchote Scott d'un air rêveur.

Je m'intéresse à la fille. C'est une Spark, les Cheerleaders d'Edison High. Scott la reluque en effectuant une analyse détaillée comme s'il s'agissait d'une vache à la foire agricole. Une fois désaltérée, la pom-pom girl se redresse. Elle adresse un regard de velours à Scott avant de s'éloigner d'une démarche chaloupée.

— Je donnerais mon iPhone X pour un 5 à 7 avec elle, renchérit mon pote.

— Ah ouais ? Je la trouve trop superficielle.

Il me lance un regard interloqué.

Tous les mecs du lycée bavent devant Kloe Berry, mais un seul a le droit de tenter sa chance avec elle. En tant que membre des Buffalo, Scott doit respecter l'une des règles fondamentales de l'équipe : ne jamais piquer la nana d'un joueur.

Berry est la chasse gardée de Nolan Moore depuis l'année dernière. Tout le lycée voue une admiration sans limites au Quaterback. Pourtant, ses proches sont connus pour être des fascistes. Mais à Fairfax, qui s'en soucie ? Les footballeurs ont toujours eu la côte, ça ne date pas d'hier. Les films sur Netflix sont là pour nous le rappeler.

— On va chez moi pour mater le match ? me demande Scott. Giants contre Redskins, ça s'annonce brutal.

— Je ne peux pas, j'ai mon cours de soutien et après j'accompagne Lewie au centre commercial.

La déception s'étale sur son visage comme de la peinture sur une toile.

— Pourquoi tu t'es inscrit à ce truc ? Si les autres se plantent aux exams, en quoi ça te regarde ? Tu participes déjà aux compétitions de mathématiques, qu'est-ce qu'il te faut de plus ?

— C'est parce que t'es qu'un sale égoïste que tu penses comme ça, je me marre. Et puis, ça fait bien dans mon dossier. Il doit être en béton si je veux avoir une bourse pour Columbia.

— Et c'est moi le sale égoïste ?

— Égoïste est ton deuxième prénom.

Il lâche un rire et effectue un salut militaire avant de partir en direction de la porte vitrée. Je vérifie aussitôt l'heure sur la pendule du couloir : Quinze heures douze.

Je suis à la bourre.

#Chapitre 2
William

Le couloir est désert quand j'arrive au premier étage, seul monsieur Wilkins fait le pied de grue devant la porte ouverte de la salle de soutien.

— On draguait dans les toilettes, Gilson ?

— Désolé, monsieur, il y avait du monde dans les couloirs.

— Peu importe. Allez vous installer, votre élève vous attend.

J'effectue un regard panoramique en entrant dans la salle. Je crois reconnaître un mec de l'équipe de basket et une fille du club de journalisme. Mon binôme doit être ce mec installé près des fenêtres. La tête penchée sous la table, il fouille dans le sac à dos posé à ses pieds. Je m'installe sur la chaise en face de lui et sors de quoi écrire. Il se redresse, les cheveux dans la figure. Soudain, mon rêve de cette nuit se retrouve projeté dans la réalité.

Je le reconnais dans la seconde. Si je n'étais pas déjà assis, je me serais certainement écroulé sur le sol. Un visage avenant encadré d'une masse de boucles brunes. De grands yeux bleus bordés de cils noirs. Une bouche souriante… Il n'y a pas de doute, c'est bien Alex Bird qui est assis à ma table.

Qu'est-ce que le « gay du lycée » fout en cours de soutien ? Il est venu pour s'éclater ? Passer le temps ? C'est un pari avec ses potes ou une caméra cachée ?

Tout le monde à Edison High sait qui est ce mec. Je ne pensais pas me retrouver un jour assis à la même table que lui. Nous venons de deux mondes opposés condamnés à ne jamais se rencontrer, deux univers aux antipodes. Cette réunion annonce l'apocalypse.

Tandis que mille questions jaillissent dans ma tête, Bird prend enfin la parole :

— Salut, je m'appelle…

Je reprends vie à la vitesse d'un courant électrique.

— Je sais qui tu es.

— Je vois que ma réputation me précède, s'en amuse-t-il.

J'ignore sa remarque et dépose mes affaires sur la table, le laissant poursuivre :

— Il va falloir égaliser. C'est quoi ton nom ?

— Gilson.

— Juste Gilson ?

— C'est suffisant.

— Tellement formel.

— On commence ? On n'a qu'une heure.

— Honnêtement, je ne pense pas qu'une heure suffira pour relever mon niveau en algèbre. C'est toujours toi qui aides au soutien ?

Mes mains deviennent moites. Mon crayon me glisse des doigts et roule sur le sol. Je me penche pour le ramasser et frôle la cheville de Bird. Je me redresse en prenant soin de ne pas croiser son regard.

— Je me suis inscrit cette année, je lui réponds.

— T'es là chaque semaine ?

— Ouais, pourquoi ?

— Comme ça.

Un blanc s'installe. J'attends qu'il me dise les parties du cours qu'il aimerait revoir, mais à la place, il se lève, saisit le dossier de sa chaise pour la traîner bruyamment jusqu'à moi. Je jette un regard furtif à la salle. Monsieur Wilkins nous lance un bref coup d'œil derrière ses lunettes rectangulaires, avant de se réintéresser à son bouquin.

— OK, alors pour faire court, je galère avec à peu près... tout le livre, m'informe Bird en feuilletant lentement les pages cornées.

Notre proximité me rend nerveux.

— Tout ça ?! Putain, tu fous quoi en cours ?

— Woah, vive le jugement. Ça fait aussi partie du soutien ?

Je lui lance un regard noir.

— Je déconne, Gilson. On commence par quoi ?

Tentant de ne pas me laisser atteindre par son sarcasme, j'analyse l'ensemble des calculs en cherchant le plus simple pour débuter. J'en trouve un que même Lewie arriverait à résoudre. Lorsque je me tourne vers Bird, je me retrouve submergé par un océan turquoise. J'effectue un geste de recul si brusque que je manque de basculer de ma chaise.

Il pouffe de rire. On dirait que ça l'amuse de me déstabiliser.

— On commence par cet exercice, je lui réponds en me réinstallant sur ma chaise.

Prenant sur moi pour ne pas perdre à nouveau mes moyens, j'explique à mon élève du jour les points du cours qu'il ne semble pas avoir assimilé. Pour moi, c'est simple comme bonjour, j'ai des facilités avec l'algèbre et toutes les matières scientifiques en général. Pour lui, c'est une tout autre histoire.

Cinquante minutes s'écoulent pendant lesquelles j'ai l'impression d'avoir reformulé les règles des équations une bonne centaine de fois.

— OK, je vais te le répéter. Une équation du 1er degré est une égalité à une seule inconnue. Souvent, c'est *x*, mais on peut trouver aussi dans certains exercices, y, a, b, t … Pour résoudre une équation, il faut calculer la valeur de l'inconnu. Tu comprends ?

Il opine du chef, mais son regard médusé m'informe clairement que, non, il n'a rien compris du tout.

— Par exemple, 2 + 5 - 3 = 4, je peux aussi écrire 5 = 4 − 2 + 3. Donc, imagine que je remplace 5 par x, puisque de toute façon x peut-être n'importe quel nombre. Tu me suis ? 2 + x − 3 = 4 ; je peux donc écrire x = 4 − 2 + 3.

Nouveau silence.

Une main perdue dans ses cheveux, ses yeux fixant le vide, Bird ressemble à un mec dont l'âme aurait quitté le corps.

— Eh ?

— Hum ?

— Tu suis ?

— Non, je n'y comprends rien, râle-t-il en écrasant son front sur la table. Je dois être trop con. Vas-y, recommence encore une fois, ça va peut-être finir par rentrer.

— Dis plutôt que tu t'en balances.

— Non, je t'écoute. D'ailleurs, t'as une belle voix. Grave, posée, le genre qui apaise. T'es aussi relaxant qu'une vidéo ASMR.

Vive la comparaison…

— J'ai un compte YouTube, tu voudrais t'abonner ? enchaîne-t-il en se redressant. Je ne sors pas souvent de vidéos, mais si jamais ça t'intéresse…

Bien sûr que ce mec a une chaîne YouTube. Il détient le package du type porté sur les réseaux sociaux, healthy food, et engagé pour la bonne cause.

— Tu postes quoi ? je l'interroge sans réelle curiosité.

— Je fais des covers et des podcasts, pas de l'ASMR, hein. Ma dernière vidéo est une version acoustique de Miley Cyrus.

— Ah, OK… Je vois le genre.

— Trop *kid* pour toi ? Ça va, Disney est loin derrière elle. T'écoutes quoi comme musique ?

Sans même attendre ma réponse, il s'empare de mon crayon à papier et note le nom de sa chaîne en haut de la page du livre. Il relève ensuite les yeux vers moi avec attente. Je mets un instant à capter ce qu'il exige de moi.

— J'écoute un peu de tout. On s'y remet ?

Un sourire amusé éveille ses traits fins.

— T'es tellement sérieux. C'est marrant.

Et toi tu ne l'es pas assez.

— Si j'étais le fils d'Elon Musk[1], je serais intelligent, songe Bird en se penchant en arrière.

— Si t'étais le fils d'Elon Musk, tu ne serais pas dans ce lycée pourri.

— Et j'aurais le nom d'un droïde de Star Wars.

— Un truc du genre X Æ A-12[2].

Il se rabat en avant et s'accoude à la table, le regard brillant de malice.

---

[1] Célèbre entrepreneur, chef d'entreprise et ingénieur sud-africain.
[2] Prénom du dernier enfant d'Elon Musk.

— Tu ne veux toujours pas me dire ton prénom ? On vient de passer une heure sur de l'algèbre, on a vécu une épreuve ensemble, on a créé des liens.

Mon estomac se contracte. *Créer des liens avec ce type ? Jamais.*

La sonnerie de mon téléphone portable me sauve in extremis. Je le sors de ma poche et découvre le message que Lewie vient de m'envoyer.

De Lewie, 16 : 10

T'es où ? Je suis devant l'arrêt de bus ! Tu m'avais dit 16h.

— Merde !

— Original comme prénom. Je comprends pourquoi tu faisais ton timide.

Je regarde Bird sans comprendre, puis mes pensées font leur chemin dans ma tête.

— Mais, non… C'est William.

— William, répète-t-il intéressé. Tu préfères que je t'appelle Will ? Liam ? Ou Willy ?

— William.

— OK, ce sera Willy.

Ce mec est exaspérant.

Je me lève tout en commençant à remballer mes affaires.

— Ne le prends pas comme ça, c'est sympa Willy. OK, si tu veux je peux me rabattre sur Will.

— Je dois y aller, et ne m'appelle pas comme ça !

— Déjà ? Mais on n'a pas fini.

— Tu n'auras qu'à revenir une autre fois.

— Et je fais comment pour terminer mes exercices sans toi ?

— Comment t'as fait jusqu'à maintenant ?

— Je n'ai rien fait.

Sa tentative d'apitoiement se solde par un échec total. Mon sac sur l'épaule, je commence à m'éloigner, mais Bird me récupère avant que j'aie atteint la porte :

— Willy ?

Ma main se crispe sur mon portable alors que les autres élèves se sont tournés vers moi en pouffant de rire.

— C'est William ! je riposte en pivotant sur mes talons.

Fier d'avoir réussi à m'arrêter, Bird affiche un sourire en coin qui en aurait fait craquer plus d'une… Ou d'un.

— Garde-moi un créneau la semaine prochaine, mon prof m'a inscrit pour quinze jours. Et au fait, tu ne m'as pas filé ton Insta.

Cette fois, il n'arrivera pas à me retenir. Je quitte la salle avec la sensation d'émerger d'un torrent de lave. J'ai le corps en feu et les membres engourdis. Je prends une profonde inspiration dans le couloir, chassant la tension qui a envahi tout mon corps.

À travers l'encadrement de la porte, j'aperçois Bird toujours installé dans le fond de la salle, le menton posé sur son poing, et les yeux accrochés à sa feuille d'exercices. L'espace d'une seconde, un sentiment de culpabilité m'envahit. Il ne va jamais réussir à le terminer…

Comme si j'avais prononcé son nom, il lève les yeux vers moi. Un frisson me dévale le dos. Je me détourne de Bird et m'éloigne dans le couloir.

Je suis en retard, Lewie va me massacrer !

#Chapitre 3
Alex

Chacun survit à ses années de lycée à sa façon. En se cachant à travers la foule, en entrant dans le moule, en recherchant la popularité, ou tout simplement en se démarquant pour exister. Je ne crois pas que ce soit conscient, du moins, pas chez tout le monde. Parfois, on s'imagine agir de telle façon parce que c'est ce que l'on est, ce que l'on souhaite. Mais en réalité, on ne cherche qu'un moyen de sortir vivant de ces quatre années, qui peuvent être les plus belles comme les pires de notre vie, ou même les deux.

En ce qui me concerne, je me persuade que je fais de mon mieux pour rester moi-même. Car il n'y a rien de pire que de se perdre, rien de plus triste que de devenir juste « comme tout le monde ».

La berceuse op 57 de Chopin dans les oreilles, je traverse la cafétéria envahie de lycéens. Sur mon trajet, je croise quelques potes qui me saluent, avant de tomber sur une partie de l'équipe de football. Les six joueurs habillés de veste Teddy bleue se retournent sur mon passage et le Quaterback m'arrête en me donnant une tape sur l'épaule.

— Eh, Bird ! T'as vu, il y a des saucisses ce midi ! formule sa bouche à travers la musique classique.

Nolan Moore, le mec le plus « tendance » d'Edison High. Celui dont la masse musculaire fait défaut à son Q.I. Il continue de parler, incluant ses potes qui se mettent à se marrer. Rien qu'à son sourire de demeuré, je comprends ses mots sans avoir besoin de les entendre. Il aime m'aborder en public quand ses vannes ont une chance de faire rire. C'est ça être populaire, c'est vivre non plus pour soit, mais pour plaire.

Sa bouche moqueuse forme une phrase que je n'entends pas cette fois, sa voix toujours étouffée par la musique qui sort de mes AirPods. À sa droite, Scott Foster le soutient en me dévisageant d'un air arrogant. Avec lui, il n'est pas nécessaire qu'il dise quoi que ce soit, un simple regard suffit à me transmettre ce qu'il pense de moi. Et le pire, c'est que ce type croit vraiment m'impressionner.

Soudain, leurs rires parviennent à parasiter ma musique. Moore mime une fellation tandis qu'un mec passe à côté de nous avec une assiette garnie de deux saucisses.

— J'espère que t'as pensé à moi en suçant les tiennes, je réponds avec un clin d'œil.

Moore rougit de honte. Je reprends mon chemin vers les présentoirs. Autour de moi, des élèves me reluquent dans un mélange de curiosité, de sympathie, d'amusement et de peur, le sourire de certains étant trahi par un froncement de sourcils inquiet.

C'est dingue ce qu'on peut inspirer aux autres uniquement par nos différences. Celles sous-jacentes, celles qu'on ne peut pas déceler à l'œil nu. Je crois que ce sont elles les plus effrayantes. Parce que des mecs comme les Buffalo ne peuvent pas nous les arracher, les dissimuler, ou les éviter. Elles sont là, ils le savent, et ils redoutent le moment où elles se développeront chez eux aussi, telle une épidémie de grippe qui se propage juste avant les fêtes de fin d'année.

Pour le moment, le seul symptôme susceptible de leur sauter à la tronche n'est pas ma sexualité, mais ma provocation. Lionel a tendance à dire que l'indifférence est le meilleur des châtiments. Parfois, je suis son conseil. Mais il y a des moments où je ne peux pas simplement me taire et subir. Car c'est en s'écrasant qu'on laisse des types comme Moore, Foster, et leur bande, penser qu'ils peuvent nous dire et faire n'importe quoi.

À ce qu'on raconte, la popularité a toujours un prix. Je continue de payer la mienne même après trois ans passés à Edison High. Mais on est en octobre et cette année est la dernière ligne droite avant la liberté. Plus que quelques mois à tenir, et je quitterai Edison High, Fairfax et l'Oklahoma pour de bon.

Une fois mon plateau dans les mains, j'ai déjà balancé ma rencontre avec les footeux dans les défectueux. Ces derniers temps, j'ai des choses plus importantes à gérer que l'équipe de football ou les quelques ratés qui se croient en mesure de m'insulter ou de me rabaisser.

Soudain, la musique classique disparaît de mon oreille droite et le brouhaha de la cafétéria la remplace. Je me retourne vers Lionel qui tient mon AirPod entre ses longs doigts.

— Bah alors, tu ne nous attends plus ?

Ses lèvres épaisses s'étirent dans un sourire, dévoilant ses belles dents blanches qui se contrastent à sa peau mate. Ses cheveux sombres et frisés sont coupés court, mettant en valeur ses traits ciselés et doux. Il porte des vêtements amples et fluides qui enveloppent sa silhouette bien bâtie.

— Je croyais que vous étiez déjà arrivés, je réponds en récupérant mon écouteur. Vous faisiez quoi ?

Je range mes AirPods dans la poche de mon jean noir et mets ma musique sur pause.

— Cody voulait arranger sa touffe avant de venir manger.

— Laquelle ?

Lionel braque ses yeux fauves sur Cody qui s'impose à côté de lui avec son plateau.

— Putain, vous allez me faire chier avec ça combien de temps ? râle-t-il en saisissant un ramequin parmi les entrées. Un mois ! Un mois sans me raser ! J'avais fait une allergie à la crème épilatoire, ça arrive à tout le monde.

— T'en avais mis jusqu'où ? je l'interroge.

— Bah partout.

Lionel et moi éclatons de rire. Cody rabat sa colère sur mon meilleur pote, tandis que j'échappe à sa furie en continuant d'avancer avec mon plateau. Les personnes faisant la queue devant nous lancent des coups d'œil curieux.

Tout comme Lionel et moi, Cody a renoncé à la discrétion depuis un bail. Avec ses cheveux peroxydés aux épaisses racines noires, ses fringues grunge qui moulent sa silhouette élancée, ses piercings aux oreilles et son attitude jugée trop extravagante, personne ne peut feindre ne pas l'avoir vu. Mais c'est comme ça qu'on l'aime. Voyant. Bruyant. Et parfois, extrêmement chiant.

Quand je l'ai connu, Cody était le benjamin discret d'une famille d'agriculteur, habillé comme son père, coiffé comme son père, se comportant comme son père. Puis on s'est mis à traîner ensemble, et au fil des mois, il s'est métamorphosé sous mes yeux. La chenille au motif à carreaux est devenue un papillon aux ailes noires parsemées de messages révolutionnaires.

Après avoir choisi nos plats, on traverse la cafétéria en quête d'une table. Je croise quelques potes sur mon passage qui m'arrêtent pour discuter.

Je prends le temps d'échanger quelques mots avec une fille, Mia, avant de rejoindre Lionel et Cody qui s'impatientent.

— T'étais où hier ? me récupère le premier.

— Le prof de maths m'a inscrit à un cours de soutien.

— Trop naze, soupire Cody.

— Non, c'était cool.

— Cool ? T'as dit cool ? (il se tourne vers Lionel) Il a dit cool ?

Je souris en coin, puis très vite, je n'arrive plus à me contenir. Lionel se laisse contaminer tandis qu'il s'assoit le premier à une table libre. Je m'installe en face de lui, et Cody à côté de moi.

— OK, si tu me dis que t'as rencontré un mec en soutien, je te balance ma salade à la tronche, et avec la vinaigrette, bougonne Cody en saisissant le ramequin.

— Woh, quelle menace.

— Je suis sérieux, et tu sais comment elle arrache.

— OK, alors je ne le dirais pas.

— Alors c'est ça ? s'étrangle-t-il de sa voix légèrement cassée. Tu sors avec un mec ? Bordel, mais comment vous faites ?

Un groupe qui passait près de notre table se tourne immédiatement vers nous. Je soutiens le regard choqué d'un mec, avant que son pote ne l'incite à s'en aller. Le groupe s'éloigne en chuchotant, me laissant tout juste entendre un « c'est qui à ton avis ? » et « y'a combien de pédés dans ce bahut ? ».

Je commence à manger sous le regard insistant de Cody. Ses yeux verts me mitraillent littéralement.

— Non, je ne sors pas avec lui, je finis par le rassurer.

— Mais t'as rencontré quelqu'un ?!

— Du calme anus-frustré, le reprend Lionel.

Je lâche un rire et Cody grommelle.

— Bon, Al, tu nous donnes des détails avant qu'il nous fasse une syncope ? enchaîne Lionel.

Mais je continue de manger sans leur donner la moindre information, un sourire logé aux coins des lèvres. Cody perd patience et m'attrape le poignet pour empêcher ma fourchette d'atteindre ma bouche.

— C'est qui ?! C'est le brun qui commente toutes tes photos sur Insta ? Non parce qu'il mérite à peine un 5 sur 10. Il a un gros pif et il a l'air d'avoir une haleine de yaourt. C'est lui ? C'est ça ?

— Je ne mérite qu'un mec au gros pif qui a une haleine de yaourt ?

— Balance, Alex.

Il s'excite tellement que je crois voir ses cheveux blancs se dresser sur le haut de son crâne.

— Ça va, je vais te le dire, mais lâche-moi, furie.

À contrecœur, Cody desserre sa poigne autour de mon bras. Son air boudeur lui vaut une brève caresse sur la joue. Ça semble l'apaiser, mais je sais que ça ne durera pas.

— Il s'appelle Gilson, et avant que tu ne le demandes, je ne sais pas dans quels cours il est.

Aussitôt, je peux voir un millier de questions germer dans les yeux de mes potes.

— Et vous avez fait quoi ? se renseigne Lionel en calant son menton sur sa paume.

— Je me disais bien que c'était bizarre que tu refuses mon FaceTime hier, songe Cody. T'étais trop occupé à faire les 100 positions du Kamasutra.

— En fait, il y en a 64, rétorque l'autre.

J'ignore le sujet Kamasutra et réponds :

— Si je n'ai pas répondu à ton FaceTime, c'est parce que tu devais faire ta décolo', et ton humeur post blondeur est flippante. T'es aussi stressé que ma grand-mère la veille du BlackFriday.

Lionel approuve en hochant la tête.

— D'ailleurs, t'en penses quoi ? m'accapare Cody en passant une main dans ses cheveux. Tu trouves ça réussi ?

— Ouais, c'est sympa.

— Juste sympa ?

— T'es canon, comme toujours.

Il se déride aussitôt et part dans un débat sur la décoloration.

D'aussi loin que je me souvienne, Cody a toujours été passionné par tout ce qui touche à la beauté. Coiffure, maquillage, esthétisme... Alors je le laisse parler, profitant de son monologue pour continuer de manger.

— Bref, finit par l'interrompre Lionel. Parle-nous de ce Gilson.

Pas vexé d'avoir été coupé, Cody se tourne vers moi avec attente.

— OK. Donc je disais, je suis allé en soutien de maths.

— Et il s'est passé quoi ?

— Ce qu'on fait en cours de soutien. Monsieur Wilkins nous a assigné un petit génie, à nous, pauvres âmes retardées, un peu comme une sorte de parrainage de l'intelligence. Je me suis donc retrouvé avec William Gilson.

— William... répète Cody d'un air pensif.

— C'est bizarre, mais je ne l'avais jamais vu auparavant. Pourtant, ce n'est pas le genre de mec qui passe inaperçu. Il est super canon. Et je ne dis pas canon selon les critères de beauté d'Edison High qui sont équivalents à la moitié des vrais critères de beauté. Il ne ressemble pas à tout le monde, il se dégage de lui quelque chose de... je ne sais pas, magnétique.

— Il est comment ?

— Il a les cheveux roux et les yeux noisette, et un air renfrogné qui le rend vraiment craquant. Il était un peu sec, mais sa voix est grave sexy. Et il est loin d'être con, ce qui n'est pas négligeable.

— Appelez les pompiers, Alex s'enflamme, se moque Lionel.

J'aimerais prétendre qu'il a tort, faire le mec et jouer l'indifférent, mais il a totalement raison. Depuis hier, je suis incapable de me sortir William Gilson de la tête. Rien que dire son prénom à voix haute me titille les reins et me réchauffe la peau. Je connais ce sentiment pour l'avoir déjà ressenti une fois. Ça devrait être effrayant, mais c'est seulement attirant.

William Gilson possède ce petit quelque chose de mystérieux, presque secret, que je meurs d'envie de découvrir. Et est-ce que ça fait de moi un mec tordu alors qu'hier, il n'avait clairement pas envie de me parler ? Peut-être. Mais ce rouquin m'a comme ensorcelé.

— T'es en train de dire qu'il y a des beaux gosses au club de soutien ? déclare Cody. Où est-ce qu'on s'inscrit ?

Lionel lui balance une boulette de pain, le faisant pouffer de rire.

— T'as une photo de lui ? me demande ce dernier.

— Je l'ai trouvé sur Instagram, mais son compte est privé.

— Je déteste la confidentialité, grogne Cody.

Je sors mon iPhone de la poche de mon pull à capuche. Une fois l'application ouverte, je cherche le profil de William que j'ai trouvé hier soir. Il m'a fallu près d'une heure pour le repérer dans la liste d'un abonné. Je tourne le téléphone vers mes potes afin de leur montrer la photo de profil. Ils se penchent pour mieux voir, l'air sérieux. Cody me jette un regard hurlant « C'est pas vrai ?! » tandis que Lionel l'examine longuement.

— Je crois que je vais avoir de très mauvaises notes, se marre le Blond.

Il appuie sa remarque en mettant lascivement sa fourchette dans sa bouche.

— C'est vrai qu'il est canon, confirme Lionel. Je ne l'ai jamais vu non plus, t'es sûr que tu ne l'as pas inventé ?

— Il est aussi réel que ton foutu cynisme, je souris avant de m'intéresser au profil de William.

C'est sa photo en couleur qui m'a aidé à le repérer, avant même son pseudo « Will_Gil ». Ses cheveux roux flashent sur l'image, offrant ces mêmes nuances que les arbres de la cour du lycée dont les feuilles se sont teintées des couleurs de l'automne.

— Et il est bien gaulé ? demande Lionel.

— Il a une bonne carrure, je pense qu'il fait du sport.

— Alors je confirme, il est pas mal. Tu l'as ajouté ?

Je verrouille mon téléphone et le pose à côté de mon plateau.

— Non, pas encore.

— Mais, putain, fais-le ! m'engueule Cody.

— Qu'est-ce que t'attends ? m'interroge Lionel.

— Je ne sais pas, je n'avais pas envie de brusquer les choses.

— Ce mec est gay ?

Je mâche pendant quelques secondes, terminant ce que j'ai en bouche.

— J'ai l'impression.

— T'as l'impression ? insiste-t-il d'un air incertain.

Et je sais ce que ce foutu sourcil arqué veut dire.

— Ce n'était pas écrit sur sa tronche, mais il avait l'air gêné avec moi, presque timide.

— Peut-être parce qu'il sait que, *toi*, t'es gay.

— Moi non plus, ce n'est pas écrit sur ma tronche.

— Pas la peine. Tout le monde à Edison High sait que t'aimerais sucer autre chose que des sorbets, me contredit Cody. Même le concierge.

On se tourne tous les trois vers ledit concierge qui nettoie l'entrée de la cafétéria.

Il marque un point. Dès ma première année, ma sexualité a fait le tour du lycée. Je n'en avais jamais fait un secret d'état, peu importe le danger que ça représentait dans une ville comme Fairfax. Mais c'est un cours d'éducation sexuelle qui a mis tout le monde sur la voie.

Je vis dans une ville où, quand j'avais douze ans, Russell Sheehan, un mec d'une vingtaine d'années, s'est fait tabasser presque à mort parce qu'il a été jugé trop efféminé. Malgré ça, je n'ai pas estimé juste ou nécessaire de mentir lorsque l'intervenant m'a incité à prendre la parole devant tout le monde. Parce que je ne me suis jamais senti anormal, et parce que j'avais des tonnes de questions à poser.

Alors je l'ai fait. À commencer par « est-ce qu'il faut forcément faire un lavement avant de coucher avec un mec ? ». Seigneur, j'ai cru que les mecs de la classe allaient me lapider. Mais ils n'ont finalement pas su quoi dire après quelques vannes lancées depuis le fond de la salle. Parfois, la franchise ébranle suffisamment les gens pour leur retirer toute répartie.

Depuis, suicidaire ou juste révolutionnaire – ce qui revient presque au même – j'ai fait le choix de m'assumer ouvertement au lieu de me planquer. Cody et Lionel ont suivi le mouvement, et ensemble, on a réussi à former une coalition assez solide pour ne pas se faire démolir. Même si on reste la risée de certains mecs, ça a convaincu une partie du lycée de nous accepter. L'union fait la force, ce n'est pas qu'un mythe.

— Je dis que j'ai l'impression qu'il est gay parce qu'entre nous, on sent ces trucs-là, je déclare. La preuve, je l'ai deviné pour vous deux.

— Comme si ça avait réellement été un challenge, se marre Lionel.

OK, j'admets que leur homosexualité est aussi voyante que le blond platine de Cody. Mais on se plante rarement sur ces trucs-là, non ? C'est comme un sixième sens, un moyen de nous reconnaître. Phéromones ou instinct de survie, peu importe, j'ai ressenti ce truc avec William. Je ne l'ai pas inventé.

— Au fond, je m'en fous de son bord, je lance en piochant dans mon assiette. Il est peut-être bi, pansexuel, hétérocurieux, ou un tiers gay.

— Un tiers, répète Lionel d'un ton taquin.

— Ouais, figure-toi qu'on a travaillé la probabilité.

— Ça a dû être productif. Si t'étais si sûr de toi, tu l'aurais invité sur Instagram.

Sa moquerie agit sur moi comme une dose d'adrénaline. D'un coup, j'attrape mon iPhone, ouvre Instagram, et envoie une invitation à « Will_Gil ».

— C'est fait.

Je repose nonchalamment mon téléphone puis me remets à manger.

— Regarde comme il fait celui qui s'en fout, lance Lionel à Cody.

— Ouais, il fait le fier, mais il a les yeux qui pétillent, soutient l'autre en souriant jusqu'aux oreilles.

— Ce sont vos conneries qui pétillent, je rétorque avant de boire.

Lionel se met à se marrer, rejoint par Cody, et je ne tarde pas à les suivre, mon rire résonnant dans le fond de mon verre.

Je passe le reste du déjeuner à guetter l'arrivée de William Gilson dans la cafétéria. Des dizaines de personnes vont et viennent, formant le défilé hétéroclite d'Edison High. Mais pas lui. J'ai beau attendre, il n'apparaît pas. Alors je prends mon mal en patience, vérifiant de temps en temps mes notifications d'Instagram. Mais là, encore, rien. Et au fond, pourquoi je m'impatiente ? On ne se connaissait pas jusqu'à hier, je devrais pouvoir vivre une journée de plus sans lui.

Du moins, en théorie. Pour ce qui est de la pratique, c'est une autre histoire.

#Chapitre 4
Alex

La sonnerie de quinze heures retentit, vibrant jusque dans le sol du lycée. La salle de littérature se vide plus rapidement qu'elle ne s'est remplie. Le nez rivé sur mon iPhone, je suis le mouvement après les autres. Tout en m'avançant dans le couloir bondé, je lis un article sur les nouvelles technologies. Quand je vois ça, je m'interroge sur le monde de demain. À ce train-là, on finira tous connectés à des machines comme dans Matrix.

— Eh, Alex ! m'appelle Cody.

Je me retourne tandis qu'il me rattrape devant les casiers.

— T'as vu qui va à la soirée d'Emma ?

— Je t'ai trouvé un mec qui dira oui à tous tes caprices.

Je lui montre la page Google de mon téléphone. Cody analyse la photo du programme japonais appelé « perfect boyfriend ». Un mec virtuel, pour des échanges virtuels, pour construire une relation tout aussi virtuelle.

— Il ressemble à mon ancien crush, lance-t-il avant de s'adosser au casier.

— Siri[3] ?

Il s'arme de son propre smartphone.

— T'es prêt ? me demande-t-il.

— Je ne vis que pour ce moment.

Mon sarcasme glisse sur lui, une fois de plus.

Cody affiche un air prometteur et excité, avant de me plaquer son téléphone à deux centimètres du visage. Je me recule un peu et survole la liste d'invités dans la conversation « 17 ans d'Emma Jenner » sur Messenger. Pendant mon cours d'anglais, j'ai mis la discussion en sourdine après avoir reçu une trentaine de notifications en l'espace d'un quart d'heure.

— Là, regarde.

Du doigt, Cody m'indique un nom sur la liste. Nash Kaplan. Le nouveau. Le fameux « BBB », Badboy Badass Beaugosse, selon mes potes et la plupart des filles du bahut. Tu parles d'un surnom. Une triple lettre n'inspire jamais confiance, il n'y a qu'à voir le Ku Klux Klan.

D'après ce que j'ai entendu dire, Kaplan retape sa dernière année, vient de Californie, parle six langues, a une oreille percée, et habiterait seul dans un appartement délabré. Il fume, se drogue, sèche la majorité des cours, a couché avec une fille le jour de la rentrée, et possède déjà un tableau de chasse comparable à celui d'un braconnier. Je ne sais pas

---

[3] Programme d'assistance sur iPhone.

encore quelle partie de l'histoire est vraie, sûrement moins de la moitié.

— C'est cool.

Je me désintéresse du téléphone de Cody et déverrouille le cadenas de mon casier.

— C'est plus que cool, c'est carrément génial ! T'imagines, Alex, il sera à la soirée d'Emma, ce qui veut dire qu'on pourra aller lui parler. Et peut-être même plus, qui sait.

Il bouge le bassin en se mordant la lèvre inférieure.

— Je ne me sens pas concerné par le « on ».

— Tu déconnes ?

— William est dans le groupe ?

— Non, enfin, je ne crois pas.

J'ouvre la porte de mon casier.

— Il t'a accepté sur Instagram ? me demande Cody.

— Non. Mais il n'a peut-être plus de batterie, ou alors il n'a pas eu le temps, il a l'air bosseur. Ou il n'a pas compris que c'était moi. Bref, il y a toujours une explication.

— Ouais, ou il n'a pas envie de t'accepter parce que t'es gay.

— T'es mon pote ou pas ?

— OK, je te laisse dans le déni.

Deux bras menus s'enroulent soudain autour de ma taille et un souffle chaud effleure mon cou. Son menton posé sur mon épaule, la voix familière d'Olivia m'emplit l'oreille droite :

— Qui est-ce qui ne veut pas t'accepter ?

Je me retourne vers la blonde aux yeux sombres, découvrant son sourire éclatant. Olivia est un membre du club de théâtre, présidente des élèves, et la fille qui, en première année, m'a fait sa déclaration lors de la soirée d'intégration. Devant tout le monde. Debout sur une table. Et en soutien-gorge. Ça, c'était avant le cours d'éducation sexuelle.

— Le nouveau fantasme d'Alex, lui dit Cody.

— C'est qui ?

— Ah ah… je réponds avec mystère.

— William Gilson.

— Putain, Cody ! je grogne.

Il ricane tandis que je le dégage en souriant malgré moi.

Cody est une passoire, c'est bien connu. Toute information qui entre par ses oreilles ressort forcément par sa bouche. Mais j'espérais qu'il me laisserait au moins vingt-quatre heures de répit avant de vendre l'information au premier venu.

— Ça ne me dit rien, répond Olivia. Il est à Edison High ?

— Ouais, mais il n'y a qu'Alex qui le connaît, bizarre, hein, raille Cody.

Je reconnais que sur ce point, il n'a pas tort. C'est à croire que William Gilson est apparu dans notre dimension seulement hier.

Comment est-ce qu'on peut passer autant de temps dans le même espace clos sans se remarquer les uns les autres ? Est-ce qu'on les ignore volontairement ? Une forme de filtre qui n'accepte dans nos radars que ceux qui répondent à nos critères ? Notre version du décor est-elle réellement différente d'une personne à une autre ? Et celle de William Gilson, de quoi a-t-elle l'air ?

— Vous venez à l'anniversaire d'Emma ? demande Olivia en effleurant mes boucles brunes. Elle sera trop triste si tu rates ça, Alex.

Je la laisse faire, bien qu'elle soit obligée de se mettre sur la pointe des pieds pour les atteindre. Je n'ai jamais compris l'obsession des gens pour mes cheveux.

— T'inquiète, je ne manquerai pas son anniversaire, je lui réponds.

— Génial. Et peut-être que tu reverras ton crush. C'est quoi son nom déjà ?

— William Gilson, s'empresse de répondre Cody.

Il m'emmerde.

— Tu veux faire une annonce au micro pendant tu y es ? j'ironise.

— Eh, c'est une idée.

— Bon, les gars, je vous laisse sinon je vais louper mon bus, nous prévient Olivia avant de partir.

Je la suis du regard et en profite pour vérifier si je n'aperçois pas William au passage. S'il y a un endroit où il est susceptible de se montrer, c'est dans les couloirs.

Alors que Lionel nous rejoint enfin, j'observe scrupuleusement les élèves qui évoluent autour de moi. Je cherche parmi eux un morceau de William, que ce soit une mèche de cheveux roux, ses yeux noisette, sa carrure musclée, ou le son de sa voix grave. Il est forcément quelque part. On ne disparaît pas comme ça.

La sonnerie annonçant la fin de l'intercours retentit. Les personnes restantes rejoignent leurs clubs respectifs, tandis que je demeure planté là, à attendre qu'un miracle se produise. On dit que répéter la même chose en espérant obtenir un résultat différent est synonyme de folie. Je deviens peut-être cinglé.

— Al, tu viens ? m'appelle Lionel.

— Ouais, j'en ai pour deux secondes.

Je me réintéresse à mon casier.

— Avoue, tu le cherches, c'est ça ? Il est peut-être déjà parti.

— Sérieux, je commence à croire que je l'ai vraiment imaginé, je déclare en terminant de vider mon sac à dos. Comment on sait qu'on est schizophrène ?

Lionel prend appui d'une main sur l'un des casiers.

— Je ne sais pas, regarde sur Google.

Je me tourne vers mes potes pour poursuivre, mais m'arrête avant d'avoir parlé. Leurs regards scrutent quelque chose derrière moi, l'air ahuri. Cody affiche la même expression que lorsqu'il nous parle de son acteur porno préféré.

La porte de mon casier claque brusquement, fermée par une main qui s'y est plaquée. Surpris, je me retourne vers son propriétaire. Mon regard rencontre celui d'un mec aux yeux bleus légèrement tombants, au teint hâlé, et aux cheveux châtain décolorés par le soleil.

Nash Kaplan.

— Salut, toi.

Derrière moi, Cody lâche un cri étranglé.

— Salut, je réponds, perplexe.

On se regarde, mais Kaplan ne dit rien. Il se contente de me dévisager avec un sourire bourré d'assurance. Je m'en détourne et tente de rouvrir mon casier. Kaplan y presse sa main plus fort.

— T'es en quelle année ? me demande-t-il.

Il s'approche un peu plus, entrant dans mon périmètre de sécurité. Un parfum capiteux s'échappe de sa veste en cuir noire. Cette dernière s'ajoute au look du badboy tout droit sorti d'une fanfiction. Un tee-shirt blanc, un pantalon noir déchiré, des boots en cuir... Je dois quand même reconnaître qu'il a un bon style.

— En dernière, je lui réponds en arquant un sourcil. Pourquoi ?

— Ça fait un moment que je t'ai remarqué.

— Moi aussi. T'es le nouveau, pas facile de débarquer l'année du diplôme.

Il se remet à me détailler fixement. Un rictus étire sa bouche.

— J'ai une bonne capacité d'adaptation. Et puis, Fairfax tient dans un seul quartier de L.A, je ne risque pas de me perdre. J'habitais Santa Monica.

— Tu dois avoir l'impression de t'être paumé en venant ici.

— En fait, je m'attendais à voir plus de mecs en chemise à carreaux et avec des chapeaux de cow-boy.

— On n'est pas dans un western. Ça, c'est bon pour les éleveurs du coin et les fans de country.

Il s'esclaffe bruyamment.

— T'es marrant, comme mec. Finalement, ce trou perdu a de bons côtés. T'en fais partie.

— On commence à être à l'étroit chez tes *bons côtés*.

Ça encore, ça le fait sourire. S'il cherche à confirmer la rumeur concernant son nombre de plans cul, c'est réussi. Vérité ou esbroufe, ça reste à vérifier.

— Je saurais te faire de la place. Ça te dit qu'on s'échange nos numéros ? Tu me serviras de guide.

— Désolé, je n'ai pas le temps de faire du tourisme en ce moment.

Kaplan approche son visage du mien, essayant apparemment de me déstabiliser.

— Et t'as le temps pour quoi ? me teste-t-il.

Il lorgne ma bouche puis mes yeux.

— Tu joues à quoi exactement ? je me moque.

— À un jeu que tu pourrais apprécier.

Merde, c'est quoi cette réplique de roman érotique ?

— J'ai entendu pas mal de rumeurs sur toi, Alex Bird.

— Il y en a aussi à propos de toi. Il ne faut pas croire tout ce qu'on raconte.

— Mais il y a toujours une part de vérité dans les bruits de couloir.

— C'est le cas en ce qui te concerne ?

— Ça se pourrait bien.

Le Californien se redresse et passe une main dans ses cheveux lisses, les rabattant en arrière. Son geste dégage un autre effluve de son parfum, mais cette fois, je devine un reste de cigarette.

— Au fait, moi, c'est Nash Kaplan.

Tout en souriant, je dégage sa main de mon casier pour le rouvrir et y récupère mon sac de sport.

— Je sais déjà comment tu t'appelles. Edison High n'est pas très grand et on manquait de nouveauté.

Je claque la porte en métal et surprends Kaplan qui me mate le cul. Ce qu'il voit a l'air de lui plaire. Je ne sais pas si ça me convient ou me dérange. Sûrement un peu des deux.

Je me retourne vers les fans numéro 1 du « BBB », alias mes potes. Ces deux-là nous regardent comme si on était Lizzie et Darcy[4] prêts à partir en lune de miel. Kaplan presse soudain un objet froid dans ma nuque, me faisant sursauter. Je lui jette un coup d'œil par-dessus mon épaule et découvre deux canettes de bière.

— Ça te tente ? On pourrait s'isoler tous les deux pour faire plus ample connaissance.

— Je ne sais pas si t'avais l'habitude de boire au lycée à L.A, mais ici, tu peux te faire virer pour moins que ça.

— Merde, je me serais trompé sur ton compte ? Un mec aussi beau que toi ne peut pas faire partie des coincés.

— Il ne faut jamais se fier aux apparences.

— Ça marche aussi pour moi. Allez, ce serait sympa de traîner un peu ensemble. Je ne mords pas, je te le promets.

— Mais moi, si.

---

[4] Ref au roman Orgueil et préjugés de Jane Austin.

Son air se transforme aussitôt, devenant dévorant.

J'ignore si c'est Moore, Foster, ou leurs potes qui ont envoyé Kaplan pour se foutre de moi, mais il essaie de piéger la mauvaise personne.

— Allez, Hardin[5], range ça avant de faire une bêtise, je le charrie avant de le laisser sur place.

Je passe mon sac à dos à une épaule tout en distançant Kaplan. Mes potes prennent ma suite. Cody trottine pour me rattraper tandis que Lionel traîne derrière.

— Putain, Alex... me sermonne le Blond à voix basse.

Derrière nous, Kaplan s'exclame :

— Je ne risque pas d'oublier ce que tu m'as dit, Bird !

Je me retourne pour le voir se mordre la lèvre d'un air dragueur.

— Je n'en attendais pas moins de toi !

Je fais volteface pour m'éloigner. Et alors que je n'y croyais plus, *il* apparaît au bout du couloir. William descend les escaliers menant au rez-de-chaussée. Cody m'attrape l'épaule et tire brusquement dessus pour me forcer à lui faire face. Je percute son air effaré.

---

[5] Ref au roman AFTER et son personnage défini comme un badboy.

— Alex, est-ce que t'es devenu complètement malade ? T'as rejeté Nash Kaplan ? Mais pourquoi !

— Ce n'est pas le moment, Cody.

— T'es aveugle ou quoi ? Il est super sexy ! Je deviens dur dès que je le vois ! Je tuerais ma mère pour aller boire une foutue bière avec lui ! Et pourtant, j'ai horreur de la Bud Light.

— Vas-y, je te laisse ma place.

— Lio, fais lui entendre raison, il me déprime...

Je me retourne vers la cage d'escalier, mais William est déjà descendu. Sans traîner, je quitte le premier étage pour le rez-de-chaussée. Je découvre un couloir vide. Une fois dehors, la cour ne m'offre rien de plus qu'une horde d'élèves s'entassant devant les bus jaunes. Je le cherche dans la foule, analysant les silhouettes à la vitesse de la lumière.

Lionel et Cody me rejoignent. Le premier nous salue et nous laisse pour rentrer chez lui, tandis que Cody continue son sermon. Il est dégoûté, mais moi aussi.

Je l'ai raté. William Gilson m'a filé entre les doigts.

#Chapitre 5
William

Je me demande encore pourquoi je continue de gober ce que me dit Scott. Lorsqu'il me jure « il n'y aura pratiquement personne, c'est juste une petite soirée entre potes » je devrais traduire « bien sûr qu'il y aura du monde, t'es con ou quoi, c'est une soirée, et on va se mettre une mine ! »

Cette fois, la fête se déroule chez Emma Jenner, une dernière année et la présidente du club d'abstinence. C'est aussi le crush de Ramon Mendoza, le quatrième membre de la bande. Un brun originaire du Mexique, à la peau mate acnéique et aux yeux noirs, toujours vêtu de chemises à carreaux ouvertes sur un tee-shirt. Personnellement, j'ignore totalement qui est cette Emma. Si je squatte sa soirée d'anniversaire, c'est pour accompagner mes potes.

Dès notre arrivée à bord de la décapotable de Calvin à vingt-deux heures, la moitié des invités est déjà défoncée. Une foule monstre s'agglutine devant la porte d'entrée, se bousculant comme à la sortie du Superbowl[6]. Des mecs ont même commencé à boire

---

[6] Tournoi de football américain.

dans la pelouse, leurs packs de bières abandonnés dans l'allée.

Une fois à l'intérieur, tout le monde se déchaîne sur la musique. Les heures passent et l'alcool coule à flots. J'abandonne mes potes à un énième bière-pong et flâne dans la maison avec un verre à la main. De l'agitation m'attire dans le salon.

Au milieu de la foule, tels des insectes autour d'une lampe, une vingtaine de personnes s'agglutine près d'un mec qui danse sur la table basse. Alex Bird. Ce type vole carrément la vedette à la reine de la soirée. Malgré ce que pensent mes potes de lui, sa popularité est presque aussi importante que celle de Scott.

Adossé à un mur, je l'observe par-dessus mon gobelet rouge. Bird balance la tête en arrière et se mord la lèvre tout en remuant les hanches. Un fourmillement me chatouille le bas-ventre. Je tente de le noyer avec une gorgée de bière.

Les cheveux dans la figure, Bird invite ensuite quelqu'un à le rejoindre sur son podium. Une fille habillée d'une robe moulante monte sur la table basse et frotte la chute de ses reins contre lui. Des gens se mettent à les siffler en levant leurs verres.

— Will, tu te ramènes ? m'appelle Scott.

Depuis l'escalier, il secoue un sachet d'herbe puis me fait signe de le suivre à l'étage. J'abandonne le salon pour lui emboîter le pas. Retranché dans la salle de bain, mon pote s'allume un pétard et le fait tourner avec Calvin et Ramon. De tout ce qu'on peut trouver dans ces orgies, ce que préfère Scott, c'est se défoncer. Quant à moi ? Je joue l'observateur dans cette pièce envahie par la fumée.

Adossé au lavabo, je regarde les gars sombrer dans la toxicomanie. Il est presque deux heures du matin, on est arrivé à un stade de la soirée où la plupart des invités sont soit bourrés, soit en train de s'envoyer en l'air. Parfois, les deux combinés.

Scott a fait sauter le tee-shirt et part en fou rire pour n'importe quoi. Calvin a les cheveux dans la figure et débite toutes les conneries qu'il arrive à formuler. Tandis que Ramon est en train de planer avachi dans la baignoire. À cet instant précis, je réalise que notre état physique et mental laisse clairement à désirer.

Parce qu'il n'y a rien de plus chiant que d'être le seul mec sobre à une soirée, j'ai remis le nez dans le pack de bières que Scott a chapardé dans la cuisine. Trois, quatre… peut-être même cinq… Je ne sais plus à combien j'en suis à présent.

— Fais tourner le spliff[7], lance Calvin en tendant la main à Ramon. Ça fait une plombe que tu tires dessus. Ce n'est pas parce que c'est ton peuple qui vend la drogue que tu dois te la siffler tout seul.

Il lui arrache le joint des mains en faisant râler Ramon en espagnol. Ses sourcils broussailleux sont

---

[7] Terme anglais pour joint

tellement froncés qu'on dirait qu'ils n'en forment plus qu'un.

— Joder ! Que te folle un pez !⁸

— On t'a déjà dit de ne pas faire ça, Ramon, se marre Scott en récupérant le joint des doigts de Calvin.

— Tu ressembles à Hodor dans Game of Thrones, renchérit le Blond. Hodor, Hodor, Hodor⁹.

Ils partent dans un énième fou rire. Scott est obligé de se tenir à moi pour ne pas s'écrouler sur le sol carrelé. L'odeur de son déodorant se mélange à celle de sa transpiration et de l'alcool. Son rire s'atténue dans un soupir d'aise et il se redresse pour me dire :

— T'es sûr que tu ne veux pas tester, Will ? C'est du lourd.

— Tu devrais y aller mollo, je suis sûr qu'elle a été coupée avec des médocs, je dévie en posant ma bouteille sur le rebord du lavabo.

— Si jamais je pars en badtrip, t'as suivi le cours de premier secours, non ? Ce soir, t'es mon ange gardien.

— Genre, tu m'as pris pour ton Castiel[10] ? j'ironise.

---

[8] Trad. insulte espagnole « Putain, va te faire baiser par un poisson »
[9] Calvin fait référence au personnage Hodor de Game of Thrones qui ne dit que son prénom.
[10] Personnage angélique de la série Supernatural.

— Exactement.

Il se marre à nouveau, s'étouffe avec la fumée de son joint, puis fait passer sa toux en terminant ma bière d'une traite.

En vérité, les effets de l'herbe ont déjà commencé à agir sur moi. J'ai beau avoir ouvert la fenêtre pour évacuer la fumée, ma vision est légèrement trouble et j'ai dû mal à coordonner mes mouvements.

— Il faudra qu'on remette ça à *lloween*… lance Calvin complètement à l'ouest.

— Halloween, le corrige Scott avec un sourire.

— Ouais… *lloween*… Ça se fera où ?

— Chez Moore. Ses parents se tirent pour la semaine, il aura le ranch rien que…

La porte de la salle de bain s'ouvre subitement, interrompant Scott dans sa phrase. Deux mecs déboulent dans la pièce. Le premier, un blond décoloré aux yeux maquillés et au look grunge, nous regarde d'un air oscillant entre surprise et indignation. Il s'agit de Cody Murdoch, l'un des membres de la « *clique de pédés* » comme aime les appeler Scott. Quant au deuxième…

Alex Bird s'avance dans la salle de bain sous les regards effarés de mes potes. Décoiffé, la peau brillante et les paupières basses. Alors qu'il rejoint le lavabo contre lequel je suis adossé, je promène mes yeux sur sa tenue débraillée. Son tee-shirt ample laisse apparaître ses clavicules saillantes et son skinny noir lui moule les cuisses.

Je réalise m'être égaré sur son cul et me racle la gorge en détournant le regard.

— Je t'avais dit que ça sentait le bédo, lance Bird à son pote.

— Pourtant, Emma nous a *strictement* interdit de fumer chez elle, nous accuse Murdoch. Il y a vraiment des cons qui ne respectent rien.

— Eh oh, la ferme, les suceuses, leur adresse Scott. La pièce est réservée aux vrais mecs, alors tirez-vous de là !

— Merde, sérieux ? réplique Alex avec un sourire railleur. Alors comment t'as fait pour entrer ? T'as eu une dérogation ?

Scott se redresse, mais Murdoch lui barre la route, l'empêchant d'atteindre Bird.

— Calmos, Foster. Les chiottes sont à tout le monde.

Je me décale du lavabo, le laissant à Bird. Son parfum flotte jusqu'à moi, sucré et sensuel. Du coin de l'œil, je l'aperçois effectuer son propre examen sur ma tenue. Soudain, un élan de stress me gagne. Et s'il lui prenait l'envie complètement dingue de m'adresser la parole devant les gars ?

À mon grand soulagement, il fait face au miroir en silence et passe de l'eau sur son tee-shirt. Me détournant de Bird, je jauge la température auprès de Scott situé à l'autre bout de la salle de bain. Il transpire de rage et de dégoût. S'il n'était pas aussi jeté, je crois qu'il aurait volontiers repeint les murs avec les entrailles de Bird et de Murdoch.

Pendant plusieurs secondes, l'électricité plane au-dessus de nos têtes comme un orage chargé de nuages noirs. Bird referme le robinet tandis que son pote retouche son maquillage du bout du doigt. Ce dernier se réintéresse subitement à nous. Ou plutôt, à moi.

— Eh, Al, ce n'est pas ton William Gilson ?

Si je pensais avoir déjà touché le fond, Murdoch m'enfonce littéralement la tête sous terre. Je sens la bile remonter ma gorge. Comme si ce n'était pas déjà assez gênant comme ça, Bird renchérit :

— Ouais, c'est lui.

— Will, t'as un fandom ! s'écrie Ramon en se redressant dans la baignoire.

Les visages hallucinés de Scott et de Calvin se braquent aussitôt vers moi.

Finalement, sous terre, ce n'est peut-être pas si mal.

S'agrippant au radiateur pour ne pas se ramasser, Scott écarte Murdoch d'un revers de bras, puis vient faire face à Bird. Il bombe le torse en le toisant de toute sa hauteur. Je le crois prêt à se jeter sur lui alors qu'il lui balance au visage :

— Foutez le camp, les pédés, je ne suis pas d'humeur à vous supporter ce soir !

— Sérieux, tu n'as pas mieux en stock ? réplique Bird avec un rictus provocant.

— Ne t'inquiète pas, mon stock est illimité quand il s'agit de toi.

— Un vrai lexique ambulant.

— Tu veux que je t'en lise quelques lignes ?

— Vas-y, montre-moi tes talents d'orateur.

Je retiens mon souffle. Ce mec ne joue pas seulement avec le feu, il lance de l'essence sur les flammes de l'enfer.

Scott s'empare du col de Bird, manquant de l'étranger avec.

— Juste pour info, votre pote est en train de se noyer dans cinq centimètres d'eau, déclare ce dernier.

Je prends soudain conscience du bruit que j'entends derrière moi. On se retourne vers Ramon qui a disparu dans la baignoire, le robinet ouvert à fond.

— Merde ! lâche Scott en libérant sa victime.

Il se jette sur le robinet pour fermer l'eau. Profitant de la diversion, Bird se tourne vers moi.

— On peut se parler ?

— Pourquoi ?

— Parce que j'ai un truc à te dire.

— Will, tu nous fous ça dehors ? nous interrompt Scott en redressant Ramon.

Sortir de ce traquenard est la seule issue viable. Je saisis Bird par le bras et lui fais traverser la salle de bain en sens inverse. En bon chien de garde, Murdoch nous file le train sans me quitter des yeux.

Quand on atteint enfin le couloir, il s'adresse à moi :

— Tu peux lâcher Alex maintenant. Tes connards de potes ne sont plus là pour te voir.

— Répète ça ?!

— C'est bon, Cody, intervient calmement l'autre. Tu nous laisses deux minutes ?

Murdoch semble hésiter un instant. Il finit par s'éloigner de quelques mètres, se retournant de temps à autre pour vérifier que je me tiens à carreau. Me réintéressant à Bird, je remarque les taches ambrées – que je devine être de l'alcool– éparpillées sur son tee-shirt.

— Le hasard fait bien les choses, déclare-t-il. À la base, j'étais venu pour tenter de sauver mon tee-shirt. Je me suis pris du whisky, mate-moi le désastre. (il tire sur le bas de son tee-shirt, laissant apparaître le haut de ses pectoraux) On est tellement nombreux au rez-de-chaussée que j'ai l'impression que la maison va imploser.

— Tu voulais vraiment que Scott te mette une raclée ? je l'accuse.

— Et toi, tu comptais passer toute la soirée enfermé dans une salle de bain à te défoncer ? C'est un peu déprimant. Quitte à s'isoler, il y a des choses plus sympas à faire.

— Venant de toi, ce n'est pas surprenant.

— Ah ouais ? Et je serais censé faire quoi ?

Son foutu sourire en coin me défie.

— C'est une manie chez toi de provoquer les gens ? je dévie. C'est étonnant que tu ne te sois pas encore fait casser la gueule.

— Je dois comprendre que t'as envie de me casser la gueule ?

— Je ne suis pas ce genre de gars.

— Tant mieux, le contraire m'aurait déçu.

Il se rapproche de quelques pas. Mon rythme cardiaque s'emballe.

— Qu'est-ce que tu me veux, Bird ?

— Pourquoi tu m'as snobé sur Instagram ?

— Quoi ?!

— Ça fait presque une semaine que je t'ai envoyé une invitation. Tu me ghostes ? Ou l'idée de m'avoir dans ta liste d'abonnés t'empêche de dormir ?

— Tu voulais… tu voulais juste me demander ça ?!

— Tu n'avais pas l'air à l'aise pendant le cours de soutien, alors j'ai pensé que tu le serais davantage en virtuel. Ton pseudo, c'est bien *Will Gil* ?

Je me souviens très bien de son invitation. Elle s'est affichée comme un message d'erreur sur l'écran de mon portable alors que j'étais au lycée avec Scott. J'ai échappé de justesse à la catastrophe. Actuellement, j'en subis les répercussions alors que

Bird se tient devant moi, dans son foutu jean ultra moulant que je ne peux m'empêcher de regarder.

Je m'apprête à lui répondre, lorsque deux filles sorties de nulle part apparaissent à l'autre bout du couloir. Elles nous lancent des regards intéressés et amusés, avant de continuer leur chemin en direction de la salle de bain. Elles toquent. J'entends Scott brailler quelque chose. Puis la porte s'ouvre et se referme en faisant disparaître les deux brunes.

Qu'est-ce qu'elles s'imaginent ? Que j'étais en train de flirter avec Bird ? Ce serait vraiment réducteur de penser que deux mecs discutant dans un couloir sombre, isolé, avec un pote qui fait le guet, sont en train de se draguer…

OK, il faut que je m'éloigne de ce type au plus vite.

L'idée aussitôt lancée est aussitôt exécutée.

— Ce serait sympa que tu me lâches la grappe, Bird. T'es vraiment trop chelou comme mec.

— C'est l'alcool qui te rend con ? riposte-t-il en m'emboîtant le pas.

— Et c'est lui qui te rend lourd ?

— Non, je suis toujours comme ça.

— J'avais remarqué.

Quand j'arrive devant l'escalier, sa main se pose sur mon épaule pour me retenir en arrière. Je me retourne à brûle-pourpoint. Dans mon geste, ma hanche cogne son entrejambe. Je m'immobilise, accusant le sourire amusé de Bird.

Putain ! Il l'a sentie.

Des décharges électriques quittent la zone d'impact et parcourent mes bras et mes jambes. La colère et la honte me réduisent au silence tandis que mon ventre se retourne comme un sablier.

— Eh, tu te sens bien, Willy ? me demande Bird d'un air perplexe.

Je ne m'entends pas lui répondre. L'acidité remonte le long de ma gorge et je m'enfuis en courant sans même me retourner. Je n'entends plus la musique lorsque j'arrive au rez-de-chaussée, les sons étouffés par mon sang qui pulse contre mes tympans. Je me noie dans la marée humaine regroupée dans le salon, bouscule plusieurs personnes, et traverse le groupe de fumeurs planté devant l'entrée.

J'atteins le jardin avec le sentiment d'avoir survécu aux douze travaux d'Hercule. Je zigzague jusqu'à un coin isolé situé près du garage avant de m'effondrer à quatre pattes dans l'herbe humide. Mon envie de vomir met quelques minutes à refluer alors que l'air frais m'aide à reprendre le contrôle de mon corps. À bout de force, je roule sur le dos.

Je n'aurais jamais dû foutre les pieds à cette soirée !

#Chapitre 6

Alex

J'ai une migraine d'enfer !

Après la soirée d'Emma de samedi soir, j'ai passé tout mon dimanche à décuver. Et au bout de presque quarante-huit heures, je subis encore les dégâts de ma gueule de bois. On est lundi, le pire jour de la semaine, mais mon cours de soutien me remonte étonnamment le moral. Si j'avais su qu'un jour je dirais un truc pareil…

Assis dans le fond de la salle 201, je sors mon livre pour ma séance d'algèbre. Au même moment, mon téléphone vibre dans la poche de mon jean. Ça n'arrête pas depuis bientôt un quart d'heure. Je le sors sous la table et découvre la vingtaine de messages que j'ai reçus. C'est quoi ce délire ? J'ouvre les quatre derniers.

De Mia à Alex, 15 : 05

C'est vrai ce qu'on raconte ? T'as osé me cacher ça ?

De Oliva à Alex, 15 : 01

Désolé, Al, je te jure ce n'est pas moi qui en ai parlé !

De Jackson à Alex, 14 : 53
Tu vas enfin tremper le biscuit mdr !

De Cody à Alex, 14 : 51
Oups. Ne me tue pas. Jt'aime petite crotte en sucre <3

Qu'est-ce qu'il a encore fait…

Je relève la tête vers William qui entre dans la pièce. On ne s'est pas croisés depuis la soirée d'Emma, et vu la façon dont notre conversation s'est terminée, j'imagine qu'il m'a évité. Cette séance me permettra de mettre les choses à plat avec lui. Enfin, s'il ose s'afficher avec moi dans un lieu public.

William balaye la salle des yeux. Je lui fais signe pour attirer son attention et son regard se braque sur moi. Sa crinière flamboyante est décoiffée et il tient sa veste en jean à la main. Il ressemble à un James Dean Oklahomien. Le style rétro ayant été remplacé par un pull à capuche, un jean sombre et des Vans Old Skool noires.

William replace la lanière de son sac sur son épaule et vient vers moi d'un pas assuré. Un sourire naît aux coins de mes lèvres. J'ouvre la bouche pour le saluer, mais je ravale mes mots lorsqu'il lâche brusquement son sac sur la table.

— Qu'est-ce que t'es allé raconter ?! m'accuse-t-il d'une voix grave. Pourquoi tu fais ça ? C'est quoi ton problème ?

Pris de cours, je reste immobile sur ma chaise et le dévisage. Une veine pulse sur sa tempe, juste sous la racine de ses cheveux roux. Après quelques secondes d'observation mutuelle, je lance calmement :

— Salut, Willy, content de te voir aussi. Qu'est-ce qui t'arrive aujourd'hui ? Assois-toi, on va en parler.

Sa mâchoire carrée se contracte. Ses yeux noisette deviennent presque noirs. Il me regarde comme s'il prévoyait déjà quelles fringues porter à mon enterrement.

— Je t'ai posé une question, Bird ! Alors fais l'effort d'y répondre !

— Techniquement, tu m'en as posé trois, mais j'imagine que tu disais ça de manière rhétorique.

Ses mains plaquées sur la table se referment en deux poings serrés.

— Ça te fait marrer ?

— Oui ? Non... Réponse C ?

Il donne un coup dans son sac. Je m'enfonce contre le dossier de ma chaise, imposant une distance entre nous. OK, il a vraiment l'air en rogne.

Méfiant, je juge William plus sérieusement, essayant de comprendre quel est son problème. J'avais déjà décelé de la violence dans ses mots ou son attitude, mais jamais dans ses gestes. Tout dans sa posture me prévient qu'il a envie de me sauter dessus. Et pas de la façon dont je l'aurais voulu.

— Alors ! Pourquoi t'as fait ça ?

— Je peux savoir de quoi tu m'accuses ? Tu sais que je suis nul pour les équations à une inconnue.

— Pourquoi tu lances des rumeurs sur moi ? Pourquoi tu parles de moi aux autres ? Ça te plaît peut-être d'être le centre de l'attention, mais ce n'est pas mon cas ! Alors, arrête ça tout de suite !

Je me lève, faisant basculer ma chaise dans ma précipitation.

— Calme-toi deux minutes ! Je n'ai pas lancé de rumeur sur toi, Willy ! Où est-ce que t'es allé chercher ça ? Si ça vient de Cody, ne t'en fais pas, il a tendance à dire beaucoup de connerie, mais personne n'y fait attention.

— Arrête de m'appeler Willy !

À la table voisine, la fille lâche un ricanement. Le binôme ne perd pas une miette de la scène qu'on est en train de jouer en plein cours de soutien. William les remarque à son tour et pique un fard. D'un coup, il récupère son sac et quitte la salle comme une tornade.

— Où tu vas encore ? Et ma séance de soutien ?

— Démerde-toi !

— Rah... attends !

Je laisse tout sur place et le rattrape dans le couloir. Il y a encore pas mal de monde, la vague humaine formant un barrage entre William et moi. Je me fraye un passage entre les élèves et finis par le retrouver devant la cage d'escalier. J'attrape fermement son bras pour le retenir.

— Lâche-moi ! s'enrage-t-il en s'arrachant de ma poigne.

Il recule comme si je venais de lui lacérer la peau, puis s'échappe à nouveau.

— Bordel, William !

Je prends sa suite dans les marches.

— Je te jure que je n'ai pas lancé de rumeur ! J'ai juste dit que je te trouvais canon, et c'est vrai, tu l'es, je ne vois pas pourquoi tu pars en vrille ! C'est tout ce que j'ai fait, et aux dernières nouvelles, ce n'est pas un crime!

William s'arrête si brusquement que je lui rentre dedans. Je me prends son crâne dans le menton avec la puissance d'un obus. Il fait volteface et nos regards se percutent. Le sien me transmet tout ce qu'il ressent sans retenue. Sa fureur. Sa honte. Sa frayeur. Et c'est cette dernière émotion qui me foudroie.

Des gens nous contournent, imposant un silence entre nous.

— Pourquoi ?! déclare William lorsqu'on se retrouve de nouveau seuls. Qu'est-ce qui te fait croire que c'est réciproque ou que je veux parler avec toi ? Maintenant, tout le monde s'imagine des trucs à cause des conneries que t'es allé raconter !

— Tu t'en fous de ce qu'ils racontent, ça ne vaut rien.

— Non ! Je ne m'en fous pas, putain !

— Arrête de me gueuler dessus ! Ce n'est pas parce que j'ai dit que t'étais canon que tu peux me traiter comme un chien !

— Je ne suis pas comme toi, alors arrête de me suivre ! Arrête d'essayer de me parler ! Et ne me stalke plus sur les réseaux !

Je suis tenté de lui dire que beaucoup pensent *ne pas être comme moi* avant de finir par se l'avouer. Mais il m'a mis en rogne ! Je n'ai pas envie de jouer le psychologue ou d'essayer de le retenir. Là, je veux juste qu'il se tire.

— Finalement, je me suis peut-être trompé sur ton compte, tu ne vaux pas mieux que tes potes, je lance d'un ton méprisant.

William fuit mon regard pour observer les élèves qui descendent l'escalier. Puis il se réintéresse à moi avant de tourner les talons et s'en aller.

— Tu peux supprimer mon invitation sur Instagram ! j'ajoute alors qu'il atteint les dernières marches. Elle a expiré !

William disparaît dans le couloir du rez-de-chaussée.

Mon cours de soutien n'aura duré en tout et pour tout que trois minutes. Le temps de m'asseoir et d'affronter l'entrée fracassante de William. Après sa fuite, je récupère mes affaires et rentre chez moi. Pendant mon trajet à vélo à travers Fairfax, je rumine tout ce qu'on s'est dit et les quelques moments qu'on a partagés depuis notre rencontre dans cette même salle de cours.

La colère m'enflamme. Je me défoule en pédalant plus vite, jusqu'à atteindre ma maison située à l'extérieur de la ville. J'abandonne mon vélo contre la barrière, lâche mon sac dans l'entrée, puis m'assois directement devant le piano du salon. Je pose mes mains sur les touches et elles se mettent à bouger d'elles-mêmes, avec un instinct aussi puissant que celui qui nous force à respirer.

Quand je me sens mal, j'ai l'habitude de traîner dans les champs qui encerclent la maison. Mais cette fois, j'ai juste envie de bruit, de m'exprimer, de transmettre ma colère en musique.

Depuis l'enfance, le piano est mon exutoire. J'ai commencé à en jouer à sept ans, et dix ans plus tard, la musique a toujours le même effet sur moi. Elle fait partie de moi, tel un prolongement de mon être. Elle me soulage. Au lieu de me servir de mes poings, j'utilise mes doigts.

Les yeux fermés, les sourcils froncés, je m'abandonne à la mélodie, pianotant sur les touches nacrées jusqu'à me sentir vidé… apaisé.

. . .

Mon engueulade avec William n'aura pas mis longtemps à arriver aux oreilles de mes potes. Quatre heures auront suffi. À Edison High, tout finit par se savoir. Même lorsqu'on s'imagine être seul, même lorsqu'on pense ne pas être écouté ou regardé, quelqu'un épie et retient, avant de faire courir la rumeur. Pour le coup, celle-ci est fondée, c'est vraiment arrivé. William m'a rejeté comme un malpropre, un mec lourd en soirée, un pop-up avant une vidéo YouTube. Un raté, un pédé, un gars auquel il ne veut pas être assimilé.

De Lionel, 19 : 35
Ce mec ne mérite pas que tu t'intéresses à lui, Al.

De Alex, 19 : 36
Peut-être. Je n'en sais rien. Je ne saurais même pas expliquer pourquoi je fais ça.

De Lionel, 19 : 36
Parce que t'as flashé sur lui ? Ça arrive même aux meilleurs, je te rassure.

De Alex, 19 : 36

Si ce n'était que ça...

Ce n'est pas mon genre de « flasher » sur un mec comme une héroïne de shojo. J'apprends à connaître les gens, je me familiarise avec eux, je les découvre, et ensuite, je m'y attache. Évidemment, il y a toujours cette petite étincelle qui agit dès le début, ce qu'on appelle communément le feeling. Et je pensais l'avoir partagé avec William. J'ai mis sa retenue sur le compte de la timidité, alors qu'en fait, c'était un rejet pur et simple.

De Lionel, 19 : 37
Ne fais pas de lui une revanche ou une thérapie pour oublier Gabriel.

De Alex, 19 : 37
Ce n'est pas ce que je fais.

De Lionel, 19 : 38
Alors laisse-le, tourne la page.

Je ne sais pas si c'est faire preuve d'arrogance ou de connerie, mais à aucun moment je ne me suis posé la question de savoir si je pouvais plaire ou non à William. Je n'en étais pas encore à ce stade. Je me suis contenté de m'y intéresser, d'envisager sa sexualité comme étant ou non un frein à un rapprochement entre nous, allant jusqu'à oublier la base : s'il est gay, est-ce que je suis son genre ? Et si je suis son genre, est-ce qu'il me trouve intéressant ?

Parce que les choses auraient dû se faire étape par étape, elles auraient dû être simples. Mais rien dans ce qu'il s'est passé entre nous n'a été logique ou facile. Parce que rien ne l'est jamais lorsqu'on est gay dans le Midwest. On ne peut faire que deviner, traduire les signaux, espérant ne pas se tromper, ne pas transformer l'intérêt en acharnement, au risque de finir tabassé à la sortie du lycée.

De Lionel, 19 : 39

Il a peur d'être assimilé à toi et d'être pris pour un gay. Ça a l'air d'être un mec discret et vu qu'il traîne avec Scott Foster, il doit être comme lui. Laisse-le dans son coin, ne le force pas, ça pourrait mal finir entre vous.

De Alex, 19 : 39

Pour mal finir, il faudrait déjà qu'il y ait eu un début.

— Alex, lâche un peu ton téléphone quand on est à table, rouspète ma grand-mère.

J'abandonne ma conversation Messenger avec Lionel et pose mon iPhone à côté de mon assiette.

— Désolé.

Je plante ma fourchette dans un morceau de lasagne aux légumes, mais j'ai l'estomac aussi lourd qu'un sac de pierres.

Assis à la table du salon, je dîne avec mes grands-parents, la télévision en fond sonore. On ne parle jamais beaucoup pendant les repas. Dehors, il fait déjà nuit. Je n'aperçois plus les champs à travers la porte-fenêtre, uniquement une étendue sombre, comme une toile noire.

— Ça ne va pas, Alex ?

Je relève la tête vers mes grands-parents qui me surveillent fixement. À la lumière de la lampe halogène, elle affiche une ride soucieuse, tandis que lui fronce ses sourcils épais.

Quand on les voit pour la première fois, leur ressemblance est déroutante. Ils sont tous les deux blonds – bien que leurs cheveux tirent vers le blanc à l'approche de la soixantaine – ils ont les yeux gris, et des traits typiques du Midwest. Mais d'après ce que je sais, ils n'ont aucun lien de parenté, pas même en remontant à cinq générations. C'est à croire que les ancêtres de Fairfax s'y sont si profondément implantés, qu'ils ont fini par tous se mélanger et se ressembler. Cette ville me donne la sensation d'un dôme dont on ne peut s'échapper.

Bizarrement, la génétique m'a esquivé. Je n'ai pas hérité de leurs caractéristiques physiques. J'ai tout pris du côté de mon père. Mes yeux bleus, mon nez droit, mes cheveux bruns bouclés, mon mètre quatre-vingt, mes grandes mains... Du moins, c'est ce qu'on m'a raconté. Je ne peux que les croire.

— Ces trucs-là vous abrutissent, me dit mon grand-père en désignant mon iPhone.

— Tout le monde a un téléphone, je réponds en lançant un coup d'œil à la télévision.

— Je parle de tes réseaux sociaux.

— Tout le monde va sur les réseaux sociaux, même Trump.

— Trump n'est pas un exemple à suivre.

— Ouais, ça, je le sais déjà.

Il souffle par le nez, un mélange de consentement, de rire, et de réprimande. Seul mon grand-père réussit à faire passer autant d'émotions contradictoires en un simple soupir.

— Qu'est-ce qui te tracasse ? retente ma grand-mère.

— Rien, tout va bien.

Je force une expression détachée pour la rassurer. Mais avec eux, ça ne marche jamais. Ils ont tellement peur que je parte en vrille, que le moindre changement d'humeur les met en alerte.

— C'est ton dossier pour Julliard qui te fait peur ? Tu n'as toujours pas décidé ce que tu voulais faire ?

— Si, c'est bon, j'ai choisi ma spécialité.

— Tu as fait ton enregistrement ?

— Ouais, mais je vais peut-être le refaire.

— Tu sais, ce qui compte avant tout, c'est que tu valides ton année. Sans ton diplôme, tu peux dire adieu à Julliard.

Je passe une main sous ma frange bouclée, massant mon front crispé.

— T'en es où avec l'algèbre et la chimie ? poursuit-elle.

— Je n'ai pas encore abandonné, je tiens bon, j'ironise en serrant le poing d'un air conquérant.

— Je demanderai à Lynette si son fils peut t'aider, il est en école d'ingénieur. Je crois qu'il aura bientôt une semaine de vacances, il sera à Fairfax pour quelques jours.

— Pas la peine, j'ai déjà trouvé quelqu'un.

Ou plutôt, *j'avais*. Mon sauveur a abandonné le navire de peur de partir à la dérive.

— T'es sûr ? Les études, c'est sérieux, Alex.

— Ouais, ouais. Je gère.

Je finis mon assiette de lasagne, mêlant mes bruits de couverts au son de la télévision. Je l'écoute d'une oreille, emmagasinant toutes les informations sur le dernier voyage de Trump, une énième fusillade, la nouvelle voiture à la mode, la gestion de l'immigration, et le procès de Johnny Depp.

Soûlé par un rapport quotidien déprimant, je quitte le salon pour rejoindre ma chambre. Je balance mon iPhone sur mon lit puis enfile un jogging en coton. Mon chat – un natif de la campagne – s'étire sur la couette. Je m'effondre à côté de lui et le gratte derrière les oreilles.

— Salut, toi. Je parie que ta journée a été plus fun que la mienne. T'as été draguer des minettes ?

Picasso se met à ronronner avant de venir se frotter contre mon flanc.

— T'as raison, les mecs, c'est beaucoup mieux. Enfin, quand on a plus de chance que moi. Fais gaffe aux coups de griffes, certains sont susceptibles.

Je dépose un baiser sur son crâne et mon regard se perd dans le vague.

— Je ne veux pas être un gros forceur…

Mon chat demeure insensible à mes états d'âme. Il s'assoit plus loin et lève la patte arrière pour faire sa toilette. Parfois, je l'envie. Et pas uniquement parce qu'il peut exposer ses parties intimes en toute impunité. Mais parce que la conscience et les sentiments sont lourds à porter.

Je passe la soirée devant Black Mirror, mon ordinateur posé sur mon ventre. Mon regard alterne entre la série et les autres messages que j'ai reçus pendant le dîner. J'en suis à vingt-trois minutes d'épisode, quand mon téléphone vibre à nouveau contre ma cuisse. C'est encore Cody qui m'écrit après qu'on se soit engueulés par message.

De Cody à Alex, 21 : 09 :

Après tout, qu'est-ce que ça peut te faire si ça dérange Gilson ? C'est son problème, pas le tien. Et puis ce n'est pas que ma faute. C'est toi qui craque sur lui, pas moi.

De Alex, 21 : 09
Le problème, c'est que t'en as rajouté des couches auprès des autres ! Je te jure, Cody, que si tu parles à nouveau de William et moi, je parlerai aussi !

De Cody, 21 : 10
Ah ouais, et pour dire quoi ? Je n'ai rien à cacher.

De Alex, 21 : 10
Je dirais à tout le monde que c'est toi qui as défoncé les chiottes à la soirée de Cooper l'année dernière quand t'as eu ta gastro.

De Cody, 21 : 11
T'es pas sérieux ?!!!! T'avais promis que tu n'en parlerais jamais !!!

De Alex, 21 : 10
Œil pour œil, mon gars.

De Cody, 21 : 11

OK, t'as gagné, je ne dirai plus rien sur Gilson !! Je te déteste ><

Je repose mon téléphone, mais il vibre aussitôt. Cette fois, c'est Olivia qui m'invite à aller voir la nouvelle annonce pour les auditions de *Grease*. L'un des rôles principaux nous a lâché cette semaine, nous forçant à trouver un remplaçant.

Je me connecte sur le site d'Edison High. En page d'accueil, un montage ringard attire l'attention. Au moins, on ne peut pas le rater. Je m'en désintéresse rapidement pour aller dans mon espace personnel. Une alerte me prévient que j'ai reçu un message privé... de William Gilson.

Je me redresse d'un coup. Ma précipitation fait tomber mon iPhone par terre et fait glisser mon ordinateur sur le lit.

— Merde...

Picasso, qui dormait contre moi, a bondi et s'est enfui à l'autre bout de la chambre. Caché derrière mon sac de cours, il me surveille d'un sale œil. Je me penche pour ramasser mon téléphone échoué sur le parquet.

De William Gilson, 21 : 16
T'as eu ce que tu voulais !

Je relis le message deux fois tout en m'adossant à la tête de lit. Je passe une main dans mes cheveux, me grattant le crâne, puis tape une réponse.

De Alex Bird, 22 : 39
Qu'est-ce qui t'arrive encore, Calimero ?

William devait m'attendre, car sa réaction ne tarde pas à arriver. À moins qu'il reste en permanence connecté au site du lycée, en bon élève qu'il est.

De William Gilson, 22 : 42
À cause de toi, on parle de moi sur Twitter ! Arrête de faire croire des trucs à tout le monde !

De Alex Bird, 22 : 43
Je n'ai jamais fait croire quoi que ce soit. Mais ne t'inquiète pas, j'ai remplacé le « il est canon » par « il est con ». Satisfait ?

De William Gilson, 22 : 44
Génial... T'es quel genre de tordu, Bird ?

De Alex Bird, 22 : 44
Celui que tu préfères.

De William Gilson, 22 : 45

???!!!

De Alex Bird, 22 : 45
Je te laisse sans voix ?

De William Gilson, 22 : 45
Si tu pouvais me laisser tout court.

De Alex Bird, 22 : 46
C'est toi qui es venu me parler.

J'attends une, deux, trois, cinq minutes, mais William ne répond plus.

De Alex Bird, 22 : 52
Je trouve ta réaction hyper excessive. Plaire à quelqu'un t'est aussi insupportable, ou c'est moi le problème ? Je te rassure, l'homosexualité n'est pas contagieuse, alors si tu dois un jour changer de bord, ce ne sera pas à cause de moi.

De William Gilson, 22 : 54
La discussion est close, bye !

De Alex Bird, 22 : 55
Quand tu lances un débat, aie au moins les couilles de le terminer au lieu de fuir ENCORE une fois !

J'ai beau attendre, aucune suite ne vient. Et quand le sigle vert disparaît à côté du nom de William, je comprends qu'il s'est déconnecté, qu'il en a fini avec moi. Mais ce n'est pas mon cas. J'ai encore plein de choses à lui dire, et qu'il ne prenne même pas la peine de les écouter m'est insupportable !

Cependant, je n'envoie pas d'autres messages. Je pose mon téléphone sur la table de nuit pour m'éviter d'y toucher et m'allonge sur le lit, vibrant d'énergie.

Remis de sa frayeur, Picasso finit par me rejoindre. Je me mets à le câliner, perdant mes doigts dans sa fourrure grise tigrée et douce. Blotti contre moi, il se laisse faire, et cherche les caresses lorsque je les arrête. Lui s'en tamponne que je sois gay, hétéro, blanc, noir, unijambiste, ou monotesticulaire. Il ronronne et ça me console qu'il y en ait au moins un d'heureux ce soir. Même si ce n'est que mon chat.

#Chapitre 7
William

— On se pèle le cul ! grogne Calvin en croisant ses bras nus contre son maillot de Manchester. Je ne sens plus mes couilles...

Je me retourne vers mon pote qui grelotte au milieu du terrain. Il pleut depuis le début de l'après-midi. On pensait que ça s'arrêterait avant le cours de sport, mais c'est loupé, on est trempé jusqu'aux os. Le score est sans appel : 1-0 pour la pluie.

Calvin savait ce qui l'attendait en enfilant son maillot de Manchester, mais il n'a rien voulu savoir. Pour lui, toute excuse est bonne pour crâner devant les filles et leur montrer qu'il joue au Soccer[11] en dehors des cours. Même si la plupart des Américains ne s'intéressent pas au football européen.

Aujourd'hui, Calvin a jeté son dévolu sur une brune avec un chignon et qui fait le tour de la piste avec son groupe. Je crois qu'il l'a branché à la soirée d'anniversaire d'Emma Jenner.

---

[11] Aux États-Unis, le Soccer est le football traditionnel européen.

— Qu'est-ce qui m'a pris de prendre football en spécialité ! râle-t-il. Je vais demander à mon père d'interdire les cours de sport.

— Ton père est avocat, pas gouverneur, se marre Scott.

— Tu feras gaffe, la brune te mate, je lance au Blond en lui donnant une tape sur le bras.

Il se redresse aussitôt en prenant la pose. Je me marre, dévoilant ma supercherie.

— Pauvre con, râle-t-il.

— Gilson ! À toi ! nous interrompt l'un de nos coéquipiers.

Je tourne la tête juste à temps pour voir le ballon foncer sur moi comme une torpille. Je l'attrape à deux mains avant de me mettre à courir. Mes chaussures à crampons s'enfoncent dans la terre meuble, envoyant des gerbes de boue dans mon sillage. J'aperçois mes coéquipiers courir de part et d'autre du terrain. Je parviens à percer la défense adverse qui se dresse devant moi. Je me faufile entre les joueurs, me frayant un chemin jusqu'à la zone d'en-but où je marque un Touchdown.

Des cris de joie retentissent sur le terrain.

On mène dorénavant de 12 points.

Un joueur récupère le ballon à mes pieds et le lance pour réengager. Au même moment, le prof siffle la fin du cours.

— T'as des putains de réflexes ! s'exclame Scott en me rejoignant, essoufflé.

— C'est ce qui s'appelle le talent, me félicite Nolan Moore en passant à côté de nous. Tu devrais rejoindre les Buffalo, Gilson. Foster m'a dit que t'étais une bête en football. Il ne s'est pas trompé.

— C'est sympa, mais je préfère m'en tenir à la boxe.

— Dommage. C'est ta dernière chance de faire partie de l'élite.

Il fait un clin d'œil à Scott qui approuve d'un hochement de tête. Un autre footballeur s'approche de nous avec un sourire en coin.

— Alors, Gilson ! Ça fait quoi de faire craquer les mecs ?

Ses mots me font l'effet d'un coup de poing dans le ventre.

— Ça m'emmerde, je râle en avançant sur le terrain.

— Tu m'étonnes ! Si tu veux, on se charge de lui.

Il se cogne les poings.

— Pas la peine, il n'a besoin de personne pour gérer un Bird, me défend Scott.

Moore et l'autre joueur se marrent en me donnant une tape dans le dos. Puis les deux équipes quittent la pelouse sous la pluie qui s'est intensifiée. Scott nous devance pour rejoindre les Buffalo.

— Il a raison, affirme Calvin. Les rumeurs que Bird a lancées sur toi commencent à s'étendre dans le lycée. Si tu acceptes de faire partie des Buffalo, tu…

— Je n'ai pas le temps de me mettre au foot.

— Et t'as le temps pour quoi, alors ? Aider ta mère à faire le ménage et servir de nounou à ton frangin ?

— Qui t'a dit ça ?

Il passe une main dans ses cheveux trempés en souriant. *Scott…*

— On n'a qu'une vie, Will, il serait temps que tu profites de la tienne. D'ailleurs, je connais une nana qui…

— Lâche l'affaire ! On n'a pas les mêmes priorités, Calvin, ça ne veut pas forcément dire que les miennes sont moins valables que les tiennes.

— Tu devrais arrêter de tout prendre au sérieux. On a tout le temps de devenir adulte.

Arrivé sur la piste, je retire mon casque et mon épaulière tout en croisant les élèves qui ont choisi la spécialité athlétisme. Alex Bird est présent, retranché sous l'abri de touche avec trois filles. S'il n'était pas gay, j'en connais plus d'un qui serait dégoûté de le voir si bien entouré.

Comme pour imager ma pensée, Scott et les Buffalo pestent en contournant ceux qui se protègent de la pluie. Un crachat atterrit aux pieds de Bird. Tandis que j'avance vers le vestiaire, je croise son regard indéchiffrable à travers les gouttes d'eau. Je ne m'y attarde pas et quitte la piste à grandes enjambées.

Deux blondes du groupe d'athlétisme me bousculent en me contournant. L'une d'elles se retourne et me lance tout à trac :

— T'es un gros naze, Gilson ! Tu ne sais pas ce que tu rates !

Encouragée par sa copine, l'autre enchaîne en m'adressant un doigt d'honneur. *Elles sont sérieuses ?!*

— Vous tombez bien, Gilson ! m'interpelle le prof de sport avant que je n'aie pu répliquer. Allez aider Edmond et Hardy à ranger le reste du matériel.

Je louche sur la porte des vestiaires, convoitant la douche brûlante qui m'attend.

— Bougez-vous si vous voulez avoir le temps de vous changer !

Je juge mon allure, de mon jogging couvert de boue à mes chaussettes bonnes à essorer. Puis je soupire et reviens sur mes pas afin de récupérer les maillots posés sur le banc. Je me mets à trottiner, croisant Edmond et Hardy qui repartent déjà en direction des vestiaires. *Petits veinards…*

Quand j'arrive au local à matériel, une odeur de renfermé me prend au nez. Elle se mélange à celle de transpiration accrochée aux maillots et à celle de la terre humide qu'ont abandonnée mes coéquipiers sur le sol en béton. Je dépose mon chargement sur l'étagère puis m'arrête quelques secondes pour profiter d'un endroit sec avant de repartir sous la pluie.

Une sensation dérangeante m'incite à me retourner vers la porte du local. Alex Bird est accoudé au chambranle. Ses cheveux bouclés dégoulinent sur ses joues rosies et ses vêtements lui font une seconde peau. La sensation de froid s'accentue. Les sourcils froncés, je reste un instant à observer l'intrus entrer.

— Remballe les fusils mitrailleurs, Willy. Je suis venu pour enterrer la hache de guerre.

Je le bouscule pour sortir. Il ajoute avant que j'ai atteint la porte :

— Si vous arrêtiez de jouer aux cons, je dirais à mes potes d'en faire de même.

Je fais volteface.

— Moi, je joue au con ?!

— Tu me traites comme une merde, et comme si j'avais réellement fait quelque chose de mal.

— OK, je n'aurais pas dû t'envoyer chier ! T'es content ?

La fierté de m'avoir extorqué un semblant d'excuse se lit sur son visage.

— C'est un début.

— Tu veux quoi d'autre ?

— Que tu me dises clairement ce que tu me reproches.

— Et moi, je voudrais savoir pourquoi tu t'acharnes sur moi ! Je suis le seul mec de Fairfax ou quoi ? Merde, trouve-toi un gay, Bird !

— Ne me tends pas la perche, j'essaie de prendre sur moi.

Je serre les poings. La lumière de l'ampoule accrochée au plafond se met à vaciller.

— Sérieux, Willy, arrête de détourner la conversation. Je préfère que tu sois direct, c'est quoi le vrai problème ? Celui qui fait que t'as à peine supporté une heure de soutien avec moi. Ce jour-là, je n'avais rien dit à personne, on ne se connaissait même pas.

— Je ne veux pas qu'on m'associe à toi !

— Pourquoi ?

— Tu sais pourquoi.

— Dis-le.

— Non !

Un silence pesant s'installe. L'humidité du tee-shirt de Bird fait ressortir l'odeur de son déodorant. Par association, mes yeux se retrouvent instantanément aimantés à son torse. Ses abdominaux sont moulés par le tissu trempé et ses tétons pointent à travers. Je déglutis tandis qu'un sentiment étrange commence à envahir mon ventre. Un pincement continu qui remonte le long de mon œsophage jusqu'à me serrer la gorge.

— De quoi t'as peur ? Ce ne sont que des mots, relance Bird.

— Je...

Un claquement sonore nous fait tout à coup sursauter. Je me retourne vers la porte qui vient de se refermer.

— Ne me dis pas que t'as retiré la cale ?! je m'effare.

— Je n'ai rien fait, je suis juste entré après toi.

La porte du local est grippée depuis des années et ne s'ouvre que de l'extérieur. On est coincé ! Dans l'immédiat, ne voyant pas d'autre solution, je cogne de toutes mes forces contre la porte dans l'espoir de la débloquer. Elle bouge sur son axe, mais ne cède pas.

Bird ne semble pas se soucier de notre situation et s'adosse nonchalamment contre le mur en croisant ses bras nus.

— Qu'est-ce que tu fais ? m'interroge-t-il après plusieurs tentatives.

— J'essaie de la forcer, ça ne se voit pas ?! EH ! IL Y A QUELQU'UN ?! ON EST ENFERMÉS !!

Son souffle amusé hérisse les cheveux dans ma nuque.

— Ça n'a rien de drôle ! L'année dernière, un mec est resté coincé 5 heures dans ce local avant que quelqu'un ne se rende compte de son absence !

— J'ai l'impression que l'univers t'envoie un message. Utilise ce moment pour méditer là-dessus.

— T'es désopilant.

— Tiens. On ne me l'avait encore jamais sorti.

Après cinq minutes à m'égosiller, l'épaule engourdie, je me fais une raison. Je suis bloqué ici avec Alex Bird. Ma journée n'aurait pas pu plus mal se terminer… Découragé, je m'adosse à la porte tout en adoptant la même position que mon codétenu.

— Quelqu'un va forcément se rendre compte que l'un de nous manque à l'appel, lance-t-il avec détachement.

— Peut-être l'une de tes nombreuses admiratrices, elles serviront au moins à quelque chose.

— Ça doit être crevant d'être aussi agressif.

Je garde le silence, et pour une fois, il en fait autant. On ne dit plus rien pendant un long moment, écoutant le bruit de la pluie qui déferle sur le toit du local. Quand je me réintéresse à lui, Bird quitte son poste pour me rejoindre contre la porte. Sans prévenir, il tend la main vers moi, effleurant du bout des doigts l'espace de peau nu situé sous mon cou.

— T'as la chair de poule.

Je dégage sa main d'un revers de bras. Mais même éloigné, je peux encore sentir sa chaleur à l'endroit où il m'a touché.

— Tu veux qu'on se réchauffe, Willy ?

— Ne me soule pas.

Je réalise avoir serré les poings et déplie mes doigts gelés le long de mes cuisses. La température a chuté. L'ampoule vacille une nouvelle fois. Je reste à la fixer jusqu'à ce que la lumière se stabilise. Il ne manquerait plus qu'on se retrouve dans le noir…

Je rabats ma tête contre la porte glacée, vérifiant ce que manigance Bird à côté de moi. Comme en cour de soutien, je plonge directement dans ses yeux bleus qui m'observent intensément. Pris en flagrant délit, il me lance un sourire moqueur. Son amusement s'efface lorsque la fraîcheur du local lui provoque une secousse. Je distingue très clairement ses frissons dresser les poils de ses bras.

L'épaisseur de mon pull me garde au sec contrairement à Bird et son tee-shirt imbibé d'eau. Peu à peu, il se met à claquer des dents. Il est complètement gelé. Je souffle par le nez et retire mon pull pour le lui donner. D'abord surpris, il l'accepte et l'enfile sans se faire prier. Il est presque à sa taille, bien que les manches soient légèrement trop longues. Je m'attends à essuyer l'un de ses sarcasmes habituels, mais il se contente d'un simple « merci ».

— C'est pour acheter ton silence, je lui précise.

Il sourit. Je détourne la tête en sentant mes joues rougir.

J'ignore si c'est mon geste qui l'encourage, mais il se rapproche lentement de moi. Cette fois, je ne le repousse pas. Moi aussi je commence à avoir froid, la proximité nous tiendra chaud. On reste ainsi un moment, calé l'un contre l'autre. J'arrive presque à me détendre. Du moins, en partie.

À côté de moi, la respiration lente de Bird m'indique qu'il n'est pas gêné par notre rapprochement, voire qu'il en profite. Son épaule frotte contre la mienne et ses doigts effleurent mes phalanges comme un souffle tiède.

Mon cœur s'emballe et mon corps gagne quelques degrés. Le contact contre mes doigts se renforce, me provoquant une sensation troublante, à mi-chemin entre une peur paralysante et une excitation incontrôlable. Bientôt, la chaleur irradie ma main, puis mon avant-bras jusqu'à mon coude. Je me tourne vers Bird et rencontre la flamme qui s'est allumée dans son regard. Sa bouche s'entrouvre, rouge et pulpeuse comme un fruit mûr.

Soudain, notre soutien s'évapore et nous manquons de chavirer en arrière. Je me rattrape de justesse au chambranle et Bird à mon épaule. On se tourne simultanément vers Murdoch qui se tient sur le pas de la porte du local, soufflant un nuage blanc devant son visage. Ses cheveux peroxydés pendent mollement sur son visage et lui donnent des airs de poulpe congelé.

— Al ? Je t'ai cherché partout ! Mia m'a dit que t'étais encore au stade. Qu'est-ce que tu fous ? On va être en retard en cours.

Bird l'observe d'un drôle d'air, comme s'il venait de quitter un rêve.

— Vous faisiez quoi tous les deux ? renchérit Murdoch.

— On était enfermés.

— Hmm, hmm…

Perplexe, Murdoch nous analyse tour à tour.

— Tu peux y aller, Cody, l'incite Bird. J'arrive.

Ce dernier obtempère sans rechigner et s'éloigne sous la pluie battante pour rejoindre le gymnase. Ce n'est pas Calvin qui aurait bravé les intempéries pour l'un de nous… Bird s'apprête à suivre l'exemple de son pote, mais je le retiens par le poignet.

— Mon pull.

Comme s'il prenait conscience qu'il l'a toujours sur le dos, il caresse lentement les manches en les observant d'un air vague.

— Je le laverai avant de te le rendre.

Il commence à sortir, mais je l'arrête une dernière fois en tirant sur son bras.

— Au fait, on est d'accord ? Tu ne m'affiches plus au lycée ou sur les réseaux.

— C'est comme si c'était fait.

Mais je doute de sa sincérité. D'après le peu que j'ai découvert d'Alex Bird, il n'est pas du genre à se laisser dominer ou manipuler. Il continuera d'agir sans se préoccuper de ce que pensent les autres. Et c'est sûrement cette naturelle indifférence qui rend nos rencontres aussi troublantes.

Alors que je le regarde s'éloigner sous la pluie, je prends conscience que la place qu'il s'est appropriée dans ma vie s'agrandit, et ce, sans que je ne puisse l'en empêcher.

#Chapitre 8
Alex

Je m'étais promis d'être raisonnable et de faire passer les cours avant le plaisir. Mais quand mes potes m'ont proposé une soirée film d'horreur à la ferme des Murdoch pour célébrer Halloween, je n'ai pas pu refuser. On s'est maté les deux premiers Conjuring[12], Cody et moi en picolant de la bière et en nous empiffrant de cheetos au fromage. On a finalement été interrompus par le retour de son père. L'agriculteur était fatigué après avoir travaillé toute la journée sur ses terres et voulait être peinard. En d'autres termes, il était temps pour nous de partir.

Cody nous a raccompagnés sur le pas de la porte, dans son costume de diable, ses yeux et ses lèvres maquillés de rouge, puis Lionel m'a déposé à la maison en rentrant chez lui. C'est pour cette raison que je me retrouve à plus de minuit, à comater devant mon devoir d'histoire que je dois rendre après-demain à la première heure.

Avachi sur mon lit, je relis la première partie de ma dissertation à propos de la fin de l'Amérique précolombienne. Dans un état comme l'Oklahoma

---

[12] Film d'horreur.

où la communauté amérindienne est omniprésente sur toute la partie Est, on pourrait s'imaginer que c'est indispensable de l'étudier. Mais en réalité, ce programme n'est abordé que pour le niveau du dernier grade[13], et notre professeur n'était clairement pas emballé par le sujet.

Dès qu'on s'éloigne du visage politiquement correct de notre chère Amérique, dès qu'on aborde les heures sombres et non plus le récit idéalisé qu'on nous pond lorsqu'on est gamins, ça crée un malaise. J'ai tout de même pris la décision d'aborder mon thème avec franchise, sans gants et sans paillettes. Peut-être que ça paiera, ou peut-être que je me ferai saquer par madame Stewart, mais au moins, j'aurais exprimé ma pensée. Personnellement, je crois au progressisme plutôt qu'au conservatisme, qu'il est préférable d'assumer les erreurs passées afin de ne pas les répéter. Et je ne vais pas m'en cacher.

D'après ma prof d'histoire, le problème de notre pays n'est pas nos ancêtres, mais la décadence de la jeunesse. Nos idées ne valent pas la peine d'être écoutées, sous prétexte qu'on n'a pas la maturité. On nous traite comme les criminels responsables de la déchéance du monde, alors que certains de nos professeurs et parents votent pour des types qui

---

[13] Aux États-Unis, les matières sont adaptées à chaque élève selon son niveau. Ainsi, il n'existe pas de « classe » à proprement parler, mais uniquement des cours auxquels les élèves sont inscrits.

défendent le port d'arme, la guerre en Irak, et font partie de ces gens qui crachent des « suce-moi, pédé » à un mec qui porte un jean trop serré. Mais à trop vouloir étouffer la voix de la jeunesse, ils ne font que nous écarter d'une réalité à laquelle on n'a pas le droit de participer.

Alors qu'ils ne viennent pas s'étonner si on est connectés jour et nuit, balançant sur les réseaux sociaux ce qu'on ne peut pas dire dans la vraie vie. Car dans cet univers virtuel, personne ne peut nous résoudre au silence. On s'exprime à coup de tweet, de hashtag et de pétitions, espérant qu'un jour, ça suffira à changer le monde.

Malheureusement, cette nouvelle liberté d'expression a permis à des mecs aux idéaux identiques à ceux de madame Stewart d'attaquer ceux qui ne rentrent pas dans le rang. Et alors, c'est à ce moment-là que tout est parti en vrille. Quand la prise de parole s'est transformée en nouvelle cour de récré où règlement de compte, humiliation et lynchage groupé règnent en maître. Les engagés se sont à nouveau confrontés à des abrutis dont l'héritage se limite à la vieille Cadillac de leur père et le « suce-moi, pédé ».

Quand je tiens ce genre de discours, mes grands-parents me conseillent de les garder pour moi, parce qu'à Fairfax, il vaut mieux penser plutôt que crier. D'après eux, c'est en se faisant discret qu'on survit. D'une certaine façon, je sais qu'ils ont raison. Ici, on ne peut pas être entendus. Et ça me tue de l'admettre.

Revenant à l'histoire amérindienne, j'inspire profondément tout en achevant la lecture d'un paragraphe. Puis je soupire et me vautre en travers de mon lit. Mon devoir sur la fin de l'Amérique précolombienne ne changera pas le monde, mais il validera au moins ma matière.

Ce soir, la maison est vide. Mes grands-parents sont sortis en ville. L'assiette qui contenait mon sandwich de minuit est toujours posée par terre, au pied de mon lit. J'ai la flemme de la descendre. J'ai la flemme de tout. J'ai même la flemme d'être flemmard.

Dehors, il fait déjà nuit. Le spot devant la maison n'arrête pas de s'allumer, éclairant l'ancien champ de maïs récemment récolté. C'est sûrement encore un chat ou un raton laveur qui traîne devant la façade et déclenche le mécanisme.

Avec les bières bues chez Cody et mon début de dissertation, je vois flou et une migraine commence à me marteler le crâne. Peinant à garder les yeux ouverts, je déverrouille mon téléphone pour regarder l'heure. Il est presque une heure du matin. Déjà.

Je lance un morceau sur mon téléphone et visse mes AirPods dans mes oreilles. Les yeux fermés, j'écoute la chanson que je révise en ce moment au piano. Je me laisse bercer par la musique, m'en imprègne, jusqu'à me l'approprier. Mes doigts pianotent sur ma cuisse tandis que j'imagine déjà les accords que je pourrai changer.

> *I hear Jerusalem bells are ringing,*
> *Roman cavalry choirs are singing*
> *Be my mirror, my sword and shield,*
> *My mussionaries in a foreign field...*[14]

Lorsque la musique se termine, quelque chose glisse soudain de mes cuisses. Je me redresse pour ramasser mes copies tombées par terre. J'espère que ce dur labeur me vaudra au moins un B+. Alors que j'abandonne mon devoir inachevé sur ma table de chevet, mon regard trouve instinctivement le pull rouge posé sur le dossier de ma chaise de bureau.

Je l'y ai laissé il y a deux jours en rentrant du cours de sport, et il n'en a pas bougé depuis. Il sent le déodorant, la transpiration, l'humidité, une lessive qui n'est pas la mienne, le tout formant une odeur qui n'appartient qu'à William. Je n'ai pas encore osé le laver. Parce que ça voudrait dire que je n'ai plus aucune raison de le garder et que je dois le lui rendre. Et je ne suis pas prêt à m'en séparer.

---

[14] Trad. Coldplay – *Viva la vida* « J'entends les cloches de Jérusalem qui sonnent, les chœurs de la cavalerie Romaine chantent « sois mon miroir, mon épée, et mon bouclier », mes missionnaires sur un sol étranger. » Note : cette chanson fait référence au roi déchu lors de la Révolution française.

Depuis le lit, je me penche pour atteindre le pull et me rallonge en le tenant dans mes poings. J'étire le tissu pour l'observer. Un logo représentant un lion trône au centre. Ce n'est pas une marque, mais il est sympa. Je l'approche de mon visage et y enfouis mon nez. Je fais ça une première fois, pendant seulement quelques secondes, avant de recommencer plus longtemps. Les yeux clos, j'inspire profondément pour m'enivrer du parfum de William.

Son odeur me propulse deux jours en arrière, lorsqu'il s'est tenu près de moi dans le local. Ses yeux noisette fluorescents dans la semi-obscurité. Son épaule frôlant la mienne. Ses cheveux roux dégoulinant sur ses joues. Son regard navigant sur mon corps. Ses cuisses moulées par son pantalon mouillé...

Je respire son parfum comme le remède à tous mes maux, me sentant devenir plus chaud, plus léger... me sentant de mieux en mieux...

Tenant le pull d'une main, l'autre migre sur mon torse. Je me caresse les abdominaux, puis le ventre pendant un instant, insistant sur les zones sensibles qui me font frissonner. La sensation d'ébullition sous ma peau augmente, me donnant encore plus chaud et asséchant ma bouche.

Je poursuis mon exploration vers mon pantalon de jogging. Le tambour dans mon torse s'intensifie. Le bout de mes doigts effleure mon aine, me faisant trembler. Je les passe sous l'élastique de mon boxer, balaye ma courte toison, avant de sombrer plus loin dans sa chaleur, plus loin dans le plaisir.

Bordel...

Mon sexe est déjà dur et étire le tissu. Ma paume le frôle à peine, que tout mon corps se tend, ne demandant qu'à être soulagé. Et je m'obéis. Le bas du visage toujours enfoui dans le pull de William, je cède à ma pulsion, celle que sa simple odeur fait naître en moi.

J'enserre franchement ma queue et pompe dessus, de cette façon familière qui me fait décoller en dix minutes. Je vais et viens sur mon membre solide tandis que des images se mettent à danser sous mes paupières, me jouant un film érotique qui n'appartient qu'à moi, où souvenirs et imagination flirtent et s'unissent.

Le local sombre et moite. William. Ses mains puissantes. Son regard dévorant. Ses lèvres, belles et sensuelles. Sa gorge musclée. Sa mâchoire forte. Son corps qui irradie de chaleur et de virilité. Son torse dessiné, malmené par une respiration saccadée. Ses cuisses galbées... son parfum... toujours et encore ce parfum qui m'étourdit.

— Aah... putain...

Je me branle plus vite, plus fort, provoquant mon gland qui s'humidifie. Je bascule la tête en arrière. Les lèvres entrouvertes. Les yeux clos. L'esprit brumeux.

William…

Je voudrais l'embrasser. Le toucher. Le caresser. L'enlacer... Le goûter... Lui, sa peau, sa bouche. *Mon Dieu...*

La chambre devient aussi ardente qu'un four. Mes membres se contractent et pourtant, je me sens liquide. Mon lit se met à tourner. Le sang afflux dans mon entrejambe, me donnant la sensation qu'elle va exploser.

— William !

J'étouffe son prénom contre son pull, juste avant de jouir dans mon poing.

Essoufflé, le regard rivé sur le plafond de ma chambre, je reste quelques secondes allongé. Mon cœur tambourine dans mon thorax. Le pull de William dans une main, ma queue dans l'autre, je redescends progressivement sur terre.

Remis de mes émotions, je me redresse en position assise. Mon boxer est humide et colle à ma peau. Merde, je déteste cette sensation. Qu'est-ce qui m'a pris de me branler tout habillé ?

Je me lève afin de retirer mes vêtements. J'espère que ça n'a pas traversé mon boxer. J'examine mon jogging, mais il a survécu au tsunami Alex. Je m'habille de fringues propres, et prends celle souillée avec moi pour la nettoyer.

Dans la salle de bain, je passe mon boxer sous l'eau. Je le frotte, jusqu'à ce qu'il ne reste aucun débris de ma branlette, puis je le mets à sécher. Une fois sec, il rejoindra le jogging dans la machine à laver.

De retour dans ma chambre, le pull de William attend toujours sur mon lit. Le témoin de ma perversité est roulé en boule. Je me sens presque honteux à présent. J'ai l'impression de l'avoir agressé. Je m'apprête à l'emmener lui aussi à la buanderie, quand un cri retentit dehors. Choqué, je me retourne vers la fenêtre de ma chambre.

Le spot s'est rallumé. Soudain, le doute qui demeurait dans les marges de mon esprit s'impose au centre. Et si ce n'était pas un animal ?

Je m'approche de la fenêtre pour voir ce qu'il se passe. Je suis vraiment trop con, ce n'est sûrement qu'une chouette, rien d'autre. Ce n'est pas parce que c'est Halloween que je dois me mettre à flipper. Mais je ne peux pas m'en empêcher, une angoisse sous-jacente me tord le ventre.

Lorsque j'atteins ma fenêtre, un autre hurlement perce la nuit. Effrayant, le genre qui fait mal jusqu'à l'intérieur du corps. D'une main raide, j'écarte deux lattes du store. Ce que je vois me fige sur place. Six silhouettes font face à la maison, leurs visages difformes au sourire diabolique rivés vers moi. La chair de poule s'étale sur mes bras et je recule aussitôt en trébuchant sur mon sac de cours. Je me rattrape à mon bureau avant de m'affaler par terre.

Les hurlements reprennent. Ils sont plus nombreux, et de plus en plus forts. Ils se rapprochent. Je me redresse à la hâte en essayant de comprendre ce qu'il se passe. Le cœur battant la chamade, je m'approche de la fenêtre pour guetter les intrus. Deux d'entre eux sont restés en retrait tandis que les autres semblent s'être approchés de la façade. Les voyant de plus près, je reconnais les masques qui couvrent leurs visages, représentant la marionnette du film Saw. Le message est clair, s'ils sont là, c'est pour donner un châtiment.

— TON HEURE A SONNÉ, BIRD ! s'écrie une voix masculine, faisant rire les autres.

— MONTRE-TOI, PÉDALE !

Un projectile en verre s'éclate sur la maison.

— QU'EST-CE QUE TU FAIS TERRÉ CHEZ TOI ? C'EST LA NUIT DES MONSTRES ! SALE DÉGÉNÉRÉ !

— PAUVRE TAFIOLE !

Parmi les voix, je reconnais celles de Nolan Moore et Scott Foster. Immédiatement, tout devient clair. Ces enfoirés viennent sûrement de la soirée que le Quaterback organise chez lui à moins d'un kilomètre d'ici, dans son ranch. Ils ont l'air complètement défoncés.

Ils se remettent à hurler comme des loups. Je me penche sur le côté et réussis à en voir un qui agite une bombe de peinture. Les enfoirés ! Je sors de ma chambre en trombe et descends l'escalier quatre à quatre. Je récupère la batte de baseball appartenant à mon grand-père, rangée dans le meuble du salon, et fonce dans l'entrée.

Arrivé devant la porte, un sentiment oppressant tente de m'alerter. À cet instant, j'ai l'impression que ma vie est sur le point de se jouer. Je resserre ma main sur la batte et inspire un bon coup. Non. Je ne laisserai pas ces connards me faire peur.

Je déverrouille la porte et sors en tenant mon arme à deux mains.

— Barrez-vous de chez-moi bande d'attardés ou je vous déglingue !

L'un d'eux balance une bouteille qui s'écrase sur le toit de la terrasse tandis qu'un autre s'arrête de taguer. Avec leurs masques, je n'arrive pas à les reconnaître. Et ils ont l'air beaucoup plus menaçants maintenant que je ne suis plus barricadé derrière des murs. L'un d'eux s'avance vers moi. Il titube et lâche un rire qui transpire l'ivresse.

— T'es sorti de ta tanière, me dit Moore. Il paraît que t'aimes ça, sucer les queues ! Alors viens me sucer, je suis sûr que t'en meurs d'envie !

— Approche et je te fracasse, connard, je réplique en les guettant à tour de rôle.

Mais le Quaterback ne s'arrête pas et deux autres l'imitent. La lumière du spot illumine leurs masques de marionnette qui créent une ombre autour de leurs yeux écarquillés. Un frisson me dévale le dos tandis que je les affronte.

— Tu n'aurais jamais dû sortir ! me prévient la voix de Foster.

Je me tourne vers lui au moment où il se met à courir vers moi. Soudain, les phares d'une voiture apparaissent sur l'allée qui mène à la maison. Les six mecs se retournent aussitôt vers elle.

— Putain, il a appelé les flics ! s'écrie l'un d'eux.

Il part aussitôt vers le champ de maïs et trois autres le talonnent. Foster et Moore sont les derniers à rester tandis que le véhicule se rapproche.

— Mon père ne viendrait jamais ici, défend le premier.

Mais le Quaterback lui chope le bras et l'entraîne avec lui. Ils détalent comme des lapins à travers champ, tandis que la voiture de mes grands-parents atteint le jardin. Lorsqu'ils se garent, Moore et sa bande sont déjà loin. Ma grand-mère sort du 4x4 et me demande inquiète :

— Alex ?! Qu'est-ce qu'il se passe ?

Mon grand-père l'imite et fonce sur moi.

— Qu'est-ce que tu fais avec la batte ? Qui c'était ?

Mon sang pulse violemment dans mes tympans. J'observe la batte que je tiens entre mes poings crispés. Je relève ensuite les yeux vers mes grands-parents qui me dévisagent avec effarement.

— Personne. C'était juste… Une blague.

Mon grand-père se tourne vers la façade de la maison et son expression choquée vire à une rage palpable.

— Une blague ?! s'exclame-t-il en enjambant une citrouille piétinée.

Je fais volteface alors qu'il se dirige vers le tag à la peinture rouge. « Va en enfer pé- » est inscrit en lettres capitales sur le bois blanc. Inutile d'être un génie pour deviner la fin manquante. Ils n'ont jamais été très imaginatifs.

Une pression sur ma main droite me fait sursauter. Ma grand-mère m'adresse un regard qui se veut rassurant, mais qui a juste l'air alarmé et triste.

— On est là maintenant, me dit-elle en prenant doucement la batte.

— Je vais tuer ces petits salopards ! aboie mon grand-père en frottant la peinture avec le plat de sa main. Appelle les flics, Abby !

Ma grand-mère sort aussitôt son téléphone portable.

— Ils ne s'en sortiront pas comme ça, le soutient-elle.

— Arrête, ça ne sert à rien, j'interviens avant qu'elle n'ait composé le numéro.

— On ne laissera pas passer ça, Alex.

— Vous n'avez aucune idée de qui a fait ça. Ça pourrait être n'importe qui.

— Mais toi tu sais, pas vrai ?! rétorque mon grand-père en revenant vers nous. Je suis sûr que tu sais. Donne-moi les noms, je ne laisserai pas ces petits enfoirés te menacer et s'en sortir indemnes ! Personne n'a le droit de s'en prendre à mon petit-fils !

Les noms… J'en ai au moins trois. Le Quaterback, le fils du shérif et le neveu du maire adjoint de Fairfax. Mais à quoi ça servirait de les donner ? Jamais la police ne prendra la défense d'un mec qui s'est fait insulter de pédé. Ils lui diront juste que ce n'est qu'une petite farce d'Halloween. Tout ça n'est qu'une putain de perte de temps.

— Ce n'est qu'un tag, ça partira avec de l'alcool, je réplique en essayant de garder mon calme.

— Quoi, mais tu… commence ma grand-mère.

— Je vous dis que ça ne sert à rien, bordel ! Vous pensez vraiment que le shérif Foster bougera le petit doigt pour une connerie de ce genre ?!

— Ça n'a rien d'une connerie quand on menace ma famille ! s'emporte mon grand-père.

Voyant que la situation est totalement hors de mon contrôle, je rentre dans la maison.

— Appelez les flics si vous voulez, mais je refuse de perdre mon temps à parler avec cet enfoiré de shérif !

— Alex ! m'appelle ma grand-mère.

Mais je n'écoute plus et fonce à l'étage.

#Chapitre 9
Alex

De retour dans ma chambre, il me faut un moment pour me calmer.

Mes grands-parents ont fini par rentrer et ont abandonné l'idée de téléphoner à la police. Au fond, ils savent que j'ai raison. Au mieux, le shérif leur aurait ri au nez, au pire, il leur aurait fait payer pour avoir voulu accuser son propre fils. Tout dans cette histoire est injuste, mais ma lutte contre la bande de Moore n'a jamais été juste. Et ça ne me rend pas triste ou craintif, je me sens juste vidé.

Allongé sur mon lit, je récupère mon iPhone qui vibre sur mes copies d'histoire. Encore anesthésié par ce qu'il vient de se passer, je le prends sans vraiment m'y intéresser. Mais la notification Instagram affichée au milieu de l'écran me ramène subitement sur terre.

William a accepté mon invitation.

D'abord étonné, je laisse ça de côté pour aller mettre son pull à laver. Tout à l'heure, ma grand-mère est venue frapper à ma porte pour discuter. J'ai fait semblant de dormir, et elle est partie se coucher avec mon grand-père. Certain de ne pas les croiser, je rejoins la buanderie au rez-de-chaussée en m'éclairant avec le flash de mon téléphone.

Une fois de retour dans ma chambre, j'assimile le fait que William m'a donné une petite place. Dans sa liste d'abonnés, certes, mais une place quand même.

Un sourire étire lentement mes lèvres. Pourquoi je n'arrive jamais à lui en vouloir plus de vingt-quatre heures ? Comme toutes les personnes qui menacent réellement de me blesser un jour, William me rend faible.

Tout en m'installant sur mon lit, je checke son profil Instagram. Il y a beaucoup de photos de ses potes, sur la boxe, et quelques-unes de lui. La plupart ne montrent pas son visage dans sa totalité. William fait donc partie de ces gens qui ne s'aiment pas ? C'est dommage.

J'ouvre une conversation privée.

Alex Bird, 01 : 41 *: Merci de m'avoir fait entrer dans le carré V.I.P.*

Will_Gil : *N'en fais pas des tonnes.*

Alex Bird : *Comment ça se fait que tu m'aies accepté ?*

Will_Gil : *Fausse manip.*

Alex Bird : *C'est tout ce que t'as trouvé comme excuse ?*

Il me laisse en « vu ».

Alex Bird : *Je ne m'attendais pas à ce qu'il y ait autant d'abdos sous tes pulls à capuche.*

Cette remarque me ramène à son profil. Parmi les rares photos de William, l'une d'elles le montre à la boxe. Torse nu, il cogne à mains nues dans un sac de sable. Il a une expression sauvage, loin de celle sérieuse ou renfrognée qu'il affiche en permanence. Il devrait avoir l'air enragé, mais il a plutôt l'air soulagé, comme si chaque frappe le libérait. C'est déroutant.

Je laisse un *j'aime* sur deux autres clichés. Un où on voit seulement le bas de son visage alors qu'il a voulu mettre en valeur un sweat Nasa. Et un autre qui met en scène un chien qui court avec une gamelle dans la gueule. Le hashtag « iwantadog » me fait comprendre qu'il ne s'agit pas du sien. Encore une fois, on ne fait pas partie de la même équipe. Comme pour me rappeler la mienne, Picasso entre par la porte entrouverte et s'impose sur mon lit.

Alex Bird : *Tu fais quoi ?*

Will_Gil : *J'essaie de dormir.*

Alex Bird : *Pas assez apparemment.*

Will_Gil : *Et toi, c'est quoi ton programme de la soirée ? Grosse fiesta d'Halloween ? Qu'est-ce que tu fais encore debout ?*

Ce qu'il s'est passé il y a une heure me revient en mémoire. Je jette un coup d'œil méfiant à la fenêtre de ma chambre. Mais dehors, tout est sombre et silencieux. Je range ce moment derrière la porte blindée au fond de mon esprit et cesse d'y penser.

Alex Bird : *Je mate tes photos.*

William commence à taper une réponse, mais s'arrête. J'attends. Rien ne s'affiche. Il a simplement arrêté d'écrire.
J'y suis encore allé trop fort ?

Alex Bird : *Ça vaaaa, je déconne. Ne me bloque pas.*

Will_Gil : *J'étais à deux doigts de le faire.*

Alex Bird : *Tu fais de la boxe ? (ouais en fait, je matais vraiment tes photos)*

Will_Gil : *Depuis plusieurs années. Et toi ? À part le théâtre, le club de musique, et... quoi d'autre ? Tu sers le repas chaud aux sans-abri et tu promènes les chiens de ton quartier ?*

Alex Bird : *Et c'est moi le fouineur ? T'es mieux renseigné qu'un flic. J'étais aussi un membre du groupe de discussion[15], avant que le proviseur Burket ne le ferme par manque de participants. Et pour info, je sers seulement le repas de Thanksgiving.*

Will_Gil : *C'est par pur altruisme ? Ou tu veux avoir l'air parfait aux yeux des autres ?*

Alex Bird : *Les filtres Instagram suffisent pour ça.*

Je pose mon téléphone sur la table de chevet le temps de me coucher. Une fois dans mon lit, je rouvre ma conversation avec William.

Will_Gil : *Pourquoi tant de bonnes actions ? T'as un truc à te faire pardonner ?*

Alex Bird : *Sûrement l'un de mes nombreux péchés.*

---

[15] Club dont les élèves participent à des compétitions et affrontent d'autres écoles en débattant sur des sujets controversés.

Will_Gil : *Comme celui d'être gay ? C'est vrai que ton ancien révérend refuse que tu mettes les pieds dans son église ?*

Alex Bird : *Avec toutes les rumeurs qui courent sur moi, on pourrait en faire un film.*

Will_Gil : *J'ai l'impression de chauffer, c'est la première fois que tu évites de répondre à une question.*

Alex Bird : *« Chauffer » ? Je te fais déjà cet effet-là, Willy ?*

Il me laisse à nouveau en « vu » pendant cinq minutes.

Will_Gil : *Abruti.*

Je lâche un rire fatigué. La joue posée sur l'oreiller, je prends un selfie où je tire la langue et l'envoie à William. Mon regard endormi me donne l'air d'avoir abusé de la vodka ou du shit.

Alex Bird : *Et maintenant ?*

Will_Gil : *Et maintenant quoi ? Tu t'attends à ce que je t'en envoie une en retour ?*

Alex Bird : *On est déjà sur la même longueur d'onde, c'est dingue.*

Will_Gil : *Je ne fais pas dans les dick pic avec les mecs.*

Alex Bird : *Je vois ce que t'a inspiré ma photo. T'es un keukin en fait.*

Je reçois une photo de William, ou plutôt de sa main m'adressant un doigt. C'est un début, on franchit les étapes, une par une.

Alex Bird : *Encore une allusion sexuelle. Serait-ce un message que t'essaies de me faire passer ?*

Will_Gil : *T'es en manque, Bird, mate un porno.*

Alex Bird : *T'en as un à me conseiller ?*

Will_Gil : *Rien qui pourrait te plaire.*

Alex Bird : *C'est quoi ton genre ?*

Will_Gil : *De quoi ? De film de boules ?*

Alex Bird : *Non, je parle en général.*

Will_Gil : *Je n'en ai pas.*

Alex Bird : *T'as des ex ?*

Will_Gil : *Elle est sérieuse ta question ?*

Alex Bird : *T'es sorti avec qui ?*

Will_Gil : *Tu ne connais pas.*

Alex Bird : *Dis plutôt que tu veux me la cacher.*

Will_Gil : *Pense ce que tu veux.*

Alex Bird : *C'est ce que je fais.*

Will_Gil : *Et toi, il y a un mec avec lequel tu n'as pas couché à Fairfax ?*

Alex Bird : *Toi.*

Will_Gil : *Tu leur donnes rancard dans les chiottes du lycée ?*

Je me rabats sur le dos en soupirant. J'ignore s'il s'agit d'un cliché sur les gays, de l'opinion que

William a de moi, d'une simple rumeur, ou juste d'une attaque. Pire que la rumeur, ce serait que son opinion de moi vole aussi bas.

Alex Bird : *Non, ça pue la pisse. Désolé, si c'était une tentative pour me brancher, il faudra trouver autre chose.*

Will_Gil : *Sans façon, je me respecte.*

Alex Bird : *Tant mieux moi aussi.*

Will_Gil : *Si tu le dis !*

OK, alors c'était une attaque pure et simple. Qu'est-ce qui l'a autant mis en rogne ? Mes provocations ? Ou qu'il s'imagine que je me suis tapé tous les refoulés du comté ?

Alex Bird : *Ne sois pas jaloux, Willy.*

Will_Gil : *Moi ? T'es dingue.*

Je pouffe de rire. Avant que je ne puisse répliquer, il m'envoie un autre message, coupant court à la conversation.

Will_Gil : *Je vais me coucher. À ++*

Je soupire, déçu que ce soit déjà fini.

Alex Bird : *Bonne nuit.*

Je pose mon téléphone sur la table de chevet et éteins la lumière.

Je mets du temps à trouver le sommeil. Même dans le noir, je garde les yeux ouverts, m'imaginant voir des ombres dans l'obscurité de la chambre. Après les films d'horreur matés chez Lionel et celui que j'ai vécu tout à l'heure, mon instinct ne cesse d'attirer mon attention vers la fenêtre. Mais le spot ne s'est toujours pas rallumé. C'est terminé… Tout ça n'est déjà qu'un mauvais souvenir à ranger avec les autres.

Je referme à nouveau la porte blindée et sombre dans les méandres de mon subconscient.

#Chapitre 10
Alex

Novembre,

Les fois où je suis venu réviser à la bibliothèque du lycée se comptent sur les doigts d'une seule main. Déjà, parce qu'internet m'offre tout ce dont j'ai besoin. Ensuite, parce que la plupart y vont pour se pourlécher derrière les étagères, et on surprend toujours un ou deux gémissements, quand on ne marche pas sur une capote usagée. Et pour finir, parce que mes potes refusent de s'y rendre depuis qu'un groupe de fascistes a tenté de défenestrer Lionel en deuxième année. C'est à cause d'ordures dans leur genre que des personnes craignent une chose aussi anodine qu'aller au lycée.

Alors que la fin des cours a sonné depuis dix minutes, je déambule entre les rayons de la bibliothèque. Lionel et Cody sont déjà rentrés chez eux, tandis que j'ai décidé de rester ici pour travailler. La pièce est presque vide, seule une poignée d'élèves est éparpillée aux tables disposées dans l'entrée. Parmi eux, un groupe de mecs fait autant de bruit qu'un stade de foot. Une fille n'arrête pas de leur adresser des « shhhhh » qui les font marrer.

Dans la culture populaire, cet endroit est censé être le plus silencieux du bahut. Mais à Edison High, il ressemble au plateau de Jerry Springer Show[16]. La documentaliste n'est jamais là. Elle traîne dans la salle des profs, buvant du pinard dissimulé dans un thermos de café. Et quand elle daigne se présenter à son poste, elle décuve dans sa chaise de bureau. Elle n'est pas méchante, juste désespérée. Et je peux la comprendre, moi aussi je deviendrais alcoolique si je faisais ma vie à Fairfax.

Après avoir mis la main sur le livre d'algèbre que je cherchais, je m'assois à une table près des fenêtres. Il fait gris dehors et une bruine s'étale sur la vitre. Sous la lumière artificielle, je me mets au boulot. Je ne sortirai pas d'ici avant d'avoir terminé mon devoir. C'est le challenge que je me suis lancé. Et s'il faut que j'élise domicile ici pour y parvenir, je le ferai. Sans déconner.

Après l'arrêt des séances de soutien, j'ai relu mes cours, épluché les solutions sur internet, enchaîné les vidéos YouTube... Mais rien n'a fonctionné. Alors je reviens au bon vieux livre traditionnel. Celui que j'utilise en classe pourrait être rédigé en chinois, ça reviendrait au même. Mais d'après une amie, celui-ci l'a aidé à comprendre ce qu'elle pensait impossible. Alors je devrais en être capable moi aussi.

---

[16] Émission télévision américaine.

Au bout de quinze minutes de torture mentale, je me convaincs que non, je n'y arriverai jamais. Pour ne rien arranger, les rires des cinq mecs installés plus loin ont augmenté en décibels. J'enfouis mes mains dans mes boucles avec l'envie de m'éclater la tête sur la table.

Concentre-toi, Alex, tu peux le faire. Tu n'es pas plus con qu'un autre !

— Aaaah ! Mais putain, abruti ! s'esclaffe l'un des types.

Il pousse son pote qui tombe de sa chaise et les autres se bidonnent. Soudain, je me demande si c'est l'un des rires que j'ai entendus devant chez moi le soir d'Halloween.

Bordel, pourquoi je pense à ça maintenant ? C'est passé, c'était il y a déjà deux semaines. Il faut que je tourne la page. Foster et Moore l'ont déjà fait. Ils ont agi comme si rien ne s'était passé et n'y ont fait aucune allusion. Et comme personne n'est au courant à part eux et mes grands-parents, au fond, c'est comme s'il n'était réellement rien arrivé. Seule la légère trace rose de peinture laissée sur la façade en témoigne.

— Eh, dugland, mate ça ! lance un mec à son pote en lui montrant son téléphone portable. Une meuf qui twerk comme ça, je l'épouse diiirect.

— Ça ne s'épouse pas, ça se saute, réplique l'autre.

Un type se ramène derrière eux et quelque chose les fait s'esclaffer encore plus fort.

À bout de nerfs, je me lève, prends mes affaires, et déserte ma table pour m'enfoncer dans la bibliothèque. J'avance suffisamment loin pour transformer leurs exclamations en un brouhaha indistinct. Je finis par trouver une table de quatre, dissimulée derrière des étagères et éclairée par une lampe posée en son centre. Trois chaises sont vides, tandis que la quatrième est occupée par un rouquin.

La joue calée contre son poing, William gratte sa feuille comme si sa vie en dépendait. Il ne me remarque pas, ni quand j'approche ni quand je pose mes affaires sur la table. Tout en mordillant le bout de son stylo, il fronce ses sourcils de concentration. Ce n'est que lorsque je m'assois en face de lui, qu'il relève enfin la tête vers moi.

— La place était libre ? je demande en posant ma veste sur le dossier.

Il lance un coup d'œil aux alentours puis me dit en constatant qu'on est seuls :

— À part si tu viens d'écraser Casper.

— Désolé, Casper, je chuchote en écartant les jambes. Range ton matos, il y a du monde.

Un rictus marque le coin des lèvres de William. Je rêve ou je viens de le faire sourire ?

S'en rendant compte à son tour, il s'éclaircit la gorge et camoufle la preuve sous une expression sérieuse.

— La bibli n'est pas assez grande ? Ou alors... (Il lance un coup d'œil à mes cours) t'as besoin d'aide, X Æ A-12 ?

— Tu t'es souvenu du nom exact ?

— J'ai une bonne mémoire.

— Moi aussi, mais elle est sélective. Et apparemment, elle a décidé que je resterais une daube en maths. Tu révises quoi ?

William soulève son cahier, me laissant apercevoir de l'espagnol. Il a rédigé des colonnes entières de conjugaison que je reconnais être du premier et deuxième groupe.

— Tu t'en sors ?

— Pas vraiment.

— Pourtant c'est du par-cœur, ça devrait aller.

— C'est plutôt la prononciation qui pêche. Je n'arrive pas à rouler les « r », et je passe à l'oral cette semaine.

— Il faut que tu fasses vibrer ta langue contre ton palais, ne la colle pas à tes dents.

Je lui fais une démonstration, puis le laisse essayer. William s'y prend à trois fois avant de me donner un « r » digne de ce nom. Je ne sais pas si c'est normal, mais ça me fait quelque chose.

— Pas mal, je lui souris.

Depuis qu'il m'a accepté sur Instagram, on s'est parlé quelques fois par message, mais jamais longtemps. C'est déroutant de pouvoir discuter avec lui en face à face. Ça a quelque chose d'inédit. Presque d'interdit.

Il délaisse son livre d'espagnol pour s'intéresser au mien.

— C'est quel chapitre cette fois ?

— Les limites de fonctions. Je ne comprends même pas le titre, j'ai déjà atteint mes propres limites.

D'un coup, William saisit le livre et le fait pivoter vers lui. Tous les deux penchés sur la table, il lit l'explication à voix haute tandis que je le regarde faire. Son timbre me chatouille le ventre. Ses yeux balayent les exemples de calculs puis dévient sur le devoir que je suis censé rendre après-demain. William s'humidifie les lèvres avant d'emprisonner celle du bas entre ses dents.

— Attends, je vais t'expliquer.

Il se lève pour s'asseoir à côté de moi. Il recentre la feuille devant lui et pointe la mine de son stylo sur une ligne. Aussi près l'un de l'autre, nos épaules se touchent presque tandis que j'écoute attentivement les consignes de William. Mes sourcils froncés, j'essaie de comprendre, de faire un effort, de ne pas lui faire perdre son temps.

Je bois ses paroles pendant quelques minutes, avant que mon attention ne dévie sur sa main qui va et vient sur la feuille. Elle est grande, presque autant que la mienne, avec une paume large, des phalanges saillantes et des doigts puissants. On sent qu'elle a déjà cogné. Elle est belle et a l'air chaude. Je me demande ce que ça fait de la toucher, de l'enlacer, de la serrer...

— J'espère pour toi que tu n'as pas l'intention de postuler pour le MIT.

— Je viens d'envoyer ma candidature, j'ironise en le regardant écrire. Tu comptes y aller avec moi ?

— Je préfère laisser Boston à mon pote Calvin.

— Et dire que j'avais déjà prévu notre coloc. Merci de bousiller mes plans.

Sans se laisser déconcentrer, William enchaîne les calculs. Je tente de suivre la logique qui l'amène à noter un 7 plutôt qu'un 9, puis un « x » à gauche de l'équation. Il me perd lorsqu'une puissance carrée surgit de nulle part. Je m'avachis un peu sur la table et cale ma tête sur mon bras tout en le dévisageant. Si l'algèbre reste un mystère pour moi, l'énigme William Gilson est plus intéressante à résoudre.

— Réellement, tu comptes postuler où ? je l'interroge en détaillant la ligne de son profil.

Je n'avais jamais remarqué, mais son nez est légèrement retroussé au bout.

— Columbia.

— T'es une tête.

Il glisse soudain la feuille devant moi.

— À toi.

— Quoi à moi ?

— L'exercice. Tu ne crois quand même pas que je vais tous les faire à ta place.

Je me redresse.

— Mais tu fais ça tellement bien, c'est presque poétique.

Je lui adresse un large sourire, mais William ne cède pas. Et merde, même ça, ça ne fonctionne pas avec lui. Accoudé de chaque côté de la feuille, je repose alors ma tête contre mes poings et planche sur l'exercice n°2 de mon devoir.

Je ne sais pas combien de temps s'écoule, mais William ne bouge pas d'un pouce. Mon crayon de papier non plus d'ailleurs. Il est toujours posé à côté de la feuille, attendant désespérément d'être utilisé.

On pourrait penser qu'être secondé par un petit génie aide nos propres facultés intellectuelles à se développer. Malheureusement, la logique ne fonctionne pas en wifi.

— Ça vient, il faut juste que je m'échauffe.

Cinq minutes d'effort plus tard, je soupire et me tourne vers William qui m'observe du coin de l'œil. Pris sur le fait, ses yeux soutiennent les miens avec aplomb. On se fixe ainsi pendant un long moment. Je sens mon cœur battre dans ma gorge. Il n'est pas aussi rapide que les autres fois où je me suis retrouvé proche de William. Il est lent, apaisé, comme lorsqu'on écoute une chanson qui nous rend heureux.

— Julliard, finit-il par dire. Je suis sûr que tu vas postuler à Julliard.

Je souris en coin.

— Je suis si prévisible que ça ?

— Par certains côtés.

— Quels sont les autres ?

William se rabat contre le dossier de sa chaise en affichant un air moqueur.

— Tu vas foirer cet exercice.

Provoqué, je me redresse à mon tour et m'empare du crayon.

— Rien que pour te prouver que t'as tort, je vais réussir à le faire.

— Je ne veux pas louper ça.

— Ouvre grand les yeux, William Gilson.

Il croise les bras d'un air supérieur. Je retrousse les manches amples de mon pull en grosses mailles, puis je me mets à enchaîner les calculs.

— Tu veux faire quelle spécialité à Columbia ? je lui demande tout en écrivant.

— Architecture.

— C'est cool. Tu participeras au monde de demain.

— Je construirai peut-être ton futur théâtre ou opéra.

— Tu lui donneras ton nom ?

— Je l'appellerai X Æ A-12.

Je pouffe de rire.

Je lance un coup d'œil à William, mais il m'incite à me remettre au boulot d'un geste du menton. Tellement autoritaire...

La pluie s'est intensifiée et tape contre la vitre lorsque je termine mon exercice. Je pose mon crayon avec soulagement. La vache, je me sens vidé.

— Alors ? me demande-t-il.

Je prends du recul pour juger ce que je viens d'accomplir. Sceptique, je le présente ensuite à William. Il l'examine avec sérieux. J'attends comme s'il s'agissait d'un examinateur. Bizarrement, j'ai envie d'obtenir son approbation, surtout après le mal qu'il s'est donné pour m'expliquer ce que mon cerveau refuse d'assimiler.

Il lui faut moins d'une minute pour me donner le résultat, alors qu'il m'en a fallu dix pour réussir à pondre quelque chose.

— Bah putain.

— Quoi ? J'ai bon ?

— Non, t'as tout faux.

Désespéré, je m'affale sur la table.

— T'aurais pu y mettre les formes, je grogne.

— Il n'y a pas un seul calcul correct. Comment t'as fait ça ?

— Je ne sais pas, je me contente d'être naze.

— C'est un devoir à rendre ?

— Ouais, ça fera partie de ma moyenne.

William impose une main sous mon bras droit. Il saisit la feuille et l'extirpe de sous mon poids.

— OK, file-moi ça.

Sans hésiter, je me décale pour le laisser faire. Il gomme mes réponses et écrit les siennes par-dessus au stylo. Il enchaîne les calculs à une vitesse éclair, sans même donner l'impression de réfléchir. Ça semble inné, logique, facile. Je me demande comment ça se passe dans sa tête. Que voit-il qui m'échappe ?

— T'as toujours eu un don pour les matières scientifiques ? je l'interroge en le regardant faire. Je me demande si on naît avec le gène matheux ou si on le devient.

— Il paraît que ça a quelque chose à voir avec le côté du cerveau le plus développé chez un individu. Si c'est le droit, la personne sera plus artistique. Si c'est le gauche, elle aura un esprit plus logique.

— Alors on est complémentaires toi et moi.

— Ou totalement opposés.

Je me marre.

William relève les yeux. Je me penche vers lui pour voir ce qu'il a écrit. Il détourne la tête et fait tourner le stylo entre ses doigts.

— Qu'est-ce que tu veux faire à Julliard ?

— J'ai choisi l'acting, mais j'ai longtemps hésité avec la musique.

— Ton rôle dans le spectacle risque de les intéresser. Surtout si tu interprètes le personnage principal. C'est Grease qui est mis en scène cette année, c'est ça ?

— T'es bien renseigné.

William se tourne vers moi et nos visages se retrouvent subitement proches. Son regard navigue sur mes yeux, mon nez, ma mâchoire... puis survole ma bouche, avant de se reconcentrer sur les équations.

— J'ai... j'ai entendu quelqu'un en parler, dit-il en se grattant la nuque.

Voulant faire passer son malaise, je détourne :

— C'est vrai que le spectacle aurait pu faire bien dans mon dossier, mais j'ai déjà envoyé ma demande. J'ai dû postuler avec une vidéo dès le mois d'octobre.

William fronce les sourcils, bloquant apparemment sur un calcul. Puis il inscrit une réponse et enchaîne en silence.

— Si ça t'intéresse, tu pourras venir voir la représentation. Bon, ce sera en avril, mais les places seront vendues cet hiver.

— Je ne suis pas très... théâtre.

— C'est une comédie musicale.

— Encore moins. Mais je suis sûr qu'elle sera bonne.

Le contraire m'aurait étonné.

Je laisse le sujet comédie musicale de côté et m'intéresse à ce que fait William. Je me rapproche de lui, mais il me rend soudain la feuille, m'incitant à m'éloigner.

— C'est bon.

— Je te fais confiance.

Je ne prends pas la peine de vérifier, même en essayant, je ne comprendrais pas la moitié de ce qu'il a écrit.

— J'ai fait volontairement quelques fautes pour que ça fasse plus réaliste.

— Dis plutôt que tu n'as pas trouvé les réponses, je le provoque en souriant.

— Ta tactique ne marchera pas avec moi. T'auras un B+, c'est convenable.

— C'est même très bien ! Je n'ai jamais eu autant. Merci, tu me sauves la vie, vraiment.

J'appuie ma gratitude en pressant ma main sur son bras. Son muscle se contracte. Je me sépare de William et range le devoir dans mon cahier d'algèbre.

Un « B + », ça tient du miracle. Avec ça, je validerai enfin ma matière.

— Je te revaudrai ça, Willy.

— Tu me dois toujours un pull.

— Quand t'auras fini de réviser ton espagnol, on passera à mon casier.

Il sort son téléphone de la poche de son sweat et regarde l'heure.

— On peut y aller maintenant si t'es OK.

— OK.

Je range mes affaires tandis que William laisse les siennes sur place. J'enfile ma veste en daim fourrée et passe mon sac à une épaule.

— Je te suis, me dit-il.

Ensemble, on retraverse la bibliothèque, abandonnant l'intimité de notre table dissimulée derrière les étagères. En sortant, le groupe de mecs se tourne vers nous. L'un d'eux donne un coup de coude à son pote en chuchotant. William enfile la capuche de son pull, dissimulant son signe le plus distinctif. Ses cheveux flamboyants.

Lorsqu'on arrive dans le couloir désert, je lui demande :

— Tu fais partie d'un club à part celui de soutien ?

— Au lycée, tu veux dire ?

— Ouais.

— Je fais partie de l'équipe de mathématique.

— Ceux qui font des tournois ? C'est quel genre de torture ? je me marre.

— Je m'étais aussi inscrit dans le club d'histoire de l'art pour l'architecture, mais j'ai arrêté l'année dernière. À part étudier des tableaux de nu et des statues d'eunuques, on ne faisait pas grand-chose. Rien de très constructif, en tout cas.

— Tu savais que leurs sexes avaient été coupés volontairement ? On nous fait tout le temps croire qu'ils se sont brisés avec le temps.

— Ouais, je l'avais deviné. Quel sculpteur créerait des feuilles aussi petites pour cacher leur sexe ?

— Un sculpteur avec un complexe. Je me demande ce qu'ils en ont fait. Imagine si un jour un mec tombe sur une crypte remplie de bites en marbre.

William éclate de rire. Son visage se transforme tout à coup, s'illuminant et devenant plein de vie. Il frotte sa mâchoire comme pour le faire passer, et achève le tout en un soupir.

Je ne l'avais jamais vu afficher une telle expression. C'est fou comme il est beau.

Dans un sentiment de complicité, on achève les quelques mètres jusqu'à mon casier. William s'adosse contre celui d'à côté pendant que je déverrouille mon cadenas. J'ouvre la porte et extirpe le pull posé sur mes livres.

L'heure de la séparation a sonné. À contrecœur, je rends son pull à William. J'aurais aimé le garder plus longtemps, mais ce serait devenu bizarre.

— On utilise de l'adoucissant, j'espère que ça ne te dérange pas.

Il hausse une épaule et se met à guetter le couloir. Soudain, ses sourcils se froncent alors qu'il repère quelque chose derrière moi. Un sentiment de déjà vu m'envahit.

Un souffle caresse mon oreille et un effluve de cigarette parvient jusqu'à mes narines.

— Salut, Baby Bird.

Le cœur battant la chamade, je me retourne vers Nash Kaplan.

— C'est hyper dérangeant ce que tu viens de faire, je grogne.

Des bruits de pas attirent mon attention sur William qui me laisse en plan.

Sérieux ?

Il lève le sweat comme pour dire merci puis s'en va. Dégoûté d'avoir été interrompu, je le regarde partir en espérant que ça puisse le retenir. Mais non. Il disparaît à l'angle du couloir, retournant vers la bibliothèque.

Blasé, je claque la porte de mon casier et pars dans la direction opposée.

— Bah, où tu vas ? me rappelle Kaplan.

— Chez moi. Ciao.

Je sens son regard planté dans mon dos. Peut-être qu'il espère lui aussi que cette technique suffira à me retenir. Mais encore une fois, ça ne marche pas. Je quitte le bâtiment et rejoins le garage à vélos.

Dehors, un sourire en coin s'impose de lui-même sur mes lèvres. Aujourd'hui, j'ai découvert une nouvelle facette de William. Alors qu'il avait fermé une porte à double tour, il m'a enfin ouvert une fenêtre.

#Chapitre 11
William

Comme chaque jeudi après-midi, je vais à mon entraînement de boxe. C'est le moment de la semaine que j'attends le plus (avec le samedi soir, quand ma mère nous prépare ses fameux spaghettis aux boulettes de viande.) Et aujourd'hui, je crois que j'ai assuré. D'après le coach, je dois faire attention à monter les coudes quand je contre. Mais la vitesse à laquelle j'ai frappé dans la garde ouverte de Scott l'a bluffé. Ce cross, je crois qu'il va avoir du mal à s'en remettre.

Scott est peut-être mon pote, mais à la boxe, hors de question de se faire des faveurs. Et comme Maryweather contre Alvarez en 2013, le cours de la semaine prochaine promet d'être intense. J'ai bien vu dans ses yeux amochés que Scott n'allait pas en rester là. Mais si, normalement, ce qui se passe à la boxe reste à la boxe, je sens que sa rancœur va me coller aux basques tout le reste de la semaine.

— Ne fais pas cette tronche, ça disparaîtra rapidement, je lui lance une fois dans les douches.

Seul le bruit de l'eau me répond.

Les autres boxeurs sont déjà rentrés chez eux, il ne reste que Scott, le coach, le concierge, et moi dans les locaux. D'habitude, je considère qu'un vestiaire vide est plus agréable qu'un vestiaire plein. Mais l'ambiance est tellement pourrie ce soir que je préférerais encore qu'un bus de touristes envahisse les lieux et nous mitraille les parties intimes avec leur smartphone.

Je sors des douches en nouant une serviette autour de mes hanches. Toujours assis sur le banc, le regard perdu au loin, Scott n'a pas encore pris la peine de se changer. Je l'entends soupirer, puis grommeler dans son coin. Je me sèche et m'habille en l'observant du coin de l'œil.

Ça fait un moment que j'ai remarqué les changements qui se sont opérés dans notre amitié. En première année de lycée, Scott a rejoint les Buffalo et s'est rapproché de Nolan Moore. Puis l'arrivée de Calvin et Ramon a transformé notre duo en quatuor. En deuxième année, il a commencé à s'intéresser aux nanas et au sexe, et seuls ces sujets avaient de l'importance à ses yeux. Aujourd'hui, il s'est mis en tête de suivre les traces de son père rigide et étroit d'esprit. Résultat des courses, une tension s'est installée entre nous et je ne sais plus quoi faire pour la faire disparaître.

Depuis des mois, j'ai le sentiment d'être en conflit permanent avec Scott. C'est un bagarreur de nature. Contrairement à moi, il ne se sert pas de la boxe pour canaliser ses émotions, il l'utilise comme défouloir à défaut de pouvoir cogner sur les élèves du lycée. Il adore chercher les embrouilles depuis qu'il est gamin, mais les bastons, c'est souvent grâce à mon aide qu'il a pu les gagner.

À présent, c'est terminé. J'en ai assez d'évoluer dans son ombre, d'être son bras droit volontaire et obéissant. Mes idéaux et mes envies s'éloignent des siens… On a grandi, on a évolué. À tel point que j'en arrive à me demander si Scott et William ont encore des choses en commun.

— Tu fais la gueule pour tout à l'heure ?
— Lâche l'affaire, Will.
— Ce n'est qu'un coquard, et sûrement pas le dernier. Tu subis dix fois pire sur le terrain de football.

Il lâche un grognement puis consent enfin à se changer sans passer par la case-douche.

— Ce n'est pas ça le problème.
— Alors c'est quoi ?

Ma question reste en suspens et flotte dans l'air jusqu'à ce que Scott enfile son manteau et ses baskets. Ce soir, je n'ai pas envie de lui tirer les verres du nez. Même si je sais que ça l'énerve encore plus quand je n'insiste pas, car il se sent obligé de relancer le sujet qu'il voulait délibérément ignorer.

— Les sélections arrivent bientôt et je ne suis même pas foutu d'attaquer correctement, soupire-t-il en saisissant la poignée de la porte. Mon père s'attend à ce que je gagne encore le championnat, je n'ai pas intérêt à le décevoir ou ça va barder pour moi.

— Ton père vit par procuration à travers toi, il faut qu'il arrête de te foutre la pression. Tu n'es pas le réceptacle de ses regrets.

— Je pensais qu'il me lâcherait la grappe après le dernier championnat, mais c'est pire. Il a parlé de moi à ses potes et à ses collègues, il les a même invités à venir me voir boxer cette année. Si je me plante, il ne me le pardonnera jamais.

— Tu sais très bien que tu seras sur le podium. T'es l'un des meilleurs du groupe.

— Après toi. Toi, t'es le meilleur. Moi, je passe après. Si j'ai gagné l'année dernière, c'est parce que tu n'as pas pu participer au championnat à cause de ton poignet cassé.

— Tu peux toujours essayer de me flanquer une raclée cette année, je lui souris en posant une main sur son épaule.

Son regard dépité rencontre le mien.

— Par hasard, tu n'as pas dans l'idée de te casser le bras d'ici le printemps ?

— T'as l'intention de me saboter ? je réagis, méfiant. Comme le vélo de ton cousin ?

— Mais non, Will. (il me prend par le cou et me tapote le ventre) T'es mon meilleur pote, jamais je ne te ferai ça. Je réserve ma violence pour les bonnes personnes. Tu me connais.

— Comme Bird, tu veux dire ?

Il me relâche d'un coup et s'écarte.

— Pourquoi tu le ramènes sur le tapis ? se braque-t-il, l'air trahi.

— Comme ça.

— Ouais, bah, évite à l'avenir !

Il sort en trombe du vestiaire. Je me masse la nuque avant de prendre sa suite dans le couloir.

— Scott, attends.

Il continue d'avancer en secouant la tête d'agacement. Je le rattrape devant la porte du bâtiment.

— Je n'ai pas le temps de traîner, lâche-t-il, tendu.

— Tu rejoins ton père au commissariat ?

— Ouais, il m'a demandé de passer. Tu veux qu'on te dépose ?

— Non, ça va aller, je vais prendre le bus.

Il arque un sourcil, mais je n'ajoute rien.

— On se voit au bahut.

Scott me fait une accolade et on se sépare encore plus tendus.

Il fait déjà nuit lorsque je m'éloigne de la salle de boxe. Ça ne me gêne pas de rentrer aussi tard, j'aime l'anonymat qu'offre l'obscurité. Dans le noir, on peut se dissimiler. On n'a pas besoin de masque ou de costume, sous prétexte qu'on ne correspond pas à l'image que les autres se sont faite de nous. La nuit, je suis seulement moi. Pas Gilson, le lycéen accro aux études. Pas Will, le fils raisonnable et grand frère un peu trop rigide. Je suis William, ce gars de dix-sept ans qui aime la boxe, la musique, et les spaghettis aux boulettes de viande. Un mec que je n'arrive parfois plus à cerner.

Après quelques minutes de marche, je rejoins enfin l'arrêt de bus situé à quelques pas du lycée. Heureusement, le bus de dix-huit heures n'est pas encore passé. Je me poste sous l'abri en verre où attendent déjà quelques lycéens. Les cours du soir et les clubs viennent tout juste de se terminer. Le bus met à peine deux minutes à arriver et nous montons tous à l'intérieur. Comme à mon habitude, je m'isole dans le fond. J'enfonce mes écouteurs dans mes oreilles et lance le nouveau son de Drake.

Cinq titres plus tard, j'arrive enfin dans mon quartier. Je récupère mon sac sur le siège d'à côté et me lève pour indiquer au chauffeur que je descends ici. Je jette machinalement un regard aux rangées. Un mec aux cheveux bouclés est assis quelques sièges plus loin.

Qu'est-ce qu'Alex Bird fout ici ? Je ne l'avais même pas remarqué.

Je tourne la tête vers le pare-brise, perplexe. Une fois le véhicule à l'arrêt, la porte s'ouvre. Je descends les marches tout en ressentant la présence de Bird juste derrière moi. J'atterris sur le trottoir et accélère l'allure.

— Willy ?

La surprise dans sa voix me pousse à m'arrêter. Je me retourne vers lui tandis qu'il me rattrape en retirant les AirPods de ses oreilles.

— T'habites ici ? me demande-t-il.

Je jette un coup d'œil à la rue jalonnée de lampadaires.

— Ouais, mais pas toi. Qu'est-ce que tu fous là ?

— Je suis venu... J'ai quelque chose à faire dans le coin.

— Quoi ?

— Tu sais… Quelque chose.

Je mets quelques secondes à comprendre ce que ce « quelque chose » signifie. Lewie aussi avait « quelque chose » à faire l'autre jour après le centre commercial. Ma gorge s'assèche. Bird allait voir un mec !

— Ouais, je vois, je lâche sèchement. Le genre de choses dont on a parlé l'autre soir.

— T'es encore en boucle là-dessus ? Ça a l'air de t'avoir marqué.

— Je m'en balance de tes histoires de cul, Bird.

Je reprends la marche dans Mohawk Street.

— T'aimes bien lancer un sujet puis l'éviter, se moque-t-il. Eh, attends.

Il me rattrape et on se met à avancer en cadence.

Durant le trajet, j'essaie de visualiser quel mec de mon quartier serait susceptible de coucher avec Alex

Bird. Les gays ne sont pas monnaie courante à Fairfax. Je passe en revue tous ceux que je connais qui vont à Edison High, même ceux qui font déjà des études à l'université. Aucun d'entre eux ne me semble branché par les mecs, mais quand on regarde Alex Bird de plus près, son homosexualité ne saute pas aux yeux non plus.

— T'as du temps devant toi ? m'interroge ce dernier en me sortant de mes pensées.

— Ne me dis pas que ton plan t'a mis une carotte ?

— Pour être honnête, je n'ai plus trop envie d'y aller. Il est sympa, ton quartier. T'es fils unique ?

Je laisse ses questions flotter dans la nuit tandis qu'on passe devant une grande maison aux volets rouges. Et Tyler Dawson ? Il fait de la danse contemporaine, il est forcément gay.

— Tu marches toujours aussi vite ? souligne le Brun.

— J'ai froid.

— Il y a peut-être un endroit où on pourrait se poser, au chaud ?

— Tu n'en connais pas ? Tes plans ne t'invitent jamais à boire un café ?

— Euh…

— Laisse-moi deviner… Leur programme se résume toujours à un lit et une capote, c'est ça ?

Il me regarde d'un air neutre.

J'ignore pourquoi ça me touche autant qu'il aille voir un mec. Après tout, il n'est rien pour moi, pas même un pote, juste une vague connaissance. Alors, pourquoi une énergie dévastatrice me bouffe de l'intérieur à mesure que j'imagine son programme de la soirée ?

— T'as de l'imagination, t'aurais dû rejoindre le club de cinéma, jase-t-il en remontant la fermeture éclair de sa veste. D'ailleurs, tu pratiques la boxe en dehors du lycée ? Je ne crois pas que tu m'en aies parlé l'autre jour. (il se met à rire) Je suis sûr que mes potes auraient foncé aux inscriptions pour aller mat...

— Bordel, il faut que je te le dise en quelle langue ?! Fous-moi la paix !

Je bouscule Bird à l'épaule et m'éloigne dans la rue. Au loin, je repère la voiture de ma mère garée dans l'allée. Je me précipite dans le jardin sans écouter les appels dans mon dos. J'ouvre la porte de la maison et m'engouffre à l'intérieur en la claquant derrière moi.

— C'est toi, Will ?

— Ouais.

Ma mère apparaît à l'entrée du salon, un batteur dans une main et un saladier dans l'autre.

— Qu'est-ce qu'il se passe ? T'en fais du bruit en rentrant.

— Il n'y a rien. Rien du tout.

Je me déchausse. Mon portable se met à vibrer dans la poche arrière de mon jean. Je m'en empare.

Alex Bird, 18 : 28
Pourquoi tu m'as envoyé chier comme ça ?

Debout dans l'entrée avec ma veste sur le dos, je fixe ces quelques mots sans y répondre. S'il s'imagine que je vais lui servir de roue de secours, il se plante complètement. Bird n'a qu'à se démerder tout seul ! Il n'a qu'à se trouver un autre pigeon pour l'aider à passer le temps !

Je retire ma veste que je balance sur le portemanteau et monte l'escalier.

Va chier Bird ! Toi et tes plans à la con !

#Chapitre 12
William

Retranché à l'étage depuis une heure, je tente vainement de terminer la dissertation que je dois rendre avant la fin de semaine prochaine. Je suis peut-être matheux, mais l'histoire ne me passionne pas. C'est Bird le littéraire. Et merde… Voilà que je me remets à penser à lui. Je mordille machinalement le bouchon de mon stylo tout en me remettant au travail.

Où est-ce que j'en étais ? Ah oui, les habitudes débridées des soldats anglais du XVIIIe siècle en dehors des périodes de conflits. Lewie serait ravi d'apprendre qu'autrefois, un noble pouvait fréquenter un bordel dès l'âge de quatorze ans. J'imagine déjà les arguments qu'il pourrait sortir à ma mère pour la convaincre de le laisser s'abonner à PornHub.

Sans surprise, mes réflexions dévient très vite sur l'image d'un Alex Bird, jeune anglais sodomite en collant et culotte en velours, client d'un bordel nommé « le Lys bleu ».

Autant abandonner l'histoire pour ce soir… Je n'arriverai à rien.

Je jette mon stylo à l'autre bout de mon bureau et reprends mon observation de la rue. Tout à l'heure, j'ai cru apercevoir une silhouette aux cheveux bouclés passer sous la lumière des réverbères. Mais ce n'était que mon imagination. J'ai clairement fait comprendre à Bird que je n'avais plus rien à faire avec lui. Alors pourquoi je n'arrive pas à me le sortir de la tête ?

Tout à coup, la sonnette retentit au rez-de-chaussée. Je tends l'oreille et épie les voix qui conversent dans l'entrée. Il y a celle de ma mère, mais je ne reconnais pas la seconde. C'est probablement le facteur. *Aussi tard ? Non, c'est débile.* Alors une voisine ? *Même raison.*

La porte se referme et la voix de ma mère gagne en octave.

— Il est en haut, je vais le chercher.

Perplexe, je vais ouvrir la porte de ma chambre et passe la tête dans l'entrebâillement. Ma mère apparaît en haut de l'escalier, un air taquin affiché sur la figure.

— Will, il y a quelqu'un pour toi en bas. Un élève d'Edison High.

— Lequel ?

— Alex Bird.

J'enclenche immédiatement mon mécanisme d'autodéfense.

— Dis-lui de se tirer ! Il n'a rien à faire ici !

Alors qu'elle ouvre la bouche pour protester, je m'enferme dans ma chambre en un claquement sonore.

Adossé à la porte, je sens mon cœur marteler ma cage thoracique comme s'il voulait en sortir. Le bourdonnement dans mes oreilles s'intensifie. Putain, mais qu'est-ce qu'il fout chez moi ?! Ce mec va vraiment finir par me tuer…

Après avoir retrouvé mon calme, je réalise qu'il n'y a plus un bruit dans la maison. Par mesure de précaution, je reste cloîtré quelques minutes de plus dans ma chambre, juste pour avoir la certitude que ma mère est retournée à ses occupations et ne risque pas d'aborder le sujet *Bird* avec moi.

Les gays, elle les adore. Pour une raison complètement dingue, elle a toujours aimé parler d'eux, lire des livres sur eux – qu'elle appelle des « boys love » -- regarder des films sur eux, le tout en compagnie de sa meilleure amie, Stella. Si elle a ouvert à Bird, j'imagine qu'elle a tout de suite deviné de quel bord il est. Elle se vante d'avoir un don pour ça.

Dix minutes passent et mon ventre se met à gargouiller sévèrement. Je me convaincs que dix minutes, c'est suffisant pour que ma mère ait déjà oublié la visite d'Alex Bird. J'ouvre la porte et avance avec précaution sur le palier. La chambre de Lewie est fermée. Une chance qu'il n'ait pas assisté à la scène, j'en aurais entendu parler pendant des semaines.

Au rez-de-chaussée, tout a l'air calme. Rassuré, je me dirige vers la cuisine, quand j'aperçois une paire de bottines noires sur le paillasson dans l'entrée. *Ne me dites pas que…* J'entre en trombe dans la cuisine, tombant nez à nez avec… Alex Bird !

Il est tranquillement assis avec ma mère autour d'une assiette de muffins, MES muffins. En m'entendant arriver, il tourne la tête vers moi avec une moue ironique.

— Ça faisait longtemps, blague-t-il, presque gêné.

Ma mère, qui me tourne le dos, se retourne aussitôt en me lançant un sourire d'un tout autre genre. Fier. Celui qu'elle m'accorde quand elle a raison sur un point, et moi tort.

— J'ai bien cru que tu ne descendrais jamais, Will. (elle me tend un muffin avant de continuer) Viens t'asseoir deux minutes, je ne t'ai pas vu de la journée.

Je la regarde, puis Bird. Et l'envie de prendre mes jambes à mon cou jaillit dans ma tête comme un geyser.

— Will, ne te fais pas prier, insiste-t-elle en me faisant les gros yeux.

Je m'installe autour de la table et m'empare du muffin aux myrtilles qu'elle me tend.

— Oh, il n'y a plus de sodas, remarque-t-elle tout à coup.

— Je vais aller en chercher dans le cellier, je propose en me relevant.

— Non, reste assis, je m'en charge.

Je vais pour protester, mais ma mère est déjà debout. Elle nous accorde un sourire avant de disparaître dans le couloir. Son jeu d'actrice est tellement pourri que même Bird ne se laisse pas duper. Un rictus amusé au coin de la bouche, il la regarde quitter la cuisine alors qu'elle nous laisse en tête à tête. Je passe une main lasse sur mon visage et soupire contre ma paume.

— Avant que tu ne m'insultes de tous les noms, je tiens à préciser que je n'avais pas prévu de squatter chez toi, commence Bird. Je me suis juste arrêté sur le retour pour te parler et ta mère m'a fait entrer. Et puis tu m'as dit de dégager et elle a insisté pour que je reste cinq minutes. Et les cinq minutes se sont un peu prolongées. Je crois qu'elle a eu pitié de moi. Ta mère est sympa.

Je fixe mon verre vide. Mis devant le fait accompli, je n'ai pas d'autre choix que d'accepter la situation. La pression me quitte progressivement, s'évacuant de mon corps comme un pneu percé. J'ai eu ma dose de combat pour aujourd'hui. J'en ai marre de me battre. Je déclare forfait.

— J'ignore ce que j'ai dit tout à l'heure qui t'a autant mis en rogne, continue-t-il. Mais je suis désolé, OK ? Ne fais pas la gueule, Willy.

— Je ne fais pas la gueule. Et je croyais que... (je lance un coup d'œil au couloir où a disparu ma mère) tu devais aller voir un mec. Et je t'ai déjà dit de ne pas m'appeler Willy.

— Tu crois beaucoup de choses.

— Ah ouais, alors qu'est-ce que tu faisais dans mon quartier ?

— Je t'ai dit que j'avais quelque chose à faire, je n'y suis pour rien si tout ce qui me concerne te fait penser au cul.

Le feu me monte aux joues.

— Moi, je ne pense qu'au cul ? C'est la meilleure ! C'est toi qui allais niquer, pas moi !

Ses yeux s'éclairent d'une expression mi-étonnée mi-moqueuse.

— Je n'en reviens pas, t'es en train de me faire une crise de jalousie ?

— Qu-quoi ? T'es cinglé, c'est n'importe quoi.

— C'est mignon. Je ne pensais pas dire ça un jour, mais vraiment, c'est chou.

— La ferme, Bird.

Ma mère fait irruption dans la cuisine, une bouteille de soda dans les mains. Je la soupçonne d'avoir attendu patiemment dans le couloir le bon moment pour réapparaître.

— Tu peux reprendre un muffin, Alex. Il y en a bien assez pour nous trois.

« Alex » ? OK, donc on fait dans les familiarités ?

— Merci, madame Gilson, mais je ne peux plus rien avaler.

— Hier soir, Will m'a aidé à faire ceux au chocolat, ajoute-t-elle avec un clin d'œil. C'est un bon pâtissier à ses heures perdues.

— Maman, sérieux...

— Je ne savais pas que la cuisine était ton truc, Willy, réagit Alex. J'en apprends tous les jours.

Ma mère se tourne vers moi avec surprise.

— Eh bien dis donc, t'en as de la chance, Alex. Depuis ses douze ans, William refuse catégoriquement qu'on l'appelle comme ça.

— Il n'aimait pas non plus l'idée, mais j'ai du mal avec l'autorité, me taquine-t-il.

Alex Bird et ma mère continuent de discuter sans se soucier de moi. Ma mère a, semble-t-il, trouvé un interlocuteur digne d'écouter les anecdotes gênantes de mon enfance. C'est sur ce mec que je connais à peine qu'elle a jeté son dévolu. Mais aussi déstabilisante et imprévisible est la présence de Bird chez moi, je m'y habitue presque.

Je me souviens tout à coup de ce qu'il m'a dit la première fois qu'on s'est vu en cours de soutien « t'as une belle voix ». La sienne est franche et mélodieuse. Elle résonne dans ma cuisine et se mêle à celle plus douce de ma mère. L'ensemble est original et harmonieux, comme la reprise d'une de nos chansons préférées. Au début, c'est la découverte, on est surpris. Puis vient la phase d'observation, où on se dit « il y a de bons accords ». Et enfin, la phase d'acceptation, pendant laquelle on se convint que cette reprise n'est vraiment pas mal du tout en fin de compte.

#Chapitre 13
Alex

Il est presque vingt heures. La nuit a enveloppé la ville dont seuls les lampadaires offrent aux rues leurs reliefs. J'adore les virées nocturnes. À cet instant, c'est comme si plus rien n'existait en dehors du véhicule. Il n'y a plus que William et moi, libres et seuls au monde.

Partager l'espace clos d'une voiture avec quelqu'un a quelque chose de confidentiel. C'est un tête-à-tête que rien ni personne ne peut surprendre ou interrompre. Mais William ne saisit pas l'occasion. Depuis qu'on est partis de chez lui, il n'a pas décroché un mot. C'est à peine s'il a osé me regarder, à part pour me lancer l'un de ses fameux regards accusateurs au moment de démarrer. À force d'en user, il m'y a immunisé. Comme tous ceux qui en ont abusé avant lui.

Quand on atteint la sortie de Fairfax, le noir engloutit le paysage. Ici, il n'y a plus d'éclairage public. Seuls les feux de la voiture illuminent la route qui s'enfonce entre les champs de blé et de maïs. Ne supportant plus ce silence pesant, je lance la clé USB branchée à l'autoradio. William regarde ce que je fais, avant de se réintéresser à la route.

Pendant près d'une minute, je fais défiler les chansons. Il y a pas mal de groupes de rock, anciens comme récents, et de la pop. C'est sur Lord Huron que je m'arrête. La chanson *Meet Me In The Woods* sort des enceintes de la voiture et couvre le bruit de l'asphalte.

— Je n'en reviens pas que tu te sois incrusté chez moi et que tu aies bouffé mes muffins, lance soudain William. Si Scott t'avait vu traîner dans le quartier, il se serait servi de toi comme cible d'entraînement. (il se tourne brièvement vers moi) Son père est flic.

— Tu t'inquiètes pour moi ?

William soupire lourdement. Ses mains fermement accrochées au volant, il tapote nerveusement du pouce. À le voir aussi tendu, je commence à comprendre pourquoi il a eu une réaction aussi excessive. Il est rongé par la peur et l'angoisse.

— Vous vous connaissez depuis longtemps, Scott Foster et toi ?

— Depuis qu'on est petits.

— C'est du sérieux.

Il me jette un coup d'œil soupçonneux.

— Ouais.

— Ça explique pourquoi tu crains autant son avis.

— Qui a dit que j'avais peur de lui ?

— Personne n'a eu besoin de le dire.

Je m'accoude à la vitre sur laquelle la buée s'est étalée.

— T'es chiant avec tes jugements déguisés, râle William.

— Je ne te juge pas, je constate, c'est tout.

— Ouais, bah arrête de constater ou je t'abandonne sur le trottoir.

— OK, c'est bon, on fait une trêve.

Je me tourne vers la campagne. Sur le reflet de la vitre, je croise le regard de William. Il se détourne de moi en remarquant que je l'ai repéré.

À travers la nuit, je reconnais soudain la barrière qui délimite le jardin de ma maison. On est presque arrivés.

Je reprends la parole alors que William s'engage sur l'allée en terre :

— Tu prends tout ce que je dis comme une attaque personnelle ou une critique, alors que je cherche juste à mieux te connaître. D'habitude, les gens ont moins de mal à se livrer à moi. Et ça, ce n'est pas un jugement, juste une constatation. J'ai vraiment envie d'en savoir plus sur toi, William. Ne me demande pas pourquoi, c'est comme ça, c'est tout. Tu m'intéresses, et tu peux m'empêcher beaucoup de choses, mais pas ça, peu importe les efforts que tu fourniras.

Il resserre ses mains sur le volant.

Je ne m'attends pas à ce qu'il réplique quoique ce soit, je commence à le connaître suffisamment pour savoir qu'il préfère se cacher derrière le silence lorsque ça va trop loin pour lui. Alors j'encaisse son manque de répondant. J'ai dit ce que j'avais à dire, à lui de se débrouiller avec ça.

Il gare la voiture devant chez moi. Au rez-de-chaussée, de la lumière perce l'une des fenêtres. William jette un coup d'œil à la grande bâtisse entourée d'une terrasse couverte. Dans l'habitacle, la musique me semble tout à coup trop forte à présent que la route ne ronronne plus sous nos pieds. William baisse le volume de la radio, comme s'il s'apprêtait à dire quelque chose qui nécessite plus de calme. Néanmoins, il garde les lèvres closes.

— Je ne suis pas allé voir un mec, je finis par déclarer.

— Pff...

Le spot de la façade éclaire en partie son visage, accentuant ses courbes et ses traits. J'aperçois sa mâchoire crispée et son arcade sourcilière froncée. Il est en rogne. Mais quand ne l'est-il pas lorsqu'il est près de moi ?

— Je ne suis pas le queutard que tu t'imagines.

— Tu n'as pas à te justifier, tu fais ce que tu veux de ton cul, Bird.

— Ouais, c'est vrai, je fais ce que je veux. Mais je me sens obligé de te le dire parce que ça semble important pour toi, et parce que je ne veux pas que tu me fasses la gueule pour une chose que je n'ai pas faite. Et pour info, être gay ne signifie pas vouloir s'envoyer en l'air avec tous les mecs qu'on croise. On n'est pas des bites sur pattes, pas plus que toi et tes potes. En fait, je ne suis pas très différent de toi, Willy. Alors, arrête de me traiter comme si j'étais une anomalie.

William se passe une main sur la figure tout en expirant faiblement. Il s'attarde sur ses yeux avant de la rabattre sur le volant. Le regard fixé sur le pare-brise, il me répond maladroitement :

— Tu n'y es pour rien. Je... je suis à cran en ce moment.

— Pourquoi ? Qu'est-ce qui ne va pas ?

— Je ne sais pas... Laisse tomber, ce n'est rien.

— Ça n'a pas l'air d'être rien. Tu peux m'en parler. Je ne vais pas te juger, tu sais.

Il se tourne vers moi, m'exposant une version de lui plus vulnérable, une qui semble se battre pour survivre. Le regard lointain, il me demande :

— T'as déjà plongé dans une piscine et retenu ta respiration si longtemps que t'as eu l'impression que tes poumons allaient éclater ? Je ressens ça en permanence.

Ouais... il m'est arrivé de ressentir ça.

— Je crois que tu te mets trop la pression, William. Tu devrais te laisser aller de temps en temps, sinon tu finiras par péter les plombs.

Ma main trouve sa cuisse. Elle est tendue et sursaute légèrement sous mes doigts. Je la caresse lentement à travers l'épaisseur du jean dans une tentative d'apaisement, mais aussi de soutien.

— Je sais de quoi je parle.

Les yeux noisette de William se rivent sur ma main.

— Toi ? réplique-t-il d'un ton désabusé. Tu te mets la pression ?

— Plus que tu ne le crois.

— Arrête, t'es l'un des mecs les plus populaires d'Edison High, quelle pression tu pourrais avoir ?

— T'entends ce que tu dis ? Ouais j'ai quelques potes, ouais, j'ai des milliers de followers sur Instagram et Twitter, mais franchement, ça ne me rend pas irremplaçable pour autant. Tout ça, ce n'est que du vent, c'est éphémère, c'est comme les tendances, ça finit par passer. Je suis comme toi, j'ai les cours, mon dossier pour Julliard, mes trucs perso… Et tenir tête à des mecs comme Foster et Moore demande plus d'énergie que tu ne le crois.

William penche la tête sur le côté et soutient mon regard.

— Mais tu sais qui tu es et où tu vas.

— Et toi, tu ne le sais pas, William ?

— Je... Ça fait un moment que je ne sais plus qui est ce type qui me regarde dans le miroir.

— Alors, prends du temps pour apprendre à mieux le connaître. Je suis sûr qu'il pourrait t'étonner.

Il presse sa paume sur son front.

— Ou me décevoir. Parfois... parfois, il me dégoûte.

Ses mots me font l'effet d'un coup de poing dans le thorax. Je renforce ma prise sur sa cuisse, récupérant son attention.

— T'es dur avec lui. Tu devrais essayer de l'écouter au lieu de le juger, et peut-être que ça t'aidera à le comprendre. Ce n'est pas parce qu'il n'est pas comme tu l'aurais souhaité, que ça veut dire qu'il n'est pas valable pour autant.

Le torse de William se gonfle puis se vide, sans que je l'entende soupirer. C'est comme s'il avait simplement arrêté de respirer. Il me regarde, d'une expression qu'il ne m'avait jamais montrée, dans un mélange d'espoir et de doute.

Je ressens soudain le besoin de le soulager, de *me* soulager. De me lier à William, de lui montrer qu'il n'est pas seul. De me prouver que moi aussi, je peux ne plus être seul. Attiré par lui, je me penche vers sa bouche qui m'appelle. J'ai le souffle court, le ventre en feu. William entrouvre les lèvres. Et alors qu'on s'apprête à s'embrasser, il se rabat dans le fond de son siège en détournant la tête.

Mon geste resté en suspens, je dévisage William un instant. Pendant quelques secondes, il s'acharne à m'ignorer. À ignorer ce qu'il vient de se passer. À ignorer qu'il y a une seconde à peine, il était sur le point de m'embrasser.

Est-ce que j'ai encore tout inventé ?

Des sentiments contradictoires m'envahissent. Le cœur serré, je récupère mon sac posé à mes pieds.

— Fais gaffe sur le retour, il y a pas mal de brouillard, je déclare en détachant ma ceinture.

Je sors de la voiture. Le froid me mord aussitôt les joues et m'humidifie les yeux. Je claque la portière du SUV puis rejoins la terrasse sans me retourner. Une fois chez moi, j'entends la voiture de William démarrer et s'éloigner. Le cœur battant, je ferme la porte sur cette soirée.

#Chapitre 14

Alex

Je n'ai pratiquement pas fermé l'œil de la nuit. Je n'ai fait que réfléchir jusqu'à sombrer vers quatre heures du matin. Deux heures plus tard, mon réveil sonnait. C'est l'inconvénient de vivre à l'extérieur de la ville. Je suis obligé de me lever à l'heure où la campagne s'éveille, afin de partir à vélo et parcourir les six kilomètres qui me séparent du lycée.

La fatigue m'a mis de mauvaise humeur et me provoque des douleurs dans les cuisses et le dos. J'ai l'impression de m'être fait piétiner par un troupeau de bisons. J'ai du mal à suivre en cours. Alors que j'excelle en littérature, aujourd'hui, je n'ai même pas réussi à aligner deux idées. J'ai envie de rentrer chez moi et de dormir jusqu'à ma mort.

Tout en comatant, assis sur le radiateur des toilettes du lycée, j'écoute Cody raconter à Lionel notre altercation avec le proviseur Burket. Ça s'est passé dix minutes plus tôt, à l'issue de notre dernière heure de cours de la journée.

— On sortait de science et Burket nous est tombé dessus, lui explique Cody.

— Il a bondi à l'angle du couloir tel le guet-apens d'une escouade nazie en 39-45, j'ajoute en refoulant un bâillement.

— Grave. Et il m'a appelé du genre « MURDOCH ! », en me pointant avec son gros doigt. Il m'a sorti que je devais aller retirer mon vernis, que c'était contraire *au règlement et à la bienséance d'Edison High*. Je te jure, j'ai cru mourir.

— Il t'a dit ça direct ? réagit Lionel.

— Sans préambule, j'interviens toujours énervé. Je suis sûr que ce sont les mecs du cours d'anglais qui sont allés se plaindre. J'en ai vu un bloquer sur les mains de Cody ce matin.

— Quelle bande de cons...

— C'est parce que j'ai des doigts de fée, comment les rater ? ironise le Blond en les remuant.

L'odeur du dissolvant a embaumé la pièce tandis qu'il frotte ses ongles devenus gris. Le proviseur lui a filé un flacon confisqué, le tout agrémenté d'un « retirez-moi ça avant que je vous colle, vous faites honte à notre école. ». On pourrait en faire un slogan.

— Burket nous soule avec une histoire de vernis, soi-disant pour protéger la bienséance d'Edison High, alors qu'on surprend des gens en train de s'envoyer en l'air au moins une fois par semaine dans ces chiottes ou au stade, je lance. Le seul problème de Burket, c'est qu'un mec avec du vernis ou du maquillage ébranle sa sensibilité d'hétéro à la con. Et on est censé réagir comment ? En courbant l'échine et disant « *Amen ! Oui, monsieur, bien sûr, monsieur* » ?

— On en a déjà parlé, Al, me dit Lionel.

— Ouais, je sais, mais j'en ai marre de juste parler ! D'un côté, on nous demande de réfléchir comme des adultes, et de l'autre on nous traite comme des gamins juste bons à écouter et à rentrer dans le rang. Comme si on devait se glisser dans un foutu moule créé par des fachos puritains rétrogrades qui pensent encore que porter du rose, être romantique, chanter, danser ou pleurer est synonyme de faiblesse !

— On pourra toujours écrire une lettre et la déposer à la secrétaire de Burket.

Je soupire et secoue la tête de dépit.

— Laisse tomber.

Lionel me juge sérieusement, mais je détourne la tête pour regarder par la fenêtre des toilettes.

— Qu'est-ce qui s'est passé exactement avec Burket ? demande-t-il à Cody.

— Al a pété un câble ! s'en amuse l'autre. Il a sorti au vieux Burket : *vous demandez aux filles de retirer leurs vernis ?* Alors Burket a répondu que non, parce que c'est réservé à la gent féminine, comme tout ce qui touche aux cosmétiques. Et Al a dit : *Vous vous teignez les cheveux, monsieur, pourtant les teintures sont un produit cosmétique. Ça veut dire que vous êtes une femme ? Vous devriez peut-être aller aux toilettes pour les laver au dissolvant, pour la bienséance d'Edison High.*

— Bordel, se marre Lionel. T'as vraiment envie de te faire virer pour de bon, Alex ?

— Comment tu veux que je reste de marbre quand j'entends des conneries pareilles ? Et encore, j'ai pesé mes mots. David Bowie doit se retourner dans sa tombe.

Cody vient vers moi et se met à chanter de sa voix cassée :

— I... I wish you could swim...[17]

— Arrête... je suis sérieux.

— Like a dophins... like dophins can swim...

— Though nothing, nothing will keep us together, enchaîne Lionel en faisant de grands gestes.

Cody m'agrippe le bras à deux mains pour m'extirper du radiateur.

— We can't be them, for ever and ever.

Je me mets indéniablement à sourire et enchaîne :

— Oh we can be heroes, just for one daaay !

J'imite la guitare et Cody me saute dans les bras. Dans son élan, on s'effondre contre une cabine de toilette. Vautrés à moitié par terre, on part dans un

---

[17] Trad intégrale. David Bowie – Heroes. « *Je voudrais que tu puisses nager comme les dauphins, comme nagent les dauphins, bien que rien ne nous retienne ensemble, nous pouvons les battre, pour l'éternité, oh nous pouvons être des héros, juste pour un jour.* »

fou rire. Mon pote m'écrase, je viens de m'exploser le dos, mais je n'arrive pas à arrêter de me marrer.

— J'ai une capote dans mon sac si vous voulez, nous dit Lionel.

— Qu'est-ce que tu fous avec ça au lycée ? réagit Cody entre deux éclats de rire. Je croyais que t'étais casé.

— Équipé en toutes circonstances, je réponds pour lui. Cette histoire de coucherie dans les toilettes a inspiré Lionel.

Le Blond finit par se redresser en prenant appui sur la cabine. De ses doigts à moitié nettoyés, il essuie ses yeux bordés de larmes d'euphorie. Il pue le dissolvant, et j'imagine que, maintenant, moi aussi.

— Merde, j'espère que je ne t'en ai pas foutu partout, me dit-il en vérifiant ma veste en daim.

— C'est bon, t'inquiètes.

Il retourne au lavabo pour finir de retirer son vernis à ongles bleu nuit.

— Au fond, je ne m'en sors pas trop mal, dédramatise Cody. Burket ne m'a ni collé ni renvoyé cette fois. Mon père m'aurait tué si je m'étais encore fait remarquer. Je lui avais promis de ne plus me maquiller en dehors de la ferme.

Il ricane par le nez. Mais il a beau en rire, je vois bien que ça le déprime de devoir s'en débarrasser. Il en était super fier, il avait fait tout un effet dessus. Je n'ai pas trop compris quand il m'en a parlé, mais ça lui avait pris un temps fou.

Déjà l'année dernière, Burket a contraint Cody de retirer le khôl qu'il avait étalé autour de ses yeux verts. Alors en signe de soutien, Lionel et moi sommes venus le lendemain maquillés de khôl noir encore plus voyant. On a été renvoyés pendant deux jours.

Toujours adossé à la cabine de toilette, je déclare :

— Je suis allé chez William hier.

Mes potes font volteface.

J'ai cette phrase sur le bout de la langue depuis que je les ai rejoints ce matin. Je n'avais pas envie d'en parler, mais je crois que j'en ai besoin. Parce que tout seul, j'ai l'impression de me noyer dans ces sentiments incontrôlables que William fait naître en moi.

Leur attention accaparée, je raconte à mes potes ma soirée de la veille. Je saute la raison de ma venue dans le quartier de William, pour commencer par ma visite improvisée chez lui et finir sur notre virée en voiture. Je n'aborde pas non plus notre conversation, parce qu'elle ne regarde que nous. C'est la façon dont s'est achevé notre tête-à-tête que je décide de partager.

Cody et Lionel restent un moment sans rien dire. Le premier finit par tousser. Mais c'est le second qui brise le silence :

— Un jour, il va finir par appeler les flics.

— Je tiens à préciser que squatter chez lui et faire les présentations avec maman Gilson n'était pas au programme.

— Vous ne savez pas où habite Kaplan par hasard ? détourne Cody en admirant son reflet.

Il fait une moue en marmonnant « J'aimerais avoir des lèvres plus grosses. »

— Tes lèvres sont parfaites, répond Lionel avant de revenir au sujet initial : Tu comptes suivre Kaplan, toi aussi ?

— Je ne sais pas, ça a l'air d'avoir marché pour Alex.

— Tu parles, William m'a foutu un gros vent, je rétorque en sortant mon iPhone de ma veste. Et dire que j'ai cru que...

— Il t'a mis un râteau ? m'interrompt Lionel, inquiet.

— Ouais, on a failli s'embrasser. Enfin, je crois.

Leur nouveau silence m'incite à lever les yeux vers eux. Cody s'est détourné de son reflet pour me regarder avec stupeur.

— Oh mon Dieu, les râteaux, c'est ma phobie... s'effare-t-il.

— Comment ça, *failli* ? relève Lionel. Qu'est-ce qu'il s'est passé ?

— Sur le moment, j'ai cru qu'il se passait un truc, qu'il s'était ouvert à moi. Et finalement, rien, il m'a juste snobé. J'ai l'impression de sauter les étapes, ou je sais pas, de ne pas avoir su traduire les signaux.

— Encore un refoulé, résume Cody.

— Au fond, ils adorent se faire désirer, confirme Lionel. C'est humain, ça regonfle l'ego de savoir qu'on plaît à quelqu'un, même si c'est le « gay du lycée » avec qui on ne veut surtout pas s'afficher. Certains finissent par s'accepter, mais d'autres te laissent leur courir après sans jamais rien te donner.

— Ça sent le vécu, remarque l'autre.

— On a tous un passé.

Le Blond pouffe de rire. Mais moi, ça ne me fait plus marrer.

Ce résumé me coupe toute envie de discuter. Lionel saisit son erreur et passe une main dans mes cheveux bouclés. Il me caresse comme si je n'étais qu'un chiot, et je me laisse faire, parce que ça ne me ferait pas de mal d'être un foutu chiot pour une fois. Je me retrouverai sur le profil Instagram de William avec un hashtag mignon et ringard.

Lionel dépose un baiser au coin de mes lèvres. C'est doux et agréable, mais ça ne change rien au fait que je me suis pris un râteau la veille.

Je déverrouille mon iPhone.

— Il faut que je mette les choses au clair avec lui.

— Donne-moi ça !

Lionel m'arrache mon téléphone des mains. Je riposte aussitôt pour le récupérer, mais il le lance à

Cody. Mon iPhone 11 vole de mains en mains, risquant de s'exploser sur le sol carrelé à tout moment. On part dans une sorte de mêlée. Je suis celui qui a le plus de force, mais à deux, ils arrivent presque à me maîtriser. Cody lâche un cri éraillé alors qu'il se retrouve en sandwich entre Lionel et moi.

— T'es sérieux, Lionel ? je m'énerve. T'étais le premier à m'encourager à lui parler !

— Ça, c'était avant qu'il joue avec toi ! Je t'ai dit de tourner la page !

— Je veux juste qu'il soit cash avec moi !

— Oublie-le deux minutes.

— Tu changes vite d'avis, c'est dur de te suivre.

— C'est pour ton bien, Al. Tu mérites mieux que d'attendre après un mec.

Cody s'impose à nouveau entre nous, laissant le loisir à Lionel de mettre mon iPhone en lieu sûr, dans la poche arrière de son jean.

— On va retourner à Oklahoma City et on va t'emmener au Lust, ça te changera les idées, me dit le Blond. Là-bas, ils vont se battre pour t'avoir.

— Non, je n'ai pas envie de remettre les pieds au Lust pour le moment.

— C'est trop de luxure pour ton âme de protestant ? se moque-t-il. Mais mon chou, tu cèdes déjà à la luxure rien qu'en envisageant la sodomie. C'est juste un club rempli de beaux mecs à moitié à poil. Rien que tu ne connais pas déjà.

Je lâche un rire dépité.

— Je vendrais mon père pour finir en backroom avant la fin de l'année, enchaîne-t-il.

— On parle de l'année scolaire ou du calendrier ?

— Scolaire ! Je ne peux pas quitter Edison High en étant toujours puceau. Il faut que je me trouve un beau latino avec un gros chibre.

— Un peu de respect, Cody.

— Quoi ? Il faut dire hispanique ?

— Je parlais de toi.

Lionel éclate de rire et je le suis aussitôt. Ça n'amuse pas notre décoloré qui affiche une moue désapprobatrice.

La porte des toilettes s'ouvre tout à coup et cogne le mur. Je me retourne vers Nash Kaplan qui fait une entrée à la *Son's of Anarchy*. Ses yeux tombants se focalisent aussitôt sur moi.

— Salut, Baby Bird. Je te cherchais.

Il m'a mis un traceur ou quoi ?

— Pourquoi ? Qu'est-ce qu'il y a ?

— Je vous l'emprunte, adresse-t-il à mes potes.

— Tout ce que tu voudras, lâche Cody avec lascivité.

On ne me laisse pas le luxe de réagir, je subis une prise d'otage. Kaplan empoigne mon bras et me traîne dans le couloir. Je l'arrête en m'arrachant à son emprise. Je ne suis pas comme les nanas qu'il a pu emmener de force où il voulait. Il lui faudra plus qu'un peu de muscle pour y parvenir avec moi.

— Tu crois m'emmener où comme ça ?

— T'as fini les cours ?

— Non, j'ai le club de musique.

— C'est facultatif, tu n'es pas forcé d'y aller.

— Mais je compte bien y aller quand même.

Il sourit. Car tout ce que je dis semble éclater Nash Kaplan. Il bascule son sac à dos contre son torse et se met à fouiller dedans. Il en sort deux canettes de Coca-Cola.

— T'as vu, j'ai fait un effort, pas d'alcool. C'est assez convaincant pour ta morale d'enfant de chœur ?

— Je bois de l'alcool, mais pas au lycée.

— C'est bon à savoir.

Il me tend l'une des canettes. Je la juge sans bouger d'un pouce. Depuis combien de temps les trimbale-t-il dans son sac ? Je suis sûr qu'il fait ce coup-là à tout le monde. Il doit en avoir tout un stock dans son casier, tel un marchand ambulant sur une plage californienne.

— Alors ?

Je n'ai pas vraiment envie d'accepter, pour de multiples raisons. Mais une petite voix me dit *vas-y, Alex, depuis quand t'es aussi asociale ? Ça te remontera le moral. T'en as besoin.* Alors je souris et cède à sa requête en acceptant sa canette.

— OK, va pour un coca. Mais je prends celui à la vanille.

#Chapitre 15
Alex

Je suis Kaplan jusqu'à la cage d'escalier. On monte les marches afin d'atteindre la porte coupe-feu qui mène au toit, décorée d'un « accès interdit » qui n'a jamais arrêté personne. Une fois dehors, Kaplan pose son sac par terre, puis on s'assoit sous le passage couvert.

Un vent humide souffle sur le toit, mais on est plus ou moins à l'abri près de la porte. Ce n'est pas terrible comme endroit pour un tête-à-tête. Ce n'est qu'une simple étendue de béton délimitée par un grillage pour nous empêcher de faire le grand saut. En plus, on se les pèle. Je n'étais jamais venu ici et je n'avais pas raté grand-chose. En revanche, j'ai l'impression que c'est dans les habitudes de Kaplan de s'y isoler.

— C'est ton endroit spécial *date* ? je le taquine en ouvrant ma canette. T'as amené combien de nanas ici ? C'est genre, ton repère ? Un peu comme le lieu de culte d'un psychopathe ?

— Donc c'est bien un *date*, j'avais encore un doute.

— Oh, ferme-la.

J'étouffe mon sourire en commençant à boire.

— Hein hein... murmure-t-il.

— Bref, t'as compris où je voulais en venir.

— Oui, Baby Bird, j'ai compris que t'es fou de moi.

— Dans quelle dimension ?

— Je suis persuadé que j'ai raison.

— T'es tellement imbu de toi-même.

J'affronte son regard bourré d'assurance et n'y lis aucune hésitation, aucune gêne. C'est comme s'il s'imaginait déjà tout savoir de moi.

— Alors, comme ça, t'es inscrit au club de musique ? relance Kaplan. Tu joues de quel instrument ?

— Du piano.

— Et tu sais chanter ?

— Ça va, je me débrouille.

— Pas étonnant avec un nom comme Bird. Tu me chantes un truc ?

Je souffle un rire.

— Non.

— Pourquoi ? Je t'intimide ?

— Si tu veux m'entendre chanter, va faire un tour sur ma chaîne YouTube, je ne suis pas un juke-box.

— Tu ne chantes jamais en public en dehors du club ?

— À treize ans, j'ai chanté à l'église, mais on ne peut rien refuser à l'église, et c'était pour l'une des paroissiennes de quatre-vingts ans à moitié sourde. Alors que je sache chanter ou que j'agonise comme une *banshee*[18], elle n'aurait pas fait la différence.

Maintenant que j'y pense, c'est vrai que je n'ai pratiquement jamais chanté devant un public. La comédie musicale *Grease* prévue pour la fin d'année sera une première pour moi.

— Qu'est-ce que je dois faire pour avoir le droit à mon concert privé ?

— Je ne sais pas, mérite-le.

— Et comment je dois m'y prendre ?

— Fais marcher ton imagination.

Kaplan doit avoir du mal à trouver, car il ne dit plus rien et triture l'anneau argenté à son oreille gauche. Je suis sorti de son schéma habituel, il n'a plus de repère. Je ne comble pas son silence, j'attends, mon pouce caressant machinalement ma canette humide pendant que ma main gauche reste chaudement enfouie dans la poche de ma veste.

Kaplan pose soudain la sienne sur ma cuisse et la cajole jusqu'au genou. Je le laisse faire, jusqu'à ce qu'il remonte vers mon entrejambe. Je dégage son approche d'un revers de bras. Il s'adosse au mur en souriant encore plus.

---

[18] Culture gaélique, une banshee est une pleureuse qui pousse de longues agonies lors d'un enterrement.

— C'est quoi ton genre de musique ? finit-il par m'interroger. Qu'est-ce que t'écoutes ? Qu'est-ce que tu fredonnes sous la douche ?

— La pop, le rock, mais aussi du Broadway.

— Ton artiste préféré ?

— J'ai eu ma période Lana Del Rey, mais les Pink Floyd et Coldplay restent mes indémodables. Et avant que tu ne l'ouvres, je ne tolère aucune critique.

— Je n'ai rien dit, se défend-il en levant une main en signe de paix. J'adore Lana.

— Ah ouais ?

— Ouais. *It's you, it's you, it's all for you...* et... je ne connais pas la suite.

Un rire grave retentit, emporté par la brise glaciale. *Mon* rire. Kaplan chante à peine juste, mais l'effort est là.

— Et toi, c'est quoi ton genre ? Non attends, j'ai mieux. Dis-moi plutôt quel est le dernier titre écouté sur ton téléphone, c'est plus parlant.

Il s'exécute. Il sort son iPhone de la poche de sa veste en cuir, fouille dedans, puis le tourne vers moi.

— Rockstar de Post Malone, mais ça ne doit pas être ton délire.

— Le genre misogyne ?

— Misogyne ? Non, ça ne l'est pas tant que ça.

Je m'éclaircis la gorge et me mets à rapper :

— *Hit her from the back, pullin' on her tracks, and now she sreamin' out, no mas*[19]. Misogyne.

— Je suis étonné, t'as un bon flow.

— Sympa.

— Je n'ai pas eu beaucoup de mal à le mériter finalement.

Soudain, Kaplan se penche vers moi et sa main froide se pose sur ma joue. Je ne sais pas où il a compris qu'être misogyne voulait dire marquer des points. Et moi, pourquoi je reste immobile sur un toit battu par le vent, en compagnie d'un mec qui ne me plaît même pas ?

Son souffle à l'odeur de cigarette caresse mes lèvres, juste avant que les siennes ne m'embrassent. Le goût de clope s'infiltre dans ma bouche, puis s'intensifie lorsque Kaplan y darde sa langue. Ses doigts sur ma joue se renforcent comme pour me garder prisonnier, tandis que son autre main trouve mon torse. Elle s'impose sous ma veste où elle caresse mon flanc. Aussitôt, un fourmillement prend forme sous mon pull et se propage dans mon ventre.

Les yeux ouverts, à demi conscient, je laisse Kaplan souiller ma bouche avec sa salive. Mon cœur bat vite et fort. Je ne me sens ni bien ni mal. Je n'éprouve rien du tout. Ce n'est que lorsque sa main trouve mon entrejambe, que mon corps réagit et devient ardent. Mes hanches se poussent d'elles-mêmes vers l'avant. Mon sexe ne demande que ça,

---

[19] Trad. « Je les ai frappées par-derrière, j'ai tiré sur leurs extensions, et maintenant, elles hurlent « ça suffit ! », ouais, ouais »

mais mon peu de conscience me crie *non, ne te laisse pas branler par ce gars !*

Je me sépare de Kaplan, échappant à sa bouche affamée et ses mains envahisseuses. La sonnerie retentit. Je me lève et cherche mon téléphone dans mes poches.

C'est vrai, Lionel l'a gardé.

Kaplan ramasse son sac. Son geste relève la manche de sa veste, découvrant le numéro de téléphone inscrit au stylo sur son poignet. Pris sur le fait, il verse son reste de soda dessus puis frotte pour le faire disparaître.

— Tu viens de perdre ta chance de rappeler cette fille, je lui dis en ouvrant la porte. Ou ce mec ?

— Tu préférais que ce soit celui d'un mec ?

Je rejoins l'escalier alors que Kaplan m'emboîte le pas.

— L'un ou l'autre, tu finiras par lui briser le cœur. Je me trompe ?

— Sûrement.

— Et tu ne t'en caches pas en plus.

— Mais ce sera à cause de toi.

Je ne prends pas la peine de relever.

Kaplan m'a peut-être embrassé et tenté de me masturber, ça ne signifie pas qu'il peut m'embobiner.

Au fond, je sais exactement pourquoi ce mec s'intéresse à moi. Parmi toutes les rumeurs qui courent à son sujet, la seule qu'on m'a confirmée est son goût du challenge. Et quoi de mieux que de se taper un Oklahomien quand on peut avoir toutes les nanas d'Edison High ? Je me demande s'il a déjà essayé, s'il sait ce que c'est de coucher avec un mec. Il pourrait être surpris. Car je n'ai rien en commun avec les filles qui s'entassent dans ses contacts téléphoniques.

Comme si ses pensées avaient pris le même cheminement que les miennes, il me demande :

— Tu me files ton numéro, Baby Bird ?

— Non.

— Pourquoi tu t'acharnes à me refouler ? On vient de passer un bon moment.

— Lâche l'affaire, Kaplan.

Pour lui, je ne suis rien de plus qu'un foutu passe-temps, une blague. Et dire que c'est ce mec qui vient de me lécher le visage. Je ne me respecte vraiment pas.

Arrivé en bas des marches, il me barre le passage en prenant appui sur la rambarde de l'escalier.

— T'as déjà un mec, c'est ça ?

— Ça se pourrait.

Je dégage son bras et finis de descendre les marches.

— C'est qui ? Il est à Edison High ?

— Il tient à son anonymat.

Un groupe entre dans la cage d'escalier pour rejoindre le rez-de-chaussée. L'une des filles reluque

Kaplan de la tête aux pieds et lui adresse un mielleux « Salut, Nash ». Ce dernier lui renvoie son analyse en répondant d'une voix suave « Tu rentres déjà chez toi ? ». Je profite de la diversion pour me fondre dans le paysage.

Sur mon passage, je jette ma canette de coca à moitié remplie dans une poubelle. Alors que je rejoins la salle de musique, Kaplan s'écrie :

— Si j'étais ce mec, tout le lycée serait déjà au courant que t'as volé mon cœur ! La vie est trop courte pour se cacher, Baby Bird !

Je me retourne et marche à reculons.

— Alors pourquoi tu m'as emmené sur le toit ?

— C'était pour notre intimité.

Je m'apprête à répondre, quand mon dos heurte brusquement quelque chose. Je me retourne en lâchant un « merde, désolé », et tombe sur William. Le choc déconnecte mon cerveau l'espace d'une seconde avant d'être reboosté par l'adrénaline.

Le rouquin me regarde, puis Kaplan, avec un manque d'émotion flagrant.

— Hey, je le salue sans réfléchir.

Sans un mot, William me contourne et s'éloigne dans le couloir. Il adresse un regard à Kaplan en passant devant lui, avant de disparaître dans l'escalier.

Alors c'est à ça que ressemble l'indifférence. Lionel a raison, ça fait mal.

Les mains dans les poches de ma veste et l'esprit préoccupé, j'entre dans la salle de musique où quelques élèves sont déjà installés. Lionel, notre violoncelliste, m'attend au bout de la rangée. Je m'échoue à côté de lui. Il me tend mon iPhone.

— T'as reçu un MP sur Instagram. D'un certain Will Gil.

Je me redresse, le récupère, et ouvre l'application. William m'a envoyé un lien il y a quinze minutes pendant que j'étais sur le toit avec Kaplan. Je lance la vidéo qui s'avère être un passage de reportage. L'extrait parle d'un homme ayant été suivi jusque chez lui par son ravisseur. Dans notre conversation privée, la vidéo d'une minute trente est suivie d'un « Ça me fait vaguement penser à quelqu'un ».

Un sentiment de malaise me broie le ventre. Rongé par la culpabilité, je frotte l'espace entre mon nez et ma lèvre. Le souvenir encore vif de celles de Kaplan se ranime. Celui du regard de William encore plus. De l'indifférence... Vraiment ?

Je ferme les yeux et grogne contre moi-même.

— Qu'est-ce qu'il te dit ? me demande Lionel.

— Rien, une connerie.

Alex Bird

Le syndrome de Stockholm te guette, Willy.

Je range mon téléphone dans la poche de ma veste, mais le garde fermement blotti dans ma main. J'espère vainement qu'il se mettra à vibrer pendant le cours de musique, mais au fond de moi, je sais qu'il n'en fera rien.

En sortant de la salle une heure plus tard, je découvre que mon message est en « vu ». Je ne suis pas surpris, je m'y attendais. Je sais pertinemment que William ne me répondra pas.

La fenêtre vient de se refermer et le store a été baissé.

#Chapitre 16
William

Quelques jours plus tard…

Assis par terre contre les casiers, je lis le dernier message de Scott.

De Scott à William, 16 : 31
Je me suis occupé de Green, il a compris le message.

De William, 16 : 32
Fais gaffe qu'il n'aille pas te balancer à Burket.

De Scott, 16 : 32
Aucune chance. Il a failli se pisser dessus, ça m'étonnerait qu'il en parle à qui que ce soit.

De William, 16 : 33
Si tu le dis. T'es encore au lycée ? Ça te dit qu'on aille se mater un film quand je rentre ?

De Scott, 16 : 33

Désolé, mon pote, mais je suis déjà pris. Ramon est sorti ?

De William, 16 : 34
Non, je l'attends.

Encore une demi-heure à patienter avant que Ramon sorte enfin de son heure de colle. Quelle idée merdique il a eu de se jeter sur Cameron Green en plein cours de géo.

Depuis son arrivée à Edison High, Ramon subit toutes sortes de blagues, le plus souvent racistes. Sur ses traits mexicains, mais aussi sur son père chauffeur routier, ou encore sur leur petite maison à la sortie de la ville. Lorsqu'il est avec Scott et moi, personne n'ose s'en prendre à lui ouvertement, à l'exception de Calvin. Mais quand il se retrouve seul, j'imagine très bien ce que les élèves du bahut sont capables de lui dire.

Ramon n'en parle jamais, il ne l'a évoqué qu'une seule fois, et par la force des choses, alors qu'on l'avait surpris à jurer en espagnol contre un élève de deuxième année. Depuis cet incident, c'est silence radio. S'il a craqué aujourd'hui, c'est que Green a vraiment dû y aller fort.

Ramon a échappé de justesse au renvoi. À la place, le proviseur Burket l'a collé tous les soirs durant un mois. Il est le premier d'Edison High à subir une punition aussi sévère pour une simple bagarre. Nous sommes le lundi de la première semaine, autant dire que Ramon risque de trouver les journées interminables.

Avant de le rencontrer, je ne réalisais pas à quel point certaines blagues peuvent être blessantes. On s'imagine que si on en rigole, l'autre aussi. Que ce ne sont que des mots. Mais lorsqu'on en est la victime, les mots deviennent une arme, et avant qu'on ne s'en rende compte, on se retrouve persécuté par la moitié du lycée. Il n'y a rien de plus puissant que l'effet de groupe.

Alors que Scott s'est chargé de faire une mise au point à Green, je suis resté au lycée pour soutenir Ramon. Il ne devrait plus tarder à sortir.

— Putain, c'est long… je soupire en calant ma tête contre le mur.

Je ferme les yeux et me torture mentalement en imaginant ce que je serais en train de faire si j'étais rentré chez moi. Probablement flâner sur Netflix.

— Salut, Gilson.

Je me redresse et tourne la tête en direction d'une fille. Elle est plutôt jolie, pas très grande, avec des yeux marron et des cheveux châtains attachés en queue de cheval. Sa silhouette élancée est noyée dans un pull bordeaux oversize et un jean déchiré. Je ne crois pas la connaître, mais de toute évidence, elle, oui.

— Salut, je lui réponds avec méfiance.

Encore une pote de Bird ? Ça s'était pourtant calmé depuis ma mise au point.

Son sourire s'agrandit, dévoilant de grandes dents d'un blanc artificiel.

— Tu vas bien ? ajoute-t-elle.

— Ça va.

— Tu te souviens de moi ?

Je l'analyse en tentant de me remémorer l'endroit où j'ai pu la croiser. Elle triture avec attente une mèche de cheveux qui rebique au-dessus de son oreille droite.

— J'étais à la soirée d'anniversaire d'Emma Jenner, me renseigne-t-elle. C'est moi qui ai vendu l'herbe à Foster. Je m'appelle Hailey Mahoney, mais pour toi, ce sera juste Hailey.

— Ah… ouais, Hailey.

Je ne me souviens toujours pas…

— On a deux cours ensemble, l'anglais et l'histoire.

Si elle le dit.

— Qu'est-ce que tu fais là, tout seul dans ce couloir ?

— J'attends mon pote. Et toi ?

— Je devais aller voir monsieur Grey pour mon exposé.

Je jette un coup d'œil à mon téléphone dans l'espoir que les minutes passent plus vite. Hailey profite de mon inattention pour repousser mon sac à dos et s'installe à ma gauche. Son épaule cogne la mienne et y reste pressée.

— Il paraît qu'Alex Bird te fait la vie dure ?

Est-ce qu'il y a quelqu'un dans ce bahut qui n'est pas au courant de cette histoire ?

— Je gère.

— Tant mieux, car avec ce qu'on raconte sur lui…

— De quoi tu parles ?

Hailey se penche vers moi. Son parfum floral me pique le nez.

— Tu n'es pas au courant ? Il paraît que Kaplan et lui se sont isolés sur le toit pour s'envoyer en l'air. C'est une amie qui me l'a dit.

Un vide se creuse dans mon ventre.

— Elle les a vus faire ? je me renseigne la gorge nouée.

— Non, mais on sait tous que Kaplan est un vrai queutard. S'ils n'ont pas couché, Bird lui a sûrement taillé une pipe.

— Kaplan n'est pas hétéro ?

— Si, mais ça change quoi ? Il s'est peut-être lassé des nanas. Je te rappelle qu'il vient de Los Angeles, les gens sont hyper ouverts sur la côte-ouest.

Le vide atteint ma gorge, engloutissant le moindre de mes mots.

— Ça n'a pas dû être simple pour toi de refouler Bird, relance Hailey. Genre, le moment trop gênant. Quand j'ai su qu'il craquait sur toi, je me suis dit woh, il ne sait pas à qui il s'attaque. Un peu plus et tout le monde aurait pensé que t'es gay, t'imagines ? C'est chaud.

Je retrouve progressivement l'usage de la parole.

— Ouais… l'angoisse. Mais, je te l'ai dit, je gère.

— Force à toi, sourit-elle. Sinon, t'as un Instagram ? Tu veux le mien ? C'est YaaamHailey, avec trois « a » à Yam.

— OK, j'irai y faire un tour un de ces quatre.

— Je t'enverrai une demande, je crois me souvenir que t'es en privé. T'as fait ça pour échapper à Bird ?

— Je l'ai surtout fait pour qu'on évite de me faire chier. Je ne veux pas laisser les réseaux scléroser ma vie.

Ses joues s'empourprent, adoptant la même couleur que son sweat bordeaux.

— Ah OK… J'espère que ça ne me vise pas, ah ah.

Je l'observe sans lui répondre. Hailey se remet aussitôt à jouer avec ses cheveux.

— Enfin bref. T'es au courant pour la soirée de Jordan Smith ? relance-t-elle. Ses parents ne sont pas là pour le week-end, du coup il a prévu d'inviter tous les dernières années pour l'occasion…

J'efface progressivement la présence de Hailey pour m'intéresser aux trois mecs qui sortent d'une salle de classe. Alex et ses potes s'arrêtent au milieu du couloir. D'où je suis, je n'arrive pas bien à entendre ce qu'ils se disent, mais ça a l'air de bien les faire marrer. Je les fixe depuis un moment, lorsque Lionel Knight chope Alex par le cou et l'embrasse sur la joue.

L'acidité remonte le long de ma gorge.

Quand je reprends le cours de ma conversation avec Hailey, cette dernière a pris un virage à 360°.

— ... Alors aujourd'hui, quand j'ai vu dans mon horoscope que les choses allaient bouger pour moi, j'ai foncé.

Comment est-ce qu'on en est arrivé à parler d'horoscope ?

Je ne sais pas comment font Scott et Calvin pour réussir à suivre les filles. La plupart du temps, ils le prétendent uniquement dans le but de coucher avec elles. De ce côté-là, ils se comprennent parfaitement, ils parlent le même langage. Leurs décisions et leurs actions sont souvent motivées par l'appât du gain. Ces deux-là auraient sûrement profité de l'occasion pour essayer d'avoir le numéro d'Hailey, mais de mon côté, je n'en ai pas l'intention. Et si mon frère avait raison… Et si je n'étais pas attiré par les filles ?

— Tu m'écoutes ? me récupère Hailey en me touchant le poignet.

Tout en m'intéressant à nouveau à Bird et ses potes, je lui réponds d'un air vague :

— Ouais, ouais.

— Pourtant, tu n'en as pas l'air. Je te soule ?

— Ouais, ouais.

Je réalise ma connerie en me tournant vers Hailey. La bouche boudeuse, elle me fixe de biais en inspirant profondément par le nez.

— Sympa, Gilson.

— Ce n'est pas ce que je voulais dire…

Le rire de Bird accapare à nouveau mon attention. Je croise son regard tandis qu'il tourne la tête dans ma direction. Il est d'une neutralité déconcertante. Je reste stoïque en le soutenant, puis je m'en détourne.

Tout en fixant le mur qui me fait face, je refoule ma colère en serrant les poings dans les poches de ma veste. De son côté, Hailey continue de parler. Je me fous de cette fille comme du fait qu'Alex Bird se fasse tripoter par tout le lycée. Qu'il se fasse éclater le cul par ce connard de Kaplan. Ou encore que cet abruti de Murdoch ait la voix la plus insupportable que j'ai jamais entendue !

Bordel de merde !

La sonnerie de dix-sept heures retentit dans le bâtiment, reconnectant mon cerveau à la réalité. Je me lève d'un bond, manquant d'écraser la main de Hailey au passage. Cette dernière époussette son jean avant de relever la tête vers moi, son grand sourire dévorant son visage.

— C'était sympa de parler avec toi, Gilson. On aurait dû le faire depuis longtemps.

— Ouais, sympa… je lâche d'une voix morne en jetant un coup d'œil au couloir.

Lionel Knight passe un bras à la taille de Bird. Ma colère monte d'un cran. Profitant du brouhaha causé par la sortie des clubs, je me tourne aussitôt vers Hailey et me penche vers elle. Dans la précipitation, ma bouche s'écrase à côté de la sienne. Je me recule tandis qu'elle m'adresse un regard interdit.

— Je… Désolé.

— Non, ne le sois pas, me rassure-t-elle avant de déposer un baiser sur ma joue. T'es un original, William Gilson, j'aime les gens hors du commun. J'espère qu'on se verra à la soirée de Jordan.

Je vérifie où se trouve Bird, mais il s'est volatilisé.

— Et n'oublie pas mon Instagram ! me lance Hailey.

Elle s'éloigne à reculons et finit par disparaître dans la marée d'élèves qui remplit le hall. Plus loin, la porte de la salle de colle s'ouvre enfin. Ramon en sort, le regard vitreux et le dos voûté comme s'il portait le poids du monde sur ses épaules. Son visage se métamorphose lorsqu'il m'aperçoit au milieu du couloir.

— T'es là, Will ! Je ne pensais pas que t'aurais attendu jusqu'à la fin.

Son étonnement s'accroît lorsqu'il remarque un élément sur mon visage.

— Qui t'a fait ça ?

— De quoi tu parles ?

On manque d'entrer en collision alors qu'il agrippe mes épaules pour me regarder de plus près.

— Qui t'a embrassé ?

— Comment tu le sais ?

— Elle a laissé son empreinte… juste-là !

Je dégage son doigt et frotte le coin de ma bouche pour effacer la trace de rouge à lèvres.

— Je la connais ?

Je feins de ne pas l'avoir entendu.

— Allez ! Dis-moi qui c'est, Will ! Je suis doué pour garder les secrets.

— Je n'en ai pas.

— Pas à moi.

— Je t'assure.

— On a tous des secrets, et comme dit ma mère, le plus dur n'est pas de les avouer, mais de les garder pour soi. Alors vas-y, parle-moi, je saurais écouter.

Instinctivement, mes yeux se retrouvent attirés par le couloir où se trouvait Bird il y a quelques instants. Je me retourne vers Ramon. Son air abattu a raison de mon obstination.

— C'est risqué de connaître les secrets des gens.

— Pourquoi ça ? m'interroge-t-il, l'air intéressé.

— Parce que s'ils ne veulent pas qu'ils soient révélés, tu devras vivre avec. Et si les autres apprennent que tu étais au courant et que tu n'as rien dit, ils dirigeront leur rancœur sur toi. Et puis, il y a parfois des secrets qu'il vaut mieux ne pas découvrir.

— Comme quoi ? T'es mon pote. Peu importe ce que tu pourras me dire, je ne te laisserai pas tomber.

Je lui souris. Dans notre groupe, Ramon est le seul que je crois lorsqu'il affirme une telle chose.

— Laisse tomber, Sherlock[20].

Je commence à avancer dans le couloir.

— OK, je n'insiste pas, tu n'auras qu'à me le dire plus tard. Mais attends-moi !

Il me rejoint en courant et nous quittons ensemble le premier étage.

---

[20] Ref. à Sherlock Holmes.

#Chapitre 17
William

Trente-neuf de fièvre, une migraine à me taper la tête contre le mur, des éternuements à n'en plus finir… C'est un fait, j'ai la crève. Ça fait trois jours que je suis cloîtré dans mon lit, trois jours que je rate les cours, accumulant un retard que je vais avoir du mal à rattraper. Il fallait que ça m'arrive maintenant… Quatre ans sans un rhume, sans une gastro, sans une grippe, et voilà que ça me tombe dessus l'année où je ne dois absolument pas perdre le rythme. *Quelle merde !*

Je ne pensais pas dire ça un jour, mais j'ai hâte de retourner au lycée. Le premier jour, je n'ai même pas pu prendre une douche à cause des vertiges qui m'empêchaient de faire un pas hors de mon lit. Aujourd'hui, il y a une légère amélioration, mais je sens que le virus me pompe encore toute mon énergie.

Il est seize heures lorsque je me réveille de ma cinquième sieste de la journée. En ouvrant les yeux, je me retrouve aveuglé par un rayon de soleil qui filtre à travers le store de ma chambre. J'aperçois un plateau-repas posé sur mon bureau. Ma mère a dû le déposer avant de retourner travailler. Du fond de mon lit, je crois l'avoir entendu rentrer ce midi et repartir dans la foulée.

Je repousse ma couette et me traîne jusqu'à mon bureau tel un zombie. L'odeur du sandwich à la mayonnaise et au thon me donne la nausée. Je refoule l'afflux de bile dans ma gorge et tente d'avaler mon premier repas de la journée. Je commence tout juste à grignoter la croûte, quand ça sonne à la porte.

Je repose le sandwich dans l'assiette, bois le verre d'eau tiède, et replonge sous ma couette. La voix de mon frère résonne dans l'entrée.

— Il est dans sa chambre.

Scott s'est enfin décidé à me faire son dernier hommage. Je me place sur le dos dans l'attente de voir mon meilleur pote apparaître d'un moment à l'autre. Ses pas s'arrêtent devant la porte. Puis il frappe.

— T'as mis ton scaphandre ? Parce qu'ici, c'est le royaume de la morve ! je blague d'une voix enrouée.

La porte s'ouvre sur un visage, mais pas celui auquel je m'attendais. Je me redresse d'un bond, accentuant mon mal de crâne.

— T'es crade, me lance Bird en entrant dans la chambre.

Habillé d'un sweat à capuche Lewis et d'un jean noir, il juge brièvement la pièce avant de se focaliser sur moi.

— Qu'est-ce que tu fais là, Bird ?

— Tu ne viens plus au lycée depuis trois jours, et comme pas mal de monde a chopé la crève, j'ai pensé que c'était aussi ton cas. Ça va ? Tu tiens le coup ?

— Ouais... je sur*vis*, je lui réponds tout en tâtonnant ma couette.

— Quel guerrier.

Il fait glisser son sac à dos de ses épaules et le pose près de mon lit. Il s'apprête ensuite à poser ses fesses sur le matelas, mais se décale au moment où j'éternue.

— Pourquoi tu ne m'as pas juste envoyé un message ?

— Ça fait des jours que tu ne me réponds plus.

Je m'écroule sur le dos, le nez enfoui dans un mouchoir usagé.

— Je t'ai apporté un remontant, dévie-t-il.

Je m'intéresse au thermos qu'il extirpe de son sac à dos. Il dévisse le bouchon pour verser un liquide ambré à l'intérieur.

— C'est une infusion au thym, ma grand-mère ne jure que par ça.

Il me tend la mixture qui empeste les plantes aromatiques. Ma bouche se tord en une grimace de dégoût.

— Même avec le nez bouché, j'arrive à sentir l'odeur de ce truc. Ça schlingue !

— Ouais, on a l'impression de boire un jus de tondeuse, mais c'est vraiment efficace.

Je goûte une gorgée sous le regard insistant de Bird. Ce n'est pas aussi mauvais que ça en a l'air, même si quelques morceaux de thym restent coincés entre mes dents.

— Allez, cul sec.

— Tu m'en demandes beaucoup.

— Tu veux de l'aide ? demande-t-il en venant un peu plus près.

— Non, c'est bon !

— Ne fais pas le mec.

Il me prend le gobelet des mains tout en se collant contre mon flanc. Je le repousse, mais il passe un bras autour de mes épaules, me gardant étroitement contre lui. Son souffle tiède survole ma tempe alors qu'il approche le gobelet fumant de ma bouche. Je l'ouvre tout en observant Bird du coin de l'œil. Les siens sont focalisés sur mes lèvres. Quelque chose se passe. L'espace d'un court instant, le temps semble s'être arrêté.

Soudain, la porte s'ouvre. Bird se redresse, manquant de renverser le thermos sur ma couette. Mon frère nous regarde tour à tour, avant de me demander avec un sourire en coin :

— Ça va ici ? On s'éclate bien ?

— On ne t'a pas appris à frapper, Lewie ?! Dégage !

— Ne t'en fais pas, je vais vous laisser... *tous les deux*.

Je prends ce que j'ai sous la main et lui balance dans la tronche. La boîte de mouchoir traverse la chambre et disparaît dans le couloir. Lewie l'a évité de justesse. Il observe le projectile échoué sur le palier avant de m'affronter.

— T'es con ou quoi ? J'ai failli me la prendre !

— C'était le but.

Je saisis le livre qui traîne sur ma table de chevet et menace de réitérer mon geste. Mon frère capitule en levant les mains en l'air.

— C'est bon, je vais me casser... J'étais juste venu lui demander s'il voulait rester manger ce soir. (il s'intéresse au concerné) Salut Bird. Moi, c'est Lewie.

— Salut, Lewie, lui répond-il.

Ils s'analysent avec curiosité.

— Pourquoi est-ce qu'il resterait manger ? je les interromps.

— Car maman veut l'inviter.

— Je ne veux pas être de trop, réagit Bird.

— Maman est déjà là ? je demande à mon frère.

— Ouais, elle est rentrée de courses. Elle a acheté plein de trucs à bouffer ! Enfin !

Je me tourne à nouveau vers Bird qui m'interroge du regard.

— Bon, bah, je lui dis que c'est OK, tranche Lewie avant de quitter la chambre.

— On ne t'a pas dit oui ! je m'exclame.

La porte claque bruyamment. Je me rallonge près de Bird qui a l'air de s'amuser de la situation. Je me demande ce qui est le pire : être amorphe au fond de mon lit avec 39° de fièvre ? Ou savoir que je vais partager un repas en famille avec Alex Bird ?

J'imagine déjà ce que mon frère et ma mère vont sortir comme débilités pour m'embarrasser…

. . .

Mes prévisions étaient exactes. C'était le repas le plus gênant de toute mon existence. Ma mère a questionné Bird de l'entrée au dessert, sur tous les sujets qui lui sont passés par la tête : sa famille, le lycée, ses passions, ses amis, ses futures études, jusqu'à arriver au sujet tabou, celui de son homosexualité. À cet instant précis, j'ai eu envie de fondre sous la table.

Lewie a tenté de ramener plusieurs fois la conversation vers quelque chose de moins… Intrusif. Mais une fois les résultats du match de football d'hier soir énoncés, ma mère a remis les gays sur la table. Mon frère a rendu les armes et a quitté la cuisine sans prendre de dessert.

Vers vingt heures trente, je monte dans ma chambre pour retrouver mon lit. Malgré la dose d'anti-inflammatoire qui circule dans mes veines, ma fatigue gagne du terrain. Ça fait bientôt trente minutes que Bird devait me rejoindre. Qu'est-ce qu'il fout ?

— Willy ?

J'abandonne mon téléphone et relève les yeux vers le Brun qui se tient sur le pas de la porte, les mains rougies.

— Qu'est-ce que tu foutais ? je l'interroge.

— J'aidais ta mère à faire la vaisselle.

— T'es sérieux ? C'est quoi la prochaine étape ? Laver mes slips ?

— Tu portes des slips ? réplique-t-il en pénétrant dans la chambre. Je t'imaginais plus boxer.

— Non, je ne porte pas de slip. C'était une image...

— Il n'y a pas de mal, les slips, c'est sympa aussi. Chacun son truc.

Le matelas s'affaisse légèrement lorsque Bird s'installe à côté de moi. Doucement, il applique ses longs doigts sur mon front. Mon corps déjà fiévreux se transforme en brasier.

— T'es brûlant, remarque-t-il en posant ensuite le dos de sa main sur ma joue. Tu te souviens de l'heure à laquelle t'as pris ton dernier comprimé ?

— Avant de manger... Je crois.

— Tu crois ? Ton cerveau est déjà en train de fondre ?

J'ai tout juste la force de lui pincer le ventre avant de laisser mes paupières recouvrir mes yeux. Dans mon état comateux, je ressens toujours le contact de ses doigts sur ma joue. Sa caresse me berce et me détend. C'est agréable.

— Pourquoi t'es encore là, Alex ?

Je rouvre les yeux pour jauger sa réaction. Un éclat vif anime son regard.

— On a passé une étape toi et moi.

— De quoi tu parles ?

— T'as enfin décidé de laisser les formalités de côté.

— Arrête avec tes allusions, j'ai la flemme de réfléchir.

— Tu m'as appelé par mon prénom.

Je le fixe d'un air hébété.

— Je suis content que tu m'aies permis de rester avec toi ce soir, poursuit-il. Pendant un moment, j'ai eu l'impression que tu m'évitais. Surtout depuis que tu m'as laissé en « vu » sur les réseaux.

— J'étais occupé.

— À quoi ?

— À plein de trucs.

— Développe.

— Je n'ai pas envie, je suis claqué.

N'ayant plus la force ou l'envie de répondre à ses questions, je lui tourne le dos en rabattant la couette sur mes épaules. Au fond, *Alex* sait très bien pourquoi je n'ai pas répondu à ses messages. Je ne veux pas être un nom sur la liste de ses ex ou un simple numéro dans son répertoire.

Quand j'ai appris pour Nash Kaplan et lui, ça m'a fait du mal. Connement, je pensais que notre relation était unique, qu'il y avait quelque chose de spécial entre nous. Mais il m'a blessé plus profondément que je ne l'aurais pensé. J'ai une bonne mémoire pour la douleur, physique comme psychologique. Et avoir Alex chez moi a rouvert la plaie qui s'est remise à saigner.

Ce dernier s'allonge derrière moi, se lovant contre mon dos. Son souffle me chatouille l'oreille lorsqu'il me dit tout bas :

— À quoi tu penses ?

Je ne réponds pas.

— Tu sais, ta mère m'a parlé de toi. J'ai réussi à lui extorquer quelques infos et j'ai eu l'honneur de voir la photo de Lewie et toi dans la piscine gonflable.

La photo en question prône sur le frigo depuis des années. Mon père l'avait prise l'été de mes six ans, quand il passait encore du temps avec sa famille, qu'il n'avait pas encore fui les lieux comme un déserteur. Le jour de son départ, j'ai ressenti un profond sentiment de désespoir. La fin du monde…

Je ne dirais pas que ce sentiment était aussi fort lorsque j'ai vu Alex en compagnie de Kaplan, mais ça s'en rapprochait.

— Et vous avez parlé de quoi d'autre ? je soupire.

— Elle m'a raconté tes secrets les plus honteux.

— Je n'ai pas de secrets, je ne suis pas comme toi.

— Je suis persuadé que si.

Sa main me prend doucement le menton pour me tourner vers lui. Ses yeux bleus sondent mon visage lorsqu'il ajoute :

— Dis-men un et je ferai pareil de mon côté.

— Si je te le dis, ce ne sera plus un secret.

— Ce sera les nôtres, à nous deux.

— Pourquoi je ferais ça ?

— Pourquoi pas.

Je souffle un rire las.

— T'es incapable de garder un truc pour toi.

— Tu me connais vraiment mal, William Gilson.

C'est vrai qu'Alex est un véritable mystère pour moi. Je ne sais de lui que ce qu'il a bien voulu me dire ou ce que les gens racontent. Mais les rumeurs déforment souvent la réalité, il me l'a lui-même confirmé plus d'une fois. Alex Bird n'a rien du « suceur » dont me parle Scott, de « l'obsédé » qu'évoquent les Buffalo, ou de « l'ourson » que chouchoutent certaines filles. Il est beaucoup plus complexe que ça.

— Tu commences ou je commence ? me dit-il.

J'attrape mon oreiller et lui frappe la tête avec. Les cheveux ébouriffés, Alex me l'arrache des mains pour le balancer à l'autre bout du lit.

— C'est quoi ce coup bas ? bougonne-t-il. Je ne m'en prends pas aux plus faibles, c'est déloyal.

— Qui est faible ?

Je prends l'oreiller écrasé sous son buste et lui donne un deuxième coup. Alex râle et se jette aussitôt sur moi. La baston est lancée ! Chacun essaie de prendre l'avantage sur l'autre. Il y arrive plutôt bien, du moins, au début. Mais même malade comme un chien, mon esprit de compétition prend rapidement le dessus. Je ne me laisse pas dominer et finis par m'asseoir à califourchon sur ses cuisses, l'immobilisant sous mon poids.

— Je vais te le demander encore une fois, qui est faible ? je le provoque.

Alex m'observe avec cette drôle de lueur dans le regard. Il avait la même en voiture lorsque je l'ai ramené chez lui. Ses boucles brunes éparpillées sur l'oreiller forment une couronne autour de son crâne et ses joues sont rougies par l'effort. Sa vision m'envoie une chaleur ardente dans le bas-ventre, provoquant une érection dans mon boxer. Je me décale aussitôt pour me rabattre à la gauche d'Alex.

Ma mère choisit ce moment pour faire irruption dans la chambre. Elle sourit en nous voyant tous les deux sur le lit.

— Alex, tu restes dormir à la maison ?

— Ce soir ? s'étonne-t-il en se redressant sur les coudes.

— Il y a beaucoup de verglas, je serais plus rassurée si tu restais ici cette nuit. Je ne crois pas que ce soit prudent de faire du vélo par ce temps. Évidemment, il faut d'abord que tes grands-parents soient d'accord.

Il me lance un coup d'œil et je lui donne mon accord tacite.

— Ça m'étonnerait que ça les dérange, dit-il à ma mère. C'est gentil de proposer.

Il quitte le lit tout en extirpant son portable de la poche de son jean.

— Je vais les appeler. Je reviens.

Une fois Alex sorti de la chambre, ma mère m'adresse à nouveau un fichu sourire complice.

— Il est vraiment sympa, Alex. Et puis, il est mignon. Tu ne trouves pas ?

— Maman, arrête ça…

Elle ricane.

— Comment ça se fait que tu ne m'en aies jamais parlé ?

— On se connaît juste du lycée. Pourquoi tu lui as demandé de rester ? Ce n'était pas à toi de le faire, il a dû se sentir obligé d'accepter.

— Ne sois pas comme ça, Will. Tu as déjà invité Scott à dormir, ça n'a jamais posé de problème.

— Ouais, mais c'est mon pote.

— Et pas Alex ?

— Lui, c'est...

Alex revient dans la chambre.

— C'est bon, déclare-t-il. Encore merci de me proposer de rester, madame Gilson.

— Je t'en prie. Et tu peux m'appeler Anna.

— D'accord, Anna.

— Je vais aller te chercher un jogging et un tee-shirt dans la buanderie. Dans tout le bazar de Will, je n'arrive jamais à savoir ce qui est propre ou sale.

Elle sort à son tour, me laissant de nouveau seul avec Alex. Ce n'est que lorsqu'il commence à prendre ses marques dans ma chambre, que je réalise qu'il va réellement passer la nuit chez moi. Ça me paraît totalement surréaliste.

Ma mère revient déposer les vêtements tandis que je me demande comment j'ai pu laisser un truc pareil se produire.

Les minutes passent et je suis toujours assis dans mon lit, le regard dans le vide et le cerveau en compote.

— Ne t'en fais pas, je ne prends pas beaucoup de place, me lance Alex en venant s'allonger en travers du lit.

— Tant mieux, parce que le lit d'appoint n'est pas très grand.

— Le lit d'appoint ? Pour quoi faire ? Le tien est assez grand pour nous deux.

— C'est mort, Alex.

— Tu sais recevoir, se moque-t-il en se redressant sur les coudes.

— C'est comme ça que ça fonctionne chez moi, mais j'imagine qu'avec tes potes, vous dormez à trois dans un même lit.

— Non, Cody bouge trop, il donne des coups de pied et des coups de poing. Une vraie furie.

Je trouve assez de force pour quitter ma chambre et reviens quelques minutes plus tard avec le lit en question. C'est un vieux machin bourré de ressorts qui grincent. Je n'ose pas imaginer ce qu'il a vécu, mais ça fera l'affaire pour une nuit. Et puis, si Alex n'est pas content, c'est la même chose.

— Je peux le faire si tu veux, me propose-t-il.

— Non, j'ai la technique.

Je déplie le lit près du mien. Entre temps, Alex commence à se déshabiller. Il enlève son pull à capuche, puis son tee-shirt, dévoilant son torse légèrement dessiné. Lorsque son pantalon noir glisse le long de ses jambes, j'observe ses cuisses galbées ainsi que ses mollets musclés. Un détail m'interpelle. Pour un brun, il n'a pas beaucoup de poils. Je continue mon inspection sur ses fesses moulées dans son boxer blanc. Il a un beau cul ! Étroit et rebondi. J'ai vu plus d'un mec à poil dans ma vie. Dans les vestiaires du lycée ou de la boxe. Mais il est le premier à me faire réellement quelque chose.

Le virus Alex gagne du terrain, me provoquant une succession de symptômes. Ma bouche s'assèche face à son corps dénudé. Et lorsqu'il courbe le dos en enfilant son jogging, mon ventre se remplit d'une lave bouillante.

Je secoue la tête pour me remettre les idées en place.

— Ton lit est prêt.

De nouveau allongé sur le mien, je laisse Alex finir de se changer.

— Tu veux qu'on regarde un truc ? me propose-t-il en me rejoignant. Sauf si t'es trop amorphe.

— Je vais voir ce qu'il y a sur Netflix.

Je chope mon ordinateur portable posé au bout de mon lit et l'allume. Une fois ma session ouverte, Alex pose une main sur mon poignet pour m'arrêter.

— Attends. Je veux voir ton profil Netflix. (il retire ma main de la souris et navigue sur la page d'accueil) T'as déjà maté la dernière saison de Narcos ?

— Je l'ai fini il y a quelques jours. Ça te tente American Nightmare ?

— T'es en état ? Je ne voudrais pas que tu fasses de la tachycardie.

Je pouffe de rire.

— Tu te cherches une excuse, Alex ? Avoue, tu sais que tu vas te chier dessus.

Son air outré me fait sourire. J'ai atteint sa fierté. Levant le menton, il déclare d'une voix plus grave :

— Vas-y, envoie.

#Chapitre 18
William

Un vide a remplacé la présence chaleureuse à ma droite. J'ouvre difficilement les yeux en découvrant que, non seulement, il fait toujours nuit, mais que mon mal de crâne est enfin passé. Tout en me redressant, j'observe Alex qui dépose l'ordinateur sur mon bureau, le film mis en pause sur l'écran.

— Désolé, je ne me suis pas senti partir, je lui dis alors qu'il revient vers moi.

— On le finira une autre fois.

J'attends qu'il soit couché dans le lit d'appoint pour éteindre la lampe de chevet. Si tout à l'heure je tombais littéralement de fatigue, après ma sieste, je n'ai plus du tout sommeil. Mon cerveau a été nettoyé et les bugs supprimés, comme un smartphone réinitialisé aux paramètres d'usine.

Je me demande si Alex dort déjà. Dans le noir, j'entends sa respiration profonde et mesurée alors qu'il est couché tout près de moi. Au bout d'un moment, je crois avoir la certitude qu'il s'est endormi, mais sa voix claire m'appelle doucement.

— Willy ?

Je fixe le plafond sans lui répondre.

— Pas la peine de faire semblant de dormir.

Je souris.

— Qu'est-ce qu'il y a, Alex ?

— Je sais que tu m'as vu avec Nash Kaplan l'autre jour. C'est pour ça que tu faisais le mort ?

Le trou béant que j'avais réussi à refermer se rouvre en grand.

— Je te l'ai déjà dit, tu fais ce que tu veux de...

— De mon cul, ouais, je suis au courant.

— Alors c'est quoi le problème ?

— Pour une fois, réponds juste à la question.

Je me place de façon à lui faire face. On ne peut pas se voir, mais même dans le noir, je ressens ses yeux bleus dirigés sur moi tels deux lasers près à sonder mon âme.

— Qu'est-ce que tu cherches à me faire dire, Alex ?

— Juste la vérité. Avec toi, il faut toujours t'arracher les mots de la bouche.

Peut-être, car je n'ai pas envie de me confier à toi ou à n'importe qui d'autre. Peut-être parce que j'ignore moi-même d'où vient le problème. Mais ça, je ne suis pas en mesure de lui avouer.

— Tu sors avec lui ? je demande à la place.

— Non.

— Mais il s'est passé un truc entre vous ?

Alex ne dit plus rien. Mes mains se resserrent fermement sur la couette.

— OK, j'ai ma réponse.

— Je ne suis pas intéressé par ce mec, s'empresse-t-il d'ajouter.

— Vous avez fait quoi ?

— Il n'a pas vu mon cul, si c'est ce que tu veux savoir.

Hailey aurait-elle eu tort concernant ce qu'il s'est passé sur le toit ?

— Ah ouais ? je vérifie, sceptique. Mais tu l'as embrassé ?

— Ouais.

Je m'étais attendu à cette éventualité, mais avec ou sans baise, l'effet est sensiblement le même. Ça me fout les boules !

— Mais juste une fois, reprend Alex. Et ça ne voulait rien dire.

— Qu'est-ce que ça change ? Tu l'as fait !

— Parce que tu n'as jamais embrassé personne ?

Ma mâchoire se crispe.

— Bien sûr que si, la dernière fois m'a rendu malade…

Son changement de position fait grincer les ressorts du lit d'appoint.

— T'as embrassé qui ? Et quand ?

— Ça ne te regarde pas.

— Tu sors avec elle ?

— Non.

— C'est ton plan ?
— Peut-être.
— T"es sérieux ?
— Pourquoi ?
— Parce que j'ai envie de savoir. Alors ?
— Pourquoi je mentirais ?
— Je ne sais pas, pour te venger de moi.

C'est vrai que l'idée est tentante. Alex ne réalise pas à quel point l'imaginer avec Kaplan m'atteint. J'aimerais qu'il sache ce que c'est de se sentir en colère, triste, et impuissant… D'avoir les mains moites et tremblantes… De perdre son souffle et sa raison… D'avoir envie de crier, de hurler, de s'enfuir en courant, de frapper tout ce qui bouge… Je voudrais qu'il sache ce que ça fait d'être jaloux ! Tout simplement.

— On a déjà baisé, mais rien de sérieux, je lui confie après un moment.

Un léger silence suit ma déclaration bidon. Puis Alex reprend d'une voix morne :

— Genre, récemment ?

— Ouais, ça s'est fait dans la voiture de ma mère. Comme la sienne ne travaille pas, on ne voulait pas prendre le risque de coucher chez elle, tu sais, au cas où elle nous aurait entendus. Mais bon, dans le SUV de ma mère, c'était acrobatique. Enfin, tu dois connaître ça. Cette nana était grave chaude, elle mouillait tellement que ça faisait couiner la capote.

— C'est bon, tu me passeras les détails dégueulasses ! s'énerve-t-il.

— Où est passée votre curiosité, monsieur Bird ?

Le duvet s'agite à ma droite.

— Tu te tires ?

— Tu m'as soulé.

— Et tu comptes aller où ?

— C'est bon, je vais juste pisser !

Alex sort de la chambre en faisant claquer ses talons sur le parquet. Il revient quelques secondes plus tard pour me demander :

— C'est quelle porte ?

Je lâche un rire.

— La deuxième sur la gauche, celle avec la poignée en forme de grenouille.

Il repart en sens inverse, s'aidant du flash de son téléphone pour ne pas se cogner dans un mur. J'entends la porte de la salle de bain se fermer. Puis la chasse d'eau. Et le robinet qui s'ouvre.

La lumière du flash m'aveugle lorsqu'Alex revient dans la chambre. Je le soupçonne d'avoir fait exprès de m'éblouir. Il referme la porte derrière lui avant de retourner s'installer sur son petit lit.

— T'aurais pu nous ramener à bouffer, je le taquine.

— Je ne suis pas le service d'étage. Et puis tu n'es pas censé te reposer ?

— Je te rappelle que c'est toi qui me tiens éveillé.

— Ouais, bah, tu peux dormir maintenant.

— Tu ne veux pas connaître la suite de mon histoire torride ?

Il se recouche en pestant dans son coin.

— Alex ? Tu fais la gueule ?

— Je veux juste dormir.

— C'est parce que j'ai couché avec une fille que tu ne veux plus me parler ?

— Tu fais ce que tu veux de ton cul, William.

Nouveau silence.

— T'es jaloux, Bird ?

— Ouais !

Sa sincérité me surprend. Je reste pas loin de cinq minutes à fixer l'obscurité de la chambre, sentant le remords m'envahir peu à peu.

L'idée de base était de faire ressentir à Alex ce qu'il m'a fait éprouver en traînant avec cet abruti de Nash Kaplan. Je n'avais pas vraiment d'attentes concernant la comédie que je viens de lui jouer. Mais les résultats ne se sont pas fait attendre. Il a l'air réellement affecté par ce bobard sur Hailey.

— Alex ?

— Quoi ?

— T'es toujours partant pour l'échange de secret ?

— Ça dépend.

— De quoi ?

— Tu vas encore me parler de meuf qui mouille ?

J'éclate de rire.

— C'est trop pour tes chastes oreilles homosexuelles ?

— Je ne suis pas branché par les fruits de mer. (la colère s'estompe dans sa voix lorsqu'il ajoute) Ouais, je suis toujours partant.

Au pied du mur, je ne peux plus faire marche arrière. Je déglutis, prends une profonde inspiration, et me lance.

— Je suis puceau.

Le dire à voix haute rend la chose encore plus réelle. C'est la toute première fois que j'ose l'avouer à quelqu'un. Aucun de mes potes ne connaît la vérité. Lorsque le sujet était abordé, je déballais encore et toujours les mêmes mensonges. Je voulais simplement être un mec normal… Un mec comme tous les autres.

La vérité, c'est qu'on ne devrait pas être gêné d'être vierge. Même si certains prétendent le contraire. Mais la pression sociale débile qu'on nous impose en permanence nous pousse à avoir honte de ce que nous sommes.

Un bruissement de duvet m'informe qu'Alex quitte sa couchette. Il squatte mon lit et s'impose sous la couette. En dépit de l'obscurité, je devine son visage en face du mien. Pourtant, sa voix me paraît lointaine lorsqu'il me dit :

— Je le suis aussi.

Je pose une main sur son bras. Un frisson s'étale sous mes doigts, chatouillant ma paume. Encouragé, Alex se rapproche un peu plus. Son souffle caresse mes lèvres et ses cheveux me chatouillent le front. Ma main remonte lentement sur son biceps, puis sur son épaule, jusqu'à son cou où elle s'arrête. La douceur de sa peau me désarme. Je n'avais encore jamais touché quelqu'un comme je le touche. Mais avec lui, j'ai le sentiment que je peux me laisser aller. Que j'ai le droit d'être moi. Juste moi.

Au fur et à mesure, la chaleur du lit m'engourdit. Lové confortablement contre Alex, je me laisse doucement sombrer. Dans le brouillard de mon sommeil, j'entends sa voix fredonner les paroles d'une chanson.

> *« Now, I'm hyp-hypnotised.*
> *Yeah I trip, when I look in you eyes.*
> *Oh I'm hyp- hypnotised.*
> *Yeah I slip, and I'm mesmerized. »[21]*

Si tu savais à quel point, toi aussi, tu m'as hypnotisé, Alex Bird…

---

[21] Trad. « Maintenant, je suis hyp-hypnotisé. Ouais, je voyage quand je regarde dans tes yeux. Oh, je suis hyp-hypnotisé. Ouais, je glisse et je suis ébloui. »

#Chapitre 19

Alex

J'émerge lentement de ma phase de sommeil. J'ai chaud. Je me sens bien. Le visage enfoui dans un oreiller à l'odeur semi-étrangère, je grogne d'aise. Je bouge de manière à marier mon corps au matelas, puis tente d'entrouvrir les yeux. Une lumière m'agresse. Je les referme aussitôt avant de retenter l'expérience, parvenant à les garder ouverts un peu plus longtemps.

Quand j'arrive à supporter le soleil qui perce à travers le store, je dégage les cheveux bouclés qui m'encombrent la vue. En me tournant vers le mur, je trouve une forme étendue à côté de moi. Elle se contraste sur le papier peint pâle de la chambre. *La chambre de William.* Cette prise de conscience achève de me réveiller.

L'esprit plus vif, j'observe le rouquin endormi près de moi. Ses cheveux sont en pétard, parsemés d'épis qui déjouent les lois de la gravité. Une ligne de lumière s'étale sur sa peau dorée. Sa bouche est légèrement entrouverte et expire avec un léger sifflement. Je devine le souffle qui y pénètre, et l'envie d'y goûter me foudroie.

Je secoue la tête. Je ne vais quand même pas abuser d'un mec inconscient, malade de surcroît.

Je refoule ma pulsion comme on force pour fermer une valise trop remplie. Restant à distance du fruit défendu, mon regard dévale la silhouette de William. La couette a glissé sous son nombril et dévoile son torse vêtu d'un tee-shirt froissé. Ce dernier est retroussé sur son ventre, exposant ses tablettes de chocolat et le « v » qui disparaît sous un boxer noir moulant.

C'est de la torture...

Gardant mes mains sous l'oreiller, je profite du sommeil de William pour admirer la ligne de ses épaules musclées, ses abdominaux dessinés, ses clavicules saillantes... Son torse se soulève, se rabaisse, se soulève, se rabaisse... J'ai envie de m'y coller.

Bordel !

Je bascule sur le dos et passe une main sur mon visage. Il faut que je me contrôle. Sous la couette, mon érection commence à me faire mal. Je tourne le dos à William et récupère mon téléphone posé sur la table de chevet. Il est presque onze heures.

William soupire derrière moi. Je me retourne, mais il dort toujours à poings fermés. L'un de ses bras s'est imposé entre nous tandis que son corps a pivoté dans ma direction. Son geste a fait glisser la couette sous ses hanches, découvrant un peu plus son boxer noir.

Lui refaisant face, je déglutis lentement. Je reste ainsi, comme figé dans le temps. C'est la première fois que je peux le regarder aussi librement. S'il me voyait faire, il rougirait et me dirait de sa voix râleuse « Bird, arrête ! ».

Avec un sourire attendri, je porte mes doigts à son visage. Doucement, je caresse l'angle de sa mâchoire carrée. Il a l'air paisible. Contrairement au moment où il s'est endormi contre moi hier soir devant *American Nightmare*, à présent il n'affiche plus aucun signe de fièvre ou de douleur. Sa peau est redevenue tiède et son teint coloré.

Mes doigts effleurent son menton puis remontent sous sa lèvre inférieure. Je la caresse avec mon pouce, redessinant la courbure charnue de sa bouche. Seigneur, ce qu'elle est belle...

Mon téléphone vibre soudain dans ma main gauche. Je quitte William des yeux pour les river sur le message que Lionel m'a envoyé sur Instagram.

De El_Lion, 10 : 57 : *14h. Chez moi. La saison 2 de Sex Education.*

De Alex Bird : *Vois avec Cody. Je ne sais pas si je serai rentré.*

De El_Lion : *Pourquoi, t'es où ?*

De Alex Bird : *Pas chez moi.*

De El_Lion : *Sans dec ?*

De Alex Bird : *Chez William.*

De El_Lion : *J'ai raté un épisode ? Qu'est-ce que tu fais chez lui ? T'es entré par effraction ?*

William se met à gigoter et grommelle dans son sommeil. Je lui lance un coup d'œil prudent par-dessus mon épaule. Il écrase une paume sur son visage, le frotte et martyrise ses paupières closes. Puis ses reins se creusent avec impudeur alors qu'il bascule sur le ventre en se tortillant comme un ver de terre.

— Tu m'empêches de pioncer la nuit, et tu me réveilles le matin… grogne-t-il contre son oreiller.

Il ouvre ses yeux directement sur moi. Enfin « ouvrir » est un grand mot. Ils ressemblent à deux fentes de tirelire à travers lesquelles me regarderaient deux iris noisette. Je m'accoude à mon oreiller et lui souris.

— Tu déconnes, je t'ai tenu chaud toute la nuit. Tu n'as pas arrêté de te coller à moi comme un petit chaton.

Il plaque une main sur ma bouche en déclarant d'une voix plus rauque que d'ordinaire :

— Tais-toi, Alex.

Je lui mordille la paume. Il me pousse la tête, m'ébouriffant encore plus.

— Espèce de cannibale.

— Je ne peux pas m'en empêcher, t'es un mets de choix.

Un sourire étire doucement ses lèvres.

Le regard fatigué de William s'attarde sur moi. On se dévore des yeux, comme on observe une photo, sans gêne et avec insistance. Au bout d'un moment, je m'approche un peu de lui. Mon geste effrite le voile irréel qui nous enveloppe. Mais William ne bouge pas, me laissant entrer un peu plus dans sa bulle.

— Je t'ai vraiment empêché de dormir ?

— À mort...

— Je suis sûr qu'au fond, ça t'a plu.

Son attention dévie sur mes lèvres avant d'être attirée par la main que je pose sur son bras. Je lui effleure le poignet avant de remonter lentement jusqu'à son épaule musclée. Je sens sa peau frissonner et vois la chair de poule se former. Je continue mon trajet jusqu'à ses clavicules, glisse mon index dans leur creux, avant de le remonter vers sa pomme d'Adam.

— T'es vraiment puceau ? me demande-t-il.

Sa voix fait vibrer sa gorge sous mes doigts.

— Ouais. Et toi ?

— Ouais.

— Alors tu cherchais à m'impressionner hier soir ? Ou tu voulais que je ressente la même chose que toi ?

William se referme comme une huître et bascule sur le dos. Il se masse une tempe, puis enfouit sa main dans ses cheveux. Les sourcils froncés, il m'adresse un regard plein de reproches.

— Pourquoi tu m'as laissé croire que t'étais allé te taper un mec ?

— T'étais si sûr de toi, je ne voulais pas te décevoir.

— Il n'y a vraiment que ça ?

— Non.

Je me rallonge. Calant ma tête sur l'oreiller, j'ajoute :

— J'en ai marre de devoir contredire les gens ou les rumeurs. Alors je t'ai laissé penser ce que tu voulais. Une sorte de punition pour m'avoir mal jugé. Et le pire, c'est que ça a marché.

Son froncement de sourcil se dissipe, mais pas totalement. Maintenant, il ne m'en veut plus d'être allé voir ailleurs, mais de s'être trompé à mon sujet. Moi aussi je pourrais lui en vouloir de s'être laissé embrasser par une fille, mais je ne le fais pas. Déjà, parce que je ne suis pas blanc comme neige, mais surtout parce que je n'ai plus envie d'y penser. Quand je suis avec William, je veux que ce ne soit que nous deux, vivre ce moment, ne pas m'embarrasser des autres en continuant d'en parler.

Je m'approche de lui sans le quitter des yeux. Nos souffles se heurtent et le sien roule sur mes lèvres.

— Je ne suis pas intéressé par tous les mecs, Willy.

— Non, t'es intéressé par Kaplan.

— Arrête de faire celui qui ne voit pas.

— Je ne suis pas...

Il détourne le regard.

— Tu n'es pas obligé de l'être.

— On parle bien de la même chose ? réagit-il troublé.

— Tu n'es pas forcé de mettre un mot dessus si ça te fait peur. Tu peux être ce que tu veux.

Allongé sur le dos, il scrute le plafond de la chambre comme s'il détenait les réponses à ses questions, les solutions à ses problèmes. Mais en réalité, le seul moyen de comprendre, c'est de s'écouter. Et qu'entend-il lorsqu'il le fait ? Que lui confie son cœur ?

Lorsque William se résout à m'affronter, je vois dans son regard que quelque chose a changé. Je le sonde un instant, cherchant l'accord que j'attends depuis que je suis réveillé. Depuis des jours. Depuis semaines. Je crois le trouver lorsqu'il aventure à nouveau ses yeux sur ma bouche. J'approche mon visage et le bout de mon nez effleure le sien. Je le frotte doucement puis me penche pour trouver ses lèvres. Je sens William hésiter et, enfin, il cède.

Mon torse s'embrase alors que j'embrasse William pour la toute première fois. C'est nouveau. Surprenant. Délicieux. J'inspire profondément, m'imprégnant de lui, avant de commencer à bouger. Il répond à mon baiser avec retenue puis se laisse lentement aller. J'ai l'impression que personne ne l'a jamais approché comme je le fais. Ça ne me fait pas sourire, ça ne m'amuse pas, ça me donne juste encore plus envie de l'embrasser.

— Si tu savais combien de fois j'ai eu envie de faire ça, je lui avoue au bord des lèvres.

Avide de lui, je pose une main aventureuse sur son torse. J'ai besoin de le sentir, de le toucher. Son tee-shirt se froisse sur mon passage tandis que sa poitrine se gonfle. Je l'explore comme une terre sacrée jamais sillonnée. Je caresse ses pectoraux solides, survole ses tétons tendres et doux, avant de redescendre sur son ventre. William lâche un soupir fébrile lorsque je passe sous son nombril.

— Alex… halète-t-il.

Je me colle à lui sans cesser de le dévorer. Nos bassins s'alignent et, soudain, je heurte le renflement dans son boxer. Mon sexe sursaute. Mon cœur s'emballe. Encore plus excité, j'enlace étroitement William et me mets à onduler. Lentement, sensiblement... Puis plus franchement.

Le rouquin me fait soudain basculer sur le dos. Il m'emprisonne entre ses bras et ses genoux, m'immobilisant sous son poids. Son expression sauvage me fait face. Les joues roses, le souffle court, les cheveux ébouriffés. Il n'a jamais été aussi beau qu'en cet instant.

J'attrape sa nuque d'un geste possessif.

— Embrasse-moi encore.

J'enfouis ma main dans ses cheveux et il m'offre ses lèvres. Je les prends en otage, les torture à coup de langue, de dents et de baisers. William halète à nouveau contre ma bouche. Ce son lascif gonfle l'envie qui se matérialise entre mes cuisses. Mon Dieu, il me rend fou...

Logé entre ses jambes, je lève les hanches contre les siennes qui ondoient. On se frotte l'un à l'autre, nos vêtements créant un bruit de friction qui se mêle à nos respirations endiablées. Essoufflés, étourdis... Nos langues s'entremêlent et se caressent sans relâche.

C'est tellement bon...

Ma prise dans ses cheveux glisse le long de son dos. Je caresse sa colonne vertébrale, puis remonte sous son tee-shirt froissé. Les baisers de William se font plus avides et ses hanches se pressent plus fort aux miennes. Un gémissement rauque passe mes lèvres.

— Ah ! Willy...

Je saisis ses cuisses à deux mains. Ses poils se hérissent sous mes doigts. J'incline la tête pour l'accueillir plus profondément dans ma bouche et m'infiltre sous son boxer. Un souffle chargé lui échappe par le nez.

Des foulées traversent soudain le couloir de l'étage.

— Maman ! Tu n'aurais pas vu mon sweat jaune ?! s'écrie Lewie.

— Regarde dans la buanderie !

— Il n'y est pas ! Tu ne l'as pas mis à Will ?! Encore une fois !

Comme s'il venait de se prendre une décharge électrique, William cesse immédiatement de m'embrasser et regarde par-dessus son épaule. Sa tête a tourné si vite que j'ai cru qu'elle allait s'envoler. Tendu, il surveille la porte de sa chambre comme si elle risquait d'exploser à tout moment.

— Ne t'arrête pas, s'il te plaît.

Je récupère son menton et l'attire dans un baiser. Il m'échappe avant que je n'aie pu atteindre ses lèvres, me faisant heurter sa pommette.

— Arf... je soupire en me frottant le nez.

Les pas reviennent devant la chambre.

— Will ? l'appelle son frère.

— NON ! je n'ai pas ton pull !

— J'en ai marre, bordel... Je ne retrouve jamais rien dans cette baraque ! grommelle l'autre avant de s'éloigner.

— Oh, ça va, Lewie ! râle Anna depuis le rez-de-chaussée.

William se décale et s'assoit au bord du lit. Il reste ainsi quelques secondes à se frotter le visage avant de le plonger dans ses mains. Prostré, il semble au bord de la rupture. Je me redresse en position assise et passe un bras dans son dos.

— T'es en forme pour sortir cet après-midi ?

— Je ne sais pas.

Il se lève, imposant une distance entre nous. Ma tentative d'apaisement a lamentablement échoué.

Je me rallonge sur le dos et observe William qui traverse la pièce. Il enfile un pantalon de jogging et un pull à capuche, dissimulant les effets de ce qu'on vient de partager sur son lit défait. Les miens sont encore bien visibles, à travers mon rythme cardiaque acharné et mon jogging rempli par une érection qui n'a plus rien de matinale.

Debout près de son bureau, William m'adresse un regard en coin.

— Ne me mate pas, me réprimande-t-il en finissant de s'habiller.

— Alors, ne te trimbale pas à moitié à poil devant moi.

Il me tourne le dos en marmonnant un truc incompréhensible. Il récupère ensuite son téléphone portable posé sur son bureau avant de contourner le lit d'appoint dans lequel j'étais censé dormir. Puis il ouvre la porte de la chambre.

— Je vais chercher le petit dej'.

— Je viens avec toi.

— Non, j'en ai pour deux minutes.

Il quitte la pièce en fermant derrière lui. Je soupire lourdement et enfonce une main dans mes cheveux.

Dis plutôt que t'as besoin de t'éloigner de moi.

J'ébouriffe mes boucles puis redresse la tête. Au sud, mon jogging est toujours étiré par ma trique, formant le chapiteau de la luxure. Qu'est-ce qu'elle attend pour redescendre ? En même temps, rester dans le lit de William ne m'aide pas. Il sent bon son odeur. Et lui, d'ailleurs ? Est-il allé chercher à manger avec un reste d'érection entre les cuisses ? Cette idée me fait marrer.

Une vibration bourdonne dans mon dos. Je soulève les hanches et extirpe mon iPhone sur lequel j'étais allongé. Lionel m'a harcelé de messages. Je les survole avant de lui répondre.

De Alex Bird : *Je suis resté dormir chez lui.*

De El_Lion : *Vous avez couché ensemble ?*

De Alex Bird : *T'es malade. Ou plutôt « il » est malade.*

De El_Lion : *Alors t'as joué l'infirmier ?*

De Alex Bird : *Un truc du genre.*

De El_Lion : *T'es trop gentil, ça te perdra.*

Je rabats mon téléphone sur mon torse. Je m'humidifie les lèvres, récoltant le spectre du baiser partagé avec William. Il embrasse bien. Même très bien. Et son corps... Woah. Il est à tomber. Pour ce qui est du reste, il ne pourra plus prétendre que je ne lui fais aucun effet. Et merde, je recommence à bander.

Je me remets à sourire comme un débile.

Alors que j'arrive enfin à calmer mes ardeurs, William revient dans la chambre. Il ouvre la porte avec son coude, les mains chargées d'un plateau, puis la ferme avec sa hanche. Je m'assois au bord du lit et le rouquin s'installe à côté de moi, le plateau posé entre nous. C'est censé servir de rempart ?

— Je ne sais pas ce que tu manges le matin, alors j'ai pris au pif. Ça te va ?

— Ouais, t'inquiètes.

En fait, il a carrément vidé ses placards. Il y a deux bols de céréales, des donuts, des gaufres au chocolat, des pancakes industriels, des biscuits, des barres, du jus d'orange... Il a pensé à tout. C'est mignon.

William saisit son bol tandis que je récupère un donut nappé de chocolat que je dévore en un temps record. Pendant plusieurs minutes, on déjeune en silence. Le regard perdu sur le vide, William semble égaré dans ses pensées. De mon côté, j'en profite pour détailler sa chambre dévoilée par le store à moitié ouvert, cherchant un détail que j'aurais manqué hier. Mon tour d'horizon s'achève sur la porte où pendent plusieurs vestes et deux casquettes accrochées à un portemanteau.

— C'est un poster grandeur nature d'Henry Cavill que je vois sur ta porte ?

William suit mon regard. Après quoi, il se remet à manger, l'air renfrogné.

— Et alors ? C'était dans Man of Steel.

— Ouais, je sais, je connais mes classiques. Je ne savais pas que t'aimais les mecs en collants.

Il se braque encore plus. Ses traits se durcissent et le muscle de sa joue se contracte.

— Je l'enlèverai.

— Pourquoi ?

— Ça m'est passé.

— À d'autres. Si t'aimes Superman, garde-le sur ta porte. C'est ta chambre, tu fais ce que tu veux.

William pose son bol sur le plateau et se lève subitement. Alors que je m'attends à le voir sortir ou me mettre à la porte, il pousse les vestes accrochées au portemanteau et décolle le poster.

— Qu'est-ce que tu fais ?! je m'étouffe dans mon jus d'orange.

— Comme ça, on n'en parle plus.

— Mais non, laisse-le.

— Je n'en voulais plus de toute façon.

— Ne te vexe pas, Willy, je disais ça comme ça. C'était juste pour rire.

Il plie le poster et le jette sur le bureau.

— T'es chiant, Alex.

— Ce n'est pas une nouveauté.

Maintenant, je m'en veux de l'avoir taquiné à propos d'un truc aussi futile. J'ai tellement pris l'habitude d'user de l'humour au bahut que je le fais avec tout le monde, même avec un gars aussi sensible que William. Je ne voulais pas qu'il se sente mal à l'aise d'aimer Superman ou des cuisses moulées dans des collants. J'essayais juste de détendre l'atmosphère. Tu parles d'une réussite…

Je quitte le lit en me débarrassant des quelques miettes de donut échouées sur mon tee-shirt. Je fais un pas vers William dans l'optique de me rattraper, quand mon téléphone vibre sur le lit. Alors que je n'ai pas l'intention de m'y intéresser, lui le fait. Ses yeux se braquent sur mon iPhone mis en évidence sur la couette sombre. Ça me pousse à le récupérer.

Le prénom affiché sur l'écran me fige. Je ne m'attendais pas à recevoir des nouvelles de sa part aussi tôt.

De Jaylin, 11 : 25

Salut, Lexy. Qu'est-ce que tu fais de beau aujourd'hui ? Ça te dit qu'on se retrouve cet après-midi ? Même endroit, même heure ? Tu me manques. Ça me ferait vraiment plaisir de te revoir.

Je me rassois au bord du lit et garde mes pouces au-dessus du clavier numérique. Puis, les sourcils froncés, je tape un message.

De Alex, 11 : 27

Salut. Il faut que je réfléchisse, j'avais des choses de prévues aujourd'hui.

Une fois mon portable verrouillé, je relève la tête vers William qui me reluque d'un air féroce.

— Pourquoi tu me regardes comme ça ?

— Je te regarde comment ?

— Comme si t'avais envie de me casser la gueule. Désolé pour cette histoire de poster. Je ne pensais pas que tu le prendrais aussi mal. Moi aussi je trouve que Superman est canon.

— Tu te fais des films.

— Quoi ? Tu ne le trouves pas canon ?

— Arrête avec ça, je ne mate pas les mecs, et puis... Rah, tu me soules, je vais prendre une douche !

— OK, j'arrive.

Ma provocation le fait sursauter.

— C'est mort, tu restes là !

— T'as l'habitude des douches collectives avec le sport. En plus, ça permet de faire des économies d'eau.

— On n'est pas si fauchés que ça.

— C'est quoi le rapport ? Tu peux juste être un peu écolo. C'est pour la bonne cause.

William ouvre son placard et pioche dans ses vêtements. Son attitude me fait pouffer de rire, m'attirant un autre regard désapprobateur.

Un jean, un tee-shirt, un sous-vêtement, et un pull à capuche dans les mains, il traverse sa chambre. Je me réintéresse à mon téléphone qui vibre à nouveau.

Jaylin, 11 : 32

On n'est pas obligés de se voir trop longtemps. Juste une petite heure. Je n'ai pas vraiment le moral, je me faisais un plaisir de te voir.

Je me sens coupable. De lui dire oui, parce que ça voudrait dire continuer à mentir, à cacher nos rendez-vous. De lui dire non, parce que je ne veux pas être blessant ou injuste. Je me mordille le pouce, pesant le pour et le contre. Finalement, les sentiments prennent le dessus sur la raison.

Alex, 11 : 34
OK, mais plus tôt ça m'arrangerait. 13h, ça t'irait ?

Jaylin, 11 : 34
13h, c'est parfait.

Quand je repose mon téléphone, je m'aperçois que William a quitté la pièce. Je profite de son absence pour ramasser le poster laissé sur le bureau. Je le déplie, admirant les abdos d'Henry Cavill, puis le raccroche derrière les vestes qui pendent au portemanteau.

Un quart d'heure plus tard, William revient de sa douche. Je prends sa place dans la salle de bain et en ressors habillé de mes vêtements de la veille. J'ai juste pu lui extorquer un boxer et des chaussettes. Ça me fait bizarre de porter son sous-vêtement. C'est tellement lubrique. Je garde cette confidence pour moi, ne voulant pas de nouveau heurter la sensibilité de mon hôte.

De retour dans la chambre, le lit d'appoint a été replié et William s'est installé à son bureau. Il n'est pas encore midi qu'il travaille déjà.

— Je vais y aller.

Il se détache du cahier qu'il avait ouvert pour me regarder, l'air étonné.

— Je croyais que tu voulais faire un truc cet après-midi.

— Et moi je croyais que ça ne t'intéressait pas.

Il soupire en me tournant le dos.

— OK, c'est bon, tire-toi.

Je ramasse mon sac à dos dans lequel mon thermos a été rangé. Avant de partir, je m'arrête derrière William qui planche sur un devoir de chimie. Prenant appui d'une main sur le bureau, je me penche contre son dos. Il se raidit alors que mon torse l'effleure à peine.

— J'ai un truc à faire, mais on peut se voir plus tard si tu veux.

— Je... je dois voir Scott ce soir.

— Ça ne va pas me prendre trois heures.

William m'ignore et tourne la page de son livre.

— OK, comme tu veux, Grincheux.

Je l'embrasse sur la joue, le faisant se redresser comme un ressort.

— Tu n'auras qu'à m'appeler. Je t'ai laissé mon numéro.

Il suit mon regard sur une feuille à carreaux sur laquelle je l'ai inscrit au feutre.

— À plus, Willy.

Au rez-de-chaussée, je récupère ma veste accrochée à côté de la parka de William. Tandis que je me chausse de mes bottines, Anna vient me voir.

— Alex ? Tu pars déjà ? Tu peux rester manger ce midi si tu veux.

— C'est gentil, mais je dois retrouver quelqu'un en ville.

— Surtout, n'hésite pas à revenir, notre porte te sera toujours ouverte.

— Je n'oublierai pas.

Je lui souris, puis la salue avant de partir. J'aurais bien aimé rester plus longtemps, mais William m'a déjà accordé plus de temps que ce à quoi je m'attendais en venant ici hier soir.

Alors après un dernier regard vers le pavillon des Gilson, je pars à pied en affrontant le froid de novembre.

#Chapitre 20
Alex

Il y a quelque chose de magnétique avec l'interdit. Quelque chose d'angoissant et d'irrésistible. Quelque chose qui nous prend aux tripes et ne nous lâche plus une fois qu'on l'a envisagée. Et on a beau savoir qu'on ne devrait pas, on a beau nous mettre en garde, on ne peut pas s'en empêcher. Curieux, faible ou sadomasochiste, on faillit. Et aujourd'hui encore, *je* faillis.

C'est dans un petit café au fond d'une rue du quartier périphérique de Fairfax, à un bloc de Mohawk Street, que je commets mon interdit. Dans une pièce sombre à l'odeur de tabac froid et à peine éclairée par le soleil qui perce la baie vitrée recouverte d'autocollants, je fais un pas vers ce qui m'a été refusé pendant plus de dix ans.

La porte de l'établissement fait tinter la cloche lorsqu'elle se referme dans mon dos. J'effectue un regard panoramique. Un homme est installé au comptoir et un couple est dissimulé au fond de la salle. Je finis par repérer la silhouette assise sur une banquette usée.

C'est la troisième fois que je viens dans ce café. La première date du soir où j'ai surpris William en descendant du bus. L'idée de venir ici me donnait littéralement des envies de vomir tant l'angoisse me retournait l'estomac. Je m'imaginais que ça deviendrait plus facile au fur et à mesure, mais ça ne l'est pas. J'ai peur. Peur d'en attendre trop. Peur d'être déçu. Peur d'être trop heureux. Et en même temps, je ne peux pas faire autrement qu'être là.

Je pose ma veste sur la banquette qui fait face à Jaylin et m'assois dans le box. Alors qu'elle marmonnait en regardant son téléphone portable, elle affiche un large sourire en me voyant.

— Oh, t'es enfin là. Désolée, je parlais toute seule.

— Ce n'est pas grave. C'est quand on commence à nous répondre que ça devient inquiétant.

Elle lâche un rire interrompu par une faible toux. Apparemment, l'épidémie de grippe n'a pas frappé que Edison High. Sous son sourire, ses yeux gris cernés s'illuminent et ses pommettes se haussent. Elle n'a qu'une trentaine d'années, mais je la trouve étonnamment vieillie aujourd'hui. Elle a l'air épuisée.

— Comment tu vas Lexy ?

— Ça va. Et toi ?

— Je tiens le coup.

— T'es tombée malade ?

— Oui, mais c'est passé. Je ne suis plus contagieuse, ne t'en fais pas.

— Je ne m'en fais pas.

Elle recoiffe ses cheveux châtain derrière son oreille, puis elle fait signe à la barmaid de m'apporter un café.

— Latte, c'est ça ?

— Ouais.

— Un latte, s'il vous plaît !

Mes mains croisées sur mes genoux tressautent. Pendant plusieurs secondes, on se regarde comme deux inconnus qui cherchent le meilleur moyen de faire connaissance. Et c'est ce que nous sommes après tout, deux étrangers. Je ne connais pas la femme qui m'a donné la vie, ou je ne la connais plus. Et même quand j'étais gamin, je ne crois pas l'avoir déjà comprise.

— T'es beau aujourd'hui. T'as été voir ta copine ?

En réalité, c'est à peine si je me suis coiffé et mes fringues sont froissées.

— Non, je souris en passant une main dans mes boucles désordonnées.

— Donc, t'en as une ?

J'ouvre la bouche pour réagir, quand la barmaid dépose mon café latte dans un tintement de porcelaine.

— Merci.

Je vide un sachet de sucre et touille bruyamment le liquide fumant avant d'en avaler une gorgée. Ça me brûle la langue et me fait monter les larmes aux yeux. Mais ça me réchauffe le corps après avoir marché dans le froid pendant dix minutes.

— D'ailleurs, comment ça se passe au lycée ?

— Je me débrouille.

— Je suis sûre que tes grands-parents sont toujours sur ton dos. Ils étaient déjà chiants avec moi aussi quand j'étais ado, ils surveillaient la moindre note et me trouvaient toujours un élève modèle pour me donner des cours de soutien. Le frère d'un tel, la cousine de machine...

— Je suppose qu'ils veulent que je m'en sorte dans la vie. J'ai pris des cours de soutien, ça m'a aidé.

— Ils sont au courant pour nous deux ?

Je me frotte la nuque.

— Non, je ne leur ai rien dit.

— Ça me rassure. Ne les laisse jamais te diriger, Lexy. Fais toujours ce qui te plaît avant tout, profite de ta vie.

— Comme toi ?

Un rictus nerveux fait sursauter sa bouche maquillée. Elle le dissimule derrière sa tasse de café qu'elle termine en regardant ailleurs, laissant une trace de rouge à lèvres sur la porcelaine.

Quand je vois Jaylin, j'essaie de me remémorer le passé qu'on a partagé. J'ai gardé de nombreux souvenirs de mon enfance, mais aucun où elle était aussi attentionnée. Ma mère n'était pas mauvaise, mais pas aimante non plus. Je me souviens surtout l'avoir suivie dans ses aventures, l'avoir regardée tandis qu'elle vivait sa vie, avoir tenté d'attirer son attention, d'être à la hauteur, jusqu'à simplement cesser d'exister.

Pendant les années qui ont suivi notre séparation, j'ai souvent pensé à elle, me demandant ce qu'elle faisait, où elle était, ce qu'elle vivait, pour finir comme autrefois à arrêter de l'attendre. Et aujourd'hui, j'enfreins un droit de visite qui n'a jamais été reporté pour discuter avec elle devant un café. Et le pire, c'est qu'il lui aura suffi d'une rencontre précipitée devant mon lycée, pour parvenir à s'imposer dans ma vie comme si elle n'en était jamais sortie.

— Et Walmart[22], ça donne quoi ? je lui demande.

— J'ai quitté mon poste.

— Pourquoi ? T'en as eu marre ?

— Mon patron n'avait plus besoin de moi, répond-elle en faisant un geste vague de la main.

Saisissant qu'elle a été licenciée, je hoche la tête, bois une gorgée de café, et enchaîne :

— Et qu'est-ce que tu comptes faire maintenant ?

— J'ai postulé à des petites annonces, mais ce n'est pas facile de trouver quelque chose dans le comté, et puis ce n'est jamais le genre de boulot que

---

[22] Grande distribution américaine.

je recherche. J'ai déjà été caissière, je ne vais quand même pas finir femme de ménage.

— Il n'y a pas de sous-métier.

— On croirait entendre ta grand-mère. Facile à dire quand on est banquier et dentiste.

Elle secoue la tête tout en sortant son paquet de cigarettes de sa veste en cuir. Elle en fait glisser une qu'elle garde entre ses doigts, apparemment impatiente de pouvoir se la griller.

— Tu recherches dans quelle branche ? je l'interroge.

— Ce que je suis en mesure de faire. C'est-à-dire... rien qui ne m'intéresse vraiment.

— Pourquoi tu ne fais pas quelque chose que t'aimes ? Tu pourrais même reprendre tes études, t'as encore le temps, il n'est pas trop tard.

— Ça fait longtemps que j'ai laissé passer ma chance. Mais toi, tu peux encore nourrir le rêve de quitter Fairfax. Et même si ce n'est pas réalisable, accroche-toi à cette idée, elle t'aidera à supporter la vie.

J'ai déjà entendu ce discours de nombreuses fois, et pas uniquement de sa bouche. Cette manie à vouloir nous persuader que nos rêves ne sont pas faits pour le monde d'aujourd'hui, qu'ils ne sont qu'une chimère tout droit sortie d'un conte de fées.

À quel âge est-ce qu'on nous coupe les ailes à grands coups de pessimisme pour nous emprisonner dans le monde réel ? Lorsqu'on développe un libre arbitre menaçant de nous écarter du chemin tout tracé ? Lorsque notre avenir se joue dès l'entrée du lycée ? Non, déjà enfant, on nous fait comprendre qu'on peut s'amuser, être musicien, chanteur, acteur, dessinateur… Mais que plus tard, il faudra trouver un *vrai* métier.

Je ne me laisserai pas faire. Je refuse qu'on me coupe les ailes. S'il le faut, je construirai un pont entre ciel et terre.

Jaylin s'agite soudain sur la banquette, m'arrachant à mes réflexions. Elle se gratte le front sous sa mèche brushinguée – un geste dont j'ai hérité – puis me sourit avec embarras.

— Je suis vraiment gênée de te demander ça, mais… j'aurais besoin d'un petit peu d'aide. Je te rembourserai bien sûr, dès que je pourrai.

Elle n'avait même pas besoin de finir sa phrase, j'ai compris dès ses premiers mots ce qu'elle attend de moi. Comme la dernière fois, je sors mon portefeuille et en extirpe les quelques billets qu'il contient. Je lui tends les soixante dollars qui constituent le reste de mon argent de poche du mois.

— Désolé, je n'ai que ça sur moi.

Elle les accepte puis les range dans sa veste sans prendre le temps de les compter.

— Merci, t'es un amour, Lexy.

Ce n'est que de l'argent, et je n'en manque pas. Si elle en a besoin, autant qu'elle s'en serve mieux que moi.

Lorsqu'on se quitte une demi-heure plus tard, Jaylin paie nos consommations avec les quelques dollars que je lui ai donnés. On se dit à une prochaine fois, elle m'embrasse sur la joue, et je m'en vais sans me retourner.

Je n'ai plus d'argent afin de payer le bus pour rentrer chez moi, donc je traverse la ville à pied. Ça ne me dérange pas, j'avais besoin de marcher. Mes écouteurs dans mes oreilles, je pars à travers Fairfax, le cœur plus lourd.

Au bout d'une heure, j'atteins la sortie qui donne sur la campagne. Je délaisse la route étroite pour prendre un chemin qui coupe à travers champs. Il est encore tôt, mais un vent froid balaye les étendues d'herbes qui s'étalent à perte de vue. Les mains enfouies dans les poches de ma veste fourrée, je rentre la tête dans mes épaules pour me réchauffer.

Quand j'aperçois la maison de mes grands-parents après environ une heure de marche, je sors mon téléphone qui n'a pas arrêté de vibrer. Je n'ai pratiquement plus de batterie. Parmi les notifications, je n'en trouve aucune de William. Il ne m'a pas téléphoné ou envoyé de message. Je l'imagine toujours en train de réviser, son regard glissant de temps à autre vers mon numéro sans pour autant se décider à s'en servir. Le fera-t-il ?

Les doigts gelés, je réponds à Lionel qui attend de savoir si on se voit cet après-midi, puis ouvre un message privé de Kaplan sur Instagram.

N_Kaplan, 14 : 42 : *Salut, Baby Bird. Tu veux sortir ce soir ?*

Alex Bird : *Je ne peux pas.*

N_Kaplan : *Tu ne peux pas ou tu ne veux pas ?*

Alex Bird : *Un mixte des deux*

N_Kaplan : *Je me suis planté de fil ? Je croyais que le courant était bien passé entre nous. Qu'est-ce qui t'a fait changer d'avis ?*

Je franchis la barrière blanche qui délimite le jardin et atterris de l'autre côté en m'enfonçant dans la terre humide. Blasé, je réponds à Kaplan tout en me remettant à avancer, mes bottines et le bas de mon jean couverts de boue.

Alex Bird : *Ce qui s'est passé sur le toit ne voulait rien dire, arrête de faire comme si j'étais spécial.*

N_Kaplan : *Ouh... T'es de mauvais poil ?*

Alex Bird : *Je suis juste franc, il faut bien que l'un de nous deux le soit.*

N_Kaplan : *C'est quoi ton problème ?*

Alex Bird : *C'est plutôt toi qui en as un. Tu n'as pas l'habitude qu'on te dise non.*

N_Kaplan : *Et toi, tu tentes souvent les mecs pour les refouler la minute d'après ?*

Alex Bird : *C'était il y a deux semaines, ça fait une longue minute.*

Arrivé devant la façade de la maison, je découvre qu'il n'y a aucune voiture garée dans l'allée. On est samedi, mes grands-parents sont sûrement partis chez des amis. Ce soir encore, j'imagine que j'ai rancard avec Netflix.

J'ouvre la porte grâce à mon double des clés et laisse mes bottines dehors. Je ne prendrais pas le risque de me faire guillotiner pour avoir sali l'entrée. Ma grand-mère est une maniaque acharnée de la propreté.

Tout en retirant ma veste d'un bras, je lis la réponse de Kaplan.

N_Kaplan : *Arrête de te faire désirer.*

Alex Bird : *Et toi, arrête de me souler.*

N_Kaplan : *Moi, je te soule ? T'étais prêt à me tailler une pipe pour un coca.*

Le tombeur laisse enfin tomber le masque pour me montrer son vrai visage.

Alex Bird : *Va te faire foutre !*

N_Kaplan : *C'est encore à cause de cet autre mec que tu montres les crocs ? Dis-moi qui c'est.*

Alex Bird : *Ta petite queue ne fait simplement pas l'affaire.*

N_Kaplan : *Ma petite queue te défoncerait le cul et t'en redemanderais.*

Alex Bird : *Qui te dit que c'est toi qui me défoncerais ?*

N_Kaplan : *Arrête, je suis sûr que ça te plairait.*

Alex Bird : *En attendant, tout ce que tu vas défoncer c'est ton poing. Éclate-toi bien avec ta frustration.*

N_Kaplan : *Va chier, Bird. Tu regretteras d'avoir loupé ta chance.*

Alex Bird : *Cette semaine, je porterai du noir pour faire mon deuil, en souvenir à ce qu'on a partagé.*

Cette fois, je n'attends pas de savoir si Kaplan me répondra. C'était petit de me défouler sur lui, mais je ne lui ai jamais fait confiance, et il me prouve que j'avais raison. Le laissant de côté, je vérifie à nouveau si William m'a écrit. Mais je n'ai toujours aucune nouvelle de lui.

J'aurais aimé lui parler, ne serait-ce que cinq minutes. On s'est quittés il y a à peine trois heures, mais il me manque déjà. Je me sentais bien ce matin, et à présent, je me sens juste vide. Ça n'a aucun sens, mais les sentiments n'en ont jamais. Ils gouvernent mon cœur, sans explication, je dois juste faire avec. Rien ne sert de luter, ils finissent toujours vainqueurs.

Je commence à taper un message pour me relier à William, même par écrans interposés. Finalement, je m'arrête avant de l'avoir terminé. Je lui ai laissé mon numéro pour qu'il l'utilise lorsqu'il aura envie de me contacter. Je dois être patient, lui laisser le temps d'agir par lui-même au lieu de toujours m'imposer. Au moins, jusqu'à ce soir. Après, j'aviserai.

Je mets mon téléphone à charger dans ma chambre et sors le script de *Grease* que j'ai commencé à travailler. Je profite du calme de la maison pour m'exercer, laissant de côté la réalité, les réseaux sociaux, et ma rencontre dans le café. Je me plonge dans la peau d'un personnage qui n'est pas moi, qui m'évade, qui me fait oublier.

Je m'installe devant le piano du salon et ma voix s'emporte sur *Summer Night*. Et alors, à travers la comédie et la musique, je sens mes ailes pousser dans mon dos... Je me sens un peu plus en vie. Je me sens entier. Je me sens *moi*. Alex Bird.

#Chapitre 21
William

Décembre,

— Vous avez vu le Tweet qui tourne en ce moment ? nous demande soudain Calvin en fixant l'autre bout de la cour verglacée.

Devant les marches, Nash Kaplan enlace une fille qui se blottit contre lui pour se réchauffer.

— Sur Bird et le Californien ? relève Nolan Moore en l'observant à son tour.

Ce midi, le Quaterback nous « fait l'honneur de sa présence ». Après avoir squatté notre groupe à la cafétéria afin de parler tactique avec Scott, il s'éternise avec nous dans la cour. Tous les cinq assis à une table[23], on déblatère sur les dernières rumeurs.

— Qui ne l'a pas vu ? rebondit mon meilleur pote. Ça me fume qu'un mec comme Kaplan tourne gay. Les pédés, ça se répand aussi vite que l'herpès.

---

[23] Dans les lycées américains, des tables de piquenique sont disposées dehors pour les beaux jours.

— Vous croyez qu'il pense aux nanas quand il s'envoie Bird ? s'interroge Calvin installé en face de moi.

Je serre les poings si fort que mes phalanges deviennent blanches.

L'info dont il parle date d'il y a plusieurs semaines, il faudrait qu'il se mette à la page. J'avais presque réussi à oublier cette histoire, mais il faut qu'il la remette sur le tapis.

— Qu'est-ce que t'as, William ? me cherche Moore. Ton déjeuner ne passe pas ?

— Ne fais pas gaffe, il fait tout le temps la gueule ces temps-ci, lui dit Calvin. Il doit avoir ses règles.

Je me retiens de lui faire bouffer son iPhone, prenant sur moi pour ne pas péter les plombs devant Nolan Moore.

J'occulte l'existence de mes potes et du Quaterback afin de me focaliser sur celle d'Alex. Le moment qu'on a passé dans mon lit est resté gravé sur mon corps toute la journée, comme une empreinte dans l'argile. J'ai adoré l'embrasser et le toucher. Je ne pensais pas pouvoir un jour ressentir quelque chose d'aussi fort, comme si, lors de ma création, on avait omis « l'ingrédient sentiments » à la préparation. Mais ils étaient bien là, enfouis au fond de moi.

Alex est spécial. Il est tellement différent des autres mecs du lycée. Quand je passe du temps avec

Nolan Moore et mes potes, le contraste me saute aux yeux.

— Attendez, je vais twitter un truc, déclare le Quaterback.

Il se met à scroller l'écran de son portable avec ses gants tactiles.

L'idée de base était de profiter de quelques minutes d'accalmie loin des couloirs bondés d'élèves avant la reprise des cours. Si j'avais su que ça tournerait en lynchage, je serais allé réviser à la bibliothèque.

Je me réintéresse discrètement à mon téléphone, vérifiant si Alex a répondu à mon message de ce matin. Depuis qu'il m'a donné son numéro, j'ai l'impression d'être monté en grade. Ça me fait sourire.

— « Merci d'avaler des queues, Kaplan, ça nous laisse le champ libre pour brouter des minous. » lui dicte Scott.

L'autre relève la tête.

— Ah, ouais ! C'est bon, ça.

Alors que Ramon brillait par son absence psychique depuis le début de la conversation, il décide de prendre la parole.

— Les gars, je suis dégoûté, Emma Jenner est casée.

— Avec le Hobbit du club de journaliste, précise Scott.

— Ouais... On avait pourtant matché sur Tinder. Je viens de voir la photo qu'elle a postée hier aprèm. Ils sont tous les deux sur son pieu... Je suis blasé. La semaine dernière, elle était déjà avec un mec de l'équipe de baseball.

— Putain, si j'avais su qu'elle était aussi chaude, j'aurais pris mon ticket pour la soulever avant Noël, raille Moore. Pas si puritaine que ça la présidente du club d'abstinence.

— Elle devait avoir trop peur que l'un de tes volcans lui explose au visage, Ramon ! s'esclaffe Calvin.

Vexé, mon pote baisse la tête et plaque une main sur sa joue pour cacher ses boutons. Je lui frotte chaleureusement le dos à travers l'épaisseur de son anorak.

— T'es con de lui dire un truc pareil, j'engueule le Blond.

— Qu'est-ce que t'as encore, William ? Tu n'es pas d'humeur parce que t'as dû aider ta *môman* à faire la bouffe hier soir ?

Moore pouffe de rire, gonflant l'ego de Calvin. Je me lève, mais Scott est plus rapide et me retient par le bras en me faisant signe de me calmer.

— Il arrivera un jour où il n'y aura plus personne pour te défendre ! je mets en garde Calvin.

— Ouh, j'ai peur...

J'esquisse un geste vers lui par-dessus la table. Il recule aussitôt, effrayé.

— Ferme-la, Cal, lui ordonne Scott. Tu vois bien que Will n'est pas dans son assiette.

— C'est lui qui me cherche, se défend ce dernier.

— Parce que tu n'es qu'un abruti vénal et privilégié qui se croit supérieur à tout le monde ! je le recadre.

— C'est quoi cette remarque dégoulinante de moralité ? se marre Moore.

— William est un philosophe, il aime utiliser des grands mots, ironise Calvin.

Je peste en me retirant de la poigne de Scott avant de me rasseoir.

Le Quaterback se réintéresse soudain à son téléphone.

— Eh, Olivia Lively a répondu à mon tweet.

— Qu'est-ce qu'elle dit ? demande Scott.

— Que je ne suis qu'un sale type homophobe et misogyne. Misogyne… N'importe quoi, je traite les meufs comme elles le méritent.

— Ouais, si elles veulent que les mecs les respectent, il faut qu'elles se respectent elles-mêmes, enchaîne mon meilleur pote. Ça vaut pour Emma Jenner.

— Ce sont les paroles de ton père, tu n'as pas toujours pensé comme ça, je réfute.

— T'as raison, Foster, relance Moore en m'ignorant. La moitié d'Edison High a déjà dû voir la chatte de cette meuf.

— Et tu dirais quoi si c'était celle de ta sœur ?

Il y a un blanc. Toutes les têtes se tournent dans ma direction alors que je viens de défier le Quaterback.

— D'où tu parles de ma sœur, Gilson ?!

Je m'apprête à répliquer, mais Scott s'interpose entre Moore et moi.

— Il déconne, il a un humour particulier, temporise-t-il. Ce n'était pas méchant.

Il me tape l'épaule pour détendre l'atmosphère tout en me fusillant du regard. Visiblement convaincu, Moore se réintéresse à la cour et passe une main gantée dans ses cheveux.

— Tiens, tiens, regardez qui voilà…

On suit la trajectoire de son regard et découvre le groupe d'Alex qui parle plus loin avec des filles. Scott remonte le col de son Teddy tandis que le vent hivernal fait onduler ses cheveux châtain. Il porte deux doigts à ses lèvres et siffle un coup. Le groupe d'Alex se tourne instantanément vers nous.

— C'est bien, tu te reconnais ! s'exclame Scott, les mains en porte-voix. T'as été bien dressé, Bird !

Moore éclate de rire, s'attirant l'attention des quelques élèves présents dans la cour. Ramon enfonce sa tête dans son écharpe tandis que je mesure la réaction d'Alex. Les mains enfoncées dans les poches de sa veste en daim fourrée, il vient vers nous, ses deux potes sur ses talons.

— Tu me cherches encore, Foster ? réplique-t-il. Ça devient une obsession.

— Ouais, je suis obsédé par l'idée de me débarrasser de toi.

— Je ne savais pas que tu te sentais menacé.

Malgré son culot, il s'arrête à une distance protectrice des deux Buffalo.

— Si c'est lui qui se sent menacé, pourquoi tu restes aussi loin, Bird ? réagit Moore.

Alex lui lance un regard sévère, la mâchoire crispée.

— Ne fais pas ton vénère, le cherche soudain Calvin. On sait tous que tu voudrais t'étouffer avec nos boules !

Il se touche le paquet pour imager ses propos, faisant rire Moore. Qu'est-ce qui lui prend de s'adresser directement à Alex ? Il se sent pousser des ailes parce que le Quaterback est avec nous ?

— Désolé de te décevoir, mais tu n'as pas ce qu'il faut pour me donner envie, réplique Alex.

— Tu veux parier ?

— Commence par baisser ton froc si tu veux prouver que t'as des couilles !

Murdoch et Knight éclatent de rire.

— Il nous cherche cet enfoiré ! s'énerve Scott.

Moore se lève, mais mon pote lui coupe la priorité. Remuant des épaules comme un boxeur sur un ring, il se place devant Alex en faisant craquer ses articulations. *OK, c'est vraiment en train de dégénérer !* Je viens l'attraper par le bras avant qu'il n'aille trop loin.

— Ne fais pas le con, Scott. Monsieur White n'est pas loin.

Il lance un coup d'œil à notre prof de littérature qui parle avec une élève. Je retire ma main du biceps de Scott avec autant de précautions que s'il s'agissait d'une grenade prête à exploser. Soudain, la sonnerie retentit.

— Venez, les gars, on s'arrache, déclare Moore en ramassant son sac à dos. Foster ?

Scott soutient les yeux assassins d'Alex, puis il emboîte le pas au Quaterback, suivi de Calvin et Ramon. Alors que la cour se vide, je reste pour faire face à Alex. Je tente de sonder son état d'esprit tandis que son regard oscille entre colère et déception. Il y a un paquet de choses que j'aimerais lui dire, mais ma bouche reste close, scellée à double tour derrière ma honte et ma faiblesse.

— Qu'est-ce que t'attends pour suivre ton alpha, William ? me teste-t-il.

— Ne sois pas méprisant, je viens de te sauver la peau.

— Je devrais te remercier peut-être ?

Au loin, Scott s'écrie :

— Will, grouille-toi !

À contrecœur, je me détourne d'Alex et rejoins les autres qui attendent à l'entrée du bâtiment. Calvin et Ramon entrent après Moore, mais Scott reste dehors pour me parler. Arrivé à sa hauteur, il me bloque le passage avec son bras.

— Pourquoi tu n'as rien dit ?

— Qu'est-ce que tu voulais que je dise ? je riposte en forçant le passage. Vous vous en sortiez très bien sans moi.

Il me lance un regard soupçonneux tandis qu'on arrive dans le hall. Sur mon chemin, je croise mon frère qui trottine pour retrouver une fille. Une brune avec une frange et un grand sourire. Serait-elle la Jenny dont il parle tout le temps ? Ils entrent ensemble dans la salle de cours, Lewie se donnant une attitude qu'il n'a qu'au lycée.

— T'es bizarre en ce moment, me récupère Scott.

— Alors on est deux.

— Je suis sérieux, Will. T'es différent. T'es tout le temps dans ton coin et tu tiens des discours qui ne te ressemblent pas.

— Parce que je refuse de me foutre de la gueule des gays comme ton nouveau meilleur ami et toi ?

— Parce que t'agis comme si t'étais de leur côté plutôt que du mien.

— On va être en retard en cours, j'abrège en accélérant l'allure.

Calvin est déjà installé à sa table quand on arrive dans la salle N°A6 pour le cours de madame Stewart.

Lorsque je m'assois à ma place habituelle, je sors discrètement mon téléphone portable de ma poche et le pose sur ma cuisse.

De William à « Lui », 13 : 04
Un merci aurait suffi.

Je fixe l'écran et sa réponse s'affiche presque instantanément.

De Lui, 13 : 04
Tu te fous de moi ? Ne rien dire revient à participer de manière passive, t'es au courant ? C'est la base de tout harcèlement.

De William, à 13 : 05
Je ne pense pas comme eux !

De Lui, 13 : 06
Alors ce serait bien de le faire savoir.

De William, 13 : 06
Comme si c'était aussi facile. Tu vas me faire la gueule alors que je l'ai empêché de te refaire le portrait ?

J'attends la réponse d'Alex comme si ma vie en dépendait. Je suis tellement nerveux que mon genou cogne le dessous de ma table.

Bordel, pourquoi est-ce qu'il ne répond pas ?!

De William, 13 : 09
Alex ????

Toujours rien pendant plusieurs minutes qui me semblent durer des heures. Je suis forcé de planquer mon iPhone au moment où madame Stewart passe près de ma table. Quand je le ressors, Alex m'a enfin écrit.

De Lui, 13 : 16
Je ne fais pas la gueule, je suis juste gavé.

De William, 13 : 16
Par qui ? Moi ? Ou par eux ?

De Lui, 13 : 17
Si tu veux me faire des excuses, fais-les en face, pas par message.

De William, 13 : 17
Arrête avec tes excuses, je n'ai rien fait !

De Lui, 13 : 17
Justement.

De William, 13 : 18
Je ne suis pas responsable de ce que disent mes potes et Moore. Et puis tu sais comment ils fonctionnent. Pourquoi t'en as rajouté une couche ? Il aurait suffi que tu traces ta route.

De Lui, 13 : 19
Donc je devrais fermer ma gueule et me laisser insulter par des bouffons ?! Ce n'est pas dans mes cordes. Et si t'es incapable de comprendre ça, je n'ai rien d'autre à te dire.

Mon cœur se contracte. « *Je n'ai rien d'autre à te dire…* ». En ces quelques mots, Alex vient de refermer la porte que j'avais rouverte.

Mon estime mise en pièce, je range définitivement mon portable et essaie tant bien que mal de suivre le cours.

Je me croyais moins minable que Scott et Moore, mais en réalité, je ne vaux pas mieux qu'eux. Ce que j'ai fait, ou n'ai pas fait, toute à l'heure ne sera pas gommé de la mémoire d'Alex comme un trait de crayon sur une copie. Ma trahison y restera ancrée et gangrénera son esprit jusqu'à ce que je trouve un remède.

William, tu n'es qu'un pauvre abruti !

...

À défaut de trouver comment me faire pardonner d'Alex, je vais me défouler à la boxe. Il y a plus de monde que d'habitude ce soir, alors je laisse le ring aux autres boxeurs et m'entraîne dans mon coin. Je ne suis pas d'humeur à me mêler aux gens. Heureusement, Scott n'est pas là pour en rajouter une couche. Son coach a rajouté un entraînement au Buffalo pour les préparer au match de la semaine prochaine.

Après un round de shadowboxing[24], j'alterne avec un round sur le sac de sable. Les pieds ancrés dans le sol, je le martèle de toutes mes forces quitte à me briser les os. Alex occupe mon esprit tout le long de mon entraînement. J'ai le corps en ébullition, et pourtant, je frissonne. Chaque punch vivre dans mes bras. J'ai besoin de violence et de douleur.

Enragé, je visualise la tête de Nash Kaplan sur le sac de frappes.

— Prends ça, enfoiré !

Après plusieurs autres coups claqués, j'effectue une série de frappes fluides.

---

[24] Expression d'entraînement qui signifie « boxer dans le vide »

Est-ce qu'Alex va me pardonner ? Et si jamais Kaplan en profite pour prendre ma place auprès de lui ? Après tout, Alex l'a bien embrassé... Mais on s'est aussi embrassés, ça ne compte pas pour du beurre...

Je commence à m'essouffler. Je continue malgré tout de boxer, frappant plus fort et plus vite. Alors que j'effectue en Spinning Back Fist[25], une douleur vive se réveille dans mon poignet, m'élançant jusqu'au coude.

Putain de merde !

Plié en deux, je serre mon gant contre mon torse en jurant entre mes dents.

— On ne force pas, Gilson ! me crie le coach depuis le ring.

Je lui fais signe que tout va bien avant d'aller m'asseoir sur le banc. Je retire mon gant pour examiner les dégâts. La douleur s'accentue lorsque ma main n'est plus maintenue par la rigidité du cuir. Je connais la sensation d'un poignet cassé pour l'avoir subi l'année dernière, et ce n'est heureusement pas le cas aujourd'hui. Ce n'est qu'une simple foulure.

Je malaxe doucement la zone endolorie.

Bordel, même à la boxe, Alex arrive encore à me déstabiliser.

---

[25] Terme de la boxe signifiant « coup de poing retourné »

Quand j'étais plus jeune, mon père m'a dit un jour qu'il y avait un monstre dans chaque être humain. Plus on lui donne de l'espace et plus le monstre grandi. Si on lui dit « tu as le droit d'être un monstre » alors il finira par surgir. C'est cette leçon qui m'a incité à m'inscrire à la boxe, car je ne voulais pas que le monstre prenne la place de l'humain. Je ne veux pas finir comme Scott.

Parfois, j'aimerais ne pas ressentir ce démon qui circule à travers mon corps. Je pensais avoir trouvé dans la boxe le moyen de le terrasser, mais je me suis encore une fois planté. Ça m'a pris un moment pour dépasser le stade du déni concernant ce que j'éprouve pour Alex et lui faire une place dans ma vie. Mais aujourd'hui, je le crois capable de m'aider à faire taire le monstre, à jamais.

Alors, ne m'abandonne pas maintenant, Alex…

#Chapitre 22

Alex

— Alex, sois sincère avec moi, OK ?

— Ouais ?

— C'est dégueulasse, on est d'accord ? J'ai l'air d'un agent d'entretien ?!

Au bord de la dépression, Cody tire sur les pans de sa combinaison de mécanicien dix fois trop grande pour lui. Il ressemble à un parachute écrasé dans un arbre. Un sac plastique échoué sur une plage. Une toile de jute étendue sur un fil. Bref. À tout, sauf un mécanicien sexy supposé se déhancher autour d'un bolide.

— Ouais, c'est trop laid, je me marre.

— Pitié, aide-moi, fais quelque chose… Il est hors de question que je porte cette immondice ! C'est Leila qui a cousu le mien alors que ceux de Sutton sont tous cool !

Il me donne un coup de poing dans l'épaule alors que je me bidonne à m'en donner des crampes.

— Et arrête de te marrer !

J'essaie de prendre sur moi, mais je pouffe de rire encore plus fort.

— OK, j'arrête de rire. C'est bon. Mais qu'est-ce que t'as foutu quand Leila a pris tes mesures ?

— Mais rien, elle est juste nulle.

Sa bouche charnue grimace de dépit et ses yeux verts me hurlent « au secours ! ». Comme si j'avais le pouvoir de le transformer en un claquement de doigts.

— OK, j'irai parler à Sutton.

— Merci ! Tu me sauves la vie.

— Mais tu pouvais aussi bien lui dire que ton costume n'est pas à ta taille, elle ne va pas te bouffer.

— Arrête, elle déteste tout le lycée à part toi. C'est énervant, tout le monde t'aime.

— Presque tout le monde, je rectifie.

— Ce n'est qu'un détail.

— Mais le diable est dans les détails.

Des cris nous parviennent soudain depuis les coulisses de l'auditorium. La seconde suivante, Olivia, notre metteuse en scène, surgit d'entre les rideaux au fond de la scène.

— ALEX !

— Je suis là.

Ses yeux sombres me repèrent et elle fonce sur moi. Si j'en crois l'air ravi placardé sur sa figure, elle est sur le point de m'annoncer une bonne nouvelle.

— Ça y est ! On a enfin un nouveau Kenickie[26] pour remplacer Dereck, on va pouvoir répéter la chanson du garage !

— Génial. Monsieur Brown a choisi qui ?

— Un nouveau.

— Un nouveau ? C'est-à-dire ? Dans le club ? Et tous ceux qui avaient auditionné pour le rôle ?

Cody s'approche de nous, intéressé et surtout concerné. Il avait tout d'abord auditionné pour le rôle de Betty Rizzo, mais comme monsieur Brown n'a rien voulu entendre, il s'est rabattu sur celui de Kenickie. Mais un soliste de la chorale du lycée était déjà pressenti pour l'interpréter et le rôle est passé sous le nez de Cody. Dereck s'est finalement rétracté il y a un mois sous prétexte qu'il ne pouvait plus gérer ses différents clubs. Mais on sait tous qu'il s'est trouvé une nana et que c'est elle qui lui prend trop temps. Entre sacrifier le théâtre ou sacrifier sa libido, pour lui, le choix est vite fait.

— Personne ne se sentait capable d'apprendre tous les textes maintenant, alors le prof n'a pas pu refuser quand il l'a vu jouer, explique Olivia.

— Moi, j'aurais pu, intervient Cody.

— Ouais, il aurait pu, je renchéris.

— Je sais, mais monsieur Brown a fait son choix. Ça reste une bonne nouvelle quand même, non ?

Je hausse une épaule. J'imagine que ouais, c'est une assez bonne nouvelle malgré tout. Cody détourne la tête, déçu. Je passe un bras dans sa nuque et lui caresse le torse en signe de soutien.

---

[26] Personnage de la comédie musicale *Grease*.

— Et il est où ce Kenickie ? je m'intéresse.

— Juste là.

Olivia pivote vers les marches qui mènent à la scène. Dans la lumière tamisée de l'auditorium, une silhouette gravit l'escalier tout en arrangeant ses cheveux coiffés en arrière.

Seigneur... c'est une blague ?

— Salut, Baby Bird.

À côté de moi, le souffle de Cody se coupe.

Kaplan fait son entrée en scène, d'une démarche de modèle sur le catwalk pendant la Fashion Week. Il s'avance vêtu d'un jean étroit, de converses noires et d'un tee-shirt blanc qui moule ses pectoraux.

Son look de Kenickie ne change pas de celui habituel. Je reconnais que ce rôle lui va comme un gant. Il ne fait déjà qu'un avec son personnage, autant physiquement que psychologiquement.

— Je vous ai manqué ? nous sourit-il.

— Arrête de débarquer comme un mauvais méchant de dessin animé, ça me fout les jetons, je me moque alors qu'il se plante devant moi. T'attendais dans l'ombre le bon moment pour faire ton entrée ou quoi ?

— Vous vous connaissez déjà ? intervient Olivia.

— On va dire ça.

— On n'aurait pas pu rêver d'un meilleur Kenickie... s'extasie Cody.

L'arrivée de Kaplan a balayé sa déception comme un ouragan, tandis que c'est mon enthousiasme qui s'est fait la malle. Il n'y a rien de pire que de retrouver quelqu'un que l'on n'a pas envie de voir dans quelque chose qui nous passionne. Je suis blasé.

Le nouveau Kenickie adresse un sourire séducteur à mon pote qui croise discrètement ses mains devant son entrejambe. Puis Kaplan se réintéresse à moi d'un air sombre. On se fait face au milieu de la scène. Un rictus dont il ne se détache pas est logé au coin de ses lèvres. De mon côté, j'ai perdu toute envie de rire. Rien de tout ça ne m'éclate.

— Tu peux essayer de voir avec Nash pour ses textes ? me demande Olivia. Tu les connais bien. Je dois déjà gérer Cassie et Marlon. Il l'a traitée de grosse et maintenant elle refuse qu'ils s'embrassent à la fin de la pièce.

— Vas-y, je me charge de lui.

— Tu me sauves la vie.

Elle me donne une tape reconnaissante sur l'épaule puis disparaît derrière la scène.

Kaplan et moi continuons de nous affronter. Bien sûr que je l'aiderai avec ses textes, pas par bonté d'âme, mais parce que je veux que la pièce soit une réussite. Et Kenickie est un personnage trop important pour prendre le risque qu'il soit bâclé. Même si je doute que Kaplan suive sérieusement les répétitions ou qu'il se pointe ne serait-ce qu'à la prochaine. Finalement, je n'ai pas de quoi m'inquiéter. Il ne remettra sûrement plus les pieds dans cet auditorium d'ici la fin de semaine, et Cody héritera enfin du rôle qui lui revient.

— Alors comme ça, t'aimes le théâtre ? j'interroge Kaplan en arquant un sourcil railleur.

— *J'adore* le théâtre.

— Depuis quand ?

— Depuis que tu joues dans la pièce.

J'ignore sa remarque et m'empare de mon script posé par terre. Je tourne une page, trouvant la scène qu'on doit répéter aujourd'hui.

— Monsieur Brown a dû te donner ton texte. T'as un peu regardé tes passages ? T'es au courant qu'il va falloir chanter ?

— Je n'ai pas encore eu le temps d'y jeter un œil. Mais j'imagine qu'on va passer énormément de temps ensemble, *Danny Zuko*[27], alors t'auras tout le temps de m'apprendre tes talents de chanteur. D'ailleurs, je trouve que le rôle de Sandy t'aurait été comme un gant. Avec toi en tête d'affiche, je m'attendais à tout sauf à une pièce 100% hétéro.

— Tu peux oublier la Pride, le prof a recalé toutes les idées multicolores. Ça aurait fait tache dans l'album promo.

— Dommage.

---

[27] Protagoniste de *Grease*.

— Bienvenu dans l'Oklahoma.

— Alors ce sera seulement en backstage.

Je m'éloigne de quelques pas tout en lisant les premières lignes de la scène. Derrière moi, Cody dit à Kaplan :

— Être cet abruti de Doody[28] me dérange beaucoup moins maintenant, surtout que je vais passer mon temps derrière toi, Kenickie. C'est la tenue que tu vas porter ? Pitié, dites-moi qu'ils ont laissé la veste en cuir, t'es carrément sexy avec.

— Cody ! je grogne.

— Ne sois pas jaloux, Baby Bird, me sourit Kaplan.

Face à mon offensive, Cody lève les mains en signe d'interrogation.

Je déteste qu'il fasse ça, qu'il offre à ce type autant de pouvoir et d'influence. Je sais que ça l'amuse de jouer les amoureux transis, mais je ne supporte pas que Kaplan s'imagine pouvoir en faire ce qu'il veut. Cody mérite mieux que ça, même s'il est persuadé du contraire.

Le poing serré autour de mon script, je prends la direction des marches qui mènent derrière la scène.

— Je reviens, je vais voir Sutton pour ton costume.

— Je peux t'aider à enfiler le tien si tu veux, me propose Kaplan.

---

[28] Personnage de la comédie musicale *Grease*.

— J'ai deux mains, ça ira.

— À l'enlever alors, je suis doué aussi pour ça.

Sans m'attarder avec lui, je descends l'escalier. Alors que j'atteins la porte qui donne sur les coulisses, une main puissante m'empoigne le bras et m'entraîne dans un recoin, derrière des portants encombrés de costumes. Mon script me glisse des doigts alors que Kaplan me plaque contre le mur.

— Je peux savoir ce que tu fous ? je m'étonne.

— Je nous trouve un endroit tranquille. On n'a pas fini notre conversation de l'autre jour sur Instagram.

— Si t'as un truc à dire, fais-le, mais laisse-moi respirer.

— Doucement, pourquoi tu t'énerves ?

L'une de ses mains remonte derrière ma cuisse et agrippe mes fesses. Il est sérieux, ce mec ? J'attrape fermement son poignet pour le maintenir à distance.

— Je t'ai dit de parler, pas de me toucher.

De sa main libre, il reprend ses caresses avec un sourire en coin. Comme si c'était un jeu. Comme si ça me faisait réellement marrer.

— Arrête ça, je lui ordonne.

— Je sais que t'en as envie. Tu m'as grave chauffé l'autre fois par message. Putain, si tu savais l'effet que tu me fais, j'aime quand c'est électrique.

Sa bouche se referme sur mon cou tel un vampire, juste sous la racine de mes cheveux. Kaplan m'embrasse près de l'oreille puis aspire ma peau jusqu'à me provoquer une sensation de picotement. Je le force à me libérer, lui arrachant une plainte. Privé de mon corps, il se rabat sur ma main qu'il plaque sur sa braguette. Pris de cours, je baisse les yeux vers son érection.

— Tu vois ce que tu me fais, Bird.

Il se met à remuer contre ma paume comme un serpent.

Telle une éruption volcanique, la colère que j'étouffe depuis des jours explose soudain en moi, projetant des pierres de lave qui détruisent tout sur leur passage. Je me libère en bousculant Kaplan d'un coup d'épaule. Il me retient aussitôt par le bras. Je fais volteface et le propulse contre le mur d'en face.

— T'as vraiment cru que j'allais te branler ici ?! T'es quel genre de malade ?!

— Ils sont tous occupés, personne ne va venir nous chercher, Baby Bird.

Je ramasse mon script. Kaplan me prend les hanches et se colle à mon dos. Il presse son sexe contre mes fesses. Mon visage s'enflamme de malaise, de honte, de rage.

Putain !

Je me retourne en éjectant son contact et mon coude heurte soudain son torse.

— Lâche-moi la grappe, Kaplan ! Ou ça finira mal pour toi !

Il se frotte les côtes en grimaçant. Merde, est-ce que je lui en ai cassé une ?! Je m'apprête à m'excuser, mais il renchérit :

— Calme-toi, tu n'as pas à flipper. Je sais m'y prendre, je viens de L.A, je te rappelle.

— Tu pourrais venir du trou du cul de l'enfer, je n'en ai rien à foutre ! Tu ne m'intéresses pas ! Alors, ne me dis pas de me calmer, je ne suis pas ta pute ! Si t'es venu là pour te trouver un plan, rentre chez toi ! Le théâtre n'est qu'un délire pour toi, un truc que tu fais pour te marrer, mais ça ne l'est pas pour moi ! Ça ne l'est pour aucun de nous !

Il tend la main pour me toucher le visage, je l'évite en le trucidant du regard.

— Arrête de me toucher, tu m'emmerdes. Abruti, va...

Penaud, Kaplan rabat sa main contre sa cuisse et demeure adossé à la cloison en bois. Je passe la porte menant aux coulisses, l'envoyant claquer contre le mur.

J'en ai assez d'être pris pour un con !

. . .

Le cours de théâtre touche à sa fin dans une ambiance pesante. Les costumes ont pour la plupart été réajustés, quelques passages répétés, et des répliques arrangées. Cody m'a snobé durant toute l'heure. Il a préféré faire bande à part avec les filles et Kaplan qui n'a fait que se lamenter. Je crois que ces deux-là se sont mis à comploter contre moi. Mais je m'en fous, je ne vais pas venir m'excuser, plutôt crever.

Le pire dans cette histoire, c'est qu'ils agissent comme si ma réaction était anormale. J'ai beau être gay et de la génération Z[29], regarder des films pornos, et avoir grandi dans une société où le sexe est roi, ce n'est pas avec ma queue que je mesure ma liberté. Même ivre, je n'aurais pas laissé Kaplan me branler dans les coulisses. Je ne veux même plus que ce mec me touche.

J'aimerais que celui avec qui je partage mes premières expériences soit spécial. J'aimerais me sentir unique pour quelqu'un au moins une fois dans ma vie. Je voudrais... Putain... j'aurais voulu que ce soit William. Avec lui, je ferais n'importe quoi, n'importe quand. Et même si je lui en veux toujours pour l'altercation avec ses potes, je ne vais pas me rabattre sur Kaplan. Je ne suis pas aussi désespéré.

La nuit recouvre Edison High alors que je traverse la cour en direction du garage à vélo. Tous les membres du club sont rentrés en voiture ou en bus. Je suis le dernier. C'est toujours bizarre de traverser un lieu qui, normalement, est envahi de monde, surtout la nuit. Mes pas font craquer le tapis

---

[29] Personne née entre 1999 et 2010 (environ), en plein dans l'ère du numérique.

de feuilles gelées qui recouvre le goudron. Un nuage de condensation se forme à chacune de mes expirations. Il fait un froid de canard.

Mes mains enveloppées de mitaines, je me brûle les doigts en détachant mon antivol gelé. Je souffle sur ma peau rougie et la frictionne. Puis j'enclenche les éclairages avant de pousser mon vélo jusqu'à la sortie du lycée.

Mon téléphone se met soudain à vibrer dans la poche de ma veste. Je l'en extirpe et prends l'appel de Lionel.

— Allo ?

Je continue à pousser mon vélo d'une seule main, ralentissant l'allure tandis que je quitte l'enceinte du lycée.

— *T'es chez toi ?*

— Pas encore. Je rentre.

— *Cody m'a raconté.*

Ça a été rapide.

— Et il a raconté quoi exactement ?

— *Il m'a dit que t'as pété un câble avec Nash parce qu'il t'a dragué, que t'as été assez brusque avec lui, et que tu l'as évité tout le reste du cours. Qu'est-ce qu'il s'est passé ? Ce n'est pas ton genre d'être violent.*

— Kaplan est un pauvre con.

— *Qu'est-ce qu'il a fait ?*

— Rien, il s'est juste frotté à moi comme un chacal en rut. Et cet enfoiré a essayé de me faire un suçon.

Il lâche un rire.

— Ça ne me fait pas marrer.

— *Attends, t'étais sérieux ?*

— Je sais que j'ai un humour douteux, mais j'ai mes limites.

— *Woh... OK. Et Nash a toujours fait ça ?*

— Pourquoi tu joues le surpris ?

— *Je pensais qu'il te collait, mais pas qu'il te forçait la main.*

— Il a toujours été sans gêne, mais je lui ai donné de faux espoirs et depuis il me le fait payer. Je crois qu'il s'est mis en tête qu'il se passerait un truc entre nous. Mais bordel, je n'en peux plus de ce type. Alors si Cody veut se le taper, je lui laisse volontiers. Et avec mes remerciements.

Je n'arrive plus à avancer en tenant mon vélo d'une seule main. Je m'arrête et le cale contre un lampadaire.

— *Je ne pense pas que Nash ait l'impression de mal agir. Il doit croire que tu veux juste te faire désirer.*

— C'est ce que tu pensais aussi de William. À t'entendre, on veut tous jouer avec les sentiments des autres.

— *C'est ce qu'on pense toujours dès qu'un mec dit non.*

— Où tu veux en venir ?

— *Tu reproches à Nash ce que t'as toi-même fait à Gilson. La différence, c'est que Nash ne prend pas de gants et fonce dans le tas.*

— T'es en train de dire que c'est moi qui suis en tort ? Que je ne suis qu'un lourd qui force les mecs ?

— *Non, je...*

— Et pourquoi tu prends la défense de Kaplan ?! Il t'a payé ou quoi ?!

Lionel impose un blanc de quelques secondes avant de dire d'une voix horriblement calme :

— *Je ne prends pas sa défense, je pense juste que tu devrais être clair avec lui.*

— On ne peut pas être plus clair.

— *Tu ne l'as pas été quand vous êtes allés sur le toit.*

— Je ne t'ai jamais raconté ce qui s'y est passé.

— *Je ne suis pas débile, Al. Et puis, Nash me l'a confirmé.*

OK, alors mes deux potes font des confidences à Kaplan. C'est quel genre de trahison ? On est du niveau de Caius et Marcus[30].

— *Pourquoi t'as fait ça si tu n'en veux pas ?*

— Je...

Je pince l'arête de mon nez en soupirant.

— À ce moment-là, j'avais juste besoin qu'on s'intéresse un peu à moi. Quand il m'a embrassé, j'ai

---

[30] Assassinat de Jules César.

voulu voir si ça me soulagerait. Mais ça n'a pas marché... Je sais, c'est naze.

Lionel émet un murmure pensif.

— *Tu peux toujours lui dire que tu sors déjà avec un mec.*

— Je ne mêlerai pas William à ça. Et puis, ça ne change rien, j'ai déjà essayé.

— *OK. Alors je m'occuperai de Nash.*

— C'est bon, je suis capable de me défendre. Tu comptes faire quoi ? Un bras de fer dont je serai le lot à gagner ? Autant me parier à la roulette.

— *Alex...*

— Je ne vois pas ce que tu ferais que je ne peux pas faire moi-même.

— *Je peux essayer de lui parler.*

— Pas la peine, ce mec ne comprend rien. Bon, je dois raccrocher, il pèle et je ne sens plus mes doigts.

Avant que Lionel n'ait pu tenter quoi que ce soit, je le salue et range mon téléphone dans la poche de ma veste. Je remonte mon col fourré pour protéger mon cou du froid et souffle sur mes mains rougies. Une fois en selle, je rentre chez moi.

#Chapitre 23
William

Ça fait plusieurs jours que je n'ai plus de contact avec Alex. Ni sur Instagram, ni par SMS, ni même en visuel dans les couloirs du lycée. Il m'évite. Je l'évite. En bref, on se fait la tronche. J'ai reconnu mes torts auprès de lui, mais j'imagine que ce n'est pas encore suffisant. Je sais qu'il attend que je fasse le premier pas… *Quel casse-couilles…*

La télévision du salon allumée sur un film d'action, une part de pizza dans une main, je fixe mon iPhone sans oser ouvrir la conversation SMS d'Alex. Le temps que je prenne une décision, mon écran se verrouille, reflétant les lumières du sapin de Noël.

— On bouffe mieux chez papa, j'aurais dû passer la soirée chez lui, râle Lewie en balançant sa part à peine entamée dans son assiette.

— T'abuses, maman fait des efforts. Tu sais qu'on n'a pas beaucoup d'argent en ce moment.

— Ouais, mais j'en ai marre d'être pauvre ! Quand est-ce qu'elle aura du fric ?

— Quand le divorce sera prononcé.

— Et il sera prononcé quand ? Dans cent ans ?

— Je n'en sais rien, Lewie.

Il s'enfonce dans le canapé en grommelant. Comme ma mère est partie passer la soirée chez une voisine, mon frère et moi avons fait réchauffer des pizzas. C'est lui qui s'en est chargé pendant que je prenais ma douche. Résultat des courses, elles sont à moitié cramées.

— Je ne savais pas que tu voyais papa aujourd'hui, je relève en recrachant un morceau de brûlé dans mon assiette.

— Ça s'est fait à la dernière minute, il voulait me faire conduire la Mustang avant de la vendre.

— Il vend sa Mustang ?

— Ouais, il veut s'acheter une Jeep. Le nouveau modèle.

— Rien que ça... (je repose mon téléphone sur ma cuisse) Et... comment il va ?

— Normal, me répond mon frère d'un air évasif. Il va en Louisiane au mois de mai et il m'a proposé de l'accompagner, c'est mon cadeau de Noël. On ira voir les bayous, la nouvelle Orléans, les trucs vaudou, tout ça, tout ça... J'ai trop hâte !

Ma gorge se serre.

Lorsque mon père est évoqué, ce sont toujours les mêmes sentiments qui ressurgissent : l'abandon, la peine, et la colère. Depuis la séparation de mes parents, j'ai l'impression qu'il se fiche totalement de mon sort. Mon père a toujours eu plus d'affinités avec Lewie, et ne s'en est jamais caché. Pourtant, j'ai tout tenté pour le rendre fier, pour qu'il m'aime et me soutienne. J'ai bossé à l'école. J'ai fait tous les sports qu'il voulait, et ce, jusqu'à l'école élémentaire. Je ne rechignais jamais aux corvées… Je ne comprends pas où ça a pu coincer.

On dit qu'il y a une échelle à la douleur. Alors quand je pense à ma relation inexistante avec mon père, je donnerais facilement 9,5/10 à celle qu'il m'inflige. Le demi-point pour le lien de parenté.

Je fais passer mon malaise en m'emparant de la télécommande et change de chaîne. Je sens le regard désolé de Lewie rivé sur mon profil.

— Excuse-moi, je ne voulais pas te faire bisquer, me dit-il gentiment. Je pourrai lui proposer que tu viennes avec nous. Ça te dirait ?

— Pas la peine.

— T'es sûr ? Parce que, si je lui demande…

— C'est bon, Lewie ! De toute façon, je n'ai pas le temps avec les exams'.

Il marque un léger silence, avant d'ajouter :

— Ou tu seras trop occupé avec Bird.

Je me tourne vers lui.

— C'est quoi le rapport ?

— Ne fais pas genre, Will, raille-t-il.

— Faire genre de quoi ?

Son sourire sournois s'agrandit, bridant ses yeux noisette. Je l'efface de son visage en lui balançant la télécommande en pleine poire. Cette fois, Lewie n'a pas le temps d'éviter mon projectile. Il se le prend dans la tempe en poussant un juron.

Tandis qu'il peste à quel point je suis un frère indigne, cruel et sadique, je fourre mon téléphone portable dans la poche de mon jean, saute par-dessus le dossier du canapé, et me dirige vers l'entrée de la maison.

— Où est-ce que tu vas ?

— Je sors.

— Tu me laisses en plan ?! Sympa !

— Ouais.

Je me chausse de mes Vans sous les protestations de Lewie. Il se penche par-dessus le canapé en m'appelant.

— Will ? Tu m'en veux à cause de mes vacances avec papa ?

— Lâche-moi avec ça !

— Si t'allais le voir, ça pourrait s'arranger avec lui.

— Ça ne sert à rien. En ce moment, je foire tout ce que j'entreprends !

J'enfile par parka d'un geste sec. Dans la précipitation, je donne un coup de coude dans le miroir de l'entrée.

— Putain…

— Mais on parle de papa ! renchérit Lewie. Pourquoi tu n'as pas le courage d'aller le voir ?

— Peut-être parce que je ne suis qu'un gros faible !

Le cœur serré, je me fige face à la porte d'entrée.

— Même Superman doit faire face à une défaite, ce n'est pas pour autant qu'il est faible, déclare mon frère.

Je me tourne lentement vers lui, mais il s'est déjà réintéressé à la télévision.

Je n'ai pas la prétention d'égaler Superman, d'être aussi solide que du métal. Parfois, j'ai le sentiment que mon courage commence à s'oxyder. Mais avant que la rouille ne s'installe, il faut que je mette les choses au clair avec Alex.

Je ressors mon téléphone et lui envoie un message.

De William, 19 : 22
Salut. Tu fais quoi ?

Sa réponse arrive quelques minutes plus tard.

De Lui, 19 : 27
Salut. J'enregistrais un podcast. Et toi ?

De William, 19 : 27
On peut se voir ?

De Lui, 19 : 28

Pourquoi ?

De William, 19 : 28
Je dois forcément avoir une raison pour te voir ?

De Lui, 19 : 29
Tu n'en avais pas spécialement envie dernièrement.

De William, 19 : 30
Toi non plus.

De Lui, 19 : 31
Tu veux qu'on se voie où ?

De William, 19 : 31
Où tu veux, j'ai la voiture.

De Lui, 19 : 32
T'as mangé ?

De William, 19 : 33
Ouais. Si on veut.

J'entre dans la cuisine dans l'espoir de récupérer quelques trucs à grignoter. Après une inspection rapide dans les placards presque vides, je trouve un paquet de chips et deux canettes de bière. Ça fera l'affaire.

De Lui, 19 : 35
Il y a un film que t'aimerais aller voir ?

De William, 19 : 35
En fait, je pensais à un endroit tranquille

De Lui, 19 : 36
J'aurais dû m'en douter.
Tu n'as qu'à passer me prendre à l'arrêt de bus de Reno Avenue, près du drugstore. Tu vois où c'est ?

De William, 19 : 37
Ouais, tu peux y être dans combien de temps ?

De Lui, 19 : 37
10 ou 15 minutes. Mon grand-père doit aller sortir de l'argent en ville, il va me déposer.

De William, 19 : 37
Ça marche. À tout de suite.

Un vent glacé m'accueille sur le perron. J'enclenche l'ouverture centralisée de la voiture. Les phares s'allument sur la façade décorée d'une guirlande lumineuse. Instinctivement, je lance un coup d'œil à la maison située à quelques mètres de la mienne. Celle de Scott. À l'intérieur, les lumières sont éteintes et la Jeep du shérif n'est pas garée dans l'allée. Seul le drapeau américain flotte fièrement au-dessus de la porte d'entrée, tandis que les décorations de Noël ont transformé le jardin en casino de Las Vegas.

Le trajet jusqu'à Reno Avenue est court. Au bout de seulement trois minutes, j'aperçois la silhouette qui patiente près de l'arrêt de bus. Le visage nimbé du halo bleuté de son iPhone, Alex tremblote malgré son épaisse veste en daim. Il lève les yeux à mon approche et range son téléphone dans sa poche.

Je me gare le long du trottoir et déverrouille la fermeture centralisée. J'observe Alex dans le rétroviseur jusqu'à ce qu'il me rejoigne. La portière s'ouvre et il monte en voiture dans une bourrasque glaciale.

— T'attends depuis longtemps ? je l'interroge.

— Non, je viens d'arriver.

Il enlève sa veste.

— Si t'as faim, il y a quelques trucs derrière.

Il passe la tête entre nos deux sièges et récupère un paquet de chips sur la banquette arrière.

Le trajet se passe dans une atmosphère étrange, comblé par le murmure de l'autoradio réduit au volume minimum et les mastications d'Alex. J'espérais qu'on parlerait en voiture, en général, conduire m'aide à ne pas me focaliser sur ce que je dois taire ou révéler. Mais Alex demeure silencieux, les yeux rivés sur le paysage nocturne.

Nous roulons jusqu'à la sortie de Fairfax, puis nous empruntons une route qui zigzague à travers les champs labourés. Autour de la ville, il n'y a que ça à perte de vue, des étendues de cultures et de prairies. Alex m'indique soudain une piste qui s'éloigne dans l'obscurité du paysage. Il n'y a aucune maison aux alentours, seulement la végétation qui crée des ombres devant les phares de la voiture.

Une fois suffisamment éloigné de la route principale, je me gare derrière un écran d'arbres tout en laissant le moteur tourner pour le chauffage.

— C'est assez intime pour toi ? demande Alex en observant à travers la vitre.

— Ne sois pas mesquin. Je voulais juste être tranquille, histoire de parler.

— Juste parler ? OK.

Il récupère une bière à l'arrière et la décapsule. Je l'imite et commence à boire la mienne par grosses gorgées. Le chauffage et le stress m'ont asséché la gorge. Ça fait des semaines qu'on ne s'est pas parlé avec Alex, j'aurais pensé que nos retrouvailles seraient plus chaleureuses. À croire qu'il n'y a pas que la température qui ait chuté. Son envie de me revoir aurait-elle fini par baisser ?

— Alors, quoi de neuf ? Qu'est-ce que t'as prévu pour les fêtes de fin d'année ? m'interroge-t-il en essuyant sa bouche sur le dos de sa main.

OK, donc on commence avec des banalités.

— Ma tante et mes cousins viennent pour les vacances.

— C'est cool, ça va te faire de l'animation. Ils ont quel âge ?

— Ma cousine a seize ans et mon cousin douze.

— Ton père sera présent pour Noël ?

Un pincement me serre le cœur. Je me tourne vers la vitre pour ne pas montrer mon émotion à Alex.

— Non, mon père le fait de son côté avec sa copine. Maintenant, il vit à Riverstone.

— C'est la première fois qu'il sera absent ?

— La deuxième depuis la séparation de mes parents. (je lui refais face en changeant de sujet) Et toi, tu vas à la messe de minuit avec tes grands-parents ? Ou ils te l'ont épargné cette année ?

— J'ai beau avoir arrêté d'aller à l'église le dimanche depuis mes quatorze ans, je ne peux pas échapper à la messe de Noël. On va chez mon oncle qui vit près de Denver, c'est le seul à avoir une maison assez grande pour accueillir toute la tribu Bird.

— Tu y seras pendant toutes les vacances ?

— Je vais y rester une semaine, on va en profiter pour faire du ski.

Je hoche la tête sans rien dire. Je n'ai jamais fait de ski, je ne suis même jamais allé à la montagne. On a failli s'y rendre une fois, à Park City, dans l'Utah.

Ma mère avait gagné une semaine de vacances à un jeu sur internet. Mais mon père a dû annuler au dernier moment à cause de son travail. Le père de Scott et lui bossent ensemble au bureau du shérif. Autant dire que les appels en pleine nuit ou les urgences de dernières minutes, ça nous connaît.

— T'en as déjà fait ? me récupère Alex. Du ski.

— Non, mes parents trouvaient ça trop cher. Il faut prendre une location, louer le matériel, le forfait...

— C'est sûr que c'est plus pratique quand t'as un pied à terre.

— Ouais, mais tu n'as pas ce problème-là, t'as l'air d'avoir une famille friquée.

Il se met à se rire.

— T'es direct, je connais peu de gens qui ose parler d'argent. C'est un peu le sujet tabou.

— Avec toi, il n'y a pas vraiment de sujet tabou.

— Et encore, je fais des efforts pour ne pas choquer ton âme sensible.

Un sourire tire sur le coin de ma bouche.

— T'es sérieux ? Tu m'as pris pour qui ? Vas-y, lance un sujet. Peu importe lequel, même le plus trash.

Ses yeux s'éveillent de malice. Le challenge est lancé.

Pendant quelques secondes, Alex réfléchit, puis, d'un coup, il se tourne vers moi.

— T'as déjà essayé de te doigter ?

J'en reste bouche bée. Sans quitter Alex des yeux, je sens un liquide froid s'étaler sur ma cuisse. Je retrouve mes esprits et découvre la bière qui se vide sur mon pantalon.

— Merde, mon jean !

Ça le fait rire.

— Tu t'en es mis partout, imbécile.

Il récupère la bière dans ma main et la dépose à ses pieds. Il sort ensuite un mouchoir de sa poche et éponge mon entrejambe. Ses doigts exercent une pression sur ma braguette, m'envoyant une vague ardente dans le bas-ventre.

— C'est bon, je peux le faire tout seul, je proteste en lui arrachant le mouchoir des doigts.

Alex continue de sourire en buvant sa canette, pas vexé le moins du monde. Je me démène comme je peux pour éponger le plus gros de la bière, mais mon jean épais va mettre un moment à sécher. Avec le chauffage, l'odeur de l'alcool s'intensifie et embaume toute la voiture.

Une fois la bière absorbée, je me redresse et me racle la gorge.

— Non, je n'ai jamais essayé de me doigter. Et toi ?

— Ouais, une fois.

— Et donc... c'est comment ?

— En fait, je ne m'y suis pas trop attardé. Je voulais savoir ce que ça faisait, sans pour autant me dépuceler tout seul. Quand tu regardes des films de cul, les mecs ont toujours l'air de prendre leur pied dès qu'un type leur titille l'anus. Mais en vrai, je pense que c'est plus compliqué que ça. Il ne suffit pas d'y aller à l'arrache en espérant trouver la prostate.

— Tu regardes beaucoup de films pornos gay ?

— J'en ai regardé pendant un moment, parce que j'étais curieux, et puis c'est bandant. Mais plus trop maintenant, je trouve que les rapports sont juste exagérés et trash, je n'ai pas envie de reproduire ça avec mon mec. Les films érotiques sont plus réalistes et plus sensuels.

— Ouais, je suis pareil, je n'en regarde pas trop non plus. C'est Scott qui les téléchargeait.

— Vous matez des films ensemble ? s'étonne-t-il en se positionnant contre la portière pour terminer sa bière. Ça se passe comment entre deux hétéros ? Vous vous branlez devant le PC ? Comme ça, sans pression ?

— Mais non, t'es con ! On le regarde, c'est tout. La branlette, c'est en solitaire dans ta chambre.

— Donc, tu te donnes la gaule et tu souffres en silence ?

Sa remarque a le mérite de me faire réaliser l'absurdité de cette pratique. Un sourire étire doucement sa bouche et me contamine.

— Ouais, en gros. Quand j'y pense, c'était assez naze.

— T'as déjà regardé un porno gay ? enchaîne-t-il du tac au tac.

— Non ! T'es cinglé !

— Ça t'a déjà attiré ?

— T'es sérieux ? Pourquoi je regarderais ça ?

— Pour voir la différence, par curiosité, parce que ça pourrait te plaire.

— Ça ne me plairait pas ! je tranche en m'intéressant tout à coup à l'autoradio.

Je sens la présence d'Alex plus près de moi avant même qu'il apparaisse dans ma vision périphérique. Penché par-dessus le frein à main, les traits immobiles, il m'observe quelques secondes avant de déclarer d'une voix chaude :

— Tu n'as pas à avoir honte avec moi, Willy.

Son souffle sent la bière. J'ai la soudaine envie de la goûter dans sa bouche. Je me tourne lentement vers lui, et comme s'il avait pu lire dans ma tête, Alex m'embrasse.

Mon corps réagit au contact de ses lèvres douces et humides. Notre premier baiser me revient immédiatement en mémoire. Mais alors que sa langue force le passage, je repousse Alex loin de moi.

Les paupières mi-closes, il lorgne avec envie l'accès que je viens de lui refuser. Son air lascif renforce la trique coincée dans mon jean. Cédant au désir qui me broie le ventre, je récupère fermement Alex par son pull et prends possession de sa bouche. Il inspire profondément par le nez tout en agrippant mon sweat d'une main, tandis que l'autre remonte lentement jusqu'à mon menton. Il s'en empare et me penche la tête sur le côté.

On s'embrasse sauvagement jusqu'à ce qu'on ne puisse plus respirer et que nos lèvres soient enflées. Haletant, on se sépare avec un filament de salive. Alex me sourit en me cajolant la joue avec son pouce. Je meurs de chaud. Je commence à retirer mon sweat, mais il ne m'en laisse pas le temps et plaque sa bouche sur la mienne.

Progressivement, ses mains gagnent en assurance. L'une d'elles atteint mon entrejambe qu'elle malaxe. Je me rapproche de lui pour en avoir plus et cogne contre le levier de vitesse. Un son plaintif m'échappe. Alex libère mes lèvres sans lâcher mon sexe.

— Tu ne veux pas qu'on aille à l'arrière ? me propose-t-il d'une voix suave. On sera plus à l'aise.

L'esprit embrumé, j'acquiesce d'un simple hochement de tête.

#Chapitre 24
William

Sur la banquette arrière, nos corps se rencontrent dans une étreinte maladroite. Alex étouffe mon hésitation en s'installant à califourchon sur mes cuisses. Je l'admire, échevelé et sacrément sexy. Mon cœur bat si vite que je sens ses martèlements se répercuter dans tout mon corps.

J'agrippe la nuque d'Alex, allongeant mon cou et tirant sur ses cheveux pour le ramener à moi. Sa main se glisse entre nous et retrouve le chemin de ma braguette. Il se penche pour m'embrasser, mais s'arrête avant que ses lèvres aient atteint les miennes.

— Depuis combien de temps tu bandes comme ça, Willy ?

— Depuis que t'as parlé de se doigter.

Son sourire craquant a raison du moindre de mes doutes. Je renforce ma poigne sur ses cheveux et force Alex à me donner ce que je veux. On s'embrasse comme des dingues, se libérant de la tension accumulée depuis des semaines.

Perdu au milieu de nos baisers et de nos souffles bruyants, j'entends à peine le bruit de ma braguette lorsqu'il l'ouvre. Par contre, je ressens très distinctement le contact brûlant et fébrile qui s'infiltre dans la brèche. Les doigts d'Alex naviguent un instant le long de l'élastique de mon boxer avant de glisser en dessous.

J'en ai le souffle coupé. J'ouvre les yeux et me noie dans l'océan turquoise.

— Tu me laisses faire ? me dit-il à voix basse.

Je hoche la tête, l'envie et la nervosité me réduisant au silence.

Alex commence à me caresser, lentement, habilement, sans jamais me quitter des yeux. Je pousse un soupir en me sentant durcir contre sa paume. *Bordel… C'est tellement meilleur quand c'est lui qui le fait.* Il effectue plusieurs caresses sur ma queue, avant de l'empoigner franchement. Un son rauque m'échappe et mes yeux menacent de rouler sous mes paupières. Je me force à les garder ouverts. Je veux le voir faire. Je veux le voir me rendre dingue.

J'écarte davantage les cuisses pour ouvrir la voie à Alex. Ce dernier exerce plusieurs pompages rythmés, avant de baisser la tête pour vérifier ces gestes. Je l'imite et découvre mon érection blottie dans sa main experte. Je sens la sienne à travers le tissu de son jean. Elle est dure comme la pierre. J'ondule du bassin à la recherche de plus de sensations.

Alex continue de me branler tout en se frottant contre ma cuisse. Bouillant d'excitation, je balade mes mains dans son dos puis sous son pull. J'explore ses larges épaules, puis sa colonne vertébrale, jusqu'à atteindre son cul rond.

— Ça te fait du bien, Willy ? susurre-t-il.

L'étau de sa main se resserre sur moi. Je soupire.

— Ça te plaît ce que je te fais ?

— Ouais... Putain...

J'agrippe les fesses d'Alex à pleine main. Encouragé, ce dernier se frotte plus fort contre ma cuisse, le visage lové dans mon cou. Son haleine chaude glisse jusqu'à mon oreille.

— Mon Dieu, William... je vais exploser, je n'en peux plus...

Il dépose une suite de baisers en remontant jusqu'à ma bouche. Les lèvres entrouvertes, on respire le même air, suffoquant et gémissant en chœur. Le plaisir me consume et m'embrase. J'ai chaud... Tellement chaud que j'ai l'impression de fondre. Une goutte de sueur dévale ma tempe.

Soudain, mon corps tout entier est secoué de tremblements dont l'épicentre se trouve entre mes cuisses. Je plaque mon poing sur la vitre derrière moi, récoltant des gouttelettes de condensation.

— Putain... Je sens que ça vient...

Alex accélère aussitôt ses mouvements. Un gémissement rauque prend forme au fond de ma gorge et éclate dans la voiture. Il ne me faut pas plus de deux va-et-vient supplémentaires pour exploser dans sa main, jouissant puissamment sur le pull d'Alex.

Vidé et comblé, je me laisse retomber sur la banquette dans un sentiment de béatitude.

Putain… C'était… Bon !

Alex continue de gesticuler sur moi. Il se redresse, et dans le même mouvement, déboutonne son jean à la hâte avant d'y plonger sa main. Tout en se rallongeant contre mon torse, il se met à se caresser. Alors qu'il m'a offert une masturbation sensuelle et érotique, les gestes qu'il exécute à présent sont francs et impatients. Un mec sait comment se faire venir.

Je laisse la fatigue post-éjaculation m'engourdir le cerveau et réponds machinalement aux baisers affamés d'Alex.

— Putain, Will, putain...

Tout à coup, un éclat de lumière balaye le pare-brise arrière. Je me redresse sous le poids d'Alex. La lumière des phares est atténuée par la buée qui perle sur les vitres, mais c'est bien une voiture qui approche à toute vitesse. Un élan de stress m'envahit.

— Arrête-toi ! j'ordonne à Alex.

Mais il ne m'entend pas. Il continue de se masturber contre moi, inscrivant ses sons sensuels sur ma bouche. J'essaie de le forcer à se lever, mais il m'écrase de tout son poids, la tête calée contre mon épaule. Il se met soudain à trembler et pousse un gémissement lorsqu'il atteint l'orgasme.

La voiture passe devant la piste puis disparaissait sur la route. Pendant quelques secondes, j'épie l'obscurité avec la crainte de la voir revenir. La respiration bruyante d'Alex m'empêche de rester concentré. Certain que tout danger est écarté, je le fais basculer sur le côté pour me redresser. Il atterrit sur le flanc, l'air paumé et les cheveux dans la figure.

— Il y avait une caisse ! je l'engueule en plongeant vers la vitre.

Il lâche un rire fatigué.

— Ça ne me fait pas marrer, ils auraient pu nous voir !

— De quoi, ils auraient pu nous voir ? La route est trop loin et t'as vu toute cette buée ?

J'essuie la vitre pour mieux voir au travers.

— Et si quelqu'un reconnaissait la voiture de ma mère... Lewie savait que je la prenais...

— Ils penseraient que ta mère est passée à autre chose.

Je me retourne pour lui flanquer un coup dans l'épaule, le faisant basculer sur le dos. La moquerie disparaît aussitôt de son visage.

— Arg, c'est bon, Willy. Je plaisantais. Je ne voulais pas être insultant.

J'ouvre la portière et sors de la voiture, le cœur battant la chamade. Le choc thermique me pétrifie.

Contrairement à la chaleur étouffante qui règne dans l'habitacle, il fait un froid de loup au beau milieu de la campagne battue par le vent.

— Arrête de stresser, je suis sûr que personne ne nous a vus, me rassure Alex.

Toujours vautré sur la banquette, il rabat ses boucles humides sur le haut de son crâne. Mes yeux survolent son jean éventré avant de m'en détourner, de nouveau excité.

— Ramène-toi, on se casse ! je lui lance sèchement.

— Pourquoi t'es si pressé tout à coup ?

— Magne-toi ou je te laisse ici !

— Où ça ? À l'arrière de ta caisse ? T'abuses… Tu me brusques alors que je viens à peine de jouir.

Je l'attrape par une cheville et le fais glisser de quelques centimètres.

— Allez, sors !

— OK, ça va ! râle-t-il en zippant sa braguette. J'ai l'impression de me faire jeter !

Une fois Alex en position assise, je chope son bras pour le presser. Il se dégage d'un coup d'épaule et s'extirpe lui-même de la voiture en me jugeant du regard.

— Tu comptes me traîner par les pieds pendant que tu y es ?

Je ne dis rien et ouvre la portière du côté conducteur.

— Pour te faire branler, t'es OK, mais dès que t'envoies la sauce, je ne vaux plus rien, c'est ça ?! me reproche-t-il.

— Je t'avais dit de t'arrêter, pourquoi tu ne l'as pas fait ?

— Peut-être parce que moi aussi je voulais prendre mon pied ! Arrête de dramatiser, personne ne t'a vu !

— Qu'est-ce que t'en sais ?! je m'écrie en m'imposant devant lui. Tu fais chier, Alex ! Tu t'en fous parce que tout le monde sait déjà ce que t'es ! Mais ce n'est pas mon cas ! Je n'ai pas envie qu'on me prenne pour un pédé qui va niquer dans les champs !

— Tu ne serais pas un pédé qui va niquer dans les champs si t'avais eu les couilles de m'inviter chez toi ! C'est toi qui as voulu qu'on s'isole, je ne m'étais pas imaginé branler un mec pour la première fois à l'arrière d'une caisse ! Mais avec toi, c'est tout ce que je peux espérer !

— Personne ne t'a forcé à venir !

— Tu vas me faire croire que t'aurais préféré que je reste chez moi ?! J'ai ton foutre sur mon pull qui prouve le contraire !

Il tire sur le bas du dit-pull taché. La preuve m'incriminant enflamme mes joues.

— C'est pour celui que tu m'as subtilisé en cours de sport, je me défends.

Il me contourne en me bousculant l'épaule.

— Putain, j'y crois pas, râle-t-il.

Il ouvre la portière du côté passager et récupère sa veste posée sur le siège. Alors qu'il l'enfile d'un geste brusque, je le rejoins et le plaque contre le SUV. On s'observe à travers le nuage de condensation qui s'échappe de nos lèvres. Ses yeux me fusillent de rage tandis que les miens se focalisent sur sa bouche. Une sensation incontrôlable provoque soudain mon entrejambe, un mélange de colère et d'excitation sexuelle. *Putain, je ne peux pas lui résister.*

Je me jette sur Alex et ravage ses lèvres charnues. Il agrippe mes biceps comme pour m'arrêter, mais sa langue m'envahit avec fougue. Nerveux et fébriles, on s'abandonne à un baiser bestial. On décharge notre rancœur, s'embrassant pour se soulager et se faire mal. Alex me mord subitement la lèvre, m'arrachant un grognement de douleur. Je le plaque plus fort et reprends le dessus sur lui.

Tout à coup, un bruit de moteur s'impose entre nos respirations haletantes. Je retrouve mes esprits et relâche Alex en imposant une distance entre nous. Tendu, je regarde la voiture s'éloigner sur la route de campagne.

— Il ne faut pas qu'on reste là, je songe à voix haute.

La portière claque. Je me retourne vers Alex qui contourne le coffre.

— Tu fais quoi ? Tu te casses ?
— Ouais.

— Comme ça ?! À pied ? Dans le noir ?

— Fous-moi la paix !

— Qu'est-ce qui te prend ?! je m'énerve en lui emboîtant le pas.

— Je rentre chez moi ! Il ne faudrait pas qu'on te voie avec le pédé du village !

Je le rattrape et tire sur son bras pour le ramener vers la voiture.

— Lâche-moi, putain !

Se dégageant d'un mouvement brutal, Alex s'en va en pressant le pas. Je serre les poings, me retenant de donner un coup dans la voiture de ma mère.

— Ne viens pas te plaindre si tu te fais kidnapper par un serial killer ! je lui crie.

Il me fait un doigt d'honneur tout en s'éloignant sur la piste. Je le regarde disparaître dans la nuit avant de remonter derrière le volant. Les mains tremblantes de colère, j'enclenche la marche arrière.

— Quel sale con ! S'il ne veut pas comprendre, tant pis pour lui !

J'entame un demi-tour dans l'herbe gelée. Quand je double Alex sur la piste, ce dernier s'éclaire à l'aide du flash de son iPhone. Il tourne la tête de l'autre côté et m'ignore. Je rejoins la route principale et appuie sur l'accélérateur sans un regard en arrière.

#Chapitre 25
Alex

Ça fait dix minutes que je marche sur l'axe qui mène à Fairfax. Je suis gelé, dégoûté, déçu, en colère, honteux, désabusé, désespéré... Je ne suis qu'un gâchis. Un nuage noir. Une mêlée de sentiments négatifs, tous aussi insupportable les uns que les autres.

J'ai l'impression de faire la marche de la honte. Les épaules voûtées pour me protéger du froid. Le corps crispé et recouvert de transpiration séchée après l'excitation qui m'a enflammée. Le nez qui renifle et les yeux agressés par la brise glaciale. Le pull tâché d'une giclée de sperme et le boxer souillé. Les pieds gelés dans mes converses humides. La gorge nouée et qui commence à me faire mal...

Tout à l'heure, une voiture m'a doublé en klaxonnant. Je ne sais pas si c'était des gars du lycée qui m'ont reconnu, mais je leur ai fait un doigt d'honneur, comme une traînée qui aurait mal pris le fait qu'on la considère pour ce qu'elle est.

J'ai envie de m'allonger dans le bas-côté pour offrir mon corps en sacrifice à la nature.

Des phares m'éblouissent soudain, venant de front. Braquant ma main devant moi pour protéger mon visage, je regarde le véhicule ralentir. Il fait demi-tour pour s'arrêter à mon niveau.

Lionel se penche vers la vitre du côté passager de son gros pick-up rouge et me fait signe de monter. Je grimpe aussitôt me mettre au chaud. Il redémarre en trombe tandis que je plaque mes mains devant le chauffage.

— Oh bordel... je soupire.

Le souffle brûlant me fait réaliser combien mes doigts sont gelés. Parvenant à les détendre, je ferme les yeux de soulagement. Ça fait du bien...

— Merci d'être venu, Lio.

— T'inquiète, c'est normal, t'aurais fait la même chose pour moi.

— Ouais, mais quand même.

— Quand tu m'as téléphoné pour que je vienne te chercher en pleine campagne, je me suis dit, *OK, Al s'est mis à dealer*, plaisante-t-il. Qu'est-ce que t'es venu faire ici à une heure pareille ?

— J'étais avec William.

— T'as abandonné son corps dans le champ ?

— Je me suis tiré.

L'humour glisse aussitôt de ses traits doux. Sa grosse doudoune orange fluo qui se contraste à sa peau mate émet un couinement quand il se tourne vers moi.

— Pourquoi ? Qu'est-ce qui s'est passé ?

— J'ai été con, voilà ce qui s'est passé !

Je passe mes mains sur mon visage pour me remettre les idées en place.

J'ai l'impression d'être encore là-bas, sur ce chemin où on s'est séparés. Je n'arrive pas à me raccrocher à la réalité. J'entends la route, le moteur du pick-up, la radio dont le volume est trop bas pour reconnaître la chanson… Je sens l'odeur des sièges en cuir, des plastiques neufs, et le parfum de Lionel… Néanmoins, mon esprit est encore accroché à William et refuse de le quitter.

Putain, je lui en veux ! Mais je m'en veux encore plus…

— On était dans sa voiture, tout allait bien, on s'embrassait et on se caressait, et puis d'un coup, tout est parti en vrille. Il a paniqué parce qu'une voiture est passée sur la route, mais elle était vraiment loin ! Il n'y avait aucun risque que quelqu'un ait vu quoi que ce soit ! Après ça, il a été super sec, il a pété un câble, et je me suis senti comme un connard.

Fermant les yeux sous mes sourcils froncés, j'enfouis mes doigts dans mes boucles que j'agrippe fermement.

— J'ai l'impression de le forcer, que tout ça vient de moi et qu'il ne fait que subir. Je ne vaux pas mieux que Kaplan…

Je grogne à cette idée et serre mes cheveux plus fort.

— Arrête, ça n'a rien à voir avec Nash.

— Tu crois ça ?

Je me tourne vers Lionel sans libérer ma tignasse pour autant.

— Nash ne te laisse pas le choix, mais tu n'as jamais forcé William. Il a juste peur, il panique et rejette la faute sur toi.

Je reporte mon attention sur la vitre en soufflant par le nez. Je me sens sur le point de chialer. Mais je refuse de craquer. Surtout devant Lionel.

Ne craque pas, ne craque pas, ne craque pas.

— C'est peut-être ce que se dit Kaplan, je réplique d'une voix plus grave.

— Sérieux, Alex. Ne te compare pas à ce type.

— Tu l'as bien fait pourtant, tu m'as comparé à lui.

— Non, c'est toi qui l'as pris comme ça. Tout ce que je voulais dire, c'est que tu étais impatient avec Gilson, comme Nash l'était avec toi, mais pas pour les mêmes raisons.

On échange un regard, le mien est accusateur tandis que le sien tente de me rassurer. Les mots ont un poids, et je n'ai pas oublié les siens. On n'est pas sur les réseaux sociaux, on ne peut pas dire n'importe quoi puis vouloir le reprendre ou le modifier. Ce serait trop facile.

Lionel se reconcentre sur la route. Un silence s'impose dans l'habitacle jusqu'à ce qu'on aperçoive le panneau « Fairfax » décoré d'un bison. Dès l'entrée de la ville, les décorations de Noël scintillent de toutes parts, créant un décalage avec l'obscurité morose qui m'habite.

— Alex ?

— Hum.

— Pourquoi tu sens le foutre ?

— William m'a éjaculé dessus.

Lionel contient un rire qu'il fait passer en toussant. Ayant retrouvé son séreux, il reprend :

— T'en es où avec lui ? T'as envie de continuer ?

— Je n'en sais rien. Un jour, ça va, le lendemain ça ne va plus.

— Tu sais déjà où mène ce genre de relations, t'as eu ta dose avec Gabriel.

Je me frotte les yeux, brusquement épuisé. Je savais que Lionel finirait pas aborder le *sujet Gabriel*, même si je n'ai pas envie d'en parler. Mais il faut croire qu'on ne peut jamais échapper à notre passé.

Nous sommes comme un buisson de ronces auquel les personnes qui traversent notre vie s'accrochent, y laissant un morceau lorsqu'elles en sortent. Gabriel fait partie de ceux dont j'ai eu le plus de mal à me détacher sans me blesser. Et William ? Est-il toujours prisonnier de mes épines ? Ou s'en est-il arraché pour de bon ?

— Cette fois, c'est différent.

— T'en es sûr, Al ?

— Je... je pensais que ça l'était. On a été plus loin avec William, je ne suis pas sorti avec Gabriel.

— Et tu sors avec Gilson ?

Ça me laisse sans voix.

Est-ce que je sors avec William ? Je n'avais jamais osé me poser la question. Elle m'a effleuré lorsqu'on a dormi ensemble, lorsqu'il m'écrit tard le soir, lorsqu'on s'est embrassés, enlacés et caressés à l'arrière de sa voiture... Mais je n'ai pas voulu l'affronter et y donner une réponse franche. Car ce qu'il y a entre nous est plus complexe que ça, je n'arrive pas à lui attribuer un terme exact.

Lionel pose une main sur mon bras. Je me tourne vers lui, encore plus égaré.

— Il est dans le placard, Alex, et d'après ce que tu me dis, il n'est pas près d'en sortir.

— Alors quoi ? Je suis censé l'oublier ? Il n'y a pas d'interrupteur pour éteindre les sentiments, ça ne fonctionne pas comme ça !

— Je dis ça pour t'aider.

— Ouais, je sais... désolé.

— Je suis le mieux placé pour savoir ce que ça fait de ne pas être accepté tel qu'on est. Si j'agis comme ça avec toi, c'est juste pour t'empêcher de souffrir.

Il m'adresse un sourire réconfortant.

On pourrait s'imaginer que vivre en Oklahoma rend la vie difficile aux gays, mais pour un métis afro-américain, chaque jour est un combat. Lionel n'a pas uniquement subi le rejet des homophobes de Fairfax, mais aussi celui des racistes. Et l'un n'empêche pas l'autre. L'homosexualité n'est pas synonyme d'irréprochabilité. Alors Lionel a enchaîné les déceptions jusqu'à il y a quelques mois. C'est sur internet qu'il a fini par rencontrer un mec bien, un vrai. Mathias, un séduisant noir de vingt-deux ans, originaire de la Nouvelle-Orléans, fier de sa sexualité et dénué de toute forme de discrimination.

Je saisis la main de Lionel posé sur mon bras et y entrelace mes doigts.

Pendant un long moment, je ne dis plus rien. Je ne veux pas continuer à passer mes nerfs sur mon meilleur pote. Lionel n'y est pour rien si la vie est une connasse. Et il fait tout ce qu'il peut pour m'aider. Il porte son pyjama sous sa doudoune et avait sûrement mieux à faire que sortir de chez lui en pleine nuit, sous moins cinq degrés, juste pour venir me chercher en pleine cambrousse. Il mérite mieux qu'un pote déprimé et d'une humeur de chien.

Alors qu'on rejoint la sortie-ouest de la ville pour rentrer chez moi, Lionel déclare :

— Pour certains, l'acceptation peut prendre des années. Tu serais prêt à attendre aussi longtemps ?

Je soutiens son regard un instant, avant de me détourner à nouveau vers la vitre.

Une fois chez moi, sa question tourne toujours dans ma tête telle la dernière piste d'un vinyle. Le salon est éteint, mais les guirlandes lumineuses du sapin de Noël et celles de l'escalier me permettent de me repérer sans le flash de mon iPhone. Je passe par ma chambre où je me change, puis je vais à la salle de bain pour me brosser les dents.

Debout devant le lavabo, je dévisage le type qui me regarde dans le miroir. Avec ses cheveux bruns bouclés décoiffés, ses yeux bleus fatigués et sa bouche remplie de dentifrice. Je m'interroge sur sa valeur, sur son rôle dans cette partie qu'est la vie, puis sur ce qu'il représente dans celle de William Gilson.

Soudain, je me souviens des mots qu'il m'a confiés alors qu'il me raccompagnait chez moi, ceux qu'il s'adresse à lui-même lorsqu'il se fait face dans le miroir.

« Parfois... parfois, il me dégoûte. »

Ça me fait mal. Pas pour moi, mais pour lui. J'ai mal qu'il souffre autant. Mal qu'il subisse ce fardeau. Mal qu'il s'oblige à être quelqu'un d'autre. Mal qu'il s'efforce de jouer cette comédie pour peut-être encore une décennie.

« Tu serais prêt à attendre aussi longtemps ? »

J'aimerais. Ouais, j'aimerais aspirer sa douleur et la supporter pour lui. Mais me laisserait-il faire ? Me permettra-t-il de l'aider ? Ou est-ce que je ne fais que le brusquer ? À quel moment faisons-nous la différence entre la liberté et la libération ? Et si William n'avait pas besoin de moi ?

Je soupire, crache le dentifrice dans le lavabo, me rince la bouche, puis abandonne mon reflet pour aller me coucher.

#Chapitre 26
Alex

~ Chopin – *Spring Waltz* ~

Dix jours plus tard...

Les vacances d'hiver sont arrivées au moment où j'en avais le plus besoin. Comme chaque année, mes grands-parents et moi avons déserté Fairfax pour nous rendre près de Denver, chez Rupert Bird, un oncle éloigné. Ce dernier possède un gigantesque chalet à proximité des pistes de Keystone Resort, perché dans un village de montagne.

La bâtisse est constituée d'un ensemble de dix chambres que ma famille se partage durant la période des fêtes. Être le colocataire de deux de mes cousins me donne l'impression de vivre en pensionnat, mais c'est sympa d'être aussi entouré. J'aime l'agitation, elle m'occupe et m'empêche de cogiter.

Depuis mon départ, j'ai reçu plusieurs messages de mes potes du lycée. J'ai téléphoné à Lionel la veille de Noël, mais Cody est resté distant depuis le cours de théâtre et n'a répondu à mon « joyeux Noël » que par un emoji Père Noël. Je n'ai pas pris la peine de mettre les choses à plat avec lui, préférant laisser les embrouilles de côté jusqu'à mon retour.

Ces vacances sont pour moi l'occasion de me tenir éloigné de Fairfax et de tous les problèmes qui s'y rattachent. Je me suis donc déconnecté de la plupart de mes réseaux sociaux, à l'exception d'Instagram où je poste des bribes de mon séjour au ski. Mon dernier post sur les pistes a d'ailleurs récolté 2000 likes. Mais pas celui que j'aurais souhaité.

Cette année encore, tous les Bird ont répondu présents. Étant éparpillée sur plus de la moitié des États-Unis, la tribu ne rate jamais les retrouvailles des fêtes de fin d'année. Contrairement à mes grands-parents, les autres ne sont pas originaires de l'Oklahoma. À l'exception de Blaine, un cousin au troisième degré, dont le père est éleveur bovin.

Les premiers jours dans le Colorado, j'ai passé mon temps sur les pistes de Outback avec ma famille. Les remontées mécaniques nous amènent à plus de trois mille mètres d'altitude et livrent une vue imprenable sur la vallée.

Quand on monte aussi haut, on se sent comme le roi du monde, tout puissant et intouchable. Et en comparaison, le reste paraît insignifiant et dénué de valeur. La nature est la seule à nous permettre ce genre de prise de conscience, la seule qui réussit à nous remettre à notre place sans violence. Elle est belle, revigorante, stupéfiante.

Cet après-midi, je délaisse les pistes pour traîner au chalet. Une neige dense tombe depuis hier soir et offre au paysage une allure de télévision sans fréquence. Je ne suis pas le seul à avoir fait le choix de rester. On a célébré Noël hier, et la plupart des invités essuient une gueule de bois ou n'ont simplement pas encore décuvé. Après le déjeuner, ils se sont tous vautrés dans la salle à manger pour se remettre à picoler.

Je m'isole dans le salon à l'étage pendant que les autres sont au rez-de-chaussée. Une baie vitrée offre une vue imprenable sur la chaîne de montagnes du Colorado. Une coupe de champagne à la main, je m'assois sur la banquette du piano à queue que personne ne touche jamais. Mon oncle l'a acheté uniquement pour son esthétisme. Tu parles d'un gâchis. Je suis le seul à m'y intéresser, lui redonnant vie une semaine par an avant qu'il n'entre en hibernation jusqu'à l'hiver suivant.

Comme hier soir, je pose mon verre sur le coffre puis soulève le clapet verni. Une rangée de touches nacrées s'alignent sous mes yeux. Je les caresse du bout des doigts, flirtant avec elle, puis m'arrête un instant pour les admirer.

Entrer en contact avec un instrument de musique, c'est comme entamer une conversation avec un beau mec à une soirée. On l'apprivoise et le charme, avant de l'emmener danser. Je place mes mains de part et d'autre du clavier, puis après une lente expiration, je me mets à jouer.

Les notes s'enchaînent, formant une mélodie célèbre que je modèle à ma façon. J'adore créer des arrangements, prendre quelque chose de beau pour le rendre spécial, pour lui donner une part de moi.

Les yeux clos, je m'abandonne à la musique, pianotant sans avoir à y réfléchir. Les pensées que je retenais en cage s'évadent et un sentiment indescriptible m'envenime le cœur. Des émotions que j'ai du mal à dominer tournoient autour de lui, parfois agréables, parfois douloureuses.

Fronçant les sourcils, je joue plus franchement, délaissant les aigus pour les graves. Mon cœur s'emballe. Mes doigts se déplacent avec une vitesse et une pratique gagnées avec les années. J'impose au morceau une aura plus sombre, cherchant en lui un moyen de me soulager, d'extérioriser mes démons.

La lumière me revient lentement. À travers mes paupières closes, un rayon de soleil s'étale sur mon visage et me fait voir la vie en rose. Le torrent qui s'est formé dans ma poitrine diminue, se transformant en ruisseau qui s'écoule en rigoles dans mon ventre. Les notes redescendent dans les aigus et ma mélodie s'enrichit en douceur.

Mes doigts s'immobilisent sur les touches en une dernière caresse. Je rouvre les yeux et repère la silhouette plantée sur ma droite. Dehors, la neige a cessé. La clarté du soleil baigne le visage doux de mon spectateur et se reflète sur ses ondulations dorées. Son corps moulé dans des vêtements sombres se dessine sur la baie vitrée, la lumière formant comme un halo autour de ses lignes harmonieuses et viriles.

Gabriel n'a jamais été plus proche de la définition même de son prénom. Force et divinité. Un ange tout droit tombé du ciel.

— Pendant un instant, j'ai cru reconnaître Spring Waltz de Chopin, me dit-il.

— Ce n'est qu'un arrangement. Enfin, surtout cette partie.

Je rejoue quelques notes et Gabriel s'approche de moi. Je sens sa présence tout près. Mes doigts s'arrêtent sur les touches sans exercer de pression et la dernière note se dissipe dans l'air.

— Je trouve que ça lui donne un côté plus brut, j'ajoute.

Gabriel pose une main sur mon épaule, à la base de mon cou. Son pouce entre doucement en contact avec ma peau.

— Tu as toujours eu un don pour transformer tout ce que tu touches en quelque chose d'unique, Alex.

Je relève la tête vers lui.

— Et toi, tu as toujours su trouver les mots, peu importe à qui tu t'adresses.

— Mais tu n'es pas n'importe qui.

Je souffle par le nez sur le ton de l'ironie tout en rabattant le clapet. Gabriel conserve son sourire intelligent, une ligne fine sur un visage d'à peine vingt ans, mais dont la tendresse et la noblesse dissimulent une maturité digne d'un homme de trente.

— Tu n'es pas venu sur les pistes hier, je lui dis en pivotant sur la banquette. Et moi qui croyais que depuis le temps tu avais fini par apprendre à skier.

— Je préfère laisser ça aux habitués.

— Dis plutôt que t'as peur de te taper la honte en te ramassant devant nous.

— Tu aurais aimé que je vienne ?

— Ça aurait fait plaisir à Blaine.

Il croise ses bras moulés par un pull à col roulé.

— Comment sais-tu ce qui lui ferait plaisir ?

— Je le connais depuis plus longtemps que toi. Il est peut-être ton mec, mais il reste mon cousin.

— À quelques années près.

— Trois sont largement suffisantes, je réplique en m'accoudant au clapet.

Gabriel prend appui d'une main sur le piano et se penche vers moi.

— T'es sûr ? Les mathématiques n'ont jamais été ton truc, Alex.

— Je me suis amélioré. J'ai trouvé le bon professeur.

Ça semble soudain l'amuser et l'intriguer.

— À Fairfax ? Un bon professeur ? Ça existe vraiment ? Heureusement qu'il ne te reste plus qu'une année à passer en enfer.

— J'ai appris à dompter les démons.

— Et ils sont nombreux ?

— Si l'Amérique était devenue un modèle de vertu, ça se saurait.

Il se penche encore plus près alors qu'il ajoute de sa voix claire :

— Mais toi, tu gardes la tête haute, peu importe, les attaques qu'on lance contre toi.

Je plonge dans ses yeux verts. Ses longs cils blonds forment une guirlande semblable à celles qui décorent le sapin de la salle à manger. Mais les mots de Gabriel sont aussi piquants que des épines. Il sait pertinemment ce que je vis au quotidien à Fairfax. Lorsqu'il habitait en Oklahoma, il a fait le choix de se cacher pour ne pas finir comme Russell Sheehan. Sa remarque n'est pas un compliment, mais une mise en garde, une façon de me dire « c'est toi qui as choisi cette vie, Alex ».

Mais j'ai cessé d'avoir peur des représailles le jour où je me suis pris un coup de poing gratuitement en première année, peu de temps après mon coming-out. Sur le moment, ça m'a fait mal. Mais après quelques jours, mon coquard et la douleur se sont atténués et ma peur avec eux. La violence ne sera jamais un barrage à ma liberté. Je me l'interdis.

Je m'adosse au piano et fixe le salon, imposant un mur avec l'homme que j'ai un jour aimé.

— Est-ce que pour une fois, j'aurais tort ? insiste-t-il.

— Non, t'as raison, comme toujours.

Il saisit mon menton et m'incite à lui faire face.

— Malgré ton bouclier, les gens finissent par t'atteindre, n'est-ce pas ? On ne peut pas rester éternellement indifférent.

— Je n'ai jamais prétendu que je l'étais. Ce qu'on me dit, je l'entends, mais je ne vais pas changer sous prétexte que ça me rendrait la vie plus facile. Si ça les énerve, j'ai juste envie de les énerver encore plus.

— Qu'est-ce que tu y gagnes ?

— Je ne les laisse pas avoir le dessus sur moi, je ne les laisse pas me dicter celui que je dois être.

— Et qui es-tu, Alex ?

Mon menton toujours blotti entre ses doigts, le pouce de Gabriel m'effleure la mâchoire. Son geste réchauffe mes joues.

— À vrai dire, je cherche encore. Mais il paraît que *celui* d'aujourd'hui est déjà différent de *celui* d'hier, et que *celui* de demain le sera également. Alors peut-être que je ne le saurai jamais vraiment. Mais je ne serai jamais le Alex que les autres voudraient que je sois.

— Ce n'est pas fatigant de devoir se battre en permanence contre le jugement et la volonté des autres ?

— On nous juge quoi qu'on fasse.

D'un mouvement de tête, je me libère de son emprise.

— Je ne te savais pas aussi résigné, remarque-t-il, amusé.

Je me lève pour lui dire :

— Si j'étais résigné, j'aurais baissé les bras depuis longtemps. À moins que pour toi, choisir de ne pas plaire au plus grand nombre est faire preuve de résignation. Mais venant de ta part, ça ne m'étonne pas. Tu as toujours mis un point d'honneur à être apprécié de tous. Même moi, je n'arrive pas à t'en vouloir.

— Ça sonne comme un reproche.

— Parce que je ne suis pas d'accord avec toi ? je réplique avec un sourire en coin.

— Tu ne l'as jamais été, mais c'est ce qui te rendait aussi attirant.

Ses mots exterminent ma répartie. D'un coup en traite, telle une charge d'explosifs dissimulée sous une veste, Gabriel m'a eu.

Je lui fais face sans broncher, dissimulant le trouble que m'ont causé ses paroles. Les mêmes paroles qu'il me répétait autrefois, alors qu'il me gardait étroitement près de lui, à l'abri des autres et de son petit-ami, en cachette dans sa chambre, ou lorsqu'on s'isolait à une soirée. « Tu es spécial, Alex. » « Je n'ai jamais rencontré quelqu'un comme toi. » « Tu aurais dû entrer dans ma vie plus tôt. » « J'envie celui qui aura la chance de t'avoir. » « Tu mérites d'être libre et non enfermé avec moi. ».

Selon les autres, je mérite beaucoup de choses, mais on a rarement ce qu'on mérite. Sinon, Gabriel m'aurait choisi à l'époque. Il aurait quitté Blaine. Il ne m'aurait pas fait espérer. Il ne m'aurait pas embrassé avant de m'abandonner.

Quelqu'un entre dans le salon, faisant craquer le parquet sous le tapis de l'entrée. Je me retourne vers mon cousin Blaine.

Habillé d'un pull en laine décoré d'un énorme bonhomme de neige, d'un jean brut et chaussé de chaussons ringards, le brun aux yeux sombres est aux antipodes de Gabriel. Il transpire d'honnêteté, bien qu'il soit réservé, et n'a pas une once de méchanceté. Il est tout ce que Gabriel n'est pas. Mais c'est sûrement ce qui les a rapprochés, ce qui fait que ça a fonctionné.

— Gaby, je t'ai cherché partout.

La connexion qui les lie s'active dès qu'ils se retrouvent dans la même pièce. Je la sens crépiter dans l'air, telles des braises dans une cheminée. Ils ont eu beau cacher leur relation lorsqu'ils vivaient en Oklahoma, il suffisait de savoir regarder pour la voir.

— Vous êtes encore en train de débattre ? demande mon cousin en nous observant tour à tour. C'est sur quoi, cette fois-ci ?

— Vivre ou survivre, je réponds en m'écartant du piano. Pour moi, le choix est fait.

Blaine fronce les sourcils d'incompréhension et se tourne vers Gabriel pour obtenir une explication.

— Alex vient d'entamer la dernière saison de The Walking Dead, blague ce dernier.

Mon cousin ne saisit pas l'humour et acquiesce sans chercher plus loin. Il enroule un bras autour de la taille de son petit ami, l'attirant étroitement contre lui.

Blaine a souvent fait preuve de possessivité en ma présence. Je me suis parfois demandé s'il avait deviné ce que j'ai un jour ressenti pour Gabriel, ou s'il est simplement plus clairvoyant qu'il n'y paraît et a percé son mec à jour.

Je m'attarde sur leur rapprochement, m'imaginant recevoir une étreinte similaire, dans un endroit aussi chaleureux que celui-ci. Je surprends le regard vif de Gabriel qui m'observe. Autrefois, les voir ainsi m'aurait fait souffrir. À présent, si je les envie, ce n'est plus un ange que j'imagine se tenir contre moi, mais un mec aux cheveux aussi flamboyant que les entrailles de l'enfer.

— L'adolescence est un vrai monde apocalyptique, soutient Gabriel d'un ton signifiant que la sienne est loin derrière.

— Non, c'est Fairfax qui l'est.

Sur ces mots, je récupère ma coupe de champagne posée sur le piano, avant de quitter le salon avec un sourire logé aux coins des lèvres.

. . .

Durant le dîner, j'ai intercepté à plusieurs reprises les regards à la dérobée que m'a adressés Blaine. Je suis donc allé lui parler en sortant de table, mais il a prétexté aller prendre une douche et a invité Gabriel à le suivre.

Autrefois, lorsque mon cousin vivait à une vingtaine de kilomètres de Fairfax, il nous arrivait de traîner ensemble. Je le rejoignais sur les terres agricoles de son père où on allait faire du quad. On a toujours été très différents, mais malgré nos caractères opposés et nos deux années d'écart, on s'entendait bien. Puis Gabriel est entré dans nos vies et plus rien n'a été pareil.

Après la fin du lycée, ils ont tous les deux quitté l'Oklahoma pour aller étudier à San Francisco, et le lien qu'on avait réussi à tisser s'est brisé. J'en suis en partie responsable. Les sentiments que je couvais pour son mec m'ont poussé à m'éloigner de Blaine et la distance s'est chargée du reste. Aujourd'hui, il est tout juste poli avec moi. Je ne lui en veux pas. Je suis le seul à blâmer.

Sur les coups de vingt-et-une heures, je quitte le salon pour me rendre à l'étage. L'altitude a le don de liquider mon énergie. Tout en baillant à m'en décrocher la mâchoire, je passe devant la cuisine laissée entrouverte.

— Et comment ça va se passer quand Alex sera à New York ? demande mon oncle. Vous ne pourrez plus l'empêcher de l'approcher une fois qu'il ne sera plus sous votre tutelle.

Je m'arrête. Dans la pénombre du couloir, je me retourne vers le morceau de lumière qui s'étale sur le parquet, juste devant la cuisine. Je m'adosse au mur et tends l'oreille.

— Il aura passé l'âge, de toute façon, ce sera à lui de choisir s'il veut la laisser entrer dans sa vie ou non, répond ma grand-mère. On a fait du mieux qu'on a pu, mais elle reste sa mère. Et ça, on ne pourra rien y changer.

— Elle n'est pas stable, il n'a pas besoin d'elle à son âge, objecte mon grand-père d'un ton sec.

J'entends ma grand-mère marmonner quelque chose, mais n'en saisis pas le sens.

— Vous avez eu de ses nouvelles ? s'intéresse mon oncle.

— Oui, elle nous a téléphoné il y a quoi... un an et demi ? révèle ma grand-mère.

Mon grand-père abonde dans son sens :

— C'était pendant les vacances d'été, elle venait encore de déménager.

— Elle a demandé à voir Alex, et on lui a dit qu'il fallait qu'elle passe par l'assistante sociale pour ça. Surtout après ce qu'elle a fait de son ancien droit de visite.

— Bizarrement, elle n'a plus donné signe de vie après ça, rebondit mon grand-père avec un sarcasme aiguisé.

Un silence s'ensuit, comblé par les battements de mon cœur qui cogne contre mes tympans. Puis j'entends quelqu'un soupirer, et mon oncle dit, affligé :

— Je ne comprends pas comment Jaylin a pu aussi mal tourner.

— On n'a jamais compris non plus, on ne sait pas ce qu'on a raté. On a été là pour elle lorsqu'elle était enceinte, et même après. Mais elle vivait dans son monde et y a entraîné Alex.

Un bruit de chaise me fait sursauter. Je fonce vers l'escalier pile au moment où la porte de la cuisine s'ouvre.

Isolé dans la chambre que je partage avec mes deux cousins, je relis le message que m'avait envoyé Jaylin lorsque j'étais chez William, il y a trois semaines. Bêtement, j'espérais qu'elle m'écrirait pour Noël, mais elle ne l'a pas fait. Allongé sur mon lit, la joue calée sur l'oreiller, je fixe les quelques mots qui se démarquent sur l'écran blanc.

Lexy.

Jamais personne ne m'a surnommé comme ça à part elle. Quand j'étais enfant, elle ne m'appelait jamais Alex. J'ai eu du mal à me réhabituer à mon prénom lorsque je suis allé vivre chez mes grands-parents. Puis il est devenu une évidence. Mais dès que Jaylin m'appelle Lexy, je fais un bond de onze ans en arrière et me retrouve dans la peau d'un petit garçon en manque d'attention.

La porte de la chambre s'ouvre dans un grincement. Je jette un coup d'œil par-dessus mon épaule, m'attendant à voir l'un de mes cousins entrer. Mais ce n'est que ma grand-mère. Je verrouille mon téléphone et me redresse en position assise. Elle n'active pas le plafonnier, laissant la pièce plongée dans la faible lumière qu'offre la lampe de chevet.

Elle m'adresse un sourire tendre et s'assoit au bout du lit.

— Pourquoi tu broies du noir ? Ça ne te ressemble pas.

— Je ne broie pas du noir, il fait juste sombre.

— Qu'est-ce qui t'arrive ?

— Rien.

Comme elle continue de me fixer avec inquiétude, j'ajoute d'un ton plus convaincant :

— Ça va, je t'assure. Je suis juste claqué.

— Tu as le droit de montrer quand tu ne vas pas bien. La famille n'est pas présente que pour les bons moments.

— Je sais…

Après la conversation que j'ai surprise devant la cuisine, j'ose à peine la regarder en face. Qu'est-ce qu'elle penserait si elle savait que je vois Jaylin ? Elle m'en voudrait de le lui avoir caché. Je suis conscient d'avoir été un fardeau pour mes grands-parents, ils n'avaient pas demandé à s'occuper de moi. Pourtant, ils l'ont fait. Et comment je les remercie ? En leur plantant un couteau dans le dos.

Ma grand-mère me caresse la cuisse dans un geste affectueux. Le traître que je suis reconnaît que ça fait du bien de recevoir un peu de tendresse.

— Blaine et les autres sont sortis boire un verre, mais on va jouer aux cartes dans le salon, tu viens ? me propose-t-elle.

— Je passe mon tour pour ce soir, je ne vais pas tarder à dormir.

— Tu es sûr ? Tu es mon meilleur partenaire de jeu.

— Désolé. Je me rattraperai demain.

— Bon, d'accord, me sourit-elle en me tapotant le genou.

Elle quitte le lit et m'adresse un dernier regard protecteur, avant de sortir de la chambre en refermant la porte.

De nouveau seul, je me rallonge et déverrouille mon iPhone. Plusieurs notifications Instagram me poussent à me perdre dans les eaux troubles du réseau social. Je balaye ma page d'accueil, faisant défiler les photos de Noël de tous les comptes auxquels je suis abonné.

C'est dingue comme on a tous l'air heureux sur les réseaux. On dit qu'au lycée chacun joue un rôle, choisi ou imposé, mais dans le virtuel, on prétend tous être des gens que nous ne sommes pas, des protagonistes de vies que nous ne possédons pas. Et même moi, cette fois, je n'y échappe pas. Je porte le masque, celui au sourire éclatant et à l'existence étincelante. Parce qu'il n'y a rien de pire que quelqu'un de déprimant.

Alors qu'on tire la tronche en allant au lycée, on bannit la tristesse une fois sur Internet. On remplit nos messages d'emoji morts de rire même quand on est en train de chialer sous notre couette. La tristesse n'est belle que dans les films. Dans la vraie vie, elle fait fuir.

Je remonte en haut de ma page Instagram et remarque le compte-rendu de mes stories de la veille. J'en avais posté une dans laquelle je riais avec mes cousins sur les pistes, et une autre où je jouais un air de Noël au piano pour ma famille. J'ouvre la liste répertoriant les personnes qui les ont visualisés. Et parmi elles apparaît Will_Gil.

#Chapitre 27
William

NEW YEAR PARTY
Viens vivre une soirée de folie dans la peau de l'un de tes héros préférés !
Rendez-vous à 20h00 pile chez Stacy Bridget, alias la maison avec la déco de Noël hyper stylée sur Harley Street.
Déguisement obligatoire !
Possibilité d'inviter deux potes.
Toute personne voulant entrer sans costume sera recalée !
Tu es prévenu…
PS : Et n'oublie pas, ne viens pas les mains vides.

La moitié d'Edison High a reçu cette invitation au début des vacances de Noël. Évidemment, tout le monde a répondu présent. Je n'avais pas vraiment envie d'aller à cette soirée. Après avoir passé la dernière semaine à supporter mes cousins, j'ai eu ma dose de bruit et de cris pour le reste de l'année. Alors qu'est-ce que je fous garé dans la rue de la « maison à la déco hyper stylée ? » C'est simple, je paie une dette.

En me levant ce matin, j'avais complètement oublié que j'avais promis à mon frère de lui servir de passe-droit pour le Nouvel An. Mémo à moi-même : ne plus jamais faire de paris avec Lewie. J'ai dû aller m'acheter un déguisement à la dernière minute. Il ne restait pratiquement plus rien dans la boutique du centre-ville, alors que mon frère avait commandé le sien sur Amazon depuis des jours.

— Redites-le encore une fois que je sois sûr que vous ayez bien capté, je lance à Lewie et à son meilleur ami, Oliver.

Ce dernier fait une tête de moins que mon frère et à une longue mèche brune qui lui dissimule la moitié du visage.

— C'est bon, Will, on a compris ! râle Lewie.

— Mais redis-le quand même.

Il soupire bruyamment et lève les yeux au ciel.

— On fait nos trucs de notre côté, mais à 3 heures du mat', on se rejoint tous les trois dans le jardin pour rentrer, récite-t-il.

— Et ?

— Et on ne touche pas aux stupéfiants…

Il me lance un regard déconfit derrière son masque de Batman en plastique. Ma mère a été claire à ce sujet, ils m'accompagnaient à la soirée si, en contrepartie, je ne les laissais pas toucher aux drogues et s'ils respectaient le couvre-feu.

— Mais 3 heures c'est vraiment hyper tôt... bougonne Lewie. On va passer pour des gamins si on se casse avant tout le monde !

J'ignore sa remarque pour observer un groupe de mecs qui pénètrent dans le jardin. J'ai cru reconnaître une masse de cheveux bouclés parmi eux, mais ce n'est qu'un joueur de l'équipe de basketball. Ma deuxième motivation à accompagner Lewie à cette soirée était de pouvoir y croiser Alex. Et, qui sait, peut-être même lui parler. Mais pour lui dire quoi ? Je n'y ai pas encore réfléchi… Sûrement, m'excuser de lui avoir fait du mal, encore une fois.

Je sors de voiture en ajustant mon costume de Joker. Dans le reflet de la vitre, j'analyse brièvement le maquillage que m'a confectionné ma mère. C'est plutôt réussi. J'ai le teint blanc, les lèvres rouges et les yeux cernés de noir. Même ma tignasse rousse a été teinte en verts avec une espèce de craie pour cheveux.

— Magnez-vous de descendre, je lance à Lewie et Oliver qui discutent toujours en voiture.

Ils sortent d'un même mouvement. Dans la précipitation, Oliver marche sur sa cape de sorcier, effectue un vol plané, et disparaît sous la voiture. Mon frère part en fou rire en découvrant son pote vautré dans le caniveau, attirant le regard d'un petit groupe qui passe à côté de la voiture. Lewie se marre toujours alors que je tends la main à Oliver pour l'aider à se relever. Je pousse ensuite les deux acolytes dans le dos pour les faire avancer plus vite en direction de la maison.

Sur le trajet, nous longeons une file interminable de voitures garées le long du trottoir. Que des grosses caisses. Une jeep flambant neuve me fait détourner les yeux en direction de la maison que j'aperçois au loin. Une euphorie communicative en émane. Elle nous engloutit tous les trois lorsqu'on arrive sur le perron.

Des pseudo-vigiles gardent la porte d'entrée tel un Donjon dans un MMORPG[31]. Il s'agit de deux Offensive Guard[32] des Buffalo. Ils vérifient mon invitation sur mon téléphone puis nous laissent entrer.

Selon Scott, pour qu'une soirée soit réussie, il faut : des filles, de l'alcool, de la bonne musique, et de la drogue. L'exemple d'une soirée réussi ? Je l'ai sous les yeux, dans cette baraque qui pourrait choquer les moins puritains de Fairfax. Débauche est le premier mot qui me vient à l'esprit en arrivant dans l'immense entrée.

Je m'attendais à quelque chose de ce genre, mais les déguisements rajoutent un côté complètement déjanté à l'ensemble. Plus on s'enfonce dans la

---

[31] Def : Jeu de rôle en ligne massivement multijoueur.

[32] ' offensive guard (garde offensif) est chargé de bloquer les adversaires pour les empêcher de sacker (plaquer)
le *quarterback* ou pour créer des ouvertures pour les *running backs*.

maison et plus la musique gagne en puissance. Les basses me bousculent de tous les côtés et font vibrer le sol sous mes pieds. Je me retourne vers Lewie et Oliver qui observent autour d'eux avec des étoiles plein les yeux.

— C'est la terre promise des gens cool ! s'extasie mon frère tandis qu'il mate une nana déguisée en Wonder Woman..

Je rappelle aux deux novices l'heure que l'on s'est fixée, mais ils ne m'écoutent déjà plus. Lewie attrape Oliver par le bras et l'entraîne à travers la maison.

— Lewie ! Putain…

Je me retiens de lui balancer la bouteille de vodka logée dans ma main, tentant à la place de garder les silhouettes de Batman et Harry Potter dans mon champ de vision. Mais ils disparaissent dans la foule et échappent à mon radar. Je me retourne pour aller déposer la bouteille dans la cuisine. C'est alors que je percute quelque chose, ou plutôt, quelqu'un.

— Merde, fais gaffe ! râle une fille par-dessus la chanson de Pop Smoke.

Une réplique de Tomb Raider se frotte le front en grognant. Lorsqu'elle lève les yeux vers moi, son air change du tout au tout. Elle pousse un petit cri avant de me sauter dans les bras.

— William ! T'es venu, c'est d'enfer ! T'es tout seul ?

Il me faut un instant pour reconnaître Hailey tant elle est maquillée ce soir.

— Non, je suis avec...

Elle se décroche de mon cou et m'analyse de haut en bas.

— Cool ton déguisement, t'es class.

— Le tien aussi.

J'effectue un rapide examen de sa tenue. Hailey a opté pour un mini-short et un crop-top qui lui comprime les seins.

— Merci, dit-elle en me prenant par la main. Viens, on va te trouver un truc à boire.

Je laisse Hailey me guider à travers la maison. Les pièces sont plongées dans une semi-obscurité. Les lumières des spots saccadent nos mouvements en gestes robotisés. On se voit juste assez pour deviner qui est déguisé en quoi. Sur notre passage, je tente d'apercevoir Alex dans la marée humaine qui s'agite sur la musique. Même déguisé, je suis persuadé que j'arriverai à le reconnaître.

Hailey et moi jouons des coudes pour rejoindre la cuisine où se trouve le buffet. Nous arrivons échevelés devant la table des boissons. Je dépose la bouteille d'alcool – que j'ai piquée dans le cellier de ma mère – parmi la trentaine d'autres déjà présente. Tomb Raider me tend un gobelet rouge XXL que je renifle. Un whisky-coca. Je le pose pour me servir un verre de soda. Ce soir, je ne bois pas.

— Tu n'en veux pas ? s'étonne-t-elle.

— Je conduis.

Les hanches calées contre la table, Hailey attire les regards des mecs aux alentours. Deux la reluquent en se faisant des messes basses, pendant qu'un autre, plus discret, l'observe du coin de l'œil tout en buvant son verre. Je ne pensais pas que Hailey plaisait autant aux mecs. Mais après tout, je ne suis pas maître en matière de nana.

— Avant qu'on soit trop bourrés, je veux prendre une photo, me récupère-t-elle.

Elle extirpe son iPhone de son crop-top avant de se placer près moi. Sa poitrine s'écrase contre mon flanc. Je baisse aussitôt son téléphone, lui extorquant un soupir déçu.

— Tu sais si la bande de Bird est déjà là ? je lui demande.

— T'as peur de les croiser ? On peut se cacher, si tu veux, rebondit-elle en me tirant par la manche.

— Non, pas la peine.

Elle semble encore plus contrariée.

— Je crois qu'il est arrivé avec ses potes tout à l'heure, me renseigne-t-elle en buvant sa bière. Si tu voyais leurs déguisements…

— C'était quand ?

— Je m'en souviens plus. Mais ne t'en fais pas, si on le croise, je te servirai de bouclier.

Mes yeux se retrouvent automatiquement attirés par son imposant « bouclier ».

— Ouais, t'as de quoi amortir, je blague.

Je comprends mon erreur en voyant la tête qu'elle tire. *Je n'ai vraiment aucun tact avec les filles…* Sentant le malaise s'accroître, je fouille la foule du regard dans l'espoir d'apercevoir un visage familier auquel me raccrocher. Je repère aussitôt Ramon qui passe dans le couloir.

— Je vais voir un pote, je préviens Hailey qui fait clairement la tronche. Hey ! Ramon !

Ce dernier ne peut pas m'entendre avec le vacarme qui secoue toute la maison, mais je fais comme si c'était le cas. J'adresse un bref sourire à Hailey et me faufile dans le couloir. Pour une fois, je remercie qu'il y ait autant d'invités pour qu'elle ne puisse pas me suivre à la trace.

Je croise quelques têtes vaguement familières et entends quelqu'un appeler « Bird ». Je me retourne à brûle-pourpoint, mais ne l'aperçois pas. Je continue mon chemin jusqu'au salon où Ramon a disparu.

Comme je m'y attendais, la pièce est tout aussi blindée de monde que les autres. La plupart des invités semblent être des dernières années, mais je n'en suis même pas certain. Ils sont tous méconnaissables, affublés de masques, de perruques, et de maquillage.

Près de la porte-fenêtre, Ramon est en compagnie des gars, confortablement installé dans un grand canapé d'angle.

— T'es sérieux, Will ? s'écrie Calvin quand je les rejoins. C'est moi le Joker !

Il se lève, me dévoilant son costume de meilleure qualité que le mien. Ramon tire sur sa veste violette pour le rasseoir puis m'accorde un sourire réjoui.

— Je trouve que ton costume est vachement mieux que celui de Calvin, déclare-t-il assez fort pour que celui-ci l'entende distinctement.

J'aurais bien voulu retourner le compliment à Ramon, mais je n'arrive pas à savoir en quoi il est déguisé. Il porte un uniforme scolaire constitué d'un pantalon rouge, d'une chemise blanche et d'une veste bleue, et il a laqué ses cheveux en arrière. On dirait qu'il sort d'une série Netflix que mate Lewie, mais je ne me souviens plus du nom.

À côté de lui, Scott – vêtu d'un uniforme militaire – se décolle enfin de la bouche de Kloe Berry à qui il roulait une pelle depuis mon arrivée. Est-ce que Nolan Moore est encore au courant de la trahison de Rambo et Harley Quinn ?

Scott essuie un filet de bave pendu à la lèvre refaite de Berry assise sur ses genoux, avant de me dire :

— Will, viens t'asseoir.

Il tapote le coussin à sa droite, entre Calvin et lui.

— Eh, Samuel Garcia[33], tu veux bien nous ramener à boire ? demande-t-il ensuite à Ramon. On crève de soif.

---

[33] Personnage de la série Elite se passant dans un lycée privé espagnol

Elite ! C'était ça, la série !

Une fois Ramon reparti en direction de la cuisine, je m'assois à côté de Scott. Il abandonne Berry et m'enlace les épaules.

— On se demandait si t'allais te pointer. Déjà qu'en temps normal, les fêtes, ce n'est pas ton truc, mais si en plus il faut se déguiser…

— On s'est dit que t'allais trouver n'importe quelle excuse pour te défiler, termine Calvin.

— Ce n'est pas mon genre de me défiler.

Sentant qu'elle est devenue de trop, Kloe Berry quitte le canapé en écrasant sa bouche pulpeuse sur celle de Scott. Il prolonge le baiser puis la laisse s'éloigner après un « On se retrouve plus tard, bébé ».

— Réellement, qu'est-ce qui t'a fait changer d'avis, Will ? me demande Scott en guettant sa nana qui rejoint un groupe de mecs.

— J'avais promis à Lewie… (je m'arrête en sentant Calvin prêt à rebondir) J'avais dit à mon frère que je serais son pass V.I.P.

— Ta mère l'a enfin laissé quitter le nid, sourit Scott en devançant Calvin.

— Si on veut. Techniquement, je suis censé le surveiller.

— Mais tu ne le feras pas.

— Ouais, j'ai lamentablement échoué à cette tâche.

Par acquit de conscience, je jette un coup d'œil au salon pour essayer d'apercevoir un Batman roux parmi les fêtards. Mais je ne vois que Ramon revenir vers nous, les mains chargées de verres à shot, d'une salière, et d'une bouteille.

— Il n'y a déjà plus de bière, nous informe-t-il. Du coup, j'ai piqué la tequila.

— Merci, mon pote, lui dit Scott.

Ramon manque de trébucher sur les baskets de Calvin. Je donne un coup de pied dans la cheville de ce dernier qui range ses jambes contre le canapé. Après avoir distribué les verres, Ramon se réinstalle près de lui pour servir l'alcool. Scott lèche le sel sur sa main et trinque :

— Salud, mis amigos[34] !

Il vide son verre cul sec.

— Mon père dit que la tequila est le carburant des champions, nous informe Ramon.

— Vu comment les meufs sont chaudes ce soir, je vais en avoir besoin pour toutes les gérer, crâne Calvin.

— T'as déjà fait ton repérage, Casanova ? plaisante Scott.

— Sur Insta avant de venir. J'ai bien l'intention de finir la soirée à l'arrière de ma Chevrolet. Et toi, t'as déjà prévu ton after avec Berry ?

---

[34] Trad espagnol : Santé, mes amis.

— Ça fait combien de temps que vous sortez ensemble ? je questionne mon meilleur pote qui se sert un autre shot.

— Quelques semaines.

— Et Moore ?

Il boit son shot d'une traite.

— Elle l'a recalé.

Je lis sur son visage combien ça lui fait plaisir d'être passé avant le Quaterback. Ça regonfle son estime. Scott a toujours besoin d'être le numéro un dès qu'il y a un trophée à la clé.

— Vous avez baisé combien de fois ? s'enflamme Calvin.

Mais Scott ne nous calcule déjà plus. Le message qu'il vient de recevoir sur son iPhone accapare toute son attention.

— Woah, toi aussi t'as l'iPhone 11 pro max ? Je croyais être le seul, relance Calvin.

— Ouais, je l'ai eu pour Noël.

— Comme si t'en avais besoin, l'autre était quasiment neuf, je lui fais remarquer.

— Je te le revends si tu veux, je te ferai un prix d'ami.

Je presse machinalement mon vieil iPhone dans la poche de mon jean.

— C'est bon, le mien me convient.

— Tu déconnes, l'écran est pété et bientôt tu ne pourras plus faire les mises à jour, objecte Calvin.

— Demande du fric à ton père, renchérit Scott.

Je noie ma gêne dans un shot de tequila. Et dire que je m'étais promis de ne pas boire…

— De toute façon, votre iPhone à 2000 balles sera démodé d'ici six mois, réfute Ramon.

Il me fait un clin d'œil auquel je réponds par un léger sourire.

— En attendant, je vais pouvoir concurrencer James Cameron[35] avec le triple appareil photo, la double stabilisation optique, et la haute résolution de 458ppp, se vante Scott.

— T'as appris la fiche technique par cœur ? je me moque. Et qu'est-ce que tu vas filmer ?

— À ton avis.

— Ce n'est pas avec son vieil iPhone que William pourra tourner une sextape digne de ce nom, raille Calvin.

— T'es lourd.

— D'ailleurs, t'en es où avec la fille de l'autre fois ? me demande Ramon.

Je lui lance un regard trahi. Même à moitié ivre, il se rend aussitôt compte de sa bourde. Et lui qui se vantait de savoir garder un secret.

— La fille ? répète Scott. Quelle fille ?

Les visages des gars me scrutent avec insistance.

---

[35] Réalisateur du film « Avatar ».

— Ça ne sert à rien d'en parler, on est juste potes.

— L'amitié homme-femme n'existe pas, c'est des conneries, certifie Scott. Les nanas essaient juste de s'en convaincre pour nous garder sous le coude. Mais quel mec voudrait gérer les problèmes émotionnels d'une meuf avec qui il ne peut même pas coucher ?

— C'est sûrement pour ça qu'elles se mettent toutes à traîner avec les gays, acquiesce Calvin d'un air pensif

— Ils peuvent leur faire des câlins, les embrasser et les voir en soutifs sans que ça paraisse ambigu, rêvasse Ramon.

— Ou qu'elles crient à l'agression, renchérit l'autre.

— Il ne vous est pas venu à l'idée qu'elles se sentaient peut-être plus en sécurité avec eux ? j'interviens.

Si le jugement avait eu un visage, il aurait eu celui de Scott. Ce dernier m'examine avec les sourcils froncés et l'air troublé pendant que Calvin et Ramon me reluquent comme si je venais de parler en russe.

— Will, t'es devenu féministe ? sourit Ramon en me donnant une tape sur la cuisse.

— Non, ça, c'est juste les idées que sa mère lui fourre dans le crâne, lance Calvin.

— Il faut bien que l'un de nous soit raisonnable, je réplique sans quitter Scott des yeux.

On s'observe un long moment, puis un sourire crispé étire progressivement sa bouche.

— Au nouveau William raisonnable, dit-il en levant son verre.

… # #Chapitre 28

William

Janvier,

Minuit sonne.

La musique qui tonne dans la maison a engendré mon mal de crâne. Calé contre le dossier du canapé, j'ai abandonné l'alcool et enchaîne les verres de soda dans l'attente de voir un mec aux cheveux bouclés montrer le bout de son nez.

Plusieurs filles sont déjà venues aborder mes potes. Calvin s'est d'ailleurs éclipsé avec l'une d'elles. Ce n'est pas encore le cas de Scott et de Kloe Berry qui se pourlèchent dans un coin. Mais ça ne saurait tarder.

Tout en continuant de boire mon Coca-Cola, j'observe les invités. Un quart d'entre eux est déjà ivre, un second est en train de baiser quelque part dans la maison, un autre en train de broyer du noir dans un coin, et le dernier vient tout juste d'arriver à la soirée. Chacun est à la place qu'il doit occuper, comme un système qui fonctionne ou chaque pièce s'emboîte parfaitement. Excepté moi. Je me demande encore quel est mon rôle dans ce mécanisme.

Coinçant mon gobelet entre mes lèvres, je checke mon iPhone. Il y a environ une heure, Alex a fait une story sur Instagram où il trinque avec tous ses potes. Je ne l'ai toujours pas aperçu. En même temps, cette baraque est immense.

Je bois une autre gorgée de Coca-Cola tout en rangeant mon téléphone dans la poche de mon jean. Soudain, des mecs se mettent à huer. Le verre manque de me glisser des doigts quand j'aperçois Alex et ses potes entrer dans la pièce. Ils ignorent les protestations de l'équipe de Football et s'arrêtent près de la table. Ma surprise s'agrandit en découvrant leurs déguisements très... originaux.

Niveau imagination, ils en ont à revendre. J'ai devant moi les versions masculines des princesses Disney. D'après mon peu de culture *Disneymatographique,* j'arrive à deviner que Lionel Knight s'est métamorphosé le temps d'une nuit en Pocahontas, Murdoch en Alice au pays des cauchemars, et Alex en un Esmeralda hyper sexy. Il porte un costume de bohémien constitué d'un pantalon fluide et d'un haut blanc vaporeux recouvert d'un gilet court. Ses cheveux bouclés, quant à eux, sont relevés par un turban.

Pas à pas, son visage se dessine progressivement sous les faisceaux lumineux. Les traits virils, le regard franc souligné de khôl noir, la peau luisante de sueur... Il est à tomber ce soir !

Je l'admire un moment, lorsqu'un cowboy fait irruption dans mon champ de vision. Nash Kaplan. Mon sang ne fait qu'un tour. Et lorsqu'il pose une main sur la hanche d'Alex, un torrent de colère se répand dans mon ventre. Je vais vraiment finir par exploser ce type ! Tout en lui parlant, Alex se met à observer la pièce et nos regards se croisent. Mon ventre se recroqueville.

J'esquisse un signe de la main, mais il détourne la tête pour dire quelque chose à Kaplan. Il ne m'a peut-être pas reconnu. Il s'éclipse ensuite en direction de la cuisine. Je me lève d'un bond et prends sa suite, slalomant parmi les invités qui se déchaînent.

Je passe la porte à battant juste après Alex. La tête dans le frigo ouvert, ce dernier ne m'entend pas entrer.

— Alex.

Il se retourne, le regard vaseux.

— Ah, c'est toi.

— Cache ta joie…

Il ferme le frigo avant de venir vers moi, une bouteille de Gin à la main.

— Dis-moi, William. T'as pris tes bonnes résolutions pour la nouvelle année ?

Tandis qu'il approche, je peux sentir les effluves de son parfum accroché à ses vêtements.

— Toute une liste. Je vois que ne plus boire ne fait pas partie des tiennes.

— Je suis sur cette fameuse liste ? Entre « réussir mes exams » et « ne pas décevoir Scott Foster », lâche-t-il sur un ton pédant.

— T'as perfectionné ton sarcasme pendant les vacances ?

— Je me suis perfectionné dans beaucoup de trucs.

— Éclaire-moi.

— Non, je ne te laisserai pas dévier pour éviter de me répondre, *encore* une fois.

Énervé, je lui prends la bouteille des mains et la pose bruyamment sur l'îlot central. Alex me lance un regard ruisselant de tristesse.

— T'es bien sur la liste.

— Tu vois que je te connais plutôt bien maintenant, dit-il avec un sourire, les yeux rougis par la fatigue et l'alcool.

— T'es bourré, Alex.

— Et toi, t'as les cheveux verts, mais je n'en fais pas tout un plat.

— Tu ferais mieux de rentrer chez toi.

— Je ne vais pas compter sur toi pour me ramener, réplique-t-il en un rire nerveux. Toi, t'éjacules sur les gens et tu les rej...

Je plaque une main sur sa bouche.

— Tais-toi. J'ai fait demi-tour une fois arrivé à Fairfax, mais tu n'étais déjà plus là !

Ses yeux bleus me dévisagent avec une intensité nouvelle. Alex marmonne un truc incompréhensible contre ma paume. Je le libère pour écouter ce qu'il a à me dire.

— Je ne t'ai pas attendu, je suis rentré avec quelqu'un d'autre !

J'aurais mieux fait de lui scotcher la bouche !

— Ah ouais ?! Avec qui ? Kaplan ?

— Je fais ce que je veux de mon cul.

— Ne me cherche pas !

— Pourquoi ? Qu'est-ce que je risquerais de trouver ?

Je le bouscule à l'épaule. Il tangue de quelques pas avant de se rattraper à l'îlot central. Il me refait face en me fusillant du regard.

— Pourquoi tu fais ça, Alex ?

— Parce qu'à cause de toi, j'ai passé des vacances de merde !

Il me pousse pour passer, mais je le retiens par le bras.

— Tu ne peux pas toujours te servir de moi comme d'un bouc émissaire ! je l'accuse

— Ce n'est pas ce que tu es, William… Mais je voudrais juste…

Il soupire et pince l'arête de son nez, l'air désespéré. Je l'attire brusquement contre moi. Collé à lui, je peux mesurer la rapidité de son rythme cardiaque à travers ses vêtements. *Son cœur bat tellement vite…*

— Je suis désolé d'avoir réagi comme ça la dernière fois, mais j'ai flippé, je déclare contre sa joue. Quand ça m'arrive, je perds les pédales. Ce n'est pas contre toi. Ça ne l'a jamais été. Je suis désolé, j'ai agi comme un con. Pour tout te dire, moi aussi j'ai passé des vacances de merde.

Il me prend le menton pour me regarder dans les yeux.

— À cause de moi ? me demande-t-il au bord des lèvres.

— Non, à cause de moi.

Sa main glisse sur ma joue et, sans me lâcher du regard, il presse sa bouche fermement sur la mienne. Quelque chose s'ouvre en moi, laissant jaillir une cascade d'émotions. Le manque. La peur. L'impatience. Le besoin. La joie. La tristesse. La passion…

Je resserre mes bras autour d'Alex et l'étreins de toutes mes forces. Emporté par la fougue de notre baiser, son dos cogne contre l'îlot central. Il gémit un son à mi-chemin entre le soupir et la plainte. Puis il agrippe ma veste en me dévorant plus fort. Sa langue humide et tiède colonise ma bouche, déposant sa saveur sur la mienne. *Putain, j'ai attendu ce moment toute la soirée.*

Essoufflés, on se sépare l'espace d'un instant pour se regarder. Nos visages sont si proches qu'on respire le même air. Mon maquillage blanc et rouge est étalé sur la bouche et le menton d'Alex. Je passe mon pouce sur sa lèvre inférieure pour l'essuyer. Haletant, il me dévisage avec ardeur, avant de se jeter à nouveau sur moi.

On s'embrasse comme des fous. La musique n'est plus qu'un lointain murmure, effacée par la bulle qui nous enveloppe. Il n'existe plus rien au monde, hormis Alex Bird et William Gilson. Le bruit, les cris des fêtards, la maison… Tout disparaît. Me sentant sombrer dans l'ivresse de notre baiser, je m'accroche aux hanches de ce mec irrésistible auquel je me presse.

— Will ? Qu'est-ce que tu fous ?

La voix de Scott me fait l'effet d'un électrochoc. Je me sépare d'Alex et fais volteface. Choqué, mon meilleur pote prend appui à l'une des portes à battant. Il nous dévisage, les sourcils haussés et la mâchoire crispée. Son attention se focalise sur Alex dont la peau porte les dégâts rouges et blancs de notre échange passionné.

— Qu'est-ce que t'as sur la tronche, Bird ?!

Scott entre dans la cuisine et s'avance vers nous. Il se cogne dans une chaise, se rattrapant sur le dossier. Il a l'air complètement bourré. *Est-ce qu'il nous a vus nous embrasser ?!*

— Qu'est-ce que tu veux à mon pote ? enchaîne-t-il, le regard lointain.

— Tu ne te caches pas derrière un masque cette fois, Foster ? réplique Alex. Quand tu te retrouves sans ton armée, il n'y a plus personne.

— Fais gaffe, moi, je n'ai pas besoin d'une batte pour te casser la gueule !

Le cœur battant, je dissimule aussitôt Alex derrière moi. Je sais de quoi Scott est capable, surtout lorsqu'il a bu.

— C'est bon, Scott, lâche-le.

Je m'avance vers lui pour le guider vers la porte de la cuisine. Son expression troublée se transforme en une grimace terrifiante. Il s'écarte brusquement de moi et vocifère :

— Tu me fais quoi, Will ?! Tu fricotes avec l'ennemi ?!

— Ne fous pas la merde.

— Depuis quand tu traînes avec ce taré ?!

— Le seul taré, ici, c'est toi ! lui lance Alex en approchant.

— N'en rajoute pas ! je l'arrête.

En un éclair, Scott se précipite sur lui. Je le bouscule avant qu'il ne l'ait atteint et l'envoie cogner contre l'îlot central. Il s'y rattrape en grognant et cogne les poêles suspendues au-dessus.

— Tu vas le regretter, Will…

D'un coup, il se retourne et s'empare fermement du col de mon déguisement. Mon dos heurte le mur et Scott colle son visage au mien. Son souffle empeste le whisky et le cannabis.

— Tu veux prendre sa place, c'est ça que tu veux ?! gueule-t-il. Ne me force pas à te cogner !

— Va te faire foutre !

Son poing s'écrase dans mes côtes, me coupant le souffle. Les larmes me montent aux yeux. Il me faut quelques secondes pour réussir à respirer. Soudain, Alex chope l'uniforme de Scott aux épaules pour le tirer en arrière. Ce dernier se débat et lui envoie son coude dans le visage. Je me libère aussitôt tandis qu'Alex, tombé par terre, plaque une main sur son nez.

Fou de rage, je me jette sur Scott. On part dans une lutte acharnée. On se cogne, on se bouscule, en mettant la cuisine sens dessus dessous. Soudain, il m'envoie son genou dans les couilles. Je me plie en deux, les mains plaquées sur mon entrejambe. Profitant de son coup bas, Scott effectue une prise de lutte. Son bras enserre ma nuque, la bloquant entre son biceps et le pli de son coude.

Ce geste de soumission m'enrage. J'essaie de me dégager, mais la pression se fait de plus en plus forte. Scott appuie si fort sur ma carotide, que j'ai l'impression qu'elle va exploser. Je penche la tête en avant pour libérer la pression.

— Relâche-moi, putain !

— Seulement quand tu m'auras demandé pardon !

— Jamais de la vie !

Je lui donne un coup de poing dans le ventre. Scott desserre son bras et m'envoie valser sur le sol. Je retombe en arrière. Ma tête cogne contre le carrelage. Sonné, une douleur fulgurante me traverse le crâne. Je porte la main à mes cheveux. Des taches noires dansent devant mes yeux.

À travers mon semi-brouillard, je discerne le poing levé de Scott qui me menace. Je suis trop secoué pour réagir. Je m'apprête à recevoir le coup qu'il veut me porter, quand un bruit sourd résonne au-dessus de moi. Les yeux de Scott roulent sous ses paupières et il bascule sur le côté.

Je me redresse sur les coudes, apercevant Alex qui brandit une poêle à frire. Un filet de sang coule de son nez jusqu'à ses lèvres. Il fixe l'objet en sa possession comme s'il venait d'atterrir dans sa main.

— Qu'est-ce que… Alex ?!

— J'ai vu ça dans Raiponce, c'est dingue… ça a marché…

Je repousse le corps de Scott vautré sur moi et me lève. Ma tête me fait toujours horriblement mal. Un vertige me prend. Je refoule mon envie de vomir et récupère la poêle des mains d'Alex, avant de la balancer sur l'îlot central.

Deux filles entrent tout à coup dans la cuisine. J'ai tout juste le temps de reconnaître celle qui s'était éclipsée avec Calvin, avant que ce dernier apparaisse derrière elle en compagnie de Ramon. Ils nous regardent, Alex, Scott et moi, les yeux écarquillés.

— C'est quoi ce putain de bordel de merde ?! s'écrie Calvin. Il a quoi Scott ?

— Il s'est ramassé, je réponds en me frottant l'arrière du crâne.

— Il est mort ? demande une fille.

Calvin passe une main sur son visage blême. Ramon s'avance dans la pièce et s'arrête près du corps inerte de Scott. Les mains tremblantes, il s'accroupit pour prendre son pouls.

— Il pionce, dit-il, soulagé.

La brune ricane, s'attirant une réprimande de la part de sa pote. Scott n'est pas le seul de la soirée à être défoncé…

Profitant de la diversion, je me tourne vers Alex.

— Rentre chez toi, ça vaut mieux.

— Quoi ?! Non !

Je le prends par sa chemise et le pousse hors de la cuisine.

— Tire-toi, je m'occupe d'eux.

Il me lance un regard perdu, les paupières basses. J'insiste en faisant pression sur son dos. Lorsqu'une fille s'intéresse à nous, il consent enfin à partir. Il sort de la pièce en bousculant Calvin toujours planté dans le passage. Son verre se vide sur son costume de Joker hors de prix. Il est tenté de rattraper Alex pour lui faire payer, mais je lui barre la route. Calvin me lance un regard hurlant : « Tu n'es qu'un sale traître, William ! ».

Et c'est en partie la vérité.

En me retournant vers Scott toujours inconscient, je digère ma trahison. Calvin déambule fou de rage dans son costume recouvert d'alcool. Tout en se relevant, Ramon gratte les cicatrices d'acné sur son menton comme pour essayer de comprendre quelque chose à tout ce bordel. En réalité, il n'y a rien à comprendre. Mais pour la première fois, j'ai le sentiment d'avoir fait le bon choix.

Je ne laisserai plus personne s'en prendre à Alex.

#Chapitre 29

Alex

Les murs du couloir ondulent et le sol tournoie sous mes pieds. Des gens vont et viennent, ils sont partout, bouchant le passage, me bousculant, riant à m'en faire exploser la tête. Peinant à rester debout, je me fraye un chemin dans l'apocalypse alcoolisée. Mon cœur bat vite, beaucoup trop vite. J'ai l'impression qu'il veut sortir de ma poitrine.

Soudain, un vertige me tombe dessus comme un coup de massue. *Putain.* Je me rattrape de justesse à un meuble contre lequel je m'affale.

— Ça va, Al ? me demande Emma Jenner. Mon Dieu, tu saignes ?

Je porte machinalement ma main à mon nez. Je n'ai pas la force de formuler des mots. La musique se répercute dans mes os et vibre contre les parois de mon crâne, m'abrutissant. Il faut que je m'éloigne de tous ces gens. Je me redresse, contourne Emma qui me fixe, choquée, et repère un escalier.

Une fois à l'étage, j'ai moins de mal à me tenir droit, mais je ne me souviens pas comment j'y suis monté. J'entends toujours la musique, mais elle a perdu en décibels et les cris des fêtards également. Je passe devant plusieurs portes jusqu'à en trouver une entrouverte. La pièce est allumée, dévoilant un sol blanc carrelé. Une salle de bain !

J'entre et pousse la porte derrière moi. Il n'y a personne à l'intérieur. Des gobelets rouges ont été abandonnés sur les meubles et une flaque d'alcool inonde un tapis de bain. La lumière vive m'aveugle un instant, se reflétant sur les carreaux des murs qui s'étendent sur plusieurs mètres. Au fond, un grand meuble est percé par trois vasques. Je m'y avance pour y prendre appui.

Un autre vertige me bouscule.

Bordel, t'es bourré, Alex… Sacrément bourré. Tu viens d'assommer un mec avec une poêle. Tu l'as peut-être même tué et t'iras en prison. Ou pire, il reviendra te hanter. Seigneur… Une vie condamnée à me coltiner l'esprit malfaisant de Foster. Mais au fond, c'est déjà ce qu'il est.

— Tu délires...

Dans le large miroir, mon reflet me confirme que je suis vraiment mal en point. J'ai la tête d'un type qui s'apprête à rendre ses tripes ou qui sort du coma. J'ai le teint livide, les yeux soulignés de cernes renforcés par mon khôl qui a coulé, et du sang étalé sur la bouche.

— Bonne année, je m'adresse en trinquant avec un verre invisible.

Ce geste m'impose un autre étourdissement. J'ouvre le robinet et m'asperge le visage plusieurs fois pour me nettoyer. Une eau rosée tourbillonne dans le lavabo. Ce n'est que lorsque mon reflet cesse de tourner et mon nez de saigner, que je ferme le robinet.

Mes cheveux bouclés et trempés dégoulinent sur mes joues jusqu'à mon menton. Je me dévisage en observant les effets de l'alcool se dissiper. Je me sens toujours déphasé, mais j'arrive à rester debout sans avoir l'impression d'être sur un canoé.

Est-ce que je devrais écrire à William ? Est-ce qu'il s'en sort ? Je l'ai laissé avec ses potes. *Bordel*. Et s'ils se vengent sur lui ? Et si William paie pour ce que j'ai fait ?

Je palpe mes cuisses puis mes fesses pour mettre la main sur mon iPhone. Du mouvement dans le miroir attire mon attention. Je relève les yeux et vois la porte s'ouvrir. Un cow-boy entre et referme derrière lui.

— C'est pris… je râle.

— Génial, t'es là. (il enlève son chapeau) Depuis le début de la soirée, j'attends d'avoir un moment seul avec toi.

Fixant son reflet dans le miroir, je surveille la progression de Kaplan à travers la pièce. Sa voix n'est pas comme tout à l'heure, ou alors c'est juste que je suis trop bourré pour la reconnaître. Mais un instinct au fond de mon esprit embrouillé se met à sonner comme une alarme de voiture.

— Ça ne va pas, Baby Bird ? Tu n'as pas l'air bien.

— J'ai besoin de respirer, je crois que je vais gerber.

Kaplan s'arrête à côté de moi, suffisamment proche pour que je sente son souffle alcoolisé sur ma joue. L'odeur de cigarette mélangée à celle du whisky qui me chatouille le nez relance ma nausée. Dans le miroir, je surprends le regard avide du Californien effleurer mon épaule puis mon dos.

— Qu'est-ce que tu veux encore ? je l'interroge.

— Je te tiens compagnie, on ne sait jamais, s'il t'arrivait un truc...

Je lâche un rire moqueur qui raidit aussitôt ses traits.

— Je ne vais pas me fracasser le crâne contre le lavabo. Je tiens encore debout.

— Ouais, ça crève les yeux.

Je retire aussitôt mon appui sur le meuble pour le lui prouver. Kaplan s'impose dans mon dos. Il m'encercle de ses bras en se soutenant au lavabo. Pris au piège, je me sens sur le point de faire une crise de claustrophobie.

— Au fait, tu fais un très sexy romanichel.
— Écarte-toi...

— C'est pour moi que t'as mis le paquet ? C'est réussi, je suis complètement sous le charme.

— Pousse-toi, tu m'étouffes.

Kaplan pose une main sur ma hanche avant de la dévier sur mon entrejambe. Mes genoux faiblissent. Le sexe du Californien se met à frotter contre mon cul, creusant comme pour transpercer mon pantalon fluide. Un tremblement de rage roule dans ma nuque. La scène se répète. C'est comme si j'avais rembobiné le film. Le décor obscur de l'auditorium s'est écroulé pour laisser apparaître une salle de bain blanche baignée de lumière.

— Arrête ça... je grogne en bougeant pour me dégager.

Mais il n'écoute pas. Soufflant comme un bœuf, il renforce sa prise sur l'évier et m'y presse plus fort. Son va-et-vient s'accélère contre la chute de mes reins tandis que sa main frotte énergiquement ma queue. Mon excitation monte en flèche, transformant mon corps en brasier.

— Putain, Kaplan ! je m'enrage.

— Shhh... regarde, tu deviens déjà dur, me dit-il à l'oreille. Laisse-moi faire, je serai doux.

Il cherche à baisser mon pantalon tout en se branlant plus fort contre moi.

— Bordel, j'ai tellement envie de te baiser, soupire-t-il. J'en rêve depuis que je t'ai vu pour la première fois au lycée. Tout le monde disait que t'étais un queutard, mais moi j'ai tout de suite su que t'étais encore vierge. Ne t'en fais pas, je ne le dirai à personne, ce sera notre secret.

Dans le miroir, nos regards se heurtent. La bouche de Kaplan s'étire dans un sourire vainqueur. « *Je t'ai eu, Baby Bird.* »

— Va te faire foutre !

Je lui donne un coup, le faisant reculer. La vitesse me donne l'impression d'avoir fait des roulades sur une pente de cent mètres. Kaplan me replace aussitôt contre le lavabo, prenant le dessus sur mon ivresse.

— Du calme ou tu vas te faire mal.

Il a beau être légèrement plus petit que moi, je peine à m'en débarrasser. Cet enfoiré a plus de force qu'il n'y paraît ! Il m'empoigne les hanches à deux mains et balance les siennes en soupirant. Mon torse s'emplit d'une chaleur qui menace de m'asphyxier. Je n'en peux plus... Je suffoque... J'ai l'impression d'étouffer !

Je remue plus fort, mais un vertige m'affale sur le meuble. En me rattrapant, ma main glisse sur l'eau et fait tomber un ensemble de flacons et de gobelets rouges.

— PUTAIN, DÉGAGE !

J'envoie mon poing dans la figure de Kaplan qui crache un cri de douleur. Il recule de plusieurs pas. Je fais volteface tandis qu'il se masse la joue en grimaçant. Alors que je m'avance vers la porte, son regard vindicatif se reporte sur moi. Le cow-boy se redresse et une aura prédatrice enveloppe sa silhouette. Il fait un pas dans ma direction, quand quelqu'un toque à la salle de bain.

Le tambour assourdissant de mon rythme cardiaque disparaît soudain. J'entends de nouveau ma respiration, une goutte qui tombe dans le lavabo, et la musique du rez-de-chaussée.

— Tout va bien là-dedans ?

— C'est occupé, repasse plus tard ! gueule Kaplan.

Il s'impose devant moi pour m'empêcher de passer. Je le bouscule et ouvre la porte à la volée. Je tombe sur Lionel. Son regard inquiet me dévisage avant de dévier sur Kaplan toujours planté au milieu de la salle de bain.

— Al ?

Je le contourne et m'avance dans le couloir, mais Lionel me retient par le bras.

— Lâche-moi, je me casse d'ici !

Je me libère et pars sans me retourner.

L'escalier, le couloir encombré, la cuisine déserte, le salon bondé de monde... Tout défile à une vitesse ahurissante jusqu'au jardin enneigé. Traversant la pelouse enneigée à grandes enjambées, je ne sens même pas le froid tant je brûle de l'intérieur.

— Soirée de merde !

Rongé par l'angoisse, je ralentis pour extirper mon iPhone de sous l'élastique de mon pantalon. Sa lumière bleutée me pique les yeux. Au bout de la troisième tentative, le capteur accepte enfin mon empreinte. Je cherche le nom de William dans mon répertoire. Il me faut un moment pour me rappeler comment faire pour téléphoner. Je sélectionne « Willy » et lance l'appel. Je tombe directement sur sa messagerie. Je recommence trois fois. En vain.

Merde, le réseau doit être saturé !

D'un revers de bras, j'essuie la sueur qui s'étale sur ma tempe. Est-ce que je devrais aller le chercher ? Il n'y avait plus personne dans la cuisine. Et s'il était déjà rentré chez lui ?

Les jambes endolories de fatigue, je m'accroupis dans la neige. Je ne sais plus quoi faire... Je me frotte les yeux pour me remettre les idées en place. J'ai l'impression de délirer, d'avoir inventé toute cette soirée. Mais la sensation encore vive contre la chute de mes reins et la douleur dans mon nez sont bien réelles. Les souvenirs s'enchaînent dans ma tête. William. Foster... Kaplan. Mes poings se referment et mon estomac se contracte.

Au moment où je me redresse, un couple surgit devant moi en courant. Je fais un bond sur le côté pour les éviter. Un Indiana Jones et une princesse Leia s'éloignent dans des éclats de rire avant de disparaître derrière la bâtisse. Remis de ma crise cardiaque, je me remets à marcher jusqu'à la rue où sont garées les voitures. Laquelle est celle de Kaplan, pour que je la raye ?

— Alex, attends !

Je me retourne vers Lionel qui tient nos manteaux dans ses bras. Trottinant dans ses mocassins d'amérindien, il faillit se ramasser en marchant sur une plaque de verglas. Le pire, c'est qu'il n'a pas bu une goutte d'alcool. Je viens jusqu'à lui pour lui éviter de se casser les dents sur le trottoir.

— Tu vas bien ? me demande-t-il.

— Je n'ai pas envie d'en parler.

— Tu comptais rentrer à pied ?

— Tu peux rester, je vais me démerder.

— Tu tiens à peine debout, je ne te laisserai pas tout seul.

Il me tend mon manteau que je garde dans mes mains. J'ai trop chaud pour pouvoir le supporter. Lionel s'habille de sa grosse doudoune et remonte la fermeture éclair sous son menton. Puis il sort un trousseau de clés de sa poche.

— Je te ramène à la maison.

— Et Cody ? On ne va pas le laisser là tout seul.

— Jackson et Mia sont avec lui, ils m'ont dit qu'ils le déposeraient chez moi.

Il pointe la clé sur la rue et appuie sur le bouton. Les phares du gros pick-up rouge s'allument à une dizaine de mètres. Alors que Lionel en prend la direction, je me retourne pour regarder la maison où la fête bat son plein.

— Tu viens ?

Je me réintéresse à mon pote qui patiente au milieu de la chaussée.

— T'as vu William ?

— Dans la soirée ?

— Non, là, tu l'as vu ?!

— Je l'ai croisé tout à l'heure, ouais.

— Quand ?

— Je ne sais pas, il y a un quart d'heure... Je crois qu'il cherchait son frère.

Alors il serait bel et bien parti ?

— Al ?

Je jette un dernier regard vers la maison puis rejoins Lionel.

Une fois installé à l'avant du pick-up, je retente de joindre William. Je peste de ne pas réussir à l'avoir et me rabats sur un message. Les yeux plissés, je galère à écrire quelque chose de compréhensible.

De Alex à William, 01 : 12
Tu vas bien ?

De Alex, 01 : 13
Ça s'est fini comment avec tes potes ?

De Alex, 01 : 15
Pourquoi tu ne réponds pas ??

De Alex, 01 : 18
??????

Je guette l'écran dans l'attente d'une réponse, mais mes messages s'affichent tous en « non distribué ». Je n'abandonne pas ni durant le trajet ni chez Lionel. Et même lorsque je me sens sombrer vers trois heures du matin, couché dans le lit de mon meilleur ami, mon téléphone est toujours blotti dans ma main.

Réponds-moi, Willy...

#Chapitre 30
Alex

Dix heures du matin. Premier jour d'une année qui commence plus mal que la précédente. Les yeux bouffis par le sommeil, je bâille contre mon poing tandis que Lionel entre dans la chambre avec un plateau. Allongé en travers du canapé convertible disposé dans un coin de la pièce, Cody navigue sur Instagram et Snapchat depuis qu'il est réveillé. Il inspecte les photos de la soirée et les commente à voix haute, *toutes* sans exception.

— Ah ah ! C'est énorme ! se marre-t-il. Regarde Lio.

Tout en y accordant un bref coup d'œil, Lionel pose le petit-déjeuner sur le lit qu'on a partagé cette nuit. Le plateau pourrait nourrir un régiment. Mais c'est toujours comme ça chez les Knights, riche en quantité et en qualité. Ils mettent un point d'honneur à s'offrir ce qu'il y a de mieux. D'après le père de Lionel, quand on a de l'argent, ça ne sert à rien de jouer au pauvre.

Monsieur Knight est le PDG d'une entreprise de location de voitures, la plus fleurissante du comté d'après lui. Et je le crois sans problème. Son business est l'une des raisons pour lesquelles Lionel change de véhicule tous les trois mois. Depuis qu'il a eu son permis en deuxième année[36], son père insiste pour qu'il ne prenne plus le bus. Il fait croire que c'est pour exposer la marchandise aux habitants de Fairfax, mais en vérité, il a peur que Lionel se fasse agresser s'il prend le risque de rentrer à pied à la nuit tombée.

Quand il avait treize ans, des mecs de l'école lui ont tendu une embuscade sur le trajet entre sa maison et l'arrêt de bus. Si un de ses voisins ne les avait pas surpris, qui sait comment ça se serait terminé. Mal, de toutes évidences. Dans une ville comme Fairfax, les noirs craignent tout le monde, jusqu'au shérif. *Surtout* le shérif.

— Allo la planète Alex, ici les terriens sexy, me sourit Lionel pendant que Cody nous rejoint sur le lit.

Désorienté, je réalise que je le fixe depuis un moment. Je prends une assiette garnie de pancakes recouverts de sirop d'érable et commence à manger. Lionel s'échoue sur le lit en donnant une tape sur les fesses de Cody pour qu'il lui laisse de la place. Le Blond se décale et pouffe de rire en voyant une photo sur Snapchat.

---

[36] Aux États-Unis, l'âge légal pour passer le permis de conduire est seize ans.

— Ouais, bah ils n'étaient pas à la soirée d'hier les « terriens sexy », remarque-t-il. Regardez, voilà ce que nous offre le lycée, une bande d'attardés qui se gerbent dessus. Ils sont tous laids ! Des poux ! Non, des merdes de poux !

— T'es dur, relève Lionel.

— Ouais, ça ne se fait pas pour les poux, je lance.

Ils éclatent de rire. Surpris, je relève la tête vers Cody. C'est la première fois depuis des semaines qu'il se marre à l'une de mes blagues. Il soutient mon regard un instant, puis se remet à checker les photos, l'air de rien.

— T'as pris tes bonnes résolutions ? me demande Lionel.

— J'ai commencé, mais la liste était trop longue, alors j'ai abandonné.

— Commence par « ne plus rien abandonner ».

— M'ouais, l'année prochaine.

Il me pousse le genou. Je souris en machant une bouchée de pancake.

Assis tous les trois sur le lit, on déjeune en parlant de la soirée d'hier. On aborde les moments sympas, c'est-à-dire, tout ce qu'il s'est passé avant minuit. Ça m'incite à récupérer mon iPhone. Je le débranche du chargeur de Lionel et vérifie mes messages. J'en ai reçu une trentaine me souhaitant une bonne année et le triple de notifications sur les réseaux sociaux. Au milieu de tout ça, William n'a pas répondu.

— T'as vu la bande de Foster quitter la soirée hier ? je demande à Cody.

— Euh... je n'ai pas fait gaffe.

— Et William ?

Il fait défiler une story Instagram pendant plusieurs secondes avant de daigner me donner une réponse.

— Ouais, je l'ai vu partir.

— Vers quelle heure ? Il était seul ? Il allait bien ?

— Je ne sais pas, je ne suis pas le FBI. Au fait, il paraît que quelqu'un a vu Nash aller à l'étage hier. Vous savez un truc là-dessus ?

Lionel et moi échangeons un regard. Nous détournons aussitôt la tête, puis on se remet à manger en silence. Trop tard, Cody nous a captés. Ses yeux verts nous analysent tels des rayons infrarouges et s'attardent sur moi.

— Quoi ? insiste-t-il.

— Arrête avec ce mec, j'en ai marre d'en entendre parler, réplique Lionel.

— C'est nouveau ?

— Ouais, c'est le principe de la nouvelle année, il faut faire des changements.

— Le but, c'est de faire des changements cool.

Je vide mon verre de jus d'orange d'une traite et quitte le lit. Lionel m'adresse une interrogation silencieuse, mais je lui fais signe que je vais bien. Et c'est vrai. J'ai déjà oublié ce qu'il s'est passé avec Kaplan, ou plutôt, mon corps l'a effacé. Ma rancune, elle, est bien tenace et ne compte pas le rayer de ma liste noire de sitôt. Mais pour le moment, ce n'est pas le plus important.

— Tu devrais en faire autant, je dis à Cody.

— J'ai prévu plein de changements, à commencer par ma coupe de cheveux.

— Je parlais de tes goûts en matière de mecs.

Avant qu'il n'ait trouvé quelle réplique me balancer, je récupère les fringues que j'ai laissées ici hier avant de partir à la soirée. Alors que je sors mon boxer de mon sac de sport, Cody bondit sur le lit, faisant sursauter Lionel qui rattrape de justesse les verres de jus d'orange.

— Les gars ! Nash m'a écrit ! Nash m'a écrit !

Cody tape une réponse à la vitesse de la lumière. Je ne l'ai jamais vu aussi excité. On dirait qu'il est sous ecstasy. Les yeux écarquillés et un immense sourire placardé sur la figure, il enchaîne plusieurs messages sur Instagram. Je finis de prendre mes vêtements et gagne la porte de la chambre.

— Il veut nous voir cet après-midi. Je lui dis quelle heure ? Al ?

Je me tourne vers lui en saisissant la poignée.

— Pourquoi tu me le demandes ?

— Parce qu'il veut savoir si tu viens.
— Ce sera sans moi.
— Quoi ? Mais il ne viendra pas si t'es pas là !
— Je m'en fous.

Bouche bée, Cody me foudroie du regard.

— Tu pourrais faire un effort ! En plus, ça n'a rien donné avec l'autre frustré de Gilson !
— Tu me gaves.
— Ouais, bah toi, t'es qu'un putain d'égoïste !

J'accuse le coup. Cody et moi nous dévisageons sévèrement. J'inspire profondément par le nez, puis je sors de la chambre pour aller me laver. En traversant le couloir, j'entends Lionel sermonner Cody :

— C'est bon, calme-toi. Tu n'as qu'à dire à Nash qu'Alex vient, il ne repartira pas une fois sur place.
— Parce que tu ne viens pas, toi non plus ?
— Non, j'ai autre chose à faire.

Je suis tenté de faire demi-tour pour dire à Cody qu'il ne devrait pas y aller, mais même si je le bâillonnais, il trouverait le moyen de se libérer pour foncer retrouver Kaplan. Malgré ce que je m'étais imaginé, ce n'est pas un simple béguin pour lui. Il est totalement accro à ce mec.

Est-ce que j'aurais dû lui parler de ce qu'il s'est passé hier à la soirée ? Mais si je le fais, il s'empressera de le raconter à tout le monde. La vérité sera une nouvelle fois déformée, et je ne veux pas qu'une autre rumeur fasse son chemin jusqu'aux oreilles de William. Avant, je m'en foutais, mais plus depuis qu'il est impliqué.

Je m'enferme dans la salle de bain, pose mes affaires sur le meuble attenant à la baignoire, puis fonce sous la douche. L'eau chaude me lave des restes de la soirée d'hier.

Réchauffé et purifié, j'enroule une serviette autour de ma taille tout en me présentant devant le miroir. D'un geste de la main, je balaye la buée qui s'y est formée. Mes cheveux trempés gouttent sur mon torse nu et mes joues sont rougies par ma douche. J'analyse mon visage puis palpe mon nez légèrement douloureux. Malgré la puissance du coup que m'a donné Foster hier, je n'en garde aucun stigmate.

M'armant d'un peigne, je démêle ma tignasse bouclée. Une fois plus ou moins coiffé, j'enfile mon jean et mon tee-shirt qui collent à ma peau encore humide.

Posé sur le meuble, mon iPhone n'arrête pas de vibrer. Je jette des coups d'œil chaque fois que l'écran s'allume, jusqu'à m'en emparer lorsque le prénom de William s'y affiche. *Putain, il était temps !*

De William, 10 : 42
T'es chez toi ?

De Alex, 10 : 43

Non, je suis chez Lionel, mais je rentre ce midi. Tu n'as reçu aucun de mes messages hier ?

De William, 10 : 43
Non, et toi ?

De Alex, 10 : 43
Non plus.

De William, 10 : 44
Je peux passer te voir ? Il faut que je te parle.

De Alex, 10 : 44
Tu veux venir à quelle heure ?

De William, 10 : 44
13h, ça te va ?

De Alex, 10 : 45
Ouais. On déjeunera ensemble.

J'enfile mon pull puis range mon iPhone dans ma poche arrière. Je ne m'attarde pas avec mes potes. Il est à peine onze heures passé quand je les salue avant de partir. Cody ne m'adresse pas un mot, il est toujours en rogne contre moi. Lionel me raccompagne au rez-de-chaussée où sa mère regarde la télévision. La belle blonde d'une quarantaine d'années me fait signe depuis le canapé avant de se réintéresser à l'écran HD.

— J'ai oublié de te dire, bonne année, Al.
— Bonne année, Lio.

On s'étreint chaleureusement puis Lionel me regarde m'éloigner depuis le pas de sa porte. Je récupère mon vélo que j'ai posé contre la façade en arrivant hier, et quitte la maison des Knight.

Chapitre 31

Alex

La maison est déserte. Mes grands-parents fêtent la nouvelle année chez des amis et ne rentreront pas avant ce soir. Alors que treize heures sonnent dans le salon, le moteur d'une voiture perce le bruissement de la cuisine. Pile à l'heure. J'éteins le feu sous la poêle qui crépite et verse son contenu dans un plat. À travers la fenêtre au-dessus de l'évier, j'aperçois le SUV garé devant chez moi. Je rejoins l'entrée et ouvre la porte à la volée.

William s'arrête dans son geste tandis qu'il allait frapper. Mon cœur s'accélère indéniablement alors qu'il se tient devant moi. Canon, roux – et non plus vert – et habillé de sa grosse parka kaki. Seule ombre au tableau, l'hématome présent sur sa tempe gauche, à la racine de ses cheveux.

— Salut.
— Salut.

Il se gratte l'arrière du crâne.

— Entre.

Je m'écarte et il pénètre dans la maison. Tout en retirant son manteau, William regarde autour de lui, comme je l'ai fait la première fois que je suis venu chez lui. La maison de mes grands-parents est différente de la sienne. Chez les Gilson, c'est chargé, un peu désordonné, mais chaleureux. Tandis qu'ici, tout est à sa place. C'est esthétique, comme une exposition de la parfaite maison bourgeoise de campagne.

— Tu veux faire le tour du propriétaire ? je l'interroge en le débarrassant de son manteau. Ou tu veux directement te mettre à table ?

— C'est toi qui cuisines ?

— Ouais. J'espère que t'aimes le pesto.

— Si, signore.

— Cool.

Je lui souris et un rictus éveille l'éclat vif de ses yeux noisette. J'accroche sa parka au portemanteau. Alors qu'il s'apprête à me suivre, je l'arrête :

— Par contre, il faut que tu laisses tes chaussures dans l'entrée, sinon je vais me faire tuer.

Sans discuter, William retire ses Vans noires et les abandonne sur le tapis, se retrouvant en chaussette de tennis. Je lui fais signe de me suivre et on gagne la cuisine. Je dépose deux assiettes et des couverts sur le bar. Planté au milieu de la pièce, William continue d'analyser tout ce qu'il voit.

— Il n'y a personne chez toi ?

— Non, il n'y a que toi et moi. Vas-y, installe-toi.

Il s'exécute.

Je récupère le plat de pâtes tout en lui jetant un coup d'œil par-dessus mon épaule. William a l'air nerveux, et je le suis aussi. J'aimerais le rassurer, mais j'ignore si son état est dû à ce qu'il s'est passé avec Scott ou notre baiser dans la cuisine. Je ne sais plus sur quel pied danser avec lui. Et à lui poser trop de questions, il risque de se refermer totalement. Je garde donc mes interrogations pour moi et nous sers deux portions de pâtes avant de m'installer sur le tabouret de bar.

Dans un premier temps, on mange silencieusement. Puis, ne supportant plus de ne rien dire, je brise le calme que j'ai moi-même imposé plus tôt. J'interroge William sur ses vacances. Il me révèle avoir surtout bossé – ce à quoi je m'attendais –, et me fait l'inventaire de ce qu'il a reçu à Noël. Il s'intéresse ensuite à mon séjour dans le Colorado. Je lui parle des pistes de ski, des montagnes, de la neige qui nous a bloqués pendant toute une journée au chalet, et du Noël mouvementé que j'ai passé.

À mesure qu'on discute, les choses deviennent naturelles, comme toutes ces fois où on ne se retrouve que tous les deux, en tête à tête. On se marre, on blague, on se confie l'un à l'autre... Loin de l'atmosphère pesante qu'il y avait à la soirée d'hier.

Je pose nos assiettes vides et nos couverts dans le lave-vaisselle. William s'est resservi deux fois. Mes pseudo-talents de cuisinier ont fait leur effet. Je m'adosse au plan de travail et fais face à William toujours installé au bar. Il vide son verre d'eau d'une traite avant de capter mon regard.

— Comment va Foster ? je lui demande.

— Il s'en remettra.

Je hoche la tête, rassuré qu'il n'ait pas fini à l'hôpital ou à la morgue. Même si ce type est un sombre connard, je ne veux pas avoir son sang sur les mains.

Je baisse les yeux vers mes chaussettes et ajoute :

— Je n'étais pas vraiment moi-même hier.

— J'ai remarqué.

Je passe une main sous ma frange pour me masser le front. Je ne me souviens plus de tout ce que j'ai dit à la soirée, mais je me rappelle très bien avoir bu comme un trou. Qu'est-ce qui m'a pris de me mettre une mine pareille ?

Je soupire. Rien que d'y repenser, j'ai honte. C'est bien la première fois que quelque chose me met réellement mal à l'aise. Mais avec William, j'enchaîne les bourdes et les faux pas.

— On est tous un peu cons quand on boit, me dit-il.

Je relève la tête avec un sourire gêné.

— Un peu ? Ça va, t'es sympa.

— T'es rentré directement après ce qu'il s'est passé dans la cuisine ? dévie-t-il.

— Pas longtemps après. Et toi ?

— Les gars ont raccompagné Scott chez lui, et comme je te pensais parti, je n'avais plus rien à faire là-bas. Du coup, j'ai cherché mon frère et son pote pour les ramener à la maison.

— Foster était réveillé ?

— Ouais, et toujours à moitié défoncé.

— Il sait pour nous ?

— Je ne pense pas, il était trop raide pour capter quoi que ce soit.

J'acquiesce, perdu dans mes pensées.

— Mais assez parlé de lui, ajoute William. Ce n'est pas pour ça que je suis venu te voir.

Je me décolle du plan de travail.

— Viens, on va dans ma chambre.

Je sors de la cuisine et William m'emboîte le pas.

Dans l'escalier, il marche juste derrière moi. Je sens plusieurs fois sa main frôler la mienne. Je lui lance un regard en coin et croise le sien braqué sur moi. Arrivé dans ma chambre, je ramasse mon sac de sport laissé au milieu du passage et le jette dans un coin. William s'avance au centre de la pièce.

Encore une fois, il effectue un regard circulaire. Ses yeux se rivent sur les murs blancs ornés de quelques photos et d'un tableau, sur le lit double, sur l'étagère remplie de romans et de pièces de théâtre, sur le bureau en bordel où est posé – en autre – mon ordinateur portable... Pour finir leur tour d'horizon sur moi.

— Ça correspond à l'image que tu t'étais faite d'une « chambre de gay » ?

— J'imaginais ça plus... coloré, m'avoue-t-il. Mais, ça me plaît. C'est sobre. Quand on te connaît, c'est étonnant.

— Je n'ai pas le look le plus loufoque qui soit.

— Non, pas ton look, c'est ta personnalité qui est colorée.

Il ramasse un bouquin posé sur ma table de chevet. *Othello*, de Shakespeare.

— Ou c'est juste une image que tu donnes aux autres, ajoute-t-il en le reposant.

— Honnêtement, je n'en sais rien. Je commence à me dire que parfois on joue un rôle sans même s'en rendre compte, et alors, on oublie la frontière entre le vrai et le faux.

Je m'assois sur mon lit. Picasso qui ronflait redresse la tête vers le Rouquin et baisse les oreilles, apparemment mécontent de cette nouvelle rencontre. William semble hésiter à le caresser. Finalement, il rabat sa main sur sa cuisse.

— Ne fais pas attention à Picasso, il gronde mais ne mord pas.

— On devrait bien s'entendre.

Je prends mon chat et le pose par terre. Vexé, il se débine par la porte entrouverte en dressant la queue. Je m'avachis en travers de mon lit et prends appui sur un coude tout en fixant William. Il finit par me rejoindre et s'échoue près de moi. Ses mains puissantes se posent près des miennes. Je les observe un moment, m'attardant sur ses phalanges saillantes, avant de relever les yeux vers lui pour demander :

— Tu voulais me parler de quoi ?

— Je voulais éclaircir certains trucs.

— OK.

Son regard devient fuyant et ses traits se teintent de sérieux. Une légère angoisse me serre le cœur.

— Déjà, je veux que tu saches que je ne valide pas les propos que peuvent tenir mes potes ou la façon dont ils agissent avec toi, déclare-t-il d'une voix grave. Je n'ai rien à voir avec eux.

— Je sais, mais...

Je me masse la nuque le temps de peser mes mots, puis poursuis :

— T'es conscient que l'opinion qu'ils ont de moi, ils l'auraient aussi de toi s'ils savaient ce qu'on a fait tous les deux ?

— Tu crois vraiment que je suis aveugle ?

— À vrai dire, je n'en sais rien. Parfois, j'ai l'impression que non, puis la minute d'après tu me fais penser que si.

— Je sais très bien comment ils réagiraient s'ils savaient... s'ils savaient que tu me plais, Alex.

Mon pouls s'emballe. Je sens la peau de mon visage picoter et un sourire en coin étirer mes lèvres sans que je puisse le contenir, sans que je veuille le cacher. William s'intéresse à nos mains qui se jouxtent. Je recouvre la sienne de la mienne. Il écarte les doigts et j'y entrelace les miens.

— Tu me plais aussi, William. Mais t'es déjà au courant.

Ses yeux se braquent dans les miens tandis que je me redresse pour m'asseoir plus près de lui. On se fait face sur le lit pour se contempler. Nos regards se caressent l'un et l'autre, s'effleurent à peine, puis s'attardent. Le sien se pose sur mes lèvres pour ne plus en bouger.

— Je suis désolé d'avoir aussi mal réagi l'autre soir quand on est sortis en voiture, je me confie plus bas. Je n'ai pas à te juger ou à te brusquer. On est différents et je dois l'accepter. Pardonne-moi, j'ai agi n'importe comment.

— Je n'ai pas choisi d'être comme ça, tu sais.

— Oui, je sais. Et je ne te demande pas de changer. (je mène sa main à mes lèvres et y dépose un baiser) Tu me plais vraiment, William. Tout ce que je te demande, c'est de ne pas me rejeter lorsqu'on est tous les deux.

— Je ne le ferai plus, je te le promets.

On se regarde droit dans les yeux, comme pour appuyer nos paroles. Et il trouvera toujours de la sincérité dans les miens, car jamais je ne lui ai menti.

— Mais toi non plus, ne me rejette plus, ajoute-t-il.

— Plus jamais.

Lentement, William se penche vers moi. Son visage envahit tout mon champ de vision, devenant le centre de mon univers. Sa main s'imprime sur ma joue. Tiède et franche. Puis nos bouches se rejoignent dans un baiser passionné.

J'empoigne les cheveux roux de William et l'attire contre moi. Nos lèvres se meuvent avidement, parfois tendrement, et la seconde d'après, désespérément. Les siennes sont douces et moelleuses. *Seigneur, elles sont si bonnes.* Je m'en délecte, les goûte, les redécouvre, les effleure du bout de ma langue, le chatouillant et le provoquant. William émet un souffle, une sorte de « Uhmf ! » qui me fait sourire.

— Est-ce que ça veut dire que tu veux continuer à me voir ? je l'interroge, le cœur battant.

— C'est la principale raison pour laquelle je suis ici. J'en ai envie. Vraiment envie.

— C'est ce que j'espérais entendre.

Il plaque une main sur mon ventre et me fait basculer sur le lit. Je l'enlace, l'emprisonnant dans un baiser endiablé. On s'embrasse sans s'arrêter, sans se fatiguer, tels deux affamés. Nos langues se rencontrent, se testent, puis s'enroulent pour former une danse lascive. Je sens mon visage devenir chaud. Mon sang entre en ébullition. Mon cœur se transforme en feu de joie que chaque contact étend, menaçant d'enflammer tout mon être.

Les mains de William se pavanent sur mon corps. Elles caressent mes flancs puis s'imposent sous mon pull. Mon ventre se creuse. Je soupire d'excitation et renforce notre baiser. William penche la tête, m'accueillant plus profondément dans sa bouche. Je m'empare aussitôt de sa langue et en fais ma captive.

Essoufflé, je rouvre les yeux alors qu'il recule pour me dévisager. Ses lèvres humides de salive me donnent envie de me jeter dessus. Je caresse son menton avec mon pouce tout en les lorgnant avec envie.

— Je pourrais t'embrasser comme ça toute la journée sans m'en lasser.

— Alors fais-le, me provoque-t-il.

Je cède sans chercher à résister. Je me redresse tout en l'embrassant, puis m'arrête pour me débarrasser de mon pull. J'en ressors ébouriffé. William balaye mes cheveux bouclés en arrière avant de me dévorer à nouveau. Je le renverse sur le lit et m'impose sur lui. Assis à califourchon sur ses cuisses musclées, je l'entraîne dans une tornade de baisers.

Ce n'est jamais assez, on se savoure dans un empressement vorace, impossible à rassasier. Nos gestes impatients et à la fois curieux s'entrecroisent. Ses mains dans mon dos froissent mon vêtement et entrent en contact avec ma peau. Les miennes retroussent son pull et son tee-shirt pour dévoiler son torse. C'est alors que je découvre l'hématome étalé sur ses côtes.

— Merde, William, t'as vu ton bleu ? C'est à cause d'hier ?

Il retrouve lentement ses esprits avant de me dire :

— C'est impressionnant, mais ce n'est pas si douloureux que ça.

— T'es sûr ? Je ne veux pas te faire mal.

Il m'embrasse.

— Sûr. Continue, Alex.

Tout en faisant attention à ne pas toucher la zone sensible, je remonte son tee-shirt sous ses clavicules pour envahir ses pectoraux. Je les malaxe, m'attardant sur ses tétons, avant de descendre le long de ses abdominaux. Ils se contractent sur mon passage. *Je ne savais pas que c'était possible d'avoir autant de muscles à notre âge.* Je dévie sous son nombril et le caresse jusqu'au chemin clair qui disparaît dans son jean. Un tremblement bouscule William.

— T'as un corps de folie, je murmure contre ses lèvres.

Il me sourit et renverse à nouveau la situation. Je m'échoue sur le dos tandis qu'il s'impose au-dessus de moi. À genoux, il retire son pull qu'il envoie au bout du lit. Je caresse ses biceps exposés par son tee-shirt noir, puis je trouve ses cuisses solides. Je termine mon excursion sur ses hanches que je saisis fermement.

— On dirait que tu sors d'un film, c'est illégal.

— Tant que ce n'est pas d'un film de boules...

— Non, t'es une version plus sexy d'Archie Andrews dans *Riverdale*. Ne me juge pas, la saison 1 est cool.

On se marre et nos rires meurent dans un baiser fougueux. J'empoigne son tee-shirt auquel je me raccroche alors que je sens le lit se dérober sous mon corps. J'ai l'impression de me consumer de l'intérieur. J'inspire profondément et relâche lentement William pour poser mes mains à plat sur son dos puissant. Le Rouquin ondule contre moi. Sa braguette frotte la mienne dans une friction délirante.

Bordel...

Je lui caresse les reins pour l'inciter à continuer. Il s'exécute. Son entrejambe ondule, me laissant deviner l'effet que je lui fais. La trique solide sous son jean me donne envie de m'en emparer, comme cette fois dans sa voiture. J'ai besoin de le toucher. J'ai besoin de le sentir dans mon poing. J'ai besoin de *lui*.

Mes mains descendent vers son cul. J'en glisse une dans la poche arrière de son jean, tandis que l'autre s'impose entre nos bassins. D'une poigne franche, j'enserre l'excitation matérialisée dans le pantalon de William. Son sexe semble gonfler davantage entre mes doigts.

— Attends, m'arrête-t-il, à bout de souffle.

Je rouvre les yeux.

— Je vais trop vite ?

— Ce n'est pas ça. Tu veux que... enfin que cette fois...

Il baisse la tête vers ma braguette déformée par mon érection. Il rive ensuite son regard sur moi et demande :

— Tu veux que je le fasse ?

Les mots me manquent. Mon cœur me fait le même effet qu'une onde de choc après une explosion. Une chaleur insoutenable embrase directement mon entrejambe.

— T'en as envie ? Tu ne le fais pas pour me faire plaisir ?

— Je veux savoir ce que ça fait.

Je lui souris.

— Alors vas-y.

Tout en se regardant dans les yeux, il déboutonne mon jean. Ses doigts s'attaquent à ma braguette qu'ils descendent dans un zip sonore. Une flamme s'allume dans le regard de William. Le mien, attentif, ne rate pas une miette de ce qui est en train de se passer sous ma ceinture. Soudain, il enfonce sa main dans mon jean et saisit ma queue à travers mon boxer.

— Seigneur...

Je me cambre sur le lit, accentuant le contact qui m'empoigne. William me caresse à travers le tissu fin. Un premier soupir passe mes lèvres. *Bordel, j'aimerais tellement sentir sa peau sur mon sexe.* Il me provoque de quelques va-et-vient puis s'arrête tout à coup. Comprenant ce qu'il veut faire, je soulève les hanches pour baisser mon pantalon à mi-cuisses pendant que William se charge de mon boxer.

Soudain, je me retrouve mis à nu devant lui. Ma queue pointe fièrement vers le mec responsable de son état. La vache, je suis déjà sur le point d'exploser. La poigne de William la récupère. Un courant électrique me parcourt tout le corps. Mais alors que je ne demande qu'à être soulagé, il ne me branle pas. Ses doigts demeurent à la base de mon sexe tandis que ses yeux s'y braquent pour l'examiner.

— Ah ouais, lâche-t-il.

— Comment ça « Ah ouais » ? Qu'est-ce qu'elle a ?

Je me redresse sur les coudes pour regarder mon entrejambe.

— Je ne pensais pas qu'elle était si grosse, s'étonne-t-il.

Je cogne mon poing dans son épaule.

— T'imaginais que j'avais une petite bite ?

— Pas petite, mais...

Il affiche un sourire en coin.

— Enfoiré ! je me marre.

— Non, mais t'inquiètes, ça va, elle est cool. Enfin, elle est comme il faut.

Alors que je m'apprête à répliquer, il me réduit au silence avec un va-et-vient. Ma tête retombe en arrière et je m'abandonne aux caresses de William. Il me pompe sur toute la longueur de mon érection, y allant doucement, comme s'il avait peur de m'abîmer ou de me blesser. Les sourcils froncés de concentration, il juge ce qu'il me fait, puis inspecte mon visage comme il le ferait avec un exercice d'algèbre. À la différence qu'une équation ne lui donne pas cet air sombre et sauvage qui m'excite comme un malade.

— Ça va, comme ça ? C'est la première fois que je le fais sur quelqu'un d'autre.

— Ouais, ça me plaît. Ça me plaît grave.

Je lui masse l'arrière du crâne, enfouissant mes doigts dans ses cheveux roux.

— Mais tu n'es pas obligé d'être aussi appliqué, branle-moi comme tu as l'habitude de le faire.

— OK.

Alors qu'il reprend ses mouvements, je l'attire dans un baiser. William y répond, tout d'abord distrait, puis il se détend progressivement. Sa main sur mon sexe remonte vers mon gland et une vague d'excitation roule sous ma peau. Je la laisse me submerger et en ressors étourdi de plaisir.

— Continue...

Il renforce sa prise et se met à me masturber plus fort. Soudain, son pouce caresse l'extrémité de mon sexe. Je lâche un gémissement étouffé par la langue de William. Réduit au silence, je murmure de contentement et l'enlace de peur de m'effondrer. Tout en frottant son entrejambe contre ma cuisse, il répète sa provocation. Son pouce s'attarde cette fois plus longtemps sur mon gland humide, m'arrachant un son rauque.

— Putain ! Ouais... William...

Il colle son front au mien et on ne se quitte plus des yeux. J'ai du mal à les garder ouverts, l'excitation menaçant de me noyer à tout moment. Je lève les hanches et ondule pour accompagner les mouvements de sa main. Celle qui manie mon plaisir, qui me rend esclave, qui pourrait me détruire... Celle qui descend puis remonte en me faisant trembler de la tête aux pieds.

— William ! Je vais venir !

Il me masturbe plus vite et, soudain, tout s'effondre. J'empoigne ses cheveux et me paralyse dans un gémissement voilé. Le dos cambré, les hanches levées, je jouis dans le poing de William en fermant les yeux.

Pendant un instant, des étoiles dansent sous mes paupières. Toute une galaxie aux constellations orgasmiques. Mon corps est secoué de tremblements. Ma queue sursaute, se déchargeant, puis s'immobilise.

— Cette fois, je vais te laisser le temps de redescendre, me dit William d'une voix chaude.

Je lâche un rire fatigué.

Un bras logé dans sa nuque, je reprends lentement mon souffle. Mes esprits me reviennent un à un, jusqu'à ce que je sois capable de formuler une pensée cohérente. Je rouvre les yeux sur le Rouquin sexy qui me regarde.

— C'était trop bon, je lui confie au bord des lèvres.

En sueur sous mes vêtements, je m'écarte pour me nettoyer avec un mouchoir. William s'allonge derrière moi et pose sa main sur mes reins. J'envoie le mouchoir souillé dans la corbeille puis retire mon jean avant de revenir me blottir contre lui. Je saisis sa mâchoire pour le tourner vers moi.

— Alors, qu'est-ce que t'en as pensé ? je l'interroge en lui caressant la nuque. Ça fait quoi de toucher celle d'un autre ?

— Quand c'est la tienne, c'est agréable. Ta queue est super douce.

— Juste la mienne ?

— Rien que la tienne.

En boxer et tee-shirt, je m'installe au-dessus de William. Sa convoitise parcourt mon corps et s'attarde sur mes cuisses. Il les attrape et les cajole à rebrousse-poil. Je me penche vers lui et l'embrasse fiévreusement. Et alors, nos langues s'enlacent comme si elles avaient été séparées durant des années.

Sous mon entrejambe, une bosse dure frotte contre mon boxer. Je la délaisse tout d'abord, m'attardant sur les lèvres de son propriétaire. J'y dépose plusieurs baisers avant de dévier sur les joues de William, sa mâchoire carrée, sa gorge virile, ses clavicules... Arrivé à son torse, le col d'un tee-shirt blanc me barre la route. Je le retrousse au-dessus de ses pectoraux et ma bouche se referme sur un téton rose. Sa chair tendre pointe sous ma langue qui le chatouille en l'abandonnant brillante de salive.

Alors que je reprends mon chemin de luxure, des doigts s'imposent dans mes boucles brunes. Ils se resserrent, puis se relâchent, parfois me caressent, tandis que je recouvre le corps de William de cercles humides. Sa respiration s'agite puis devient plus forte à mesure que je m'aventure vers le sud. Je m'amuse à le torturer, m'attardant sur la zone sensible juste au-dessus de sa ceinture. Sous ma gorge, son sexe encore prisonnier semble vibrer d'énergie.

J'embrasse William à la naissance de son aine. La peau de son bas-ventre frissonne. Je relève les yeux vers lui avec un sourire en coin.

— T'es chatouilleux ?

— Petit malin...

Je reprends mes baisers et déboutonne son jean. William le baisse aussitôt afin de libérer son boxer étiré par une érection imposante. Ma gorge s'assèche. Je lorgne un instant la bête qui se dissimule sous le tissu sombre. Puis j'agrippe l'élastique et le baisse au rythme de ma bouche qui progresse sur la peau dorée. Une toison cuivrée et courte me chatouille le nez. J'inspire profondément l'odeur masculine de William avant de me reculer pour l'observer comme il l'a fait lui-même.

— C'est à ton tour de faire ton expertise ? s'en amuse-t-il.

— J'en ai déjà eu un aperçu dans la voiture, mais c'est encore mieux en pleine lumière.

Sa queue longue et solide me désigne, comme pour m'accuser. Cette idée me fait sourire. Je la saisis à sa base et remonte jusqu'à son gland rosé. William tremble. Je savoure le contact dur et veineux sous mes doigts. Elle est belle. Parfaite. Foutrement irrésistible.

— Je n'ai même pas besoin de te pomper, t'es déjà dur.

— En même temps, tu m'as chauffé comme un malade...

Je le caresse tout de même, savourant l'idée de le tenir dans ma main. William se met à soupirer, de plus en plus fréquemment et de plus en plus fort. Il attendait ça, il en mourrait d'envie. Et je me sens à nouveau excité de savoir que c'est moi qui lui fais cet effet. J'exerce une pression plus forte sous son gland. Il grogne de plaisir. Je me penche vers son sexe en ouvrant la bouche, mais William me chope soudain le tee-shirt.

Surpris, je l'interroge du regard. Les joues rougies et les yeux voilés de plaisir, il me demande :

— On ne doit pas mettre une capote ?

— Ça dépend. T'as déjà fait des trucs avec quelqu'un ?

— Non, tu le sais bien.

— Alors il n'y a pas de risques. Mais je peux en mettre une si tu préfères.

— Non, ça me va comme ça. Mais toi, tu préfères ?

— C'est toi que je veux sucer, pas du latex.

Ça le laisse sans voix. Sa mâchoire se contracte et il hoche la tête. Je me penche vers son entrejambe sous son regard ardent. J'entrouvre les lèvres, expire un souffle chaud sur sa peau tendue, avant de gober sa queue. Une saveur inconnue s'étale sur ma langue. Je la ramasse puis enfonce son membre plus loin dans ma bouche. William retombe en arrière en plaquant son poing sur son front. Les yeux fermés, les sourcils froncés, il s'abandonne à ma fellation.

Je n'ai jamais fait ça et je veux que ce soit à la hauteur de ses attentes. Je me souviens des conseils lus sur internet et les mets en pratique. J'utilise la face plate de ma langue, faisant attention aux dents, puis commence à le sucer. Je m'attarde à l'extrémité de sa queue que je taquine avant de la reprendre en bouche jusqu'à la moitié.

— Putain, Alex...

William empoigne la couette à deux mains. Il lève les hanches et suit le mouvement de mon visage qui va et vient entre ses cuisses. Les bruits qu'il émet me font un effet de dingue ! J'ai envie de le faire jouir, qu'il lâche prise, qu'il décolle comme il m'a fait m'envoler. Je resserre mes lèvres sur son sexe, lui arrachant un autre gémissement voilé.

— Aah ! C'est le kiff...

Je libère son érection pour gober l'un de ses testicules. Je le lèche et le suce, avant de m'attaquer à son jumeau. William tremble en soupirant bruyamment par le nez.

— Putain… t'es complètement dingue, halète-t-il en souriant.

Je saisis ses cuisses et reprends son membre en bouche. Cette fois, j'accélère le rythme. J'enroule ma langue autour de son sexe et la coulisse jusqu'à sa base. Sa toison me chatouille la joue. Je remonte plus lentement et m'arrête pour lécher son gland.

— Alex ! Hum !

Il plaque une main sur sa bouche et se mord le poing. Ses hanches tressautent. Il les balance en avant, s'enfonçant dans ma cavité. La profondeur de son geste me surprend. Mais je le garde et le suce avidement en me servant de ma prise sur ses cuisses pour aller et venir. Une sensation chaude envahit soudain ma langue.

William empoigne mes cheveux et me tire la tête en arrière. Sa queue m'échappe dans un bruit de succion et rebondit sur ma lèvre inférieure. Pris de cours, je le dévisage en reprenant mon souffle.

— Stop, je vais...

Ma bouche privée de son sexe, je l'empoigne fermement et le masturbe. William se cambre et éjacule aussitôt dans un concert de gémissements. Sa voix meurt dans une expiration fébrile tandis que son visage se teinte d'extase.

Sa respiration soulève son torse à un rythme acharné alors qu'il fixe le plafond de ma chambre. Je prends un mouchoir et essuie la semence sur mes doigts avant de le lancer dans la corbeille.

Quand je me rallonge près de William, il se tourne vers moi d'un air béat.

— Waoh... C'était... dingue.

— Ça avait l'air, sans me vanter.

Je n'arrive pas à me détacher de mon sourire fier.

Ma tête calée sur son épaule, j'impose une jambe possessive sur celles de William. Il a remonté son jean, mais l'a laissé ouvert, dévoilant les muscles marqués de son bas-ventre. J'y balade mes doigts tandis que les siens jouent avec l'une de mes boucles.

Je soupire de contentement.

— Je me sens bien avec toi, Willy.

— Moi aussi, Al.

Je lui souris, lui aussi, et parce que rien d'autre n'a de sens dorénavant, on se remet à s'embrasser.

#Chapitre 32
William

Aujourd'hui, ma mère a décidé de nous conduire au lycée, Lewie et moi, pour la reprise des cours. Elle prétend que c'est pour nous éviter d'attendre dans le froid, mais je sens qu'il y a une raison sous-jacente à ce service. Il est sept heures trente et elle nous attend déjà dans l'entrée, son manteau sur le dos, prête à partir.

Lewie sort le premier de la maison avec son casque sur les oreilles. Il fait clairement la gueule. Il m'en veut depuis le Nouvel An, parce que je l'ai fait rentrer trois heures avant son couvre-feu. Et il en veut à ma mère après avoir surpris une conversation téléphonique entre mon père et elle dans la soirée d'hier.

Ma mère n'y a pas été de main morte. Je l'entendais insulter mon père depuis de ma chambre à propos de leur divorce. Lewie s'en est mêlé et s'est retrouvé privé de sortie pendant deux semaines.

En vérité, ça n'allait déjà plus entre mes parents bien avant leur séparation. Depuis mes douze ans, il ne se passait pas une journée sans qu'ils ne se hurlent dessus. Mais c'est pire depuis qu'ils sont officiellement séparés.

Après avoir enfilé mes Vans, je prends le temps de me regarder dans le miroir pour dompter un épi qui rebique au-dessus de mon front. Le reflet de ma mère apparaît à côté du mien. Elle frotte ma parka avant d'aplatir la capuche dans mon dos. Un éclat d'inquiétude est logé dans ses yeux bleus.

— Tout va bien, Will ?

— Ouais.

— Tu as l'air fatigué aujourd'hui.

— Je me suis couché tard.

Elle prend un instant pour réfléchir sans se détacher de mon reflet.

— Si c'est à cause de ce qui s'est passé entre ton père et moi, il ne faut pas que tu t'inquiètes. J'ai interdit à Lew de sortir, mais si tu as envie d'aller chez lui…

— Tu sais bien que je ne vais jamais chez papa.

— Oui, c'est vrai… Il pourrait faire l'effort de te téléphoner, ce salaud d'égoïste.

Malgré la tension qui me tiraille le ventre, sa réplique me fait sourire.

— Et puis, on avait prévu de se mater un film ce week-end, tu te rappelles ? je lui dis.

— Du coup, le dernier Avengers ou Glass ?

— Celui que tu préfères, la dernière fois, c'est moi qui ai choisi.

Elle me caresse l'arrière du crâne avant de rejoindre la porte. Je sors après elle et ferme derrière nous avec mon double des clés. Le soleil pâle du mois de janvier nimbe la rue d'une luminosité laiteuse. Au loin, le chasse-neige balaye la route de la neige qui s'y est accumulée cette nuit.

— Ça fait un moment que je n'ai pas vu Alex, il va bien ? relance ma mère en avançant vers la voiture.

Malgré le froid, la chaleur envahit mon visage.

— Ouais, il va bien.

Elle me lance un coup d'œil, m'incitant à lui en dire plus.

— On s'entend bien, je finis par lui avouer.

— C'est super ! Tu vois, Will, parfois, il suffit de donner une chance aux gens pour être surpris.

Elle s'apprête à monter en voiture, mais s'arrête brusquement. Son air devient plus sérieux lorsqu'elle me dit :

— Il ne faut pas que tu t'inquiètes de ce que peuvent penser les gens. La honte, ce sont eux qui nous l'imposent. Alors ne leur laisse jamais croire qu'ils ont un impact sur toi.

Je la fixe tandis qu'elle me dévisage avec des yeux remplis de compassion. Pourquoi est-ce qu'elle me sort ça tout à coup ?

Une fois en voiture, la présence de mon frère installé sur la banquette arrière empêche ma mère de poursuivre notre conversation. Le sujet Alex est remis à plus tard. Penser à lui fait naître un sourire incontrôlable sur mon visage. Et dire qu'il a assommé Scott avec une poêle... Ce mec est complètement dingue. Mais c'est cette folie que j'aime chez lui.

J'apprécie Alex pour ce qu'il est, un mec authentique, drôle, d'une sincérité désarmante. Un mec qui se fout du regard des autres et marche la tête haute, peu importe les insultes qu'on crache sur son passage. Recollant des bribes de ma mémoire, je me retrouve sur son lit, enveloppé dans la chaleur de sa chambre, son sexe dans ma main, puis sa bouche sur...

— Eh, je te parle ! me lance soudain Lewie en m'agrippant l'épaule.

Je m'inflige une claque mentale et rabats ma parka sur mes cuisses pour dissimuler mon érection naissante.

— À propos de quoi ? j'interroge mon frère sans me détacher du pare-brise.

— À quoi tu penses ? dévie-t-il.

— À rien.

— Alors pourquoi tu fais cette tête de débile ? (il se penche entre les sièges pour me chuchoter à l'oreille) Tu penses à des trucs cochons ?

Je me tourne pour lui flanquer un coup sur le genou.

— C'est toi le débile !

— Pas de ça en voiture, vous avez passé l'âge ! nous rappelle à l'ordre notre mère. Sinon je vous laisse sur le bord de la route.

— OK, mais devant un McDo, si possible, je jase.

Je souris et mon frère pouffe de rire tout en remettant son casque sur ses oreilles.

Alors qu'on atteint le parking du lycée, je reçois un message de Hailey sur Instagram. J'ai ignoré tous ceux qu'elle m'a envoyés le lendemain du Nouvel An, mais il est temps que je porte mes couilles et affronte ce qu'elle a à me dire. Même si j'en ai une vague idée.

De Hailey, 07 : 50
Salut ? J'étais à deux doigts d'arrêter de te parler pour de bon, mais je crois que je mérite une explication… Pourquoi tu me snobes depuis le Nouvel An ?

Nous y voilà.
— Putain…

Ma mère me lance un coup d'œil alors que je descends de voiture.

— À ce soir, nous dit-elle tandis que Lewie s'éloigne déjà.

— À ce soir, maman.

Je claque la portière et prends la direction du lycée.

De William, 07 : 52
Désolé.

De Hailey, 07 : 52
Juste désolé ?! T'es sérieux ? C'est tout ce que tu trouves à me dire ? Je te rappelle que c'est toi qui m'a embrassé !

Je passe à côté de Nash Kaplan qui fume près de sa voiture en compagnie d'une fille. Je traverse son nuage de fumée sans lui adresser un regard alors qu'il me fixe, puis je m'avance vers le lycée.

De William, 07 : 54
Je sais. C'était une erreur. T'es super, mais je ne peux pas sortir avec toi.

De Hailey, 07 : 54
Je peux savoir pourquoi ?

Je passe une main dans mes cheveux sans savoir quoi répondre. J'ai agi comme un con avec Hailey, je me suis servi d'elle, et à présent, je me retrouve coincé. Comment la refouler sans lui dire que c'est Alex que j'ai choisi ?

De William, 07 : 55
Je n'ai pas de temps à consacrer à une fille.

De Hailey, 07 : 55
OK... y'a les exams qui approchent, je comprends... Mais on peut quand même continuer de se parler ?

De William, 07 : 55
Ouais, pas de souci.

Je range mon téléphone alors que j'arrive dans le couloir. Calvin et Ramon sont devant leurs casiers, mais Scott pointe aux abonnés absents. Il n'a répondu ni à mes messages ni à mes appels, et me rendre chez lui à l'improviste n'était pas une option. Si son père est déjà au courant de ce qui s'est passé à la soirée du Nouvel An, la maison des Foster vient d'entrer dans la catégorie des zones à risques. Et je tiens à rester en vie jusqu'à l'obtention de mon diplôme.

Je tente une dernière fois de le joindre en arrivant près de mes potes. Je tombe encore sur sa messagerie. Je range mon portable et lève les yeux sur Calvin et Ramon qui se sont retournés vers moi. Des deux, Ramon est le seul à avoir l'air un minimum content de me voir. Il me sourit au moment où je lui fais une accolade.

— Où est Scott ? je l'interroge.

— Tu n'es pas au courant ?

— Au courant de quoi ?

Je jette un coup d'œil à Calvin qui me fusille du regard. Lui non plus ne m'a pas reparlé depuis la soirée.

— Il y a un problème ?

— T'es sérieux ? réplique-t-il d'une voix tranchante. T'oses te pointer comme une fleur après la crasse que t'as faite à Scott ?

— Tu lui as parlé ? Qu'est-ce qu'il t'a dit ?

— Qu'il ne veut plus voir ta gueule ! Et moi non plus, d'ailleurs. Allez, je me casse !

Il claque la porte de son casier puis me bouscule pour passer.

— Tu ne sais rien de ce qu'il s'est passé, tu n'étais pas là ! je m'écrie tandis qu'il s'éloigne.

Il fait volteface.

— Pas besoin d'une boule de cristal pour comprendre que t'as merdé, William ! T'as encore une putain de tête de coupable !

Je m'avance vers lui pour lui faire ravaler sa langue de vipère, mais Calvin profite d'un groupe d'élèves pour disparaître dans le couloir.

— Où est Scott ? je demande à Ramon toujours planté devant les casiers.

Il triture les lanières de son sac à dos, l'air embarrassé.

— Ramon !
— Parti voir Bird.
— Bird ?! Pourquoi ?
— Il va porter plainte contre lui.
— Porter plainte ?!
— Pour coups et blessures.
— La blague, il s'est juste pris un coup de poêle.

Ramon me fixe un instant en silence. Une pointe de déception est présente dans ses grands yeux noirs.

La sonnerie retentit dans le hall, incitant mon pote à se remettre en mouvement. Je le laisse partir sans chercher à le retenir pour m'expliquer ou me repentir. Ma mère a raison, ce sont les autres qui nous forcent à nous sentir coupables. Mais concernant ce qu'il s'est passé avec Scott au Nouvel An, je n'ai aucun regret. J'ai agi avec mon instinct et mes sentiments pour Alex, et je le referai sans hésiter.

Il faut absolument que je le retrouve avant Scott.

Après avoir parcouru le hall de long en large, j'ai l'espoir de trouver Alex au premier étage. L'intercours dure cinq minutes, il me reste encore un peu de temps. Je pose un pied sur la première marche, lorsque je l'aperçois devant une salle de classe. Nos regards se croisent une fraction de seconde, mais c'est suffisant pour que j'aie la réponse à ma question : Scott l'a trouvé avant moi.

Lorsqu'il entre dans la pièce, je sors aussitôt mon iPhone pour lui écrire.

De William, 08 : 04
Scott est venu te voir ?

De Lui, 08 : 04
Ouais. Il va porter plainte contre moi.

De William, 08 : 04
Rassure-moi, il ne t'a rien fait ?

De Lui, 08 : 05
Non. Ne t'en fais pas.

De William, 08 : 05
OK. Je m'occupe de lui.

De Lui, 08 : 06
Qu'est-ce que tu vas faire ?

De William, 08 : 06
Fais-moi confiance.

. . .

Courir après un Running Back[37] revient à tenter de capturer un courant d'air. Je pensais parler à Scott après le cours d'histoire, mais il ne s'y est pas pointé, tout comme à celui de littérature et à celui d'algèbre. Il s'est tout bonnement volatilisé sans avertir personne. J'étais tenté de questionner Calvin qui partage les mêmes cours que moi, mais je savais qu'il m'enverrait chier.

À quinze heures, je décide donc d'aller dénicher le renard directement dans son terrier. Tant pis pour la zone à risques, je n'ai pas le choix. Alex ne peut rien contre Scott. Avec un père shérif et une mère au conseil d'administration d'Edison High, il s'en sort toujours sans qu'aucune charge ne soit retenue contre lui. C'est l'avantage d'avoir des parents puissants. Mais je n'ai pas dit mon dernier mot.

Il ne fait pas plus de cinq degrés tandis que je marche le long de Mohawk Street jusqu'à la maison des Foster. La voiture du shérif n'est pas garée dans l'allée, tout comme le 4x4 de madame Foster. C'est le bon moment.

Malgré le soleil qui me réchauffe le visage, un frisson dévale mon dos quand je m'arrête devant la porte de mon meilleur ami. Je ne sais pas encore de quelle façon je vais aborder la soirée du Nouvel An. J'ai eu tout le trajet pour y penser, mais mon cerveau

---

[37] Un *Running back* est un coureur qui se place derrière la ligne offensive, situé en position de recevoir le ballon du quart-arrière pour exécuter un jeu de course.

s'est mis en mode « OFF » à la sortie du bus, jusqu'à ce que j'arrête de marcher.

Scott et moi n'avons jamais été très doués pour nous parler à cœur ouvert. Il connaît pourtant une grande partie de ma vie, les bons côtés comme les mauvais. On était déjà potes bien avant de se retrouver dans la même classe à l'école élémentaire. Dès l'emménagement de mes parents dans le quartier, nos pères se sont tout de suite bien entendus. Et naturellement, nous avons suivi.

Pour la première fois, j'angoisse à la perspective de me retrouver en face de Scott. Il y a tant de questions qui se bousculent dans ma tête. C'est un fait, je redoute sa réaction. Mais pas par peur de me prendre un coup, mais pour ce qu'il est capable de faire à Alex si jamais la conversation ne tourne pas à mon avantage.

Prenant mon courage à deux mains, je sonne à la porte. Après quelques secondes d'attente, elle s'ouvre sur Scott. Habillé de son ensemble de jogging à l'effigie des Buffalo, il me regarde avec la même répulsion que si j'étais un démarcheur venu lui vendre de l'électroménager.

— Salut.

— Salut, William.

Son ton agressif m'annonce directement la couleur.

— Je viens voir comment tu vas puisque tu m'as évité toute la journée.

Il ne relève pas et s'accoude au chambranle en me fixant d'un air mauvais.

— Tu n'as pas l'air à l'article de la mort, je me moque.

— Si t'as un truc à dire, dis-le vite, mon vieux ne va pas tarder à rentrer.

— OK… Je veux savoir pourquoi tu portes plainte contre Bird.

Il lâche un rire jaune.

— Attends, c'est pour cette raison que t'es là ? Pour prendre la défense de ce mec ? Casse-toi de chez moi !

Il s'apprête à refermer la porte, mais je la retiens.

— Tu fais fausse route.

Je ressens son hésitation tandis que sa prise perd en vigueur. Scott se recule en me laissant rouvrir lentement la porte et s'éloigne dans l'entrée. J'essuie mes Vans couvertes de neiges sur le paillasson avant de pénétrer dans la maison.

La décoration épurée me fait toujours le même effet, celui de me retrouver dans la salle d'attente d'un cabinet médicale. L'obsession de madame Foster pour le rangement est à l'opposé de l'organisation bordélique de ma mère. En revanche, elle s'entendrait bien avec la grand-mère d'Alex.

— Je fais fausse route à propos de quoi ? reprend Scott en croisant ses bras musclés.

— C'est moi qui t'ai assommé.

Ses yeux marron m'analysent avec suspicion.

— Ah ouais ? Et comment t'as réussi un coup pareil alors que je te maîtrisais au sol ? T'as la capacité de te téléporter ?

— Arrête, Scott, t'étais complètement bourré. Je suis sûr que tu ne te souviens pas d'un huitième de ce qu'il s'est passé à cette soirée.

— Ne me prends pas pour un con, je m'en souviens très bien ! riposte-t-il en s'avançant vers moi. T'étais dans cette putain de cuisine avec cette tafiole en train de… (son visage se fige) vous étiez en train de faire quoi d'ailleurs ?

Je déglutis, tentant de ravaler ma colère.

— C'est bien moi qui t'ai cogné, point barre ! Si tu dois t'en prendre à un mec, il se tient devant toi.

— T'es sûr de ce que tu dis ?

— Certain !

— Si je porte plainte contre toi, tu peux dire adieu à ta bourse pour Columbia. Bird en vaut vraiment la peine ?

— Je ne t'empêcherai pas de le faire, si c'est ce que tu veux. Mais entre nous, Scott, tu n'es pas blanc comme neige, tu t'es jeté sur moi ce soir-là. Alors OK, je m'excuse pour le coup de poêle, c'était un peu excessif, mais je ne regrette pas de t'avoir arrêté. Ça aurait pu très mal se terminer.

L'espace d'une seconde, je vois le doute fissurer sa rancœur. Mais cette dernière reprend rapidement le dessus, tel le côté Hulk du docteur Bruce Banner.

— Tu m'as trahi, Will, t'as pris la défense de ce mec contre moi ! Je ne risque pas de l'oublier !

— Je sais, je te connais.

Je soutiens son regard accusateur et y décèle sa déception.

Alors que Scott ouvre la bouche pour parler, le moteur d'une voiture rugit dans l'allée. On se tourne simultanément en direction de la jeep de monsieur Foster qui vient de se garer. L'arrivée inopinée du père de Scott met fin définitivement à notre règlement de compte.

Le shérif de Fairfax est un homme d'une quarantaine d'années aux cheveux coupés en brosse, à l'arcade sourcilière prononcée et aux lèvres pincées. Le prototype du parfait commando américain. Physiquement, Scott ne ressemble en rien à son père, mais il en a hérité le caractère.

— Will, tu tombes bien ! s'écrie-t-il de sa voix forte.

Après avoir retiré son chapeau de shérif, il m'offre une poignée de main ferme.

— Bonjour, monsieur Foster.

— Regarde qui vient faire un tour dans le quartier.

Il laisse la place au flic qui l'accompagne.

— Bonjour, William.

— Salut, Papa.

Son air surpris m'informe que lui non plus ne s'attendait pas à me voir. Tandis qu'il s'attarde devant moi, je passe en revue les détails qui ont changé sur son anatomie. J'ai le sentiment d'avoir vécu des décennies sans lui parler. Ses cheveux bruns sont parsemés d'éclats argentés et sa mâchoire carrée est recouverte d'une légère barbe qui lui donne facilement cinq ans de plus.

Scott s'écarte pour laisser entrer le shérif. Ce dernier se dirige d'un pas lourd vers la cuisine ouverte sur le salon.

— Lew m'a parlé de Columbia, déclare mon père. Tu me diras ce que ça donne.

— Ouais.

Voilà les seuls mots qu'on s'échange avant qu'il ne rejoigne monsieur Foster dans la cuisine. Ce dernier a déjà déboutonné la chemise de son uniforme et sorti deux bières accompagnées d'un paquet de cheetos.

— Je t'ai attendu au commissariat, lance-t-il à son fils. Qu'est-ce que tu foutais ? Pourquoi tu n'es pas venu ?

— J'ai changé d'avis.

Étonné, je me retourne vers Scott.

— Comment ça ? réplique monsieur Foster. C'est quoi ces conneries ? On ne va pas laisser le pédé s'en sortir aussi facilement ! Ils ont déjà plus de droits qu'il n'en faut, on leur laisse tout passer sous prétexte qu'ils ont été martyrisés. Pfff, je t'en donnerais des martyres. Russell Sheehan n'avait rien d'un martyre, et pourtant, c'est ce qu'ils en ont fait ! Hein, Steffen ?

— N'emmerde pas les gosses avec des histoires de flic, Jake... l'arrête mon père, désabusé.

— Tu vas aller porter plainte, Fiston ! relance l'autre. Quitte à ce que je te traîne au commissariat par les couilles. Je ne t'ai pas appris à te débiner !

— Je t'ai dit que je me suis gouré ! Ce n'était pas Bird.

— Et c'était qui dans ce cas, hein ? s'agace-t-il en tapant sa bière sur le plan de travail.

Sentant Scott prêt à craquer devant l'autorité de son père, je m'avance pour intervenir. Contre toute attente, il me devance et déclare :

— Je n'en sais rien, un type bourré. Ce n'est pas ce qui manquait à cette soirée merdique.

Une projection de miettes lui répond, suivie d'un regard noir et d'insultes. Prenant mon père à parti, le shérif part dans un monologue sur les droits des gays, son attachement au parti républicain, et la façon dont les deux sont étroitement liés.

— Will ! m'interpelle-t-il soudain. Viens boire un coup avec nous.

— Je...

— Tu sais bien qu'il n'a pas encore l'âge de boire, rétorque mon père.

— De toute façon, il partait, conclut Scott.

Il me tire par le bras jusque dans l'entrée.

— Pourquoi t'as fait ça ? je l'arrête. Pourquoi t'as changé d'avis ?

Il me pousse sur le perron. Je manque de trébucher sur le paillasson.

— Tu m'en dois une maintenant, William. Ne l'oublie pas.

— Tu me fous vraiment à la p…

Mais Scott ne me laisse pas le temps de répliquer et me claque la porte au nez.

#Chapitre 33
Alex

Après les menaces de Scott Foster à propos d'une plainte pour coup et blessure, je n'ai plus eu de nouvelle de lui. D'après William, cette histoire serait réglée. Je ne sais pas exactement ce qu'il s'est passé entre eux. Il m'a juste affirmé que son pote ne serait plus un problème. Mais j'ai le sentiment qu'en contrepartie, William pourrait en avoir, *des problèmes.*

Je lui ai demandé de se confier à moi si jamais ça devait se retourner contre lui, mais il a pris son air de mec intouchable et m'a dit « Ne t'en fais pas, Alex, je gère. ». C'est exactement ce que je me suis dit avant d'assommer son meilleur pote avec une poêle.

Je ne sais pas comment faire pour simplement rester en retrait et ne rien faire. J'ai toujours mis un point d'honneur à régler seul les difficultés que je rencontre. Dans un pays comme le nôtre, il faut s'habituer à s'en sortir sans soutien, surtout lorsqu'on n'entre pas dans l'uniformité.

À Fairfax, quand on naît avec une paire de couilles entre les jambes, on nous apprend dès notre plus jeune âge à être forts. À dompter nos émotions et nos faiblesses. À ne jamais offrir à quelqu'un le moyen de nous blesser. À donner les coups plutôt que de les recevoir. À être un mec, « un vrai ».

Ce ne sont pas les valeurs dans lesquelles mes grands-parents m'ont élevé. Mais lorsqu'ils ont découvert mon homosexualité, mon grand-père m'a pris entre quatre yeux et ma dit « La vie ne sera pas toujours facile, Alex. Tu devras t'y préparer, tu en es conscient ? »

En vérité, je suis pleinement lucide de ce que sera mon existence depuis que j'ai été en âge de comprendre les conversations d'adultes et de lire des faits divers sur des attaques homophobes. Le Midwest en a un bon paquet à revendre, mais ces crimes s'étendent au-delà de nos frontières. Ils vont d'ouest en est, et du nord au sud. La haine est partout, d'une ferme au fin fond du Texas, aux beaux quartiers de Manhattan.

Je m'y suis préparé. Je me suis blindé contre les rumeurs, les insultes des footballeurs, et les attaques de Foster. Et ça demande beaucoup plus d'énergie qu'on ne l'imagine. Alors, lorsque William me dit de ne pas m'inquiéter, *qu'il gère*, et m'invite à me reposer sur lui, ça me soulage. D'être soutenu, protégé, que quelqu'un veille sur moi et que cette personne tienne à moi. Mais ça m'effraie aussi. De baisser ma garde, et que celui à qui je tiens finisse par récolter les retombées de mon propre fardeau, alors qu'il a déjà le sien à porter.

— Pourquoi t'as dit à l'infirmière qu'on allait se marier ? se marre Lionel.

— Je ne sais pas, elle nous matait d'un sale œil. J'ai paniqué.

— Dis plutôt que t'as eu envie de la faire chier.

— Ouais, aussi.

Il se bidonne alors qu'on sort du centre d'analyse du planning familial[38] situé au sud de la ville.

— Dis, tu crois qu'ils nous enverront quand les résultats? me demande-t-il. Ils m'ont dit sous vingt-quatre heures, mais on est vendredi. Imagine s'ils sont fermés le samedi et que je dois attendre lundi ?

J'enlace ses épaules tendues tandis qu'on traverse le parking.

— Arrête de stresser. Je suis sûr que tout est OK.

Après la fin des cours, je suis venu soutenir mon pote dans son dépistage. Il revoit bientôt son Louisianais et ils ont pris la décision d'arrêter la contraception. Le fameux Mathias est loin d'être la première expérience de Lionel. Il a perdu sa virginité à quatorze ans pendant ses vacances en Floride. Par la suite, chaque fois qu'il est parti en voyage, il s'est lâché avec pas mal d'autres mecs rencontrés à des soirées ou sur Tinder. Alors, avant de faire sauter les capotes, l'étape des tests est inévitable.

---

[38] « Planned Parenthood » aux USA.

En guise de soutien, j'ai décidé de me faire dépister avec lui. William est le seul avec qui j'ai entrepris l'exploration du territoire sacré sous la ceinture, mais j'ai embrassé deux personnes avant lui, donc quitte à venir ici, je voulais m'assurer que tout était OK, avant d'entreprendre d'aller plus loin.

Après un questionnaire et une simple prise de sang, on nous a laissés partir en nous prévenant qu'on recevra nos résultats sous peu. Mais « sous peu » risque de faire faire une syncope à Lionel. Il est aussi nerveux que les fils à haute tension qui traversent les champs à l'Est de Fairfax.

— Je te dépose chez toi ? me propose-t-il en ouvrant son pick-up.

— Non, je dois aller faire un tour en ville.

Je sors mon iPhone pour vérifier l'heure. J'ai encore quinze minutes devant moi, ça va être serré.

— Je peux te rapprocher, on se les caille aujourd'hui.

— T'es sûr ? Ça va te faire un détour.

Un frisson me dévale le dos alors que je m'agite sur place pour me réchauffer.

— Ouais, t'as traversé les enfers avec moi, je peux au moins faire ça pour toi.

— Très bien, Orphée[39], allons-y, je plaisante en montant dans la voiture.

---

[39] Personnage de la mythologie grecque ayant traversé les enfers.

On roule à travers Fairfax en direction du quartier-nord. Sur notre trajet, on double le bus du lycée arrêté devant un abri, puis Lionel se gare en double file le long de l'avenue Washington. Je ne suis qu'à deux pas de chez William, je pourrais lui proposer de se voir après.

Je remercie mon pote de m'avoir déposé et m'éloigne dans la rue. Alors que je prends la direction du café, j'écris à William.

De Alex, 16 : 12
Monsieur Willy, j'ai l'immense honneur de vous informer que vous êtes convié à une séance « câlin caliente » ce soir. 19h. Ne soyez pas en retard.

J'ai à peine le temps de faire trois mètres que sa réponse apparaît.

De William, 16 : 13
Sympa comme programme, mais pourquoi pas maintenant ? Je rentre.

De Alex, 16 : 13
Je ne peux pas tout de suite, désolé.

De William, 16 : 13
T'es encore à l'un de tes clubs ?

De Alex, 16 : 13
J'ai juste un truc à faire en ville.

De William, 16 : 14
Quel genre de trucs ?

De Alex, 16 : 14
Tu sais, un truc.

De William, 16 : 14
Qu'est-ce que tu me caches, Alex ?

Je verrouille mon téléphone et le range dans ma veste.

Quand j'arrive au café, il commence déjà à faire nuit. Il est plus rempli que d'habitude. On est vendredi soir et un match de football sera diffusé sur les chaînes nationales. (Les *Steelers* contre les *Texans*, rien de fou au programme.) Il ne commence pas avant dix-neuf heures, mais le comptoir est déjà pris d'assaut par un groupe de mecs qui discutent devant une bière.

Jaylin me fait signe depuis le fond de la salle. La voir accentue aussitôt mon incertitude quant à ma décision de me pointer ici. Jusqu'à ce matin, elle ne m'avait pas recontacté une seule fois depuis notre dernière rencontre il y a deux mois. Ni pour Noël ni pour le Nouvel An. Nada. Elle a juste disparu, une chose pour laquelle elle excelle, avant de réapparaître subitement.

Elle s'est contentée de revenir comme une fleur avec un « Coucou, Lexy » et m'a demandé de la retrouver dans l'après-midi. Sans oublier de s'assurer, une fois de plus, que je n'ai parlé à personne de nos rendez-vous secrets.

Je retire le bonnet bordeaux qui écrase mes boucles et la rejoins. Je m'assois en face d'elle en me débarrassant de ma veste fourrée que je pose à côté de moi.

— Salut, Lexy.

Je ne réponds pas.

Elle a déjà entamé son café. Je n'ai pourtant que deux minutes de retard. Mais elle semble nerveuse. Elle joue avec ses doigts dont le vernis à ongles rouge est partiellement écaillé.

— J'ai eu peur que tu ne viennes pas, tu étais un peu sec dans tes messages, poursuit-elle en baissant les yeux.

— Pour être franc, je n'avais pas envie de venir.

Jaylin relève la tête vers moi, l'air accablé. L'une de ses mains glisse jusqu'aux miennes croisées sur la table. Son contact me crispe les doigts.

— Pourquoi ? Qu'est-ce qui t'arrive, Lexy ?

— Rien, laisse tomber.

Je replie mes bras pour échapper à sa caresse. Sa main retombe sur la table et y reste un instant avant qu'elle ne batte en retrait.

— C'est tes exams qui te stressent ? T'as demandé quelle école dans tes vœux ?

— J'ai été présélectionné à Julliard, je dois passer mon audition dans deux semaines.

— Julliard ? À New York ?

— Ouais, je n'en connais qu'une.

Alors que je m'attends à ce qu'elle me félicite – comme l'ont fait il y a une semaine mes grands-parents, William, mes potes, en bref tout le monde – ses traits se crispent et ses sourcils se froncent.

— Et comment je vais faire pour continuer à te voir ?

— Je ne sais pas...

— Et comment tu vas faire, toi, pour vivre là-bas ? La vie est chère en grande ville, encore plus à New York.

— Mes grands-parents ont fait une épargne pour mes études, et dans le pire des cas, je pourrai toujours prendre un job étudiant.

Elle pouffe de rire et hausse les sourcils d'un air dédaigneux.

— Ils ont fait ça ? T'as de la chance, ils n'ont pas été aussi généreux avec moi. Toi, tu vas pouvoir t'en sortir.

— Toi aussi, tu pourrais.

— Tu parles, je n'ai toujours pas retrouvé de travail fixe, je ne fais qu'enchaîner les petits boulots minables.

Elle passe une main agacée dans ses cheveux châtain.

Sa réaction me déstabilise complètement. Elle aurait dû être fière de moi. Elle devrait me souhaiter bonne chance pour mon audition, me dire qu'elle me soutient, que j'y arriverai. Mais elle a juste l'air de m'en vouloir. Pire, de jalouser ce que ses parents m'ont donné, et pas à elle. J'en viens à me sentir coupable d'avoir été présélectionné.

Je me frotte le front sans savoir quoi dire.

— D'ailleurs, Lexy, j'ai honte de te redemander ça, mais... j'ai déjà dépensé l'argent que tu m'as donné l'autre jour, il me faudrait un petit peu plus cette fois.

— Désolé, mais je n'ai pas d'espèce sur moi.

— Mais tu as une carte ? Je peux t'attendre le temps que tu ailles retirer de l'argent.

Je fronce les sourcils alors que ses yeux débordent d'insistance.

— Je suis quoi pour toi ? Un distributeur de billets ?

Le rictus logé au coin de sa bouche tressaute.

— Quoi ? Mais non, ne dis pas n'importe quoi, tu es mon fils.

— Je suis ton fils quand ça t'arrange !

— T'as assez d'argent pour aller à New York, mais pas pour me dépanner ?! T'es aussi radin que ta grand-mère !

Tout à coup, l'image floue de cette mère qu'elle cherchait tant à redevenir se fissure. Je me lève en déclarant :

— Je t'interdis de la rabaisser ! Elle ne m'a pas abandonné, elle, au moins !

— Je ne t'ai pas abandonné, je n'ai pas eu le choix !

— C'est ça...

J'en ai assez entendu. Je ne sais même pas pourquoi je suis venu. D'un geste sec, je récupère ma veste et mon bonnet posés sur la banquette.

— Si j'avais pu, je t'aurais gardé avec moi, Lexy ! Je me serai occupée de toi, t'es mon bébé... Pourquoi tu ne veux pas me laisser une chance de me rattraper ?

— Je n'étais pas voulu, alors pourquoi tu joues le rôle de la mère aimante ?

— C'est vrai que tu étais un accident, mais j'ai vraiment envie de te connaître. Ne me rejette pas, s'il te plaît.

Debout à côté de la table, je réplique :

— Et il t'a fallu dix-huit ans pour t'en rendre compte ?

— Je sais que c'est long et que j'ai beaucoup de retard à rattraper, mais...

— Ce n'est plus être en retard, t'as carrément loupé le départ !

Je traverse la salle sous les regards des clients et sors du café. La porte claque dans mon dos en faisant tinter la clochette. J'enfile ma veste tout en commençant à marcher, quand je repère le Rouquin adossé à un lampadaire. Mes jambes s'arrêtent net.

— William ?

Le regard qu'il m'adresse me donne encore plus froid que la température glaciale de dehors.

Qu'est-ce qu'il fait là ?

Je finis d'enfiler ma veste et m'avance jusqu'à lui sous la lumière du lampadaire.

— C'était ça ton truc si important à faire ? lance-t-il froidement en quittant son appui. Si tu n'as pas envie de me voir, dis-le directement ! T'étais avec qui ?!

— T'es à côté de la plaque, ça n'a rien à voir.

— Ouais, bien sûr… Prends-moi pour un con !

— Viens, on va parler plus loin.

Je lui chope le bras pour l'entraîner sur la rue. Je ne veux pas traîner ici.

Tout en se laissant embarquer, William jette un coup d'œil vers le café. On dirait qu'il essaie de le faire exploser par la pensée.

— C'était un mec, c'est ça ?! s'impatiente-t-il en essayant de me faire lâcher prise. Qui t'essaies de cacher ?! Putain, dis-moi la vérité, Alex !

— Comment t'as su que j'étais là ?

— Je t'ai vu sur l'avenue quand j'étais dans le bus ! Mais ne change pas de sujet ! Qu'est-ce que tu foutais ?!

— Je…

— Lexy ?

Je fais volteface vers Jaylin en même temps que William. Je lis l'incompréhension sur le visage du Rouquin avant que l'évidence ne lui saute aux yeux.

— Écoute, je ne veux pas qu'on reste fâchés, mais… geint-elle d'une voix mielleuse.

— Je n'ai plus envie de te parler ! je l'interromps sèchement.

Son regard se pose sur ma main liée à celle de William. Quand elle le reporte sur moi, son visage est grimaçant de dégoût.

— Ne me dis pas que tu es…

— Que je suis quoi ? Gay ?

Elle fait un pas en arrière, l'air encore plus horrifié.

— Tu te fous de moi, Lexy ?! Tes grands-parents sont au courant ? Ne me dis pas qu'ils te laissent faire ces saloperies !

Choqué, il me faut un instant pour encaisser ses paroles. Je lâche un rire nerveux et m'exclame avec mépris :

— Ces saloperies ? Tu veux dire embrasser un mec ? Toucher un mec ? Sucer un mec ? Ouais, je fais toutes ces saloperies ! Et tu sais quoi ? J'adore ça !

D'un coup, elle pète les plombs. Elle part dans une crise d'hystérie, essayant de me démontrer combien je suis répugnant et qu'il faut que je fasse soigner ma déviance.

— Fermez-la ! explose soudain William.

Jaylin le dévisage, choquée. Avant que je n'aie pu réagir, il resserre sa poigne sur ma main.

— Viens, Alex, on se tire.

Il m'entraîne de force avec lui. Jaylin m'appelle, mais il accélère l'allure. La dernière insulte de la folle s'évanouit dans un écho qui persiste dans ma tête tandis qu'on la distance.

Après avoir traversé un dédale de rues, William vérifie qu'elle ne nous a pas suivis. Mais il n'y a personne derrière nous, elle a lâché l'affaire. Soulagé, il soupire et ralentit.

— C'était ta mère ? Je croyais que...

— Qu'elle était morte ? Pendant longtemps, c'était tout comme.

— Vous êtes en froid ?

— Je crois que t'en as eu une bonne démonstration.

Tendu, je lâche sa main pour enfiler mon bonnet. Alors qu'une voiture approche, William rabat la capuche de sa parka sur son crâne. Ses cheveux roux disparaissent et son visage se retrouve à moitié camouflé par la fausse fourrure. On avance alors en incognito sous la lumière des lampadaires, sans se toucher et sans se parler. Mais William n'a pas besoin de formuler sa proposition à voix haute pour que je la saisisse. Comme une évidence, je le suis jusque chez lui.

#Chapitre 34

Alex

— Lewie dort chez un pote, il ne sera pas là pour nous casser les couilles.

William allume le plafonnier de l'entrée et on pénètre dans la chaleur du foyer. Je me débarrasse de ma veste et de mon bonnet qui rejoignent sa parka sur le portemanteau. Les lumières s'activent une à une sur notre passage. Le Rouquin m'invite à aller m'installer dans le canapé tandis qu'il s'attarde dans la cuisine. Je m'y échoue, vidé.

Il revient quelques minutes plus tard avec deux tasses de chocolat chaud. Je love la mienne entre mes mains gelées. Sa chaleur me réconforte et fait fondre la glace autour de mon cœur qui devient tout à coup douloureux.

Je commence à boire sans dire un mot. William m'adresse des regards en coin, mais ne dit rien non plus. C'est ce qui est pratique entre nous, on sait quand se taire et quand parler. Les yeux rivés sur la télévision éteinte, je rabats la tasse fumante sur mes genoux après en avoir bu la moitié.

— Je ne voulais pas te cacher des trucs ou que tu te fasses des idées, je déclare tout à coup. Je suis désolé si t'as cru que je t'ignorais ou que je te laissais de côté. J'avais promis à Jaylin de n'en parler à personne.

— C'est pas grave. Maintenant, je sais pourquoi t'étais si secret à propos de tes sorties dans mon quartier. D'ailleurs, pourquoi tu la voyais dans le coin ?

— Parce que c'est assez loin du boulot de mes grands-parents pour être sûr qu'ils n'y traîneront pas. Ils ne sont pas au courant que je la vois.

— Pourquoi tu ne vis pas avec ta mère ? Tu lui as été retiré ?

William bouge sur le canapé, s'installant de manière à pouvoir me faire face. Je me tourne vers lui et m'assois en tailleur. Caressant le bord de ma tasse avec mon pouce, je lui réponds :

— Ouais, quand j'avais six ans. Elle m'a eu alors qu'elle n'en avait que seize. D'après ce qu'on m'a dit, mon père n'a pas voulu me reconnaître, il a mis les voiles dès qu'il a su qu'elle était enceinte. De son côté, Jaylin n'a pas terminé le lycée et a quitté la ville en coupant les ponts avec mes grands-parents peu de temps après ma naissance.

— Qu'est-ce qui s'est passé ? Comment t'as fini sous leur tutelle ?

— Elle ne savait pas comment s'occuper de moi. En fait, je crois qu'elle ne voulait juste pas de moi, mais qu'elle a du faire avec. Jusqu'au jour où quelqu'un a alerté les services sociaux pour négligence.

— Comment tu l'as vécu ? Six ans, c'est trop jeune pour ne plus avoir de mère.

— Je n'ai jamais vraiment eu de mère. Parfois, il nous arrivait d'être proches, mais je ne crois pas qu'elle ait déjà fait quelque chose juste pour me faire plaisir ou qu'elle ait été affectueuse avec moi. On partait souvent en vacances, je ratais tout le temps l'école, parce qu'elle avait envie de voir du pays et ne voulait pas s'empêcher de vivre à cause de moi. Ça m'a fait bizarre quand j'ai dû aller habiter avec mes grands-parents. J'ai été mal pendant un moment. Je ne comprenais pas trop ce qu'il se passait. Et puis, je m'y suis fait. Ils m'ont fait prendre des cours de piano et j'ai commencé le théâtre. Ça peut paraître dérisoire, mais ça m'a beaucoup aidé.

William me caresse doucement la jambe.

— Si tes grands-parents t'ont offert une vie plus stable, finalement, c'était mieux que tu restes avec eux. Surtout après ce que j'ai vu ce soir.

— Je n'en reviens pas que tu aies dit à Jaylin de la fermer, je me remémore.

— Elle l'a cherché.

— T'as eu raison, elle disait vraiment de la merde.

Il esquisse un sourire tandis que le mien ne dure qu'une seconde.

— Tu la vois souvent ?

— C'était la quatrième fois cette année.

— Et avant ça ?

— Je ne l'avais pas vu pendant plus de dix ans. Quand j'ai été placé chez mes grands-parents, elle n'a plus été autorisée à me voir. Et puis, quand elle a eu le droit de visite à mes huit ans, elle n'a simplement pas donné signe de vie. Je crois que c'est ce qui a été le plus dur, de me dire qu'elle s'en foutait.

La main de William se crispe sur mon genou et son visage se renfrogne.

— Maintenant, qu'est-ce qu'elle te veut ? s'agace-t-il. Elle s'est rappelé qu'elle avait un fils ?

— Ouais, c'est que j'ai pensé au début. Mais je crois surtout qu'elle s'est souvenue que j'avais un héritage.

Je me remets à boire mon chocolat devenu tiède.

— Attends… Elle voulait ton fric ? Vive la mère vénale.

— Je ne sais même pas comment j'ai pu tomber dans le panneau. Je suis trop con.

— Non, ce n'est pas toi le problème, c'est elle. Mais tes grands-parents n'ont pas encore un pied dans la tombe, elle veut déjà les enterrer ?

— Ils me donnent pas mal d'argent, et je m'en suis servi plusieurs fois pour aider Jaylin.

Je pose ma tasse sur la table basse à côté de celle de William et me rabats dans le canapé en m'accoudant au dossier.

— Pourquoi tu l'as aidé ? s'étonne-t-il. Après tout, elle n'a jamais rien fait pour toi. Ce n'est pas ton rôle de prendre soin d'elle, c'était le sien. Et puisqu'elle ne l'a pas tenu, tu ne lui dois rien.

— Parce qu'au fond... (j'hésite, sentant ma gorge se nouer) je voulais qu'elle m'aime. Même si c'était grâce à quelques billets.

Le dire à voix haute me fait honte et horriblement mal. Je me frotte les yeux pour faire passer mon embarras. Les bras de William s'enroulent soudain autour de moi.

— Je suis sûr que tes grands-parents tiennent à toi plus qu'elle ne l'a jamais fait, me dit-il à l'oreille. On ne peut pas forcer les gens à nous aimer, Alex, même s'ils font partie de notre propre famille. Mais dis-toi qu'il y aura toujours quelqu'un qui t'aimera à leur place.

Une larme coule le long de ma joue. Je l'intercepte avant qu'elle n'ait atteint ma mâchoire et baisse la tête pour que William ne la remarque pas. Son étreinte se desserre et il enfouit une main dans mes cheveux, me caressant l'arrière du crâne. Sa tendresse effrite un peu plus ma carapace.

— Je comprends ce que tu ressens, car je vis la même chose avec mon père, poursuit-il. Je sais qu'il tient plus à Lewie qu'à moi, quoi qu'en dise ma mère. Et je l'ai accepté, parce qu'au fond, il est humain. Pourquoi est-ce qu'il ne ferait pas de différence ?

Le cœur serré, je relève les yeux vers William, touché par sa confidence. Il prend mon visage à deux mains et essuie la larme traîtresse qui dégringole le long de mon nez.

— Tout ça pour dire que même si une mère tient un rôle important dans nos vies, il y a de la place pour beaucoup d'autres personnes. Il y a plein de gens qui t'aiment, Alex.

Je détourne la tête en acquiesçant, incapable de prononcer le moindre mot. Je m'écarte pour échapper à sa douceur, à sa bienveillance et à son regard affectueux, sentant que je n'arriverai jamais à me reprendre si je dois les affronter.

Privé de mon étreinte, William se rabat sur ma main qu'il saisit entre ses doigts.

— Moi je t'aime, Alex.

Je me retourne brusquement vers lui, les yeux grands ouverts.

— Tu me dis ça maintenant ? je réplique d'une voix brisée. Tu veux vraiment que je chiale pour de bon.

Il me sourit et m'embrasse amoureusement. Son baiser consume le dernier rempart barricadant mes émotions. Je lâche un rire ressemblant davantage à un pleur, avant d'enlacer William comme si ma vie en dépendait.

— Moi aussi, je t'aime, Willy.

On bascule ensemble sur le canapé dans un mélange d'étreintes et de baisers chocolatés.

Je ne pensais jamais entendre ces mots de sa bouche. Parce que j'ai cru que notre relation secrète se cachait des gens autant que des sentiments. Lorsque j'ai embrassé William sur mon lit le lendemain du Nouvel An, j'ai accepté un deal constitué de moments volés dans ma chambre et dans la sienne, ou encore dans la voiture de sa mère.

On ne se tiendra pas la main dans les couloirs. Je ne le plaquerai pas contre les casiers pour l'embrasser. On ne traversera pas la cour du lycée, bras dessus bras dessous. On ne s'échangera pas des baisers passionnés à l'arrêt de bus, sa main dans mes cheveux, les miennes dans les poches de son jean. Tout ça, c'est bon pour les films, c'est bon pour les autres, pour le Quaterback et la capitaine des pom-pom girls.

J'ai dit un jour que je ne savais pas comment définir notre relation, et c'est toujours le cas. Je ne sais pas exactement ce que nous sommes, mais ce n'est pas grave. Toute chose n'a pas à être définie afin d'entrer dans un cadre aux bords solides et aux angles pointus. Nous sommes William et Alex. Deux mecs d'un coin perdu en Oklahoma, frappés par la flèche de Cupidon.

Mon cœur saigne lorsqu'il est loin et s'emballe lorsqu'il est proche. Je frissonne lorsqu'il me touche et suffoque s'il arrête. Je m'enflamme lorsqu'il m'embrasse et souffre s'il s'en va. Avec William, je ressens plus de choses qu'en toute une vie. J'existe, tout simplement. Voilà ce que nous faisons. Nous existons… ensemble.

. . .

Je me réveille sans m'être senti partir. Contre moi, William roupille toujours. Ses lèvres sont entrouvertes et sa joue est écrasée sur mon épaule. Je dégage une mèche rousse tombée sur son front et l'admire un moment, attendri. Il est chiant à être aussi mignon.

Accrochée au mur du salon, la pendule annonce vingt heures dans un tintement mélodieux. La vache… On a dormi combien de temps ?

Je me redresse, découvrant le plaid qui nous recouvre. Alors que seule la lampe posée sur la cheminée était allumée tout à l'heure, désormais, un feu brûle dans l'âtre et baigne la pièce de lumière.

J'entends du bruit provenir de la cuisine. Je tourne la tête vers Anna qui passe devant le salon. Nos regards se percutent et elle pose un doigt sur ses lèvres d'un air complice. Après quoi, elle disparaît dans la pièce voisine.

Je me réintéresse à William toujours endormi. Je dépose un baiser sur sa bouche rendue molle par le sommeil puis un autre dans son cou. Il sent bon. J'inspire son parfum, quand un téléphone vibre sur la table basse. Je me penche pour récupérer le mien, mais c'est celui de William qui s'est éclairé. Une alerte Instagram encombre l'écran, me laissant tout juste lire le début d'un message privé :

« **De Hailey**, 20 : 04 : Ça m'a fait penser à toi <3 tu... »

L'écran redevient noir.
Bordel, c'est qui Hailey ?

. . .

Après une invitation à dîner qui s'est prolongée jusqu'à vingt-deux heures, William me raccompagne chez mes grands-parents. Il n'est pas au courant que sa mère nous a surpris enlacés dans le canapé. J'étais déjà levé lorsqu'il a ouvert les yeux, et il s'est persuadé qu'Anna n'est rentrée qu'après mon réveil.

J'ai parlé un moment avec elle dans la cuisine, tandis qu'elle préparait à manger. On a abordé le film *Boy Erased*[40] qu'on a chacun regardé, échangeant sur les droits de la communauté LGBT+ et son rapport à la religion. Puis William nous a rejoints, ébouriffé et à l'ouest, avant qu'on se mette tous à table.

---

[40] Film de Joel Edgerton, relatant l'histoire vraie de Jared Eamons qui à 19 ans a été poussé à entreprendre une thérapie de conversion.

Garé devant chez moi, on se roule un patin sur un fond de musique de rock. Les mains de William se baladent sur mes cuisses, tandis que les miennes le caressent sous son manteau ouvert.

— Si tu ne veux pas me lâcher, tu n'avais qu'à m'inviter à dormir chez toi, je le taquine.

— Tu veux dormir chez moi ?

— Non.

Il me pince la cuisse.

Je m'écarte pour ouvrir la portière, quand le téléphone de William se met à vibrer dans le vide-poche. Alors que j'avais laissé de côté cette foutue histoire de message, elle revient me hanter. Je jette un coup d'œil malgré moi au téléphone tandis que William ne s'y intéresse même pas. Il profite de la diversion pour récupérer ma nuque et m'aspire dans un autre baiser. Sa langue s'infiltre entre mes lèvres et enlace sensuellement la mienne. J'incline la tête, le dévore un instant, puis m'en sépare avec un sourire en coin.

— À plus, Willy.

— Je t'appelle demain.

— OK. Fais attention à toi sur le retour.

— T'inquiète.

Après un dernier regard, je claque la portière et l'observe faire demi-tour. Une fois les feux arrière du SUV engloutis par le brouillard, je rentre chez moi.

Le son de la télévision m'accueille lorsque je pénètre dans l'entrée. Je me déchausse dans la pénombre, me débarrasse de mes affaires, avant de m'avancer vers l'escalier.

Je m'arrête en passant devant le salon. Mes grands-parents sont blottis l'un contre l'autre devant un film d'espionnage. Ma grand-mère a sa tête posée sur l'épaule de mon grand-père qui l'enlace de son bras puissant.

Au lieu de regagner directement ma chambre, j'entre dans la pièce.

— Salut.

Ma grand-mère est la première à se tourner vers moi.

— Alex ! Où est-ce que t'étais ? On t'a téléphoné au moins cinq fois.

— Désolé, je n'avais plus de batterie. J'étais chez William.

— Ce cher William, plaisante mon grand-père. Vous vous voyez souvent, dis-moi.

— Plutôt, ouais.

Ma grand-mère effectue un geste de la main pour le faire taire.

— Laisse-le faire ce qu'il veut, déclare-t-elle.

Ça le fait rire.

Alors qu'ils se réintéressent à la télévision, je m'approche d'eux.

— J'ai quelque chose à vous dire.

Ils se tournent vers moi. Cette fois, mon grand-père met le film sur pause. Et alors je fais ce que j'aurais dû faire il y a des mois, quand Jaylin a débarqué un soir devant Edison High.

Les mots sortent progressivement de ma bouche, les premiers étant les plus difficiles, et je leur avoue tout. La façon dont elle m'a approché. Nos rendez-vous au café. L'argent que je lui ai donné. Jusqu'à notre dernière conversation de cet après-midi qui est partie en vrille. Je leur demande pardon, pour leur avoir menti, pour ne pas leur avoir fait confiance, pour les avoir trahis alors qu'ils ont toujours pris soin de moi.

Une fois mon discours terminé, j'affronte leur réaction. Ils n'ont pas dit un mot, ils se sont contentés d'écouter. Ma grand-mère m'a fixé attentivement, tandis que mon grand-père s'est caressé le menton d'un air pensif.

Ils partagent un regard, et ma grand-mère déclare :

— On est au courant, Alex, elle nous a téléphoné dans la soirée.

— Qu-Quoi ? Pourquoi ?!

— Elle voulait nous parler de toi.

— Comment ça ?

— Elle a eu le culot de nous reprocher de t'avoir laissé devenir gay ! dénonce mon grand-père.

— Roy ! le reprend-elle.

— Il a le droit de savoir.

Woh...

Je coince mes mains sous mes aisselles, la tête rentrée dans mes épaules. Je ne m'attendais pas à ce que Jaylin aille jusque-là. Elle s'est foutue de mon éducation pendant dix ans, et il aura fallu qu'elle découvre mon homosexualité pour enfin s'y intéresser.

— Et vous lui avez répondu quoi ? je demande, le regard vague.

— Qu'elle n'avait aucune critique à faire à ton sujet, que nous sommes fiers de toi, et qu'elle aurait dû l'être également d'avoir un fils aussi génial, répond mon grand-père avec aplomb.

Je relève la tête, touché par ses mots.

Je me suis longtemps demandé ce que mes grands-parents pensaient réellement de ma sexualité. Ils l'ont acceptée et m'ont laissé m'éloigner de la religion. Mais je m'imaginais qu'au fond d'eux, ils auraient préféré que je sois comme tout le monde, que je sois un gars sans histoire. Mais encore une fois, je me suis trompé.

— Tu n'as absolument rien à te reprocher, Alex, renchérit ma grand-mère.

— Mais je vous ai menti. J'ai revu Jaylin dans votre dos.

— C'est normal que tu en aies eu envie, elle reste ta mère.

Mon grand-père lui caresse l'épaule dans un geste de soutien.

— Vous n'êtes pas en rogne contre moi ? je vérifie, prudent.

— Mais non.

— Même pas à 10% ?

— Je suis surtout inquiète pour toi. J'aurais aimé que tu nous en parles, mais je comprends que tu aies eu peur de le faire.

— Surtout si Jaylin t'a convaincu de te taire, dit mon grand-père. Mais tu vas bientôt avoir dix-huit ans, tu seras en âge de décider si oui ou non tu veux qu'elle fasse partie de ta vie. Et on n'aura aucun pouvoir sur ta décision.

— Et si ce n'est pas ce que je veux ? Et si je me sentais mieux sans elle ?

— Alors on respectera ton choix, répond ma grand-mère. Tout ce qu'on souhaite, c'est ton bonheur, rien de plus.

Mon grand-père acquiesce tout en lui prenant la main.

Je les dévisage à tour de rôle, soulagé. Je ne m'attendais pas à autant de compréhension de leur part. J'ai eu tort de ne pas leur faire confiance.

Une chaleur réconfortante envahit ma poitrine.

— Je vous aime, vous le savez, pas vrai ?

— Bien sûr, Fiston, affirme mon grand-père.

— On t'aime aussi, Alex, soutient ma grand-mère. On t'aime énormément.

Apaisé, je fais quelques pas pour m'éloigner de la télévision. Arrivé près de l'escalier, je m'arrête pour leur dire :

— Merci.

— Pour quoi ? réagit ma grand-mère.

— Pour tout.

Elle me sourit, et je les laisse à leur film pour rejoindre ma chambre.

Ma décision de ne plus voir Jaylin m'aurait semblé injuste il y a quelque temps, mais après ce qu'il s'est passé aujourd'hui, je suis convaincu de ne plus avoir besoin d'elle dans ma vie. Il arrive des moments où il faut penser à soi, protéger son cœur au lieu de prendre soin de celui des autres. C'est peut-être égoïste, mais le bonheur l'est.

Malgré les horreurs qu'elle m'a crachées à la figure, j'écris à Jaylin pour lui dire que je préfère qu'on arrête de se voir jusqu'à nouvel ordre, que j'espère que les choses bougeront de son côté et qu'elle trouvera sa voie. J'appuie sur « envoyer » et bloque son numéro avant de l'effacer de mon répertoire.

#Chapitre 35
William

Février,

La Saint-Valentin ne m'a jamais intéressé. Premièrement, parce que pendant longtemps je ne faisais pas partie des privilégiés du lycée qui sont en couple. Deuxièmement, car je considère cette fête particulièrement commerciale.

Mais aujourd'hui, alors que le 14 février s'est affiché sur l'écran de mon iPhone, je ressens le romantisme dans les moindres recoins du lycée. Je me serais bien laissé tenter par une soirée cocooning avec Alex, à me goinfrer de chocolat bon marché en matant un film sur Netflix. La suite, comme dans toute bonne comédie romantique, se serait déroulée sous la couette dans la catégorie interdite aux – de 18 ans.

Malheureusement, Alex est parti à New York ce matin afin de passer son audition à Julliard. Je vais donc passer la soirée en compagnie de mon blues, ma solitude et ma main droite.

J'ai passé mon entretien pour Columbia par Skype il y a quelques semaines, et je n'ai pas dormi pendant quarante-huit heures. J'imagine dans quel état de stress doit se trouver Alex en ce moment même. Mais je sais qu'il va s'en sortir. Il assure.

De mon côté, ce n'est pas la joie à Edison High. Depuis que Scott et moi sommes entrés en guerre, Calvin a décidé de ne plus m'adresser la parole. Au fond, ce n'est pas plus mal. Je préfère son silence des derniers jours aux insultes qu'il me crachait au visage dès que je les croisais dans les couloirs.

Seul Ramon consent encore à m'approcher, même s'il ne s'éternise jamais avec moi quand les Buffalo sont dans les parages. Je ne le blâme pas. Sans la protection que lui offre Scott, les caïds du lycée lui tomberaient dessus. J'ai des poings et je suis prêt à m'en servir pour aider mon pote, mais la réputation et la menace sont des armes redoutables que Scott manie à la perfection.

Après les cours, je me rends à la boxe pour annoncer au coach que j'arrête. Ça me pendait au nez depuis que j'ai pour projet de partir étudier à New York l'an prochain. Néanmoins, il espérait que j'irais au bout de ma licence. Il n'essaie pas de me convaincre de rester, il sait qu'avec moi, ça ne sert à rien. Quand j'ai une idée en tête, je ne l'ai pas ailleurs. C'est Scott qui sera ravi, je lui laisse le champ libre pour la première place du podium au championnat.

Sur le chemin du retour, je fais une halte dans une boutique du centre-ville pour acheter un petit quelque chose à Alex. Supporter des échanges de cadeaux et de baisers toute la journée m'a convaincu de ne pas le revoir les mains vides quand il rentrera de New York.

Quand je rejoins enfin l'arrêt de bus du lycée, une neige dense tombe sur Fairfax, recouvrant le paysage d'un épais manteau blanc que les réverbères teintent d'orange. Je faillis glisser plusieurs fois sur une couche de poudreuse. Il est temps que j'investisse dans une paire de boots.

Une fois à l'abri des flocons, je retire ma capuche et sors mon téléphone portable de ma poche. Le nom qui s'affiche sur l'écran me réchauffe le cœur. Ce matin, « Lui » a disparu de mes contacts, remplacé par « Alex ».

De Alex, 17 : 24

Salut, comment ça va ? Je suis enfin arrivé à l'hôtel, il y a au moins quinze centimètres de neige, toutes les rues sont bloquées. J'ai envie de pioncer ! Je suis dégoûté de ne pas être à Fairfax aujourd'hui. Première fois que je dis ça lol. J'aurais aimé qu'on passe la soirée ensemble.

Ma main gauche blottie dans ma poche serre le petit paquet qu'elle renferme.

De William, 17 : 25

Moi aussi j'aurais aimé ça. Mais ce n'est pas grave, on s'appelle ce soir.

Une ombre s'impose progressivement devant moi et envahit mon écran. Je relève la tête, rencontrant le regard pâle de Nash Kaplan. Il me juge avec suffisance, les mains dans les poches et une clope coincée entre les lèvres.

Je ne m'y attarde pas et me réintéresse à mon iPhone.

— T'écris à ton mec ?

Aucune réponse.

— Pas la peine de faire semblant, Gilson, je suis au courant pour Bird et toi.

Je range mon téléphone et me rapproche de la route dans l'espoir d'apercevoir le bus. Je n'ai aucune envie de parler à ce type !

— Tu vas vraiment m'ignorer ? Tu sais que ça confirme juste ce que je viens de dire ?

— Je ne vois pas de quoi tu parles.

— T'es un refoulé, un vrai, raille-t-il en soufflant sa fumée. Je comprends pourquoi Bird est aussi déprimé, ça doit être lourd à supporter tous les jours.

« *Ne parle pas de lui, connard !* » j'ai envie de lui hurler. À la place, ma bouche libère une réplique pas moins débordante de mépris :

— Tu la sors d'où ton intox ? D'une capote usagée ?

— Je vous ai entendu parler le soir du Nouvel An, dans la cuisine.

Sa réponse me glace le sang. Je reporte mon regard sur la route en tentant de ne rien laisser paraître.

— T'as entendu que dalle, Kaplan.

— Je pourrais vous balancer.

— Qu'est-ce que ça t'apporterait ?

— Je connais les mecs dans ton genre. Tu prétendras que c'est faux, tu t'éloigneras de Bird, alors je le récupérerai et il se jettera dans mes bras. Je finis toujours ce que j'ai commencé, et lui et moi, on est loin d'en avoir terminé.

— T'as improvisé ton discours ? Ou tu l'avais préparé ?

Une voiture passe devant moi. Je fais un pas en arrière pour éviter la gerbe de neige qu'elle m'envoie. Kaplan se rapproche de moi tout en balançant sa cigarette sur le trottoir.

— Je vois qu'il ne t'a pas parlé de notre tête-à-tête dans la salle de bain.

Une boule se forme dans ma gorge.

— Arrête tes conneries, vous n'avez rien fait.

Il lâche un rire. Je fais preuve d'une volonté hors norme pour ne pas lui éclater la tronche. Là, tout de suite, maintenant !

— Je comprends mieux pourquoi il t'a choisi en premier, t'es crédule comme mec, c'est plus facile à manipuler. Mais quand il a envie d'un vrai mec, c'est vers moi qu'il se tourne.

— Je te conseille de te casser si tu veux garder tes dents !

— C'est une menace, Gilson ?

— Non, une promesse.

— Tu n'as pas envie d'entendre la suite ? me cherche-t-il. Tu ne veux pas savoir comment Bird a tendu le cul pour que je le prenne ? Woah... Rien que d'y repenser...

La rage contenue dans mon corps explose. Je me tourne vers Kaplan et lui cogne violemment l'épaule droite. Il chancelle d'un pas et retrouve son équilibre en s'agrippant au lampadaire.

— Ferme ta putain de gueule, Kaplan !

Le silence de la rue se retrouve englouti par ma circulation sanguine. Elle cogne contre mes tympans, l'adrénaline parcourant mes veines. Le corps en ébullition, j'inspecte Kaplan à la recherche de ses points faibles. Son regard pâle et menaçant braqué dans le mien, il retire les mains de ses poches tout en pénétrant mon périmètre de sécurité.

— Tu crois me faire peur, Gilson ? Je viens de L.A, alors ce n'est pas un plouc comme toi qui va se mettre en travers de ma route ! Tu…

Avant qu'il n'ait pu finir, j'empoigne le col de son blouson en cuir et lui inflige un crochet du droit. Il tombe à la renverse dans un grognement de douleur. Sonné, il prend appui sur son avant-bras pour se relever. Je récupère son col et lui assène un autre coup dans la mâchoire. Kaplan s'effondre sur le trottoir, la lèvre et le nez en sang. Je le finis d'un coup de pied dans le ventre, me retenant de le démolir.

— Approche-toi encore une fois d'Alex et je te termine !

Au loin, j'aperçois les phares du bus à travers l'écran de neige. Je récupère mon petit paquet tombé dans la bagarre et le fourre dans ma poche. Tout en jetant un dernier regard à Kaplan qui geint, étendu sur le trottoir, je m'éloigne dans la rue.

Le vent froid et les flocons de neige crispent mon visage, mais ils ne sont pas assez puissants pour éteindre le brasier qui s'est allumé en moi. Est-ce que Kaplan dit la vérité ? Est-ce qu'Alex et lui sont vraiment allés dans cette foutue salle de bain ?!

Les poings serrés, j'avance afin de mettre une distance suffisante avec Kaplan. Si je m'écoutais, je ferais demi-tour pour lui refaire le portrait. Mais je ne veux pas être ce genre de mec, je ne veux pas finir comme Scott, rongé par la haine et la frustration. Kaplan a reçu la punition qu'il méritait pour avoir rabaissé Alex, j'espère que ça lui servira de leçon.

Tournant à l'angle de la rue, je m'arrête subitement alors que ses paroles me reviennent malgré moi. Des images d'Alex et lui en train de se toucher contre un lavabo altèrent mon jugement et empoisonnent ma raison. Fou de rage, je donne un violent coup de poing dans un arbre qui jalonne la route. Le choc vibre jusque dans mon bras.

— Va te faire foutre, enfoiré de Californien !

Je recommence plusieurs fois, frappant pour oublier, jusqu'à ce que je ne sente plus mes mains. Mes phalanges sont en sang quand je me remets à marcher et mon index a pris une teinte bleutée.

Merde… Je crois que je me suis cassé le doigt.

#Chapitre 36
William

Une fois à la maison, je vais rapidement me laver les mains dans la cuisine. En faisant bouger mon index sous l'eau chaude, je réalise qu'il n'est pas cassé, simplement foulé. Lorsque j'éteins le robinet, j'entends des éclats de rire provenir du salon.

Ma mère m'avait prévenu qu'elle invitait une copine pour la soirée de la Saint-Valentin. Elles se sont toutes les deux installées sur le canapé pour mater un film romantique gay en dévorant des sushis. C'est une sorte de tradition chez la célibataire endurcie nommée Stella et la nouvelle recrue dans le club : Anna Gilson. Quant à mon frère, il a réussi à soudoyer ma mère pour qu'elle paie un McDo à sa copine et lui.

Je monte dans ma chambre sans retirer mon manteau, sans me faire remarquer par les deux quarantenaires qui discutent dans le salon, et sans manger. La boule dans ma gorge est encore si présente que je suis incapable d'avaler quoi que ce soit.

Tout en accrochant ma parka derrière la porte, je checke mon téléphone dans l'espoir de voir le nom d'Alex s'afficher sur l'écran. Je le laisse prendre l'initiative de m'appeler. Il faut encore que je digère les révélations de Kaplan.

Au bout d'une vingtaine de minutes d'attente, l'écran de mon portable s'allume enfin. Je me redresse d'un bond et décroche à l'appel en FaceTime d'Alex. Il apparaît avec les cheveux mouillés et ses yeux bleus bouffis par le sommeil.

— *Hey, beau gosse... J'ai fait une sieste, je me suis lavé, je suis d'attaque pour notre soirée spéciale Saint-Valentin. La vache, c'est encore plus cul-cul dit à voix haute.*

Alors que j'étais si impatient de le retrouver, l'avoir en face de moi relance mes doutes.

— *Qu'est-ce qu'il y a ? Je me suis planté d'heure ?* poursuit-il en remarquant immédiatement que quelque chose ne va pas.

Je passe une main sur mon visage pour effacer mon trouble.

— *Willy ?*

— Je...

— *Tu commences à me faire flipper. Si tu me largues le soir de la Saint-Valentin, je te jure que je te le ferai payer.*

— Pourquoi toujours tomber dans les extrêmes ? je soupire en forçant un sourire.

— *Alors quoi ? T'es juste ému de me voir ?*

— Dis-moi plutôt si t'es prêt pour ton audition de demain.

Il passe une main dans les boucles humides qui encombrent son front.

— *Je suis trop stressé, je ne vais jamais réussir à dormir.*

— T'as intérêt à dormir, sinon tu seras claqué et tu ne pourras pas aligner deux mots.

— *C'est censé me rassurer ?*

— C'est censé te mettre un bon coup de pression.

— *La pression, c'est bon pour la boxe, Willy.*

— Ou pour la bière.

— *Seigneur…* se marre-t-il en basculant en arrière. *Tu sais quoi ? Ça ne fait même pas une journée que je suis parti et tu me manques déjà.*

— Toi aussi, tu me manques. D'ailleurs, attends…

Je me lève et récupère le petit paquet dans la poche de ma parka. De nouveau sur mon lit, je reprends mon téléphone dans une main et exhibe le cadeau.

— Il t'attend bien sagement jusqu'à ton retour.

— *Sérieux ? C'est pour moi ?*

— Non, c'est pour ton chat.

— *Je savais que je n'aurais pas dû te le présenter, ce traître.* (il lâche un rire fatigué) *C'est trop craquant, Willy. Mais maintenant, je meurs d'envie de savoir ce que c'est.*

— Tu vas devoir être patient. Mais ne t'emballe pas trop, ce n'est rien de fou, juste un petit truc... histoire de marquer le coup.

— *Ça vient de toi, donc c'est forcément génial. Le tien est chez moi. Et avant que t'aies l'idée de forcer la fenêtre de ma chambre, je te préviens, la maison a une alarme.*

On se marre ensemble. La vache, ça fait un bien fou de le voir.

— J'ai pensé à toi ce soir, je lui dis après un temps. Ma mère a organisé une soirée « films romantiques 100% testostérone », ça t'aurait plu.

— *La chance. Elle m'a déjà donné plusieurs titres à regarder et des bouquins à acheter.*

— Tu déconnes ?

— *Non, je te jure. J'ai découvert un monde dont j'ignorais jusqu'alors l'existence.*

— C'est hyper gênant... Je t'échange ma mère contre ta grand-mère. Je me ferai à sa folie du ménage.

— *Tu dis ça maintenant, mais quand elle te fera l'inventaire des règles d'hygiènes à respecter, tu regretteras Anna et ses romans érotiques.*

— Ça reste à voir.

Soudain, le paysage se met à bouger autour du visage d'Alex. J'aperçois brièvement le carrelage blanc d'une salle de bain puis un miroir.

— *T'as fait quoi aujourd'hui ?* m'interroge-t-il en ébouriffant ses cheveux face à son reflet. *T'as été à la boxe ?*

— Ouais, j'ai dit au coach que j'arrêtais.

Il réapparaît sur l'écran de mon iPhone, l'air surpris.

— *Tu veux dire définitivement ? Pourquoi maintenant ?*

— Je n'ai plus le temps pour ça. Il faut que je bosse pour avoir un bon score aux examens, ils vont venir vite. D'ailleurs, je devais réviser ce soir, mais je n'ai pas la motivation.

La lumière s'éteint du côté d'Alex, puis je retrouve le mur bleu pâle de sa chambre d'hôtel.

— *J'ai déjà réservé la soirée, tes cours attendront. Et ne t'en fais pas pour Columbia, tu seras pris, t'as l'un des meilleurs dossiers du bahut. Je suis passé de D à B – en algèbre grâce à toi.*

— Tu parles, je n'ai pas été d'une grande aide en soutien.

— *T'as oublié le DM ?*

Je m'en rappelle très bien. Alex n'a rien foutu et m'a laissé faire tous les exos à sa place. Je ne sais pas si on appelle ça de l'aide ou de la triche.

— J'aimerais que tu sois là…

— *Moi aussi j'aimerais être là.*

Alors qu'il s'est réinstallé sur son lit, ses yeux bleus explorent mon visage avec intensité.

— *T'es trop beau, même quand t'as l'air triste.*

Un silence remplit la chambre.

— Désolé... j'ai passé une sale journée.

— *Qu'est-ce qu'il s'est passé ? C'était trop dur sans moi ? Non, vraiment, qu'est-ce qu'il y a ?*

— Ouais c'était dur sans toi, mais c'est surtout que... j'ai croisé Kaplan.

Ses traits se tendent.

— *Je comprends, ça foutrait en l'air la journée de n'importe qui.*

Sa connerie arrive à me contaminer.

— Je lui ai mis une raclée, je lui annonce d'un air grave.

— *T'as quoi ?! Attends, c'est métaphorique ?*

— Non, c'est au sens propre.

— *Pourquoi ? Enfin, tant mieux, mais pourquoi ?*

Je m'assois en tailleur et me frotte le nez.

— Il m'a dit des choses à propos de la soirée du Nouvel An.

Si je ne voyais pas Alex respirer, je penserais que le réseau est mauvais et que le FaceTime a buggé. Mais non, il est toujours avec moi, ou du moins, physiquement parlant. Lorsqu'il roule sur le dos en poussant un soupir, je continue sur ma lancée :

— Je ne veux pas t'accuser, mais... il s'est passé un truc entre vous ce soir-là ?

Il se pince l'arrêt du nez.

— *Je... Ce n'est pas ce que tu crois...*

— Je n'ai pas gobé tout ce qu'il m'a dit, mais j'ai eu l'impression qu'il y avait une part de vérité dans ses paroles. Alors c'est vrai ?

Tandis que j'attends sa réponse, le stress me gagne.

— Je suis juste allé à l'étage et il m'a rejoint, mais je ne lui ai jamais demandé de me suivre. J'étais un peu bourré, enfin, tu t'en souviens, mais je n'ai rien fait avec lui. C'est Kaplan. C'est lui qui a tenté un truc. Puis c'est parti en vrille quand Lionel s'est ramené. Mais je ne voulais pas de ce mec, je n'en ai jamais voulu. Je te le jure, William. Tu me crois, n'est-ce pas ?

— Il t'a forcé ?

— Je… J'avais la tête en vrac. Je ne me souviens plus trop.

Je me retiens de balancer mon téléphone à travers la chambre et donne un coup de poing sur le matelas.

— Qu'est-ce qu'il t'a fait ? Il t'a touché ? Il t'a…

— Rien de grave, il s'est à moitié branlé contre moi.

— Rien de grave ?!

— Tu m'en veux ?

— Non, je ne t'en veux pas, Alex. Mais j'ai envie de tuer cet enfoiré !

— J'aurais dû t'en parler avant, mais je n'avais pas envie de ramener Kaplan sur le tapis et j'avais peur que tu l'interprètes mal. Et puis, pour être honnête, je voulais juste oublier cette soirée pourrie.

— Si tu me l'avais dit quand ça s'est passé, j'aurais pu me charger de lui ! Je ne veux pas que t'aies peur de me confier des choses, je veux que tu aies confiance en moi.

— *J'ai confiance en toi. Mais c'est fini tout ça, oublie Kaplan.*

— Comment tu veux que je l'oublie après ce que tu viens de me dire ?

— *Ne le laisse pas te pourrir la vie. Il n'en vaut pas la peine. OK, Willy ?*

Alex me regarde fixement à travers l'écran.

— OK… je cède à contrecœur. Mais si un mec ose reposer la main sur toi, dis-le-moi, OK ?

Il me lance un sourire creusant la fossette sur sa joue gauche.

— Quoi ? je râle.

— *Rien, je te trouve mignon… et sexy.*

— Je te parle sérieusement. T'es mon mec, aucun autre n'a le droit de te toucher !

— *C'est la première fois que tu dis que je suis ton mec. Ça m'excite.*

Je pouffe de rire tout en plaquant une main sur mes yeux.

— *Qu'est-ce que t'as à la main ?* rebondit aussitôt Alex.

Je baisse mon regard sur sa jumelle écorchée.

— Blessures de guerre.

— *On dirait que t'as cogné dans un mur ! C'est Kaplan, ça ?!*

— Il a la tête dure (devant son air horrifié, je me corrige), mais non, idiot, c'était un arbre. Ça ne m'a pas suffi de cogner Kaplan.

— *Et... ça va ?* demande-t-il d'une voix inquiète.

— Ouais, ne t'en fais pas. Mais si tu veux me changer les idées, j'ai une solution qui pourrait aussi t'intéresser.

— *Je t'écoute.*

— On pourrait se dire des trucs... si tu vois ce que je veux dire.

Un sourire espiègle dévoile ses belles dents blanches.

— *Des trucs sexuels ?*

Je me mords la lèvre pour me retenir de rire.

Après tout ce qu'il m'a confié, j'ai juste envie de supprimer Kaplan de mon esprit, de poser ma marque sur Alex, de me l'approprier... Je veux lui montrer que moi aussi je suis là. Que moi aussi je le désire. Que je l'aime. Que j'ai besoin de lui.

— Ouais, quelque chose dans le genre. T'es couché ?

— *Ouais.*

Alex s'installe confortablement contre son oreiller en se tortillant comme un ver.

— *Qu'est-ce ce que tu portes, bébé ?* me demande-t-il d'une voix sensuelle.

Je baisse la caméra du téléphone en direction de mon boxer gris. Puis je la remonte vers mon visage.

— À ton tour.

Il s'exécute. Lui aussi est en boxer, sa main libre enserrant son gros paquet. Je fais glisser mes doigts sur ma trique naissante et commence à me toucher. Une impression de chaleur envahit mon bassin.

— *Parle-moi, ta voix m'excite,* quémande Alex.

— Là, je suis en train de me caresser en pensant à toi.

— *Montre-moi.*

Je bascule à nouveau mon iPhone vers mon entrejambe sans arrêter mes mouvements de va-et-vient. De son côté, Alex effectue la même manœuvre, dévoilant une masturbation franche et assurée.

— *Je voudrais que tu sois là pour pouvoir te toucher, te branler, et te sucer...* ajoute-t-il d'un timbre qui me fait fondre.

Je baisse mon boxer à mi-cuisses, libérant mon érection. Les yeux fermés, je demande à Alex de continuer.

— *Je veux te sentir sur ma langue, je veux lécher ton gland, je veux te faire décoller juste avec ma bouche...*

Je me mets à me pomper plus vite et plus fort, encouragé par sa voix chaude, les images dans ma tête et les sensations dans mon corps.

— Aah, ouais… moi aussi je veux tout ça, bébé... Ta bouche est tellement... Putain...

On se branle en cadence dans un concert de soupirs et de gémissements. En pleine extase, je ressens déjà les premières contractions orgasmiques. Je suis tellement excité que je vais venir en moins de cinq minutes.

Quand je rouvre les yeux, le plaisir d'Alex a enveloppé son visage. Je recentre le téléphone sur ma verge solide et le provoque.

— C'est ça que tu veux ?

— *Putain, ouais… Branle-la pour moi, William.*

J'effectue des mouvements amples et affirmés, allant du gland jusqu'à la racine.

— Je veux te voir, Alex…

Son sexe s'affiche sur l'écran, rose et déjà humide. J'entends Alex haleter bruyamment.

— T'es trop sexy… Ta queue est trop belle…

— *Putain, William... J'ai tellement besoin de toi !*

Il se cambre et je sens qu'il va bientôt jouir.

— *Parle-moi, continue, ne t'arrête pas !*

— Imagine que c'est ma main qui te branle, puis ma bouche qui t'avale tout entier...

— *Putain, putain...*

Alex gémit plus fort. Et soudain, il éjecte son plaisir vers l'objectif. Cette vision à raison de moi. Je rejette la tête dans l'oreiller et éjacule à mon tour. Mon visage se crispe alors qu'une série de saccades me bouscule de manière incontrôlable. Une fois déchargé, j'étends mes jambes et reste allongé sur le dos pour reprendre mon souffle.

Ce moment de sexe était direct, incandescent, et tellement bon.

Lorsque je regarde à nouveau mon téléphone, Alex me fixe à travers l'écran, les joues roses et un sourire fatigué.

— Joyeuse Saint-Valentin, Willy.

Je lâche un rire essoufflé sans le quitter des yeux. Un sentiment de bien-être m'engourdit tout entier. Je reste focalisé sur Alex et son visage post-orgasme tellement beau.

— Will, il reste de la glace. Tu en veux ? lance une voix à l'entrée de ma chambre.

La redescente est brutale ! En une fraction de seconde, mon corps passe de brasier ardent à iceberg du Grand Nord. Les éléments me viennent par étapes : le courant d'air sur ma queue. La porte ouverte de ma chambre. Puis ma mère se tenant dans l'encadrement, les yeux exorbités.

Putain de bordel de merde !

— Putain ! Maman ! je m'écrie en rabattant la couette sur moi. Tu ne peux pas frapper avant d'entrer ?! Merde !

— Oh… je… excuse-moi, Will ! Je suis… je suis désolée !

Elle pivote sur ses talons et disparaît sur le palier comme une tornade. Ses pas dévalent bruyamment l'escalier en écho à mon amour propre qui vient d'être piétiné. N'ayant rien raté de ce qu'il vient de se passer, Alex me demande :

— *Willy ? Ta mère t'a vu les couilles à l'air ?*

— Ouais…

Il éclate de rire. Gêné et énervé, je repousse le téléphone sur mon lit pour ne pas le voir.

— Ah ah… c'est hilarant ! je râle.

Les joues brûlantes de honte, je remonte mon boxer sur mon sexe souillé.

— Je ne sortirai plus jamais de ma chambre ! Je ne veux plus jamais la croiser !

— *Ça va, c'est ta mère, elle t'a déjà vu à poil. Elle lavait ton petit zizi quand t'étais petit.*

— J'avais six ans ! Et je n'étais pas en train de m'astiquer le manche avec les jambes écartées !

Et le voilà reparti dans un fou rire. Dans le cas inverse, si Alex s'était fait surprendre par sa grand-mère, je pense que ça m'aurait fait marrer moi aussi. Mais actuellement, je n'ai plus du tout envie de rire. J'ai juste envie de disparaître sous terre.

— Et si jamais elle a vu que c'est avec toi que je faisais un sexephone ?!

— *Ce serait si grave que ça ? Elle se doute sûrement qu'on est…*

— Ne dis pas de conneries, Al ! Pourquoi elle penserait ça ?

— *Les mères sentent ces choses-là. Enfin, j'imagine.*

Des bribes de ma conversation de l'autre matin me reviennent. Et si Alex avait raison ? Si ma mère savait que je suis…

J'enfonce ma tête dans l'oreiller en râlant.

— C'est vraiment une journée de merde, je suis soûlé !

— (…)

Je m'extirpe de l'oreiller pour pouvoir entendre ce qu'il me dit.

—*… passer un bon moment. T'inquiète, Willy, même si ta mère l'apprenait, ce n'est pas comme si ça la dérangeait. Elle a dû lire une bonne centaine de bouquins où des mecs font pire que nous.*

— Mais si jamais elle en parle à Lewie, que ça le dégoûte, ou qu'il ne veut plus me parler ?

— *Je ne crois pas qu'elle ferait un truc pareil,* me rassure-t-il. *Et si un jour Lewie l'apprenait, il ne te rejettera pas. Il n'a pas l'air gêné quand ta mère aborde l'homosexualité, je suis presque sûr que ça ne le dérange pas. Et puis, il t'aime. T'es son grand frère. Ça compte plus que tout le reste.*

Je ramène le téléphone près de moi. L'ébauche d'un sourire étire la belle bouche d'Alex.

— *Ta mère aussi t'aime. Et moi aussi,* me confie-t-il. Ça, c'était bonus.

Je me redresse sur les coudes.

— J'ai hâte que tu rentres, Alex.

— *Moi aussi, plus que deux jours,* dit-il en levant le même nombre de doigts.

À moitié calmé, je me rallonge sur le dos, le téléphone suspendu au-dessus du visage.

— Il est déjà tard, il faut que tu dormes si tu veux être en forme pour demain.

— *Ouais... je sais. Tu me souhaites bonne chance ?*

— Je croise les doigts, même si tu n'en as pas besoin. Et je le sais parce que j'ai regardé tous les podcasts de ta chaîne YouTube.

— *Tu t'es vraiment abonné ? Et moi qui croyais que tu m'avais juste ignoré ce jour-là.*

— Il y a tellement de choses qu'on pensait savoir sur l'autre et pour lesquelles on se trompait.

— C'est vrai…

— Allez, va te coucher, Alex.

— *Bonne nuit, Willy. Je t'aime.*

— Moi aussi je t'aime.

#Chapitre 37

Alex

— Alex Bird ?

Assis dans le couloir de l'académie, je me tourne vers la femme qui tient la liste des candidats. Je me lève et récupère ma veste ainsi que mon bonnet avant de la suivre. Le muscle dans ma poitrine se déchaîne de plus en plus fort à mesure qu'elle me guide. Après une heure d'attente, c'est enfin mon tour. Et une heure, c'est long, ça laisse le temps d'angoisser. Beaucoup trop de temps.

Lorsqu'on atteint les coulisses, elle s'arrête pour me laisser continuer seul. Je dépose mes affaires sur une table puis quitte l'obscurité pour la lumière. Je m'avance jusqu'au centre d'une immense scène. Face à moi, une rangée de spots m'aveuglent. Je plisse les yeux, cherchant à distinguer les silhouettes informes installées devant les sièges du public.

Une voix féminine s'élève :

— Votre nom ?

— Alex Bird.

Petit à petit, les six personnes constituant le jury apparaissent à travers la lumière. Alignés derrière une longue table qui fait face à la scène, trois hommes et trois femmes m'examinent attentivement.

— D'où venez-vous, Alex ? continue la même voix.

Je peux enfin lui associer un visage. Elle appartient à la brune aux cheveux relevés en chignon, assise au centre du jury.

— De Fairfax, dans l'Oklahoma.

— Vous y avez grandi ?

— J'y suis né, oui.

Une blonde aux cheveux courts confie à l'homme assis à côté d'elle :

— Pas d'accent.

Elle écrit quelque chose sur sa feuille. Je fixe sa main comme si j'avais une chance de voir ce qu'elle a inscrit.

— Qu'avez-vous choisi d'interpréter, Alex ? me récupère la première.

Les mains moites, j'avale ma salive avant de déclarer calmement et suffisamment fort :

— Romeo et Juliette de Shakespeare, acte V scène 3.

— Ah ! Du classique. Ça va nous changer après tout le contemporain qu'on vient d'entendre.

Un homme aux cheveux mi-longs émet un rire sans me lâcher du regard. Les autres ouvrent le programme sur le passage que j'ai choisi parmi les huit propositions, un monologue de deux pages. Les six paires d'yeux se focalisent sur moi tandis que les miens ne savent plus qui regarder.

Bordel, est-ce que j'ai l'air assez professionnel ? Certains candidats sont venus en costard, alors que je porte un jean, des converses et un pull en laine. J'ai pris une douche éclair et j'ai à peine eu le temps de me coiffer avant de quitter l'hôtel. Pourquoi je n'ai pas entendu mon réveil ?! Le stress et la chaleur du couloir m'ont fait transpirer. Je dois puer. Il ne manquerait plus que j'ai la bouche pâteuse.

— Si vous avez soif, il y a des bouteilles d'eau mises à votre disposition.

Je me tourne vers la petite table disposée dans un coin de la scène. Une dizaine de bouteilles y sont posées.

Merde, reprends-toi, tu sais gérer la pression, ne te démonte pas maintenant !

— Non merci, ça va aller.

— Bien. On vous écoute, Alex.

Je bouge les doigts, les referme en poings, puis les détends, refoulant l'angoisse qui tente de me paralyser et de me nouer la gorge. J'ai attendu toute ma vie de monter sur ces planches. Je ne peux pas me démonter maintenant. Je ne suis pas cloué au pilori, le jury n'est pas là pour me fusiller, seulement pour m'écouter.

J'inspire profondément, forçant l'air à pénétrer mes poumons, puis m'avance sur la scène.

— Sur ma foi, je le ferai. Il faut que je contemple ces traits. (ma voix grave envahit la pièce, comblant tout l'espace, l'air faussement hagard) Le parent de Mercutio, le noble comte Pâris. Que m'a dit Balthasar tandis que nous cheminions ensemble ? Mon âme en tumulte ne lui prêtait aucune attention. Il m'a dit… Je crois que Pâris avait dû épouser Juliette. Ne me l'a-t-il pas dit ? Ou l'aurais-je rêvé ? Ou bien… est-ce dans un moment de folie, tandis qu'il me parlait de Juliette, que je l'aurai imaginé ainsi ?[41]

Alors que mes mots s'enchaînent, mon corps n'est plus le mien, mais un réceptacle pour mon personnage. Alex cesse d'exister, offrant sa gestuelle, ses expressions et sa voix à un Romeo sur le point de dire adieu à sa bien-aimée. Et alors que je poursuis mon monologue sous l'attention intimidante du jury, le stress, la peur, la fatigue, toutes ces émotions parasites m'abandonnent au profit d'une seule : la passion.

. . .

Mon audition a duré moins de quinze minutes. Mes mains tremblent, j'ai froid, et j'ai la tête qui tourne. À peine après avoir quitté la scène, mon

---

[41] Passage de la pièce de théâtre *Romeo et Juliette* de Shakespeare.

stress m'a rattrapé comme un boomerang. Violent et sans pitié. J'ai l'estomac complètement retourné, mais étonnamment, je me sens bien.

J'ignore si j'ai réussi mon audition. Je n'aurais la réponse que dans plusieurs semaines. Mais j'ai donné tout ce que j'avais. Je pourrais imaginer cent autres façons d'interpréter la scène de Romeo, mais ça ne servirait à rien. Ce qui est fait est fait. Je ne dois plus y penser. Tout ce qu'il me reste à faire, c'est attendre. Et c'est cette partie qui sera la plus ardue.

Sortant de la grande bâtisse de verre, je commande un Uber avant d'ouvrir ma conversation SMS avec William.

De William, 08 : 05
Merde pour ton audition ! Tu vas assurer.

De Alex, 10 : 12
Ça y est, je suis sorti. C'était le truc le plus flippant de toute ma vie. Je crois avoir vu mon âme quitter mon corps à un moment donné. J'ai hâte de rentrer. Tu me manques.

Je quitte mon téléphone des yeux pour observer les voitures qui arpentent l'avenue Broadway encombrée. Je ne pensais pas qu'il neigeait autant à New York ou qu'il faisait encore plus froid qu'en Oklahoma. On se les pèle ! Avec toute cette neige, mon Uber va encore mettre une heure à traverser la ville. Heureusement que mon vol n'est qu'à quatorze heures. En espérant qu'il ne soit pas annulé ou reporté.

Sur la chaussée, des taxis jaunes s'entassent dans un concert de klaxon. C'est dingue comme New York est bruyante. Mais c'est vivant, on ne doit jamais se sentir seul dans une ville qui, même de nuit, est aussi éveillée et nerveuse qu'en pleine journée.

Alors que je checke mon téléphone pour répondre aux nombreux messages d'encouragement de mes potes du lycée, un mec d'une vingtaine d'années et aux traits asiatiques s'arrête à côté de moi. Ses yeux sombres se rivent sur mes mains enveloppées de mitaines. Je l'interroge du regard.

— Salut, me dit-il d'un air gêné. Je n'ai plus de batterie, ça t'embêterait de me prêter ton téléphone ? C'est juste pour envoyer un SMS.

— Ouais, bien sûr.

Je lui tends mon iPhone qu'il accepte avec un sourire débordant de gratitude.

— Merci, c'est vraiment sympa.

Il tape un message pendant près d'une minute avant de l'envoyer. Puis il le supprime et me rend mon téléphone.

— J'ai promis à ma copine que je lui enverrai un message dès que je sortirai de mon audition.

— T'as auditionné pour quel département ?

— Celui de musique, enfin, chant. Et toi ?

— Acting.

— Aie, il paraît que les places sont chères.

— Une dizaine, c'est pire que les Hunger Games.

Il lâche un rire communicatif qui m'aide à me détendre. Le stress et le froid m'ont complètement tendu.

— Je m'appelle Philip Lee.

— Alex Bird.

On s'échange une poignée de main, puis je fourre les miennes dans les poches de ma veste pour les réchauffer.

— Qu'est-ce que t'as chanté, Philip ?

— *I wish i had a angel.*

— Nightwish ? C'est ambitieux d'interpréter ce groupe à une audition.

Quand je raconterai ça à Cody, il va adorer.

— Tu connais ? (Il ébouriffe ses cheveux courts et noirs encombrés de flocons de neige) Je pensais être le seul à encore l'écouter.

— J'ai leur deuxième album et l'un de mes meilleurs potes est fan.

Soudain, un homme d'affaires râlant au téléphone faillit nous foncer dedans. On libère le passage afin de ne pas gêner les autres New-Yorkais impatients.

— Tu sais déjà où tu vas loger si t'es pris ? me récupère Philip.

— Je prendrai un appartement, je ne compte pas m'installer en cité universitaire.

— Ouais, moi non plus. Je regarde sur Brooklyn, les loyers sont plus abordables. Tu devrais t'y prendre tôt, les apparts partent vite, surtout les meublés. Je devais venir m'installer avec un pote, mais il a changé ses plans. On pourrait se faire une coloc si jamais on est tous les deux admis.

Il croise les doigts pour nous porter chance et sourit jusqu'aux oreilles.

— Mon mec a postulé à Columbia, donc je m'installerai sûrement avec lui. Mais c'était sympa de proposer, je n'oublierai pas.

— T'inquiète, je comprends.

— Tu viens d'où ?

— De Philadelphie, et toi ?

— De l'Oklahoma. Pas la peine de te dire le nom de ma ville, tu ne connais sûrement pas.

— La vache, tu n'as pas d'accent pour un mec du Midwest.

Deuxième fois que je l'entends aujourd'hui.

— Tant mieux, j'ai tout fait pour ne pas le prendre. Je ne voulais pas que ça me ferme des portes.

— Ma copine est originaire du Texas, elle parle du nez comme si elle était enrhumée 365 jours par an, mais je trouve ça craquant.

— Elle compte venir avec toi l'année prochaine ?

— Non, on va se séparer après notre diplôme.

Sa remarque me prend de cours. Je le dévisage sans comprendre, mi-curieux, mi-perplexe. Comment est-ce qu'on peut savoir ça à l'avance ? Et le dire aussi posément ?

— T'as déjà programmé ta rupture ?

— On s'est mis d'accord tous les deux. Elle part à Seattle et moi à New York, on sait qu'on ne tiendra pas la distance, il faut être réaliste.

C'est dur et triste à la fois. C'est réaliste, ouais, mais ça n'en est pas moins déprimant. Philip n'a pas l'air attristé, il s'est simplement fait à l'idée. À croire que les sentiments marchent par contrat à durée déterminée. Au fond, il n'a pas tort. Entretenir une relation est déjà compliqué quand on vit à cinq miles l'un de l'autre, j'en sais quelque chose, alors lorsqu'on se retrouve aux deux extrémités des États-Unis...

Lorsque je monte dans le Uber après avoir échangé mon Instagram avec Philip, une pensée encore plus démoralisante fait son chemin dans ma tête. Et si William ou moi n'étions pas pris à New York, qu'adviendrait-il de nous ? Sûrement la même chose que Philip et sa nana à la voix nasillarde.

Je m'accoude à la vitre et enfouis ma main dans ma frange bouclée. J'ai hâte de rentrer à Fairfax. J'ai besoin de voir William, encore plus maintenant.

Tout en rêvant de nos retrouvailles, je ferme les yeux et me laisse bercer par le vrombissement du véhicule.

#Chapitre 38
William

Depuis que je sors avec Alex, l'idée de faire mon coming-out m'a souvent traversé l'esprit. Mais chaque fois qu'elle prenait naissance dans ma tête, je repoussais l'échéance. Est-ce qu'il existe un mode d'emploi pour avouer à sa famille qu'on aime un mec ? On peut lire tout un tas de témoignages sur internet, sans pour autant savoir gérer le moment venu. Au fond, ça n'appartient qu'à nous, il faut simplement trouver le courage et la bonne façon de l'aborder.

Comme l'a si justement expliqué Alex hier soir, ma mère est ouverte à l'idée que je ne sois pas hétéro, mais ce n'est pas simple pour moi de le lui révéler. Il a d'abord fallu que je l'accepte moi-même, avant d'envisager de lui dire la vérité à elle. Son intrusion dans ma chambre a précipité les choses. Et si sur le moment j'ai voulu m'enterrer sous terre, à présent, je considère que c'est un mal pour un bien.

Cette conclusion s'est imposée à moi pendant que je rentrais du lycée. L'idée a pris forme dans le bus, s'est développée dans notre rue, avant de se concrétiser quand je passe la porte de la maison. Je ne suis pas partisan des beaux discours, de l'improvisation, ou des épanchements de grands sentiments – après tout, c'est Alex le comédien – , mais je sais qu'il est temps que j'aie LA conversation avec ma mère.

Les chaussures et la veste de Lewie ne sont pas dans l'entrée. Tant mieux. Je préfère éviter qu'il soit là pour évoquer ouvertement un sujet aussi intime que celui de ma sexualité.

Une fois mon sac de sport déposé dans ma chambre et une tenue plus décontractée sur le dos, je vais me servir un verre d'eau dans la cuisine. La lampe halogène est allumée dans le salon. Ma mère est là, assise dans le canapé devant l'écran de télévision éteint et une assiette remplie de miettes de gâteau. La faible luminosité creuse ses joues et fait briller ses yeux.

— Maman ?

Elle sursaute, ne m'ayant pas entendu entrer. D'une démarche indécise, je m'approche du canapé.

— Qu'est-ce que tu fais ? je l'interroge en découvrant l'album photo posé sur ses genoux.

— J'avais besoin de réfléchir un peu. Tu viens t'asseoir ?

Une courte hésitation me serre le ventre. Je prends sur moi et m'installe à côté d'elle. Elle referme aussitôt l'album et le garde blotti précieusement contre sa poitrine.

À peine assis, je débute ma plaidoirie :

— Pour hier soir… si t'avais retrouvé la clé de ma chambre, ce ne serait jamais arrivé. Et puis, je ne t'ai pas entendu entrer, sinon…

— Je sais, Will, et je ne veux pas que tu te sentes mal à l'aise. Tu n'as rien fait de mal.

Je ne dis plus rien, cherchant mes mots. Le silence pesant et gênant s'éternise, jusqu'à ce que ma mère reprenne la parole :

— À ton âge, c'est normal d'avoir besoin d'intimité. Je suis désolée de ne pas avoir frappé. À l'avenir, j'y penserai, je te le promets. Parfois, j'oublie que tu es déjà un homme. Pour moi, vous êtes encore mes bébés.

Je la regarde du coin de l'œil. Une question me reste au bord des lèvres.

— Tu… T'as tout vu ?

— Je te connais, Will, c'est moi qui t'ai fait.

— Ça ne répond pas à la question.

Elle se met à rire tout en me prenant par l'épaule.

— Mais non, gros nigaud. Ne t'en fais pas.

Je grommelle, mais me laisse aller dans son étreinte réconfortante.

— Qu'est-ce que tu faisais avec ce vieux truc ? je lui demande en lorgnant l'album photo.

— Je regardais à quel point Lew et toi avez changé.

Elle l'ouvre et me le tend.

Je tombe directement sur des clichés de mon frère et moi âgés de quatre et six ans. Ils ont été pris sur la pelouse devant la maison lors d'un été caniculaire. Ce jour-là, Lewie a attrapé une insolation et moi d'énormes coups de soleil.

Je tourne la page, découvrant une photo de ma mère qui me tient dans ses bras en riant. *Elle était si jeune...* Sur une autre photo, mon père tire sur le short de Lewie qui hurle, le corps crispé comme s'il allait se chier dessus. Il avait essayé d'attraper une grenouille, mais elle lui avait échappé et s'était vengée en plongeant sous son short. Qu'est-ce que j'avais ri.

Je dois reconnaître qu'on s'éclatait bien à l'époque, quand les problèmes, les doutes, les remises en question n'existaient pas encore. Seule comptait notre envie de jouer, de rire, et de profiter de la vie.

En grandissant, on se persuade que rien ne peut nous atteindre, qu'on peut se débrouiller sans l'aide de personne, que nos parents sont superflus. En vérité, même si on apprend à faire face à la vie, on aura toujours besoin de leur soutien et de leur amour. Et quoiqu'il se passe, je sais que ma mère sera toujours là pour me les apporter.

— Alex est toujours à New York ? me demande-t-elle tout à coup.

— Ouais, son audition était ce matin. Il était hyper stressé.

— C'est normal, c'est important pour lui.

Je ferme l'album en poussant un long soupir.

— J'aurais aimé l'accompagner pour le soutenir.

— Tu partiras à New York bien assez tôt, laisse-moi encore profiter de toi.

Je me tourne vers elle, découvrant son regard triste perdu sur l'album photo. Dernièrement, j'étais tellement obnubilé par mes propres problèmes, que je n'ai pas pensé une seule seconde à ce qu'elle va ressentir quand je quitterai la maison pour partir étudier à Columbia. J'ai toujours été proche de ma mère, elle a été mon seul véritable soutien avant que je ne rencontre Alex. J'espère que mon départ ne va pas trop l'attrister.

La pensée de quitter Fairfax en amenant une autre, je me redresse et lance le sujet tant redouté :

— Maman, j'ai un truc à te dire.

Elle se tourne lentement vers moi, attendant la suite.

— Je…

Voyant que ça ne vient pas, elle pose une main dans ma nuque et la caresse tendrement pour m'encourager.

— Ça commence à faire un moment que j'y pense, et je ne savais pas comment m'y prendre. Mais aujourd'hui, j'en ai marre de faire semblant, j'en ai marre d'avoir peur, je ne veux pas avoir à te mentir. Alex et moi… on sort ensemble.

La bombe larguée, j'envisage déjà les dommages collatéraux.

— Je l'avais deviné, déclare-t-elle d'une voix douce.

J'accuse le sourire sincère qu'elle m'adresse. Il ne contient aucun jugement, aucune honte, aucun reproche, seulement l'amour inconditionnel pour son fils.

— Et je suis contente que tu me le dises, poursuit-elle. Que tu aies assez confiance en moi pour ça. Tu es heureux avec lui ?

— Ouais, je suis heureux. Mais en même temps, ça me fait peur.

— De quoi est-ce que tu as peur ?

— De devenir une cible. Comme Alex, comme ses potes, ou comme Russell Sheehan.

Mes yeux s'embuent de larmes. Elle pose une main sur mon genou.

— Je sais que Fairfax est un environnement hostile pour des garçons comme vous, mais ce n'est pas partout pareil, les mentalités évoluent, même s'il y a des endroits où ça prend plus de temps. Sois fier de qui tu es, Will, n'en ai jamais honte.

Je hoche la tête, touché.

— Tout ce que je veux, c'est ton bonheur, peu importe avec qui tu le trouves, continue ma mère. Que ce soit un garçon ou une fille, ça n'a pas d'importance, tant que tes yeux brillent comme quand tu es avec Alex.

Mes lèvres s'étirent, creusant mes joues. Ma mère dépose un baiser sur mes cheveux.

— C'est le meilleur petit ami que tu pouvais trouver, me confie-t-elle.

— Tu ne diras rien à Lewie ? Je ne veux pas lui en parler tout de suite.

— D'accord, si tu veux.

Elle quitte le canapé en fuyant mon regard.

— Quoi ? Qu'est-ce qu'il y a, maman ?

Elle évince ma question et observe mes mains posées sur mes cuisses. Son front se plisse avec sévérité.

— Will ! Mais qu'est-ce que tu t'es fait ? Tu t'es battu ?

— Ah ça...

— Oui, ça !

— Ce n'est pas important.

— Laisse-moi voir.

Elle me prend une main pour l'analyser de plus près. Soudain, elle se redresse et traverse le salon.

— Reste là, je vais trouver quelque chose à mettre dessus.

— Mais non, ça va, maman.

— Ça ne va pas du tout ! Je vais te soigner ça.

Elle s'apprête à disparaître dans le couloir, mais je l'arrête en déclarant :

— Et pour Lewie ? Je te signale que tu ne m'as pas répondu !

— Ah, oui. Eh bien… il est déjà au courant.

Quoi ?!

#Chapitre 39
Alex

Mon avion a finalement décollé à vingt heures de New York pour atterrir à minuit à Oklahoma City. J'ai dormi moins de cinq heures, mais j'ai quand même tenu à venir en cours aujourd'hui. Ma grand-mère a cru que c'était pour rattraper mon retard. Quelle naïveté... La vérité, c'est que je suis juste trop impatient de revoir William.

À mon arrivée à Edison High, Lionel et Cody me sautent littéralement dessus. Je leur ai déjà fait un compte-rendu de mon audition hier soir en FaceTime, mais ils me félicitent une nouvelle fois et se jouent un film avec un « *Alex, star de cinéma* ».

— Ne nous oublie pas le jour où tu seras un célèbre acteur hollywoodien, me taquine Lionel.

— Arrêtez, vous allez me porter la poisse.

— N'importe quoi ! réplique Cody. Si tu t'en sors, ce sera grâce à notre soutien inestimable. Rappelle-t'en quand je voudrai passer mes vacances dans ta villa de Malibu.

— Si Malibu existe toujours d'ici là, objecte Lionel.

— N'abordons pas les sujets qui fâchent, je l'arrête alors qu'on traverse le couloir.

— Ouais, ne lance pas Alex sur les incendies de Californie, sinon il va encore nous bassiner avec son écologie, raille Cody.

— Tu ferais bien de t'y intéresser toi aussi, on est tous concernés.

— Je m'y intéresse, je soutiens la mode aux textiles peu polluants.

Je secoue la tête de dépit et Cody m'embrasse la joue en riant. Lionel récupère la sangsue en passant un bras à sa taille.

Depuis mon voyage à New York, Cody est redevenu étonnamment affectueux avec moi. J'ignore si c'est la distance, l'idée qu'on ne se reverra plus une fois le lycée terminé, ou quelque chose qui se serait produit en mon absence... Mais sa rancune semble s'être évaporée comme la neige fondue dans la cour d'Edison High.

Alors qu'on fait une halte aux casiers, Cody déclare :

— Nash n'est toujours pas revenu au lycée, ça fait déjà deux jours depuis la Saint-Valentin. On raconte qu'il s'est tiré au Mexique avec une fille. Je ne sais pas qui c'est, mais je la déteste… Cette pouffe...

— Tu parles, je suis sûr qu'il s'est juste bourré la gueule et décuve, réplique Lionel. C'est ça de coucher à tout va, la journée des amoureux, t'es solo avec ta main droite et ta dépression.

— Ouais, je sais ce que c'est.

— Mais non, tu nous as, nous.

— Tu parles, toi, t'as ton joueur de jazz de La Nouvelle-Orléans et Al a son Rouquemoute. Ce n'est pas avec vous que je vais m'envoyer en l'air. Je vais vraiment mourir puceau, c'est trop la honte.

— Joueur de jazz ? relève Lionel avant de m'interroger du regard.

Je hausse une épaule et détourne la tête, voulant m'éloigner du sujet Kaplan.

— T'as toute la vie pour coucher avec un mec, Cody, je lance.

— Facile à dire quand on s'est déjà envoyé en l'air. J'aime les bites, j'ai envie d'y goûter, et de préférence, avant que les mecs me trouvent vieux et moche. Et puis, personne ne veut coucher avec un type qui ne sait pas s'y prendre.

— T'es à tomber, tu pourrais avoir n'importe qui, mais tu mérites mieux que juste *n'importe qui*. Alors, prends le temps d'en rencontrer un qui en vaut la peine.

Il fait une moue sceptique qui disparaît lorsqu'il roule les yeux d'un air ravi, incapable de résister à ma flatterie.

— T'es chou, Al.

— Ouais, je sais, ça m'arrive.

J'espère sincèrement que Cody attendra de trouver un mec respectable et qui le traitera bien pour vivre sa première fois. Je ne voudrais pas qu'il finisse en backroom dans un club d'Oklahoma City avec le premier venu. Dans notre milieu, rares sont ceux qui font preuve de tact ou même de bienveillance lorsqu'il s'agit de sexe. Les clubbeurs n'hésiteraient pas à dépuceler un « twink [42] » sans se protéger et sous substance, pour s'éclater, ou par pur égoïsme.

— Vous pensez qu'il va revenir ? reprend Cody.

— Qui ça ? rebondit Lionel.

— Bah, Nash.

— Apprends à faire des transitions, je réplique en sortant mon téléphone.

— Au pire, ce serait vraiment une grosse perte qu'il ne revienne pas ? réagit Lionel.

— Je ne sais pas, murmure Cody. Si ça se trouve, il est mort et personne n'est au courant.

Une quinte de toux me prend, m'attirant l'attention de mes deux potes. Je leur tourne le dos pour qu'ils ne puissent pas lire sur mon visage. Je ne compte pas aborder avec eux ce que William m'a confié le soir de la Saint-Valentin. À savoir qu'il a joué son Rocky Balboa avec Kaplan. Est-ce qu'il l'a laissé en si mauvais état ? Et merde…

---

[42] « Jeune homme, mince, et parfois efféminé » dans le jargon gay

Alors que le premier cours commence dans vingt minutes, j'écris à William.

De Alex à William, 08 : 32
Je suis arrivé au bahut, t'es où ???

De William, 08 : 33
Pas loin.

Je relève les yeux et effectue un regard panoramique dans le couloir. Devant, de côté, derrière. Là ! Près de son casier ouvert, William me reluque. Un sourire s'impose sur mes lèvres. Il détourne la tête lorsqu'une fille surgit à côté de lui. Elle pose une main sur son épaule et se met à rire en se dandinant. Une sensation désagréable s'insinue dans ma poitrine.

De Alex, 08 : 34
Rejoins-moi aux toilettes.

Je préviens Lionel et Cody que je retrouve William et les abandonne devant leurs casiers.

Les toilettes sont désertes. Je pose mon sac à dos sur le radiateur et attends quelques secondes avant que la porte ne s'ouvre. J'esquisse un geste vers le nouvel arrivant, avant de me stopper en découvrant que ce n'est pas mon Rouquin. Le mec se poste devant un urinoir, un casque sur les oreilles, et se soulage en chantonnant.

Les mains dans les poches de ma veste, je le fixe jusqu'à ce qu'il ait tiré la chasse. Il me lance un regard fuyant tandis qu'il se lave les mains, avant de ressortir en pressant le pas. Je crois que je viens de passer pour un prédateur sexuel.

Je regarde l'heure plusieurs fois sur mon téléphone portable. Huit heures trente-sept. Déjà trois minutes. Qu'est-ce qu'il fout ? Je tourne en rond, hésitant à écrire à William pour savoir pourquoi il traîne, quand, enfin, il entre !

Je lui saute dessus et son dos cogne la porte qui se referme derrière lui. Ses bras s'enroulent autour de moi. Je lui prends le visage à deux mains et lui demande agacé :

— Qu'est-ce qui t'a pris autant de temps ?
— Un mec est entré avant moi.
— Je sais, j'ai cru qu'il allait pisser dix litres.

William m'étreint et loge son visage dans mon cou. Sa respiration chaude me caresse la peau. Mon cœur s'accélère, mes joues se réchauffent. Je le serre fort dans mes bras, mon enthousiasme le faisant à moitié basculer sur le côté. On s'échoue contre les lavabos en se marrant.

— C'était qui la fille avec qui tu discutais ?
— Hailey Mahoney. Elle est en dernière année.

Hailey. La Hailey du message Instagram ? La Hailey au petit « <3 » irritant ? Cette Hailey ? Fait chier. C'était ce que je pensais et redoutais à la fois.

Je me recule pour juger l'expression de William. Il n'a pas l'air coupable le moins du monde. À l'aise dans ses baskets, il tente de m'embrasser. Mais je recule avant qu'il ne m'ait atteint.

— Vous êtes proches ? Je t'ai déjà vu avec elle.

— On se parle vite fait sur Instagram.

— Juste vite fait ?

Il pose une main sur ma joue et approche ses lèvres.

— Tu m'as manqué, bébé, murmure-t-il.

Et alors, je cède lâchement. Me réduisant au silence, William m'entraîne avec lui dans un baiser fougueux. Sa langue envahit ma bouche, achevant de m'enflammer. Je glisse une main dans ses cheveux tandis que l'autre s'impose sous sa parka. Les siennes se logent dans les poches arrière de mon jean et poussent sur mon cul afin de me presser contre lui.

— Tu la trouves comment ? je l'interroge en reprenant mon souffle.

— Hum ?

Il m'embrasse dans le cou, à la lisière de mon écharpe.

— Hailey Mahoney, tu la trouves comment ? je répète.

— Ça va.

Des pas approchent soudain dans le couloir. William s'écarte aussitôt et ouvre l'eau pour se laver les mains. Je me place contre une cabine de toilette tandis que deux mecs font irruption dans la pièce. Je checke mon téléphone d'un air distrait tout en les écoutant d'une oreille. L'un des gars prend du papier dans le distributeur tandis que l'autre lui parle de son chien qui a chié dans ses Nike. Ils ressortent dans un mélange de rires et de protestations.

De nouveaux seuls, William se réintéresse à moi et essuie ses paumes humides sur son jean. Blasé, je reste adossé à la cabine et le regarde approcher.

— Pourquoi tu fais la tronche ?

— Quand tu m'as menti sur cette nana que tu te serais soi-disant tapée, c'était à Hailey Mahoney que tu faisais référence ?

Il s'ébroue brièvement, l'air perdu.

— Attends, pourquoi tu me sors ça maintenant, Alex ? C'est parce que tu nous as vus ensemble ?

— J'ai surtout vu un message sur ton téléphone quand j'étais chez toi. Je ne l'ai pas ouvert, mais c'était là, sous mon nez, et j'ai lu le début. Tu joues à quoi, William ? Cette nana, c'est qui pour toi ?!

Il plaque ses mains au-dessus de mes épaules.

— Rien, on parle, c'est tout.

J'arque un sourcil dédaigneux. Il va vraiment se contenter de ça ?

Il quitte son appui sur la cabine et me caresse le long des bras. Arrivé à mes poignets, il les saisit tout en collant son corps au mien. Son entrejambe rencontre la mienne.

Je rêve où il essaie de m'avoir en me tripotant ? Je détourne le regard en sentant mes joues rougir de plaisir.

— J'étais content que tu sois de retour et tu vas me prendre la tête avec Hailey ? Il ne se passe rien entre elle et moi.

— Alors pourquoi est-ce qu'elle t'envoie des putains de cœurs sur Instagram comme une gamine de six ans ?!

— Je n'en sais rien, parce qu'elle aime les cœurs.

— Bordel, William !

— Elle fout des emoji à la fin de chaque phrase ! Qu'est-ce que j'y peux ?

— Si tu la laisses te draguer, c'est du flirt !

— Si je la...

Il me lâche et écrase ses mains sur ses cheveux.

— OK, on a flirté il y a quelques semaines, reconnaît-il en laissant ses bras retomber le long de son corps. Mais c'est terminé depuis longtemps.

— Tu te fous de ma gueule ? Ce message remonte à moins d'un mois !

— Ce n'est pas ce que tu crois...

— Ne me sors pas les phrases toutes faites, ça me rend taré...

Son poing s'écrase soudain sur la porte de la cabine, la faisant trembler.

— Tu me fais une crise pour un simple message alors que t'as fait pire avec Kaplan ! Et moi, je t'ai cru quand tu m'as juré que tu ne voulais pas de lui !

— Ça n'avait rien à voir !

— Vraiment ?!

— Tu vas me faire croire que tu n'as jamais rien fait avec Hailey ?!

— Non, à part quand elle m'a refilé la crève !

— Alors, c'était elle ?!

Raides de colère, on se fusille du regard.

Je suis en rogne, déçu, et effrayé. *Effrayé* de ce que William serait prêt à faire, de sa nature profonde, de sa peur de l'homosexualité. Je me décolle de la cabine et m'arrête face au miroir. Mon reflet me renvoie un brun à la mâchoire crispée de rage. Je fixe mon regard noir tandis que mon sang pulse dans mes tympans dans un tambourinement assourdissant. Putain, c'est insupportable !

— Alex.

Mes doigts se resserrent sur le bord du lavabo. D'un geste vif, je ramasse mon sac à dos et fonce vers la porte. William agrippe aussitôt ma veste afin de me retenir en arrière.

— Fous-moi la paix, William !

— Alex, attends, laisse-moi finir ! Hailey…

— Je ne veux plus que tu parles à cette meuf !

— T'es sérieux ? Tu vas jouer au petit copain possessif ?

Il me retient de force tandis que j'essaie d'ouvrir la porte. D'un mouvement brusque, il me plaque contre le mur.

— Au début, c'est à peine si j'avais le droit de poser les yeux sur toi ! je m'emporte. Et elle, tu la laisses t'embrasser et te draguer ?! Je suis censé penser quoi ?

— C'est différent et tu le sais !

— Pourquoi t'as besoin de lui parler ?!

Sa poigne se resserre sur mes épaules.

— Parce qu'à un moment donné j'avais besoin d'être rassuré et de me sentir normal.

— Et maintenant ?

— Et maintenant, je t'ai toi, et ça me suffit.

Méfiant, je l'affronte sans vouloir céder. Ses yeux noisette ont perdu leur agressivité, mais pas leur franchise. Ils me dévisagent longuement, puis William m'embrasse sur la joue.

— Aie confiance en moi, Alex.

Son souffle me chatouille les lèvres. Je baisse les yeux, lorgnant ce que je me refuse, avant de m'y abandonner comme un faible. J'enlace William et l'embrasse avec agressivité. Il presse une main à l'arrière de mon crâne, m'emprisonnant dans un baiser possessif.

Je suis lâche, jaloux, un abruti amoureux. Mais je n'y peux rien. Je me sens consumé par tout ce que je ressens, je n'en peux plus, il faut que je l'exprime. J'embrasse William comme un fou, lui rappelant ce qui compte vraiment. *Nous deux.* Je le marque comme un mâle voulant défendre son territoire. Je rattrape trois jours de séparation et le dévore comme j'aurais voulu le faire le soir de la Saint-Valentin, alors que je l'ai contemplé se masturber en FaceTime. Cette pensée réveille aussitôt mon entrejambe contre lequel il se frotte.

Je soupire d'aise contre ses lèvres.

— Cette fille ne compte pas, dit-il en prenant mon visage en coupe.

— Je ne veux plus entendre parler d'elle.

— Mais tu me crois ?

— Oui, je te crois.

On s'embrasse à nouveau, mon corps coincé entre celui de William et le mur. Je l'enlace sous son manteau et lui caresse le dos, remontant jusqu'à sa nuque avant de descendre à la chute de ses reins. Je la capture franchement et attire William plus près encore. Je voudrais qu'il se fonde en moi pour qu'on ne fasse plus qu'un.

Nos lèvres finissent par se fatiguer. Sa bouche effleure la mienne et on se regarde tout près. Avant qu'il ne m'embrasse de nouveau, je pousse sur les épaules de William pour le faire reculer.

— J'ai ton cadeau, je déclare en récupérant mon sac à dos.

— Moi aussi.

— OK, toi d'abord.

Mon sac s'échoue à mes pieds. William sort un petit emballage informe de la poche de sa parka. Il l'observe un instant entre ses mains, l'air perplexe, puis se résout à me le donner.

— Désolé, il est un peu froissé.

Je l'ouvre et découvre un bracelet double-tour, noir, tressé, avec une perle en métal comme fermoir. Je relève les yeux vers William en souriant jusqu'aux oreilles. Son petit air timide me fait craquer. Je passe le bracelet à mon poignet et l'ajuste avant de l'admirer.

— Je l'adore !

Je passe un bras dans la nuque de mon mec et l'embrasse. Il saisit ma taille puis dépose un baiser sur ma mâchoire. À mon tour, je ramasse mon sac à dos et en extirpe le large paquet. William le prend en fronçant les sourcils d'interrogation.

— Qu'est-ce que c'est ? C'est énorme.

— Je t'en devais un, alors...

Il déchire l'emballage qui finit dans la poubelle des toilettes. Ses yeux s'écarquillent alors qu'il déplie le sweat blanc à capuche. Il me regarde, puis le pull, répétant ce mouvement trois fois.

— Tu n'arrêtais pas de dire que t'en voulais un. J'espère que c'est toujours d'actualité.

— C'est un vrai ?!

— Bien sûr que c'est un vrai.

— Tu m'as acheté un Tommy Hilfiger ?! Mais ça coûte la peau du cul...

— T'inquiètes, il m'en reste un peu, je réplique en me caressant une fesse. Et puis, on s'en fout de l'argent, ce n'est pas le plus important. Il te plaît ?

Des étoiles emplissent ses yeux fauves. Je crois même voir une larme se former.

— Grave ! Merci, Alex, tu n'aurais pas dû !

William m'étreint en serrant le pull contre mon dos. Son élan me fait heurter la cloison entre deux portes de cabines. Le Rouquin soupire dans mon cou avant d'écraser sa bouche sur la mienne. J'infiltre ma langue entre ses lèvres et l'enlace à sa jumelle. On se roule une pelle sans aucune pudeur, nous extorquant mutuellement des gémissements. Bordel, je l'aime tellement...

Des voix parasitent soudain mon brouillard d'extase. On se tourne d'un même mouvement vers la porte des toilettes. *Pas encore !* William ouvre l'une des cabines et m'aspire à l'intérieur. J'ai à peine le temps de ressortir pour récupérer nos sacs à dos, qu'un groupe de mecs entre dans la pièce.

Enfermé avec moi dans la cabine, William surveille ce qu'ils font. Je le plaque contre la cloison taguée et récupère ses lèvres. Il répond mollement à mon baiser avant de se laisser aller.

— Ce n'est pas un bouton, c'est un grain de beauté, se défend l'un des types.

— Sur le gland ? C'est un bouton ton truc, se moque un autre.

William arrête de m'embrasser pour m'adresser un regard perplexe. *C'est Lewie ?*

— C'est sûrement Lily qui te l'a refilé, dit un autre.

— Tu crois ? s'inquiète le premier.

— Mec, ne m'approche pas, raille Lewie. Je ne veux pas que tu me refiles ta pustule, sinon Jenny ne voudra jamais coucher avec moi. Elle m'a promis qu'on le ferait à son anniversaire.

Je pouffe de rire contre la joue de William.

— Shhhh... murmure-t-il en souriant.

Le trio de deuxièmes années continue son débat tout en quittant la pièce. Lorsque la porte se referme derrière eux, le torse de William se vide contre le mien en évacuant la pression. Il range le pull Tommy Hilfiger dans son sac à dos puis s'adosse à la porte close de la cabine. Je prends appui d'une main au-dessus de son épaule et il me caresse le bras. Je récupère sa main pour l'observer. Des ecchymoses violacées s'étalent sur ses phalanges. J'y dépose mes lèvres comme si j'avais le pouvoir de les guérir.

— Tu ne risques pas d'avoir des problèmes à cause de ça ? je l'interroge.

— Vu l'ego surdimensionné de Kaplan, je ne pense pas qu'il voudrait que tout le monde apprenne qu'il s'est pris une raclée.

— On m'a dit qu'il n'est pas revenu au lycée depuis. Tu l'as laissé dans quel état exactement ?

Il détourne la tête et se racle la gorge. OK, ce n'est pas rassurant.

— William ?

— Il n'était pas beau à voir.

— C'est-à-dire ? Il pourra toujours marcher et parler ? Sans déconner.

— Je ne l'ai pas démoli non plus, il va survive. Je l'ai juste... Il l'a mérité... Il n'aurait pas dû dire tous ces trucs sur toi.

Je prends son menton et tourne son visage vers moi. Son regard rancunier rencontre le mien soudain plus reconnaissant. Je l'embrasse, effaçant sa gêne.

Je ne veux pas qu'il ait honte. La violence ne résout pas tout, c'est vrai, mais je mentirais si je prétendais ne pas être satisfait de ce qu'il a fait pour moi. Jamais on n'avait défendu mon honneur avec une telle hargne. Et puis, il a raison, ce connard de Kaplan l'a plus que mérité.

— Au fait, comment ça s'est fini avec ta mère ?

William écarte un peu les jambes et m'attire entre ses cuisses.

— Plutôt bien. Elle sait pour nous deux.

— Tu lui as dit ?

Il acquiesce et un rictus satisfait ombrage le coin de sa bouche.

— C'est génial, Willy. Et Lewie ?

— Elle m'a dit qu'il s'en doutait aussi, qu'ils en avaient parlé tous les deux. C'est bizarre, je ne pensais pas que ce serait si simple de lui faire mon coming-out.

— Peut-être parce qu'ici, on nous a habitués à ce que ce soit compliqué. Mais ça ne devrait pas l'être.

— Au final, je m'étais fait des flips pour rien, mais je suis content que ce soit fait.

Je passe mes doigts dans ses cheveux courts au-dessus de son oreille. Il penche la tête pour accentuer le contact.

— Tu te sens mieux depuis que tu lui as parlé ?

— Surtout soulagé.

J'ai eu tort tout à l'heure. William n'est pas dominé par sa peur, il apprend à la dompter petit à petit, faisant chaque jour un pas de plus vers elle afin de l'affronter. Je suis sûr qu'il parviendra à la surpasser. J'en suis même persuadé.

— Tes grands-parents savent que t'es gay ? m'interroge-t-il en croisant ses mains dans le bas de mon dos.

— Ouais, je leur ai dit quand j'avais douze ans. Ça leur a fait un choc, et je peux comprendre. Ils m'ont élevé dans les valeurs protestantes, donc ils ne s'attendaient pas à ça. Mais ils l'ont accepté, même si on n'en parle que très rarement.

— À douze ans ? Je trouve ça jeune pour connaître sa sexualité.

— J'ai toujours su que j'avais certaines préférences. Quand j'étais gamin, je préférais les princes aux princesses Disney. Et en Middle School[43], les mecs essayaient de mater les filles à la sortie des vestiaires, mais moi, c'est eux que je regardais. Je ne sais pas, ça m'a toujours paru comme une évidence.

Il sourit avant de récupérer un air sérieux, presque lointain. Une ride soucieuse creuse l'espace entre ses sourcils, annonçant une réflexion qui l'occupe ou le perturbe.

— Tu crois qu'on aime un homme et une femme de la même façon ? m'interroge-t-il.

— Je ne me suis jamais posé la question, mais je pense que l'amour se mesure par la force des sentiments et pas seulement par l'attirance physique.

— T'es le premier pour qui je ressens autant de choses, Alex. Je n'ai jamais été attiré par les nanas, et en même temps, je n'ai jamais rien ressenti pour un autre mec non plus... J'en ai déjà trouvé d'attirants, mais je ne savais pas ce que c'était d'avoir des sentiments amoureux. Je me demande ce que je suis. Bi, gay... ou...

---

[43] Équivalent de « collège » aux USA.

Sa phrase s'achève dans un soupir.

— Tu n'es pas obligé de choisir un camp. Peut-être qu'un jour tu sauras vraiment où tu te situes entre les deux. Ou peut-être que tu découvriras que tu es encore autre chose, quelque chose qui te correspond mieux. La sexualité ne se limite pas à hétéro, bi ou gay, il y a tellement de possibilités, et on ne les connaît pas toutes. Le principal, c'est que tu te sentes bien, Willy.

— Je suis bien avec toi.

Il pose son front contre le mien.

Moi aussi je me sens bien avec toi.

Il aura fallu que j'attende ma dernière année de lycée pour découvrir ce qu'était un amour partagé, un amour plus fort que tout ce que j'ai éprouvé jusqu'à aujourd'hui. On ignore la force des sentiments jusqu'à en faire l'expérience. C'est déstabilisant, dangereux parfois, mais tellement incroyable. J'ai du mal à imaginer ce qu'était ma vie avant de connaître tout ça, avant de connaître William. Avant lui, je me sentais seul et incomplet. À présent, je me sens entier.

Je cale mon corps contre le sien et laisse le temps nous filer entre les doigts. La sonnerie de neuf heures ne va plus tarder à nous séparer pour le reste de la journée. Je serais tenté de sécher les cours, si je n'avais pas déjà raté trois jours.

— Je suis désolé d'avoir pété un câble tout à l'heure… je déclare au bout d'un moment. J'avais vraiment hâte de te retrouver, et comme un con, j'ai tout gâché.

— Tu trouveras bien un moyen de te faire pardonner.

— Ouais, je trouve toujours.

La sonnerie retentit dans un grésillement enroué. William et moi partageons un dernier baiser, puis on récupère nos sacs à dos respectifs avant de sortir de la cabine. Alors qu'il prend la direction de la porte des toilettes, je le retiens par le bras.

— J'ai pensé à un truc en revenant de New York...

— À quoi ?

— Si jamais je ne suis pas pris à Julliard et que t'es admis à Columbia, j'irai quand même là-bas avec toi. J'essaierai de m'en sortir autrement, sans l'école.

— Et si c'est l'inverse qui se produit ?

— Tu seras forcément pris.

— Non, ce n'est pas sûr. Et toi, pourquoi tu ne serais pas admis ?

— Parce que les auditions m'ont fait prendre conscience combien c'est réel, à quel point la compétition est rude, et que j'ai peu de chance d'être sélectionné. Mais je ne veux pas laisser la distance nous séparer. OK ?

Il attrape ma nuque à deux mains.

— OK.

Je l'enlace et ferme les yeux, soulagé.

— On restera ensemble, quoi qu'il arrive.

Il acquiesce et m'embrasse, brièvement mais fermement, puis on se sépare pour aller en cours.

On ne programmera pas notre rupture, on ne se séparera pas sous la contrainte. On tiendra bon. Je ne laisserai rien tomber. Ni mon rêve ni notre histoire. J'aspire au bonheur, j'y crois. Et mon bonheur, c'est William.

#Chapitre 40
Alex

Avril,

Plus d'un mois s'est écoulé depuis mon retour de New York. Les semaines sont passées à une vitesse accélérée. Entre la comédie musicale et les cours, j'ai à peine eu une minute pour moi. On bosse tous comme des malades alors que le contrôle continu touche presque à sa fin. C'est la dernière ligne droite avant les examens complémentaires, le moment où les retardataires réalisent qu'ils n'atteindront jamais l'arrivée, tandis que les bosseurs constatent enfin les fruits de leurs efforts. Dans le peloton de tête, il y a William.

Si j'ai été pas mal occupé de mon côté, lui aussi. Il a passé la presque totalité de son temps libre à réviser. Sa moyenne générale frôle l'excellence, mais il n'a rien lâché pour autant. Il a été jusqu'au bout, s'enfermant parfois des journées entières pour apprendre jusqu'à la moindre page de ses livres.

Il nous est arrivé de réviser ensemble, mais les sessions d'études se sont chaque fois terminées en cours d'anatomie sur le lit. Alors on a décidé de se voir que lorsque nous n'avions aucun devoir à rendre ou examen à passer le lendemain. Mais avec nos emplois du temps chargés, on était souvent trop épuisés pour profiter pleinement de nos retrouvailles. La plupart de nos après-midi en tête à tête ont fini en sieste collective, nous réveillant à la nuit tombée pour réaliser qu'une fois de plus, le temps nous avait échappé.

Ce week-end, un soleil de plomb surplombe les prairies verdoyantes d'Oklahoma alors qu'on roule en direction d'Hudson Lake, à une vingtaine de kilomètres de Fairfax. Un ciel sans nuages crée comme une toile unie au-dessus de nos têtes. Les arbres se sont habillés de quelques bourgeons et de pousses vertes, tandis que les premières semences ont été lâchées dans les champs.

William, au volant du SUV, et moi, responsable officiel de l'autoradio, discutons tout en écoutant The Lumineers. Je n'ai pas de répétition prévue avant lundi, et on a tous les deux validé trois matières cette semaine. On peut enfin souffler, sans fiches de révision dans les poches de nos vestes et sans rendez-vous de dernière minute avec le club de théâtre.

Aujourd'hui marquera la collision de deux mondes, la rencontre officielle entre mes potes et mon mec.

Lorsqu'on arrive au lac, William se gare à côté du pick-up jaune flambant neuf de Lionel. Malgré le retour de la chaleur, l'endroit est désert. La location de bateaux ne rouvre pas avant le mois de mai, tout comme le snack. Ce qui éloigne les pêcheurs et les familles jusqu'à l'approche de l'été.

William et moi ne nous montrons toujours pas en public. Que ce soit à Edison High ou dans les rues de Fairfax. Alors découvrir qu'il n'y a que nos deux voitures stationnées sur le parking semble le détendre.

On sort en laissant nos vestes sur les sièges. Il fait presque vingt degrés. J'avais oublié ce que ça faisait de sentir la chaleur sur mon visage et de pouvoir sortir en pull sans risquer de finir cloué au lit avec quarante de fièvre. J'adore cette période de l'année, quand la campagne se ressuscite avant de finir calcinée par la canicule.

À l'ombre d'un arbre, Lionel et Cody sont assis dans l'herbe en train de discuter. Je claque ma portière, puis William et moi les rejoignons. Le Blond est le premier à nous repérer. Il se lève, dévoilant ses jambes menues moulées dans un bermuda noir et son torse habillé d'un tee-shirt blanc déchiré.

— Bah alors, Gilson, tu lui as fait le coup de la panne ? blague-t-il.

— Ça va, on a à peine dix minutes de retard, je réplique.

— Dix minutes, c'est largement suffisant.

— Parle pour toi, intervient William.

Lionel se marre en époussetant son jean large. Le sourire aux lèvres, je leur fais une accolade. Quand vient le tour de William, Cody l'étreint à peine tandis que Lionel l'enlace chaleureusement en lui frottant le dos.

— Salut, William. Je ne pensais pas te voir un jour d'aussi près.

— On dirait que tu parles d'une espèce protégée, relève-t-il.

— C'est plus ou moins ça. Tu as déjà la crinière.

Lionel tend une main pour y toucher, mais William le devance en rabattant ses cheveux roux en arrière. Le soleil qui se reflète dessus lui donne une allure de torche humaine.

— Ne touche pas à ses cheveux, ça m'est réservé, je lance à Lionel.

— Regardez comment il devient possessif, se moque-t-il.

— Fais gaffe, Lio, Gilson montre déjà les crocs, jase Cody. Si tu continues, ton safari ne va pas durer longtemps.

William fourre ses mains dans ses poches en serrant la mâchoire.

— Arrêtez de le mettre en boîte, les gars, je les reprends avant de demander : on va se trouver un coin près de l'eau ?

On abandonne le parking pour emprunter le sentier qui fait le tour du lac. Une rive est bordée d'un bois tandis que l'autre donne directement sur des prairies. J'observe l'étendue turquoise qui ondoie sous la brise tout en discutant avec mes potes et William. Ce dernier écoute plus qu'il ne participe. Je ne crois pas que ce soit de la timidité, j'ai plutôt l'impression qu'il essaie de savoir à qui il a affaire avant de se livrer. Il a agi de la même façon avec moi, alors ça ne me surprend pas.

Après un quart d'heure de marche, on s'arrête sur une crique à l'ombre de grands chênes. L'un d'eux, planté en pente, pique du nez vers l'eau et une grosse branche touche presque le sol. Mes potes s'y installent tandis que William et moi nous échouons dans l'herbe.

Lionel ouvre la glacière et en sort quatre bières à faible teneur en alcool. On commence à boire tout en parlant du dernier film sorti sur Amazon Prime, puis on dévie sur le sport. William sort enfin de sa coquille. On part dans un compte-rendu du dernier match de football diffusé hier soir, chacun y allant de ses pronostics.

Cody est le moins calé sur le sujet, et surtout le moins intéressé. S'ennuyant ferme depuis une demi-heure, il finit par déclarer sans aucune transition :

— T'as réservé ta place, Gilson ?

— Ma place de quoi ?

Dans l'herbe, sa main posée près de la mienne frôle mon pouce. J'ai noté qu'il n'était pas à l'aise pour des rapprochements devant mes potes, alors je me retiens de saisir ses doigts. Privé de son contact, je les observe fixement, les touchant par télépathie.

— Bah, de Grease, répond Cody avec logique. Tu ne vas quand même pas rater Alex en cuir. Et puis, moi, j'ai le rôle de Kenickie, ce n'est pas rien.

Il y a trois semaines, nous avons recasté le rôle et Cody l'a décroché. Heureusement qu'il connaissait les textes par cœur, car bonjour la galère pour trouver quelqu'un à la dernière minute. Après la Saint-Valentin, Kaplan a déserté l'auditorium et n'a pratiquement plus remis les pieds au lycée. Il nous est arrivé de nous croiser dans les couloirs, mais à chaque fois, il a évité mon regard. Le message de William est passé. Avec certains mecs, les poings sont plus pertinents que les mots.

— Ça fait un moment que j'ai acheté ma place, déclare William en soutenant le regard provocateur de Cody.

— Sérieux ? je m'étonne en me tournant vers lui. Je croyais que ça ne t'intéressait pas.

— J'ai changé d'avis.

Je lui souris et esquisse un geste vers lui avant d'être interrompu par Cody :

— C'est peut-être la dernière occasion que t'auras de voir ça. Après, on sera tous éparpillés dans des villes différentes, loin les uns des autres...

— Quel dramaqueen... dédramatise Lionel en lui caressant la joue.

— Pas tous, soutient William en me regardant.

— Vous avez tous les deux postulé à New York, mais qui dit que vous serez pris ? objecte Cody.

— T'es optimiste, je réagis en arquant un sourcil.

— Tu vas nous porter malheur avec ton aura négative, lui lance William.

Je me tourne vers lui en déclarant :

— Dans tous les cas, j'ai décidé que j'irai à New York quoiqu'il advienne.

On partage un regard complice et je me réintéresse à mes potes.

— Vous avez reçu vos réponses ?

— Non, pas encore, répond Lionel avant de terminer sa bière.

Cody fait non de la tête.

— Ça ne devrait plus tarder, les rassure William.

— C'est bientôt l'heure des adieux, les gars, sourit Lionel.

— Je réciterai une prière pour vous chaque soir, j'ironise.

Ça les fait marrer.

On en parle avec légèreté, faisant nos plans comme si rien n'allait réellement changer. Mais d'ici à peine trois mois, on quittera tous l'Oklahoma et notre dynamique disparaîtra. Ces après-midi à boire de la bière au soleil, nos conversations devant les casiers, les repas indigestes de la cafétéria, les virées en voitures, les soirées, le club de théâtre, le club de musique... Tous ces moments que j'ai pris l'habitude de partager avec mes meilleurs amis depuis quatre ans vont disparaître. Plus rien de tout ça n'existera désormais.

— Vous comptez vivre ensemble à New York ? me récupère Lionel.

— Ouais, c'est le plan.

Je joue avec un brin d'herbe, essayant de me débarrasser de mes idées noires. Toujours assis sur sa branche, Cody se racle la gorge.

— Quoi ?

— Rien, rien.

Mais ses yeux verts continuent de juger William et moi d'un air débordant de sous-entendus. Je sens mon mec se tendre à côté de moi. Et comme Cody ne supporte jamais de ne pas exprimer le fond de sa pensée, il finit par dire :

— C'est juste que je ne vois pas comment vous pourriez vivre ensemble, alors que vous ne vous montrez pas l'un avec l'autre à Edison High.

— C'est quoi le rapport, Murdoch ? rebondit sèchement William.

— T'es toujours dans le placard, donc j'imagine que t'as l'intention de transformer votre futur appart en dressing.

— Je vais à mon rythme, OK ?

— Il serait temps de passer la seconde, car t'avances au ralenti.

Ce que je redoutais se produit. William se lève d'un bond et monte dans les tours :

— Je n'en ai rien à foutre de ce que tu penses, Murdoch ! T'es qui pour te permettre de me juger ?!

Face à un Cody choqué, le Rouquin tourne les talons et s'éloigne d'un pas décidé sur le sentier qui borde le lac. Je me lève aussitôt en l'appelant. Mais il ne s'arrête pas et disparaît derrière un écran d'arbres. Je me retourne vers mes potes pour adresser un regard noir au Chieur de la journée.

— T'es sérieux, Cody ?! Je vous présente enfin mon mec et tu le fais fuir ?

— Ce n'était pas méchant... Je disais ça pour t'aider.

— Ouais, bah, tu n'aides personne. T'es juste relou.

— Je n'y suis pour rien s'il est susceptible ! Typique du mec dans le placard...

— T'as été hyper maladroit, me soutient Lionel. T'auras intérêt à t'excuser.

— M'excuser ?! s'étouffe Cody. Mais c'est lui qui m'a agressé !

Je balance ma bière par terre et pars dans la direction qu'a empruntée William.

— Al ! Tu vas où ? s'écrie Cody. Vous vous cassez déjà ?!

Lionel le retient tandis que je m'éloigne sur le sentier.

Je n'arrive pas à croire que Cody ait fait ça ! Quel abruti ! Et dire que je pensais qu'on avait enterré la hache de guerre ! William va penser que je l'ai emmené dans un guet-apens. Bordel ! Cody n'aurait pas pu fermer sa petite gueule pour une fois ?!

Tout en progressant autour du lac, j'analyse ce qui m'entoure dans l'espoir de trouver un boxeur en colère. J'observe les sous-bois et les plages, jusqu'à le débusquer au bord de l'eau. Il jette un caillou qui ricoche à la surface avant de couler dans un « plouf » après trois rebonds.

Mes converses font craquer le sol rocailleux au bord du lac, mais William ne se retourne pas. Il ramasse un autre caillou qu'il fait rouler entre ses doigts. Arrivé derrière lui, je l'enlace et presse mon torse contre son dos. Son geste s'interrompt avant d'avoir effectué un autre ricochet. Je pose mon menton sur son épaule et lui dis à l'oreille :

— Ignore Cody, il ne sait pas comment se faire remarquer.

— Tu penses comme lui ?

— Non.

William se tourne vers moi, me forçant à desserrer mon étreinte. Mes mains se logent sur ses hanches tandis qu'on se fait face. Je découvre la douleur et le doute inscrits sur son visage.

— Je t'ai déjà forcé à t'afficher au lycée, Willy ?

— Non... Mais j'aimerais pouvoir le faire. J'aimerais vraiment... Mais pour l'instant, je n'y arrive pas.

— Ce n'est pas grave.

— Mais je ne veux pas que tu croies ce que dit Murdoch, que tu t'imagines que j'ai honte de toi ou je ne sais quoi !

Je m'approche plus près de lui, nous enfermant dans notre bulle. L'ombre quitte progressivement les yeux noisette de William tandis qu'il les plonge dans les miens.

— Qu'est-ce qui te fait peur dans le fait que les autres le sachent ? je l'interroge.

— Leur regard.

— Pourquoi ?

— Parce que je ne veux pas avoir à subir des moqueries ou des insultes.

— Tu n'es pas le genre de mecs qui se fait insulter, Willy, et encore moins dont on peut se moquer. Mais je comprends, ne t'en fais pas. Je ne veux pas te mettre la pression, je sais que tu ne fais pas ça contre moi. Et puis, tout le monde n'est pas obligé de savoir ce qu'on fait tous les deux.

Je lui souris pour le détendre. Il saisit fermement mes mains et les ramène entre nous. L'un de ses pouces caresse mon bracelet, comme s'il effectuait enfin le geste qu'il s'est retenu de faire devant Lionel et Cody.

— Tu me trouves faible ?

— Pas du tout. Ça n'a rien à voir avec la faiblesse. Je pense au contraire qu'il t'a fallu beaucoup de force pour résister à ta vraie nature.

— Pfff... Tu parles. Si j'étais si fort que ça, je t'embrasserais devant tout Edison High et je dirais à mes potes que je sors avec toi. Je te prendrais par la main dans la rue, je te serrerais dans mes bras, je m'afficherais sur les réseaux avec toi. Pourquoi j'en suis incapable, putain ?!

— Parce que ça voudrait dire renoncer à celui que tu as été pendant dix-huit ans, ce n'est pas rien. Au fond, il faut juste que tu fasses ce qui te rend heureux. Être sûr d'être peinard, ou être toi-même. Quoi que tu choisisses, je serai avec toi.

J'attrape sa nuque et caresse la racine de ses cheveux légèrement humide. Ayant capté son attention, j'ajoute :

— Je sais que je n'ai pas toujours été cool avec toi, qu'il m'est arrivé de te juger parce que tu n'étais pas comme moi, et je me sens con de l'avoir fait. Je n'aurais jamais dû te forcer la main.

— Si tu n'avais pas fait ton forceur, on ne serait pas ensemble aujourd'hui.

Ça me fait sourire.

— Si jamais tu décides de te montrer au lycée avec moi, je ne laisserai personne te manquer de respect, tu peux me croire, je déclare. Et puis, peut-être que les gens s'en foutraient. On a tendance à s'imaginer que le monde des autres tourne autour du nôtre, mais ils finissent toujours par s'habituer, peu importe le changement auquel ils doivent faire face.

Je l'embrasse avant de terminer :

— Mais si t'as besoin d'attendre New York, alors j'attendrai aussi. Et si t'as besoin d'attendre même encore après, je le ferai. Je t'aime comme tu es, William.

Il m'enlace avec force et me garde longuement contre lui. Je lui caresse le dos, froissant son tee-shirt brûlant après avoir passé autant de temps au soleil.

J'aimerais être suffisant pour lui donner confiance. J'aimerais lui prouver que la vie ne vaut pas la peine d'être vécue qu'à moitié. Mais je n'ai aucun moyen de le faire, excepté en partageant l'un de ces moments avec lui, où l'on flâne au bord d'un lac, sous un soleil réconfortant et sur la mélodie de la campagne.

William brise son étreinte pour m'embrasser. Je réponds à son baiser et le fais durer. On lui offre plusieurs dimensions. On ferme les yeux et on s'enferme dans un monde qui n'appartient qu'à nous, où on peut être en paix.

Lorsqu'on retrouve les autres une demi-heure plus tard, Cody fait tourner une bouteille de bière entre ses genoux tout en évitant de nous regarder. Lionel lui donne un coup de coude. L'autre râle, puis relève les yeux, l'air couillon. La main de William logée dans ma poche arrière y reste fermement ancrée, comme pour prouver à Cody qu'il est capable de se montrer entreprenant devant eux, qu'il n'a pas peur de lui.

Le Blond s'éclaircit la gorge. Je retiens mon sourire alors qu'il prend sur lui pour faire des excuses à William, une notion qui lui est inconnue.

— Gilson... commence-t-il maladroitement. Désolé si je t'ai blessé, je ne voulais pas heurter ta sensibilité.

Lionel lui donne un autre coup de coude.

— C'est moi qui ai tort et toi qui as raison, ajoute-t-il.

William le juge de haut avec sérieux, puis l'attitude de Cody le déride.

— Tu sais, Murdoch, je n'ai pas autant de fringues que toi, je n'ai pas besoin d'un dressing. Un placard me suffit.

Les commissures de mes lèvres frémissent et Cody éclate de rire. La main de William quitte ma poche et attrape ma taille. Je l'embrasse sur la tempe, puis je nous récupère deux bières dans la glacière. Alors qu'on se rassoit dans l'herbe en commençant à boire, Lionel m'adresse un clin d'œil complice.

Le reste de l'après-midi se déroule dans la bonne humeur. On s'éclate pour de bon, mes potes se lâchent et William agit sans réserve. Cody et lui arrivent même à plaisanter. Et, putain, je ne pensais pas assister à ça un jour.

J'aurais voulu que cet après-midi ne se termine jamais, mais le soleil finit par décliner derrière la cime des arbres, et le lac qui était paradisiaque quelques heures plus tôt, devient sombre et angoissant.

Alors qu'on emprunte le sentier qui nous ramène vers le parking, William et Cody marchent devant en déblatérant sur une série Netflix, tandis que Lionel et moi traînons derrière pour parler politique.

Me perdant dans mes pensées, j'observe mon mec avancer de sa démarche sportive.

— Je m'étais trompé à son sujet, déclare tout à coup Lionel. T'en as trouvé un bon, et ils se font rares de nos jours.

Je me tourne vers lui sans comprendre.

— Le son porte sur l'eau, m'explique-t-il. On a tout entendu.

— C'est vrai, j'ai de la chance d'avoir William. Je regrette juste qu'il ait fallu attendre la dernière année de lycée pour le découvrir, alors qu'on vit tous les deux à Fairfax depuis qu'on est gamins. Ce n'est pourtant pas si grand que ça.

— Il ne faut pas avoir de regrets, les choses arrivent en temps voulu.

— Ouais... je sais. Ce qui est fait est fait. Tout ce qu'on peut espérer, c'est faire mieux à l'avenir. Pas vrai ?

— Exactement, me sourit-il. Tu sais, lui aussi a de la chance de t'avoir.

— Tu crois ça ?

— J'en suis persuadé.

Je ne rechigne pas contre le compliment et tente de m'en convaincre. J'espère être un soutien plus qu'une pression pour William. Je souhaite sincèrement que le bonheur que je lui offre soit au moins égal à celui qu'il m'apporte. Il n'y a pas de meilleur sentiment que de rendre heureuse la personne qu'on aime.

Une fois sur le parking, Cody et William se saluent dans une accolade chaleureuse, très différente de celle qu'ils se sont accordée à notre arrivée. Je salue mes potes, on s'échange encore quelques mots, puis on se sépare en deux groupes. Je monte avec William tandis que le pick-up de Lionel démarre déjà. Cody nous tire la langue à travers la vitre, puis le véhicule sort du parking dans un nuage de poussière.

William allume le contact du SUV.

— J'ai la maison pour moi ce soir, je l'informe en m'attachant.

Son regard me transmet une pensée identique à la mienne.

— Alors on va chez toi.

Il démarre, l'autoradio s'enclenche, et on quitte Hudson Lake sur un son rock.

#Chapitre 41
Alex

Quand on franchit la porte de la maison, je tombe sur ma grand-mère postée dans l'entrée. Elle me remarque alors qu'elle noue la ceinture de son trench beige.

— Alex, tu n'as pas oublié que Roy et moi allons au restaurant ce soir ?

— Non. D'ailleurs, j'ai invité William à passer la soirée à la maison.

Ses yeux gris dévient immédiatement sur le Rouquin qui se tient derrière moi. Je m'écarte pour le laisser s'avancer. Ma grand-mère lui fait subir une observation approfondie et débordante de curiosité.

— Bonsoir, William, lui dit-elle d'une voix douce.

— Bonsoir, madame Bird.

Elle lui sourit et je lis une sorte de satisfaction sur son visage. Son approbation ?

— Depuis le temps qu'on entend parler de toi.

— Arrête, tu vas le mettre mal à l'aise, j'interviens en me déchaussant. On va réviser ensemble pour les exams.

— Réviser ? relève-t-elle.

— Ouais, ça m'arrive de temps en temps.

Mais elle est loin d'être bête. À côté de moi, William pique un fard et s'intéresse soudain au tapis. Comme si ma grand-mère ne suffisait pas, mon grand-père se rajoute au tableau. Il arrive dans l'entrée déjà encombrée et déclare :

— C'est bon, on peut y aller, Abby.

À son tour, il remarque William et prend le temps de le détailler.

— Tiens, on ne l'avait encore jamais vu celui-là.

— C'est William, l'informe ma grand-mère.

— Oh, LE William.

Bordel, ils le font vraiment exprès.

Avec un sourire désabusé, je l'observe se poster devant mon mec. Ils s'échangent une poignée de main franche tout en se dévisageant mutuellement.

— Bonsoir, monsieur Bird.

— Salut, William. Alex s'est enfin décidé à te montrer.

— Je ne le planquais pas, j'attendais juste le bon moment pour lui éviter exactement ce que vous êtes en train de faire, j'ironise.

William se frotte les narines du dos de son index, me transmettant son malaise. Il est temps d'écourter la rencontre Gilson – Bird. Je lance un regard insistant à ma grand-mère pendant que son mari continue d'intimider William. Sérieux, il n'a vraiment aucun tact.

— Bon, on va vous laisser, abrège-t-elle en saisissant le message. Il y a un plat à réchauffer dans le réfrigérateur.

— OK, on va se débrouiller.

Alors qu'on s'apprête à s'éclipser à l'étage, elle m'appelle discrètement.

— Tu n'as qu'à monter, je te rejoins, je dis à William.

Il se déchausse, sautant sur l'occasion pour échapper à mes grands-parents.

— Bonne soirée, leur dit-il d'un ton poli depuis l'escalier.

— Merci, lui sourit ma grand-mère.

J'observe William disparaître à l'étage, puis me tourne vers les deux cinquantenaires.

— Ne me regardez pas comme ça…

— Il a l'air sympa, lance mon grand-père. Timide, mais sympa.

— Je ne vais pas te sortir le speech habituel, Alex, mais… faites attention, ajoute ma grand-mère, légèrement gênée.

— On est obligé de faire ça ? je réagis en me grattant la nuque.

— Nous aussi on est passés par là.

Mon grand-père ouvre la porte d'entrée en disant :

— Il sait ce qu'il a à faire.

Exactement.

— Ce serait bien que William revienne un soir pour qu'on puisse apprendre à le connaître, me dit ma grand-mère en le rejoignant.

— Ouais, ouais, c'est prévu, je lui souris.

— C'est normal qu'on s'intéresse à lui.

— Je sais. Et merci de le faire.

Je les accompagne jusque sur la terrasse pour être certain qu'ils vont bel et bien partir. J'attends que le 4x4 se soit engagé sur la piste avant de fermer la porte. *Enfin.* Je n'avais pas prévu de présenter mon mec à mes grands-parents aujourd'hui. En fait, j'espérais qu'ils seraient déjà partis avant qu'on arrive. Mais bon, au moins, maintenant, c'est fait.

William est assis sur mon lit avec son téléphone à la main quand j'entre dans ma chambre. Il arrête ce qu'il était en train de faire et relève aussitôt la tête vers moi. Je le rejoins et m'effondre sur lui. Je prends appui de chaque côté de son buste tandis qu'il dégage les boucles qui encombrent mes yeux.

— C'était gênant, lâche-t-il, le regard perdu sur mes cheveux.

— Un peu, mais il y a pire, crois-moi.

— Comme ma mère qui m'a surpris alors que j'étais en train de me masturber ?

— Ouais, par exemple.

Je me marre et il me pince le flanc pour me faire taire. Je bascule sur le côté en continuant de me bidonner. Les cheveux dans la figure, j'observe William qui prend appui sur un coude. Un rictus crâneur s'impose au coin de sa bouche.

— Alors comme ça, je suis *le* William ? Ça veut dire que tu leur as parlé de moi ?

— Tu as toujours été *mon* William. Et ouais, je leur ai un peu parlé de toi. En même temps, après toutes les fois où j'ai découché, j'étais bien obligé de leur dire où j'allais. Sinon ils auraient fini par croire que je dealais. Et puis, ta mère avait une longueur d'avance sur eux, il fallait que j'égalise.

Il pouffe de rire en m'attirant contre lui.

— Je ne rêve pas, ton grand père a supposé qu'on allait...

— Ouais, je crois bien.

Il coince le bout de son doigt sous le col de mon pull et le fait glisser le long de la couture.

— Et… on va ?

— On peut, je lui réponds plus bas.

Je me penche vers ses lèvres. William entrouvre la bouche pour recevoir mon baiser, mais je me contente de l'effleurer.

— J'en ai envie, j'ajoute en posant une main sur son torse. Mais je ne veux pas que tu te mettes la pression.

— Moi aussi, j'en ai envie.

Je réponds à sa demande tacite et fais chavirer William en arrière. Tout en l'embrassant, je le caresse par-dessus ses vêtements. Les gestes qu'on a adoptés au fil des mois se répètent. On s'apprivoise, redécouvrant les reliefs que l'on commence à connaître par cœur, avant de dénicher un détail qui nous avait jusqu'à alors échappé.

Comme la petite tache de naissance derrière son oreille gauche. La façon dont il frissonne lorsque je lui chatouille l'intérieur des cuisses. Les fossettes dans le bas de son dos. Les muscles marqués sur ses côtes. La façon dont ses tétons pointent lorsque je les lèche...

— Je me suis retenu toute la journée, me dit-il en s'infiltrant sous mon pull.

Ses mains me provoquent un premier frisson qui dévale le long de mon dos. J'inspire à travers notre baiser, ouvrant la bouche à sa langue qui m'envahit. C'est dingue comme mon corps réagit lorsqu'il me touche, comme si William possédait une énergie qui m'anime dès que nos peaux entrent en contact.

— Ne te retiens plus, je l'encourage. Fais-moi tout ce que tu veux.

Il se redresse en position assise et on s'embrasse à en perdre haleine. Le frémissement de nos fringues, nos respirations et les bruits de succion remplissent le silence de la chambre. J'ai parfois l'impression que je pourrais faire ça sans m'arrêter, au risque de cesser de respirer. Ce mec m'a complètement rendu accro. Je suis comme un drogué, continuellement en manque de ma dose de *lui*.

Je finis par abandonner la bouche de William pour dévier vers son cou.

— Aujourd'hui, t'auras eu le droit au « pack présentation », je plaisante contre la peau rugueuse de sa gorge. D'ailleurs, t'as pensé quoi de cet après-midi ?

Je lèche sa pomme d'Adam, la faisant sursauter.

— C'était une expérience... intéressante.

— Intéressante ?

Je chope le pull et le tee-shirt de William pour les lui enlever. Il lève les bras pour m'aider, puis je jette ses fringues au bout du lit.

— Lionel est sympa, me dit-il en empoignant mes propres vêtements. Murdoch est timbré, bon, ça je le savais déjà, mais il peut être fun quand il veut. Ce mec est grave en manque, non ?

— Il n'est pas le seul.

Je colle mon torse nu au sien. Sa peau est brûlante. Mon cœur bat la chamade, mais celui de William également. J'enfouis une main dans les cheveux à l'arrière de son crâne, et l'embrasse chaudement. Ses mains puissantes glissent sur ma taille et se referment sur mes hanches.

— J'ai l'impression qu'on n'a pas eu un seul moment à nous ces derniers temps.

William déboutonne mon jean. Je lève les hanches, lui donnant un meilleur accès. Il pénètre aussitôt à l'intérieur et ses doigts trouvent mon sexe. Je soupire tout en le regardant droit dans les yeux.

— C'est normal, avec les exams et la compétition de mathématiques, je passe ma vie à bosser, me répond-il en s'enfonçant dans mon boxer.

— Et *Grease* me monopolise. Une fois la représentation passée, je pourrai t'accorder plus de temps.

William saisit ma queue et se met à la caresser lentement. Une chaleur familière se développe dans mon bas-ventre.

— J'ai hâte de la voir. Toi, en Danny Zuko, je ne veux pas louper ça.

— T'as plutôt intérêt à venir maintenant que je sais que tu as acheté une place.

Une pression sur mon gland me fait gémir un son rauque. Je colle mon front à celui de William en m'abandonnant à sa poigne franche. Elle va et vient dans mon boxer, me pompant avec vivacité.

— T'es super excité, me dit-il d'une voix chaude.

Mon bassin ondule de lui-même, renforçant le rythme qu'il impose. Je m'empale dans le poing de William qui resserre les doigts. Putain...

— Tu t'es vu ? je réplique en chopant son paquet.

Une bosse imposante et solide remplit ma main. Je la frotte par-dessus son jean, la sentant devenir encore plus grosse.

— T'es dur comme du béton, Willy.

Il arrête aussitôt de me branler pour ouvrir son pantalon d'un geste vif. Je quitte la chaleur de ses cuisses et on se déshabille avec empressement. Je me tortille pour me débarrasser de mon jean noir tandis qu'il a déjà balancé le sien au milieu de ma chambre. Nos boxers et nos chaussettes s'ajoutent aux autres fringues échouées sur le parquet en un tas informe.

On s'enlace sur le lit dans un baiser humide. La nudité a quelque chose de tellement libérateur. Plus aucune barrière ne s'impose entre nous. Dans notre tenue d'Adam, on est dénué de tout superflu, livré l'un à l'autre de la façon la plus pure et la plus érotique qui soit.

Blotti l'un contre l'autre, on se frotte, se touche et se caresse. Le soleil a décliné totalement, nous obligeant à allumer la lampe de chevet. Dans la lumière tamisée et chaude de ma chambre, j'embrasse les pectoraux de William tout en le masturbant de ma main droite. La sienne enserre mon érection et la pompe avec une maîtrise qui me fait vibrer. Quand un ultime va-et-vient me menace de déborder, je saisis le poignet de William pour l'arrêter.

— Attends.

Sa langue me réduit au silence. Il continue de me toucher à m'en faire tourner la tête. Je lâche un rire voilé d'excitation.

— Je suis sérieux, si tu continues, je vais envoyer la sauce.

William consent à s'arrêter. Sa main libère mon sexe pour se rabattre sur la chute de mes reins. Tout en capturant mes lèvres, il s'aventure vers une zone dont il s'est approché à plusieurs reprises lors de nos moments intimes. Il est curieux, moi aussi.

Je plie l'une de mes jambes pour écarter mes cuisses et lui donner un meilleur accès. Son index s'impose entre mes fesses et effectue plusieurs aller et retour. *Bordel, ce qu'il m'excite...* J'ondule contre son bassin, mon membre heurtant le sien dans mes mouvements.

William braque soudain son regard avide sur mon entrejambe.

— Je veux te goûter, Alex.

Sa main abandonne mes fesses et il m'allonge sur le dos. Sa bouche se pose sur mon torse et sa langue trace un chemin jusqu'à mes abdominaux. Je frissonne. Je soupire. Je me cambre. William descend encore plus bas et son nez effleure mon bas-ventre. Il souffle, faisant vibrer le duvet sombre qui marque la base de mon sexe. Puis d'un coup, il m'aspire dans sa bouche.

Bonté divine !

Je peine à garder les yeux ouverts et résiste à l'excitation qui me submerge. J'empoigne la couette d'une main et les cheveux de William de l'autre. Son regard dévorant me dévisage tandis qu'il m'avale entièrement.

— Putain, William, c'est...

Sa langue lape mon gland, me secouant des pieds à la tête. Une vague de chaleur m'engloutit, puis la mer ardente s'abat sur moi. Je gémis, incapable de prononcer le moindre mot pendant plusieurs secondes.

— T'es génial...

Mes hanches se mettent à s'agiter dans un mouvement de balancier. Le visage de William va et vient entre mes cuisses. Ses lèvres roses glissent sur ma queue, y laissant un filet de salive.

Woah, il est sublime !

Je ferme les yeux et me fige alors qu'un tremblement menace de m'effondrer. Au bord de la rupture, je tire brusquement sur les cheveux de William.

— Arrête, attends !

Il libère mon érection sous la contrainte et en lèche une dernière fois l'extrémité.

— Elle est trop bonne... murmure-t-il.

Et là, tout bascule. Le bouillonnement explose dans mon entrejambe et je jouis au visage de

William. L'orgasme est brutal. Les tremblements me clouent au lit et mon corps s'embrase.

Le cœur battant la chamade, je plaque mes mains sur mes yeux. J'écarte les doigts pour voir William dont la joue et les lèvres sont recouvertes de ma semence. Un bourdonnement prend forme dans ma poitrine et je me mets à rire. Fort et de manière incontrôlable.

Putain... Je viens vraiment de gicler à la figure de mon mec ?!

— Merde, je suis vraiment désolé.

Mes mots meurent dans un fou rire oscillant entre gêne et hilarité. Encore essoufflé, je me redresse en position assise et récupère plusieurs mouchoirs sur la table de chevet.

— Je ne voulais pas, William. Vraiment, je suis désolé.

Je lui essuie la joue. Il prend la relève avec un sourire en coin.

— C'est bon, bébé, t'inquiète.

— Si ça peut te rassurer, je me suis fait tester le mois dernier et je suis clean.

Il hausse les sourcils.

— Ne te fais pas de film, je n'ai couché avec personne avant toi, je voulais juste être sûr, je réplique avant qu'il n'ait demandé.

Il hoche la tête en murmurant l'air de dire « ouais, ouais » puis se met à sourire. Son visage débarrassé de la preuve de mon orgasme se penche vers le mien.

— J'ai été à la hauteur ? se renseigne-t-il.

— Ouais, t'as assuré.

Il m'embrasse, fier de lui. Je passe un bras dans sa nuque et dévore ses lèvres. Je me rallonge en l'entraînant avec moi. Nos corps s'imbriquent avec une facilité qui frôle la perfection. J'écarte les cuisses et William s'impose entre elles. Son sexe dressé cogne mon bas-ventre tandis que le mien, tout juste soulagé, durcit déjà.

Ma langue part à la recherche de sa jumelle avide et coquine qui m'a léché sans pudeur. William se frotte de plus en plus vite contre moi. Je renforce notre baiser puis me sépare de lui avec un filet de salive. Je me penche vers la table de chevet et ouvre le tiroir. J'en sors une capote puis un tube de lubrifiant qui s'échoue sur la couette. William s'en empare pour juger son contenu.

— T'es équipé. Pourquoi il est à moitié vide ?

— Tu n'en utilises jamais ?

— Pour quoi faire ? (son regard s'illumine) Ah OK, c'est quand tu te touches.

— Je t'ai dit que je ne m'étais doigté qu'une fois. Mais je trouve ça plus agréable d'en mettre quand je me masturbe.

Il ouvre le tube de lubrifiant et le renifle. Il le repose ensuite pour s'intéresser au préservatif dont il déchire l'emballage avec ses dents.

— Tu veux que je te le mette?

— C'est bon, j'ai eu le cours d'éducation sexuelle, crâne-t-il.

— Je sais, ça me faisait juste kiffer.

Il semble tout de suite plus intéressé.

— Oh, OK.

William me donne la capote et s'accroupit entre mes jambes écartées. Je me redresse pour la déposer à l'extrémité de son sexe. Doucement et méticuleusement, je déroule le latex le long de son membre solide. Je le sens vibrer alors que j'exerce une légère pression vers sa base. Sa queue est vraiment belle. Ni trop longue ni pas assez, ni trop large ni trop fine. Droite, avec un gland rose comme un bonbon et une toison cuivrée qui ressemble à des flammes.

— T'es super bien monté, tu le sais, ça ? je lui dis avant de me mordre la lèvre.

— Tu n'es pas mal non plus.

— Juste pas mal ?

— Tu me fais bander comme un dingue.

Je me rallonge en souriant et coince un coussin sous mes reins. William ouvre le lubrifiant. Il s'en enduit deux doigts qu'il rive entre mes cuisses. Ensuite, son index et son majeur glissent entre mes fesses. Comme tout à l'heure, il effleure la zone avant de s'arrêter sur mon cercle intime. Il me titille, puis d'un coup, il appuie et me pénètre.

Je me crispe. William s'immobilise en m'interrogeant du regard.

— Doucement, vas-y par étape…

— Désolé.

— Ne t'inquiète pas.

On s'embrasse et ses doigts ressortent lentement avant de me remplir de nouveau. La deuxième tentative est moins douloureuse que la première. C'est une sensation étrange, j'avais oublié ce que ça faisait de me faire envahir. C'est différent lorsque c'est William qui me pénètre. Je n'ai aucun contrôle. Je dois m'habituer à son invasion sans prévoir ce qu'il va faire. Je suis dépendant de lui, et cette simple idée me fait bander.

Petit à petit, l'étirement se dissipe et William va plus profondément. J'écarte davantage les jambes et sa main s'enfouit entre mes fesses. Ses doigts vont et viennent en moi, m'élargissent, me préparent. Soudain, un chatouillement me surprend. Un endroit insoupçonné prend vie en moi et une vague de chaleur remonte jusque dans ma gorge.

— Oh bordel !

William s'immobilise pour sonder mon visage.

— Ne t'arrête pas, continue…

Il s'exécute et me pénètre à nouveau.

— Comme ça ?

— Ouais… là… Putain, putain…

Je me cambre tandis qu'il plie les doigts. Je l'embrasse comme un désespéré et mon gémissement meurt dans sa bouche. William continue ses pénétrations tout en ondulant contre ma cuisse, étalant une traînée de lubrifiant sur ma peau.

— Dis-moi quand t'es prêt, Alex.

— Je suis prêt. Viens, je te veux en moi.

Ses doigts ressortent en me laissant un sentiment de vide. William prend appui d'une main au-dessus de mes épaules. Je remonte une cuisse contre sa hanche et il guide son sexe entre mes fesses. Son gland lubrifié se presse sur mon entrée. Ses lèvres englobent les miennes et d'un coup, il me pénètre. Je ferme les yeux, le souffle coupé. *Bordel !*

Une fois en moi, William s'immobilise. Je m'agrippe à ses hanches et inspire profondément. Merde, ça fait un mal de chien ! Reprenant mon souffle, je sens à peine le baiser que je reçois sur ma pommette. Les yeux fermés et les sourcils froncés, j'encaisse tandis que William se retient de continuer.

— Je te fais mal ? murmure-t-il.

— Je... (j'expire et patiente un instant.) Vas-y, tu peux bouger.

Lentement, il se retire. La sensation désagréable s'accentue avant de s'atténuer. Puis William entre à nouveau. Le tiraillement revient, un peu moins fort, et encore moins la fois suivante. Rapidement, ce qui faisait mal me fait du bien. La douleur me délaisse.

La jouissance me domine. Nos rythmes s'alignent. Et alors, mon regard plongé dans le sien, William et moi faisons l'amour pour la toute première fois.

Au fil des minutes, ses va-et-vient deviennent plus rapides. Son visage se voile d'extase. De la sueur brille sur ses tempes. Les lèvres entrouvertes, il me possède jusqu'à me donner l'impression qu'il va fusionner avec moi.

— Je t'aime, je t'aime… halète-t-il.

Je suis sa cadence, mouvant mon bassin en chœur avec le sien qui se presse entre mes cuisses. Seigneur, cette sensation... C'est délirant ! Un plaisir insoupçonné me remplit.

— William !

— Alex... t'es si étroit...

Je l'embrasse, les yeux ouverts et les paupières basses. William passe une main dans mes cheveux et s'enfouit plus profondément en moi. Il gémit. Tremble. Se cambre. Ses reins se creusent comme pour enfoncer son sexe encore plus loin.

— T'es tellement bon, bébé...

Il se retire et recommence plus fort. Ses testicules cognent contre mes fesses et ses hanches frottent l'intérieur de mes cuisses.

— Ah, William ! Encore !

Son rythme accélère et il empoigne mon sexe. Il me pompe énergiquement en provoquant mon gland. La sueur se propage sur mon corps. Mon cœur s'emballe. Ma vue se trouble. Une pénétration me martèle et l'extase me consume.

Je jouis pour la deuxième fois, en éclaboussant le ventre de William. Il me pénètre dans un dernier élan avant de se figer. La bouche ouverte, les sourcils froncés, il se fait frapper par l'orgasme et se décharge en moi.

— Aah… Aah ! C'est bon, putain !

Son corps reste longuement étendu sur le mien. Son visage enfoui dans mon cou, sa respiration se calme au même rythme que la mienne. Je caresse le dos et la nuque humides de William comme pour l'apaiser.

— Moi aussi, je t'aime, je murmure à son oreille.

Il se redresse pour m'embrasser. La pression de son corps me libère et son sexe se retire doucement. Soudain, tout ça me manque. À peine a-t-il enlevé le préservatif, que j'enlace son torse pour le ramener contre moi. Il se laisse faire et passe une jambe en travers des miennes.

— C'est la meilleure chose au monde, me confie-t-il d'une voix essoufflée.

Je me mets à rire et nos regards se rencontrent. William me sourit d'un air à la fois fatigué et comblé.

— Je suis fou de toi, Willy. Tellement fou de toi, je déclare avant de l'embrasser tendrement.

Son nez effleure le mien et il dépose un baiser sur mes lèvres.

— Moi aussi, Alex.

Je resserre mes bras autour de lui et ferme les yeux. Je me sens sombrer, en chute libre, soufflé par le vent des sentiments comme un parachutiste. Mais je dériverais jusqu'au bout du monde tant que William est à mes côtés.

#Chapitre 42
William

Trois semaines plus tard,

Ce matin, le réveil est difficile. Je n'ai pas dormi de la nuit. La chaleur douillette de mon lit m'engourdit et je mets un temps fou à ouvrir les yeux. Je cherche à me retourner sur le dos, mais un bras et une jambe me gardent prisonnier. Hier soir, Alex est venu dormir à la maison. C'est la première fois que ça se reproduit depuis qu'on s'est dépucelés. Et cette nuit, on a remis ça.

Mais pas facile de coucher avec son mec quand son frère dort dans la chambre d'en face et sa mère dans celle d'à côté. Le sexe silencieux est une pratique risquée. Alex a failli nous vendre plusieurs fois en moins de dix minutes : en se marrant lorsque la capote à couiné et en gémissant lors de l'orgasme alors qu'il me chevauchait. Quant à moi, je me suis tellement retenu d'émettre le moindre son que mes lèvres en portent encore les stigmates.

Tout en caressant la cuisse de mon mec, je pense aux trois semaines qui viennent de s'écouler. Je n'ai rien de palpitant à raconter, ma vie est assez monotone dernièrement. Mais le fait qu'Alex la partage avec moi amène ce grain de folie qu'il me manquait cruellement. Nous sommes encore plus proches qu'avant et passons pratiquement tout notre temps libre ensemble. Chez moi, chez lui, dans Fairfax, dans la campagne… Alex Bird est devenu ma nicotine, et dorénavant, j'en suis complètement dépendant.

Je jette un coup d'œil au bel endormi. La chaleur de son corps m'appelle. Je remonte ma main sur sa jambe puis retrace la courbe de sa fesse rebondie. Quand j'atteins le creux de ses reins, un gémissement ensommeillé lui échappe. Mes doigts pianotent sur sa peau pâle. Du bout de l'index, j'écris des mots invisibles sur son dos. Des « je t'aime » que moi seul peux lire.

Je me penche vers Alex pour l'embrasser dans la nuque. Ses boucles me chatouillent le front. Lentement, mes lèvres basculent sur son menton, effleurent le coin de sa bouche, puis se posent sur sa joue où elles s'attardent. Mon envie s'accroît à mesure que j'accapare le corps d'Alex.

Soudain, il entrouvre un œil accueilli par mon sourire.

— T'as dormi comme un loir, t'as presque fait le tour du cadran.

— C'est ta faute, tu m'as tué... bougonne-t-il en enfouissant son visage dans l'oreiller.

J'abandonne mes massages dans son dos et lui agrippe le cul à pleine main. Alex grommelle, mais ne semble pas vraiment dérangé par mon invasion. Je malaxe ses fesses un instant, sentant mon excitation gagner du terrain.

Lorsqu'Alex relève la tête, ses iris turquoise sont empreints d'une envie similaire à la mienne. Avide et dévorante. Celle qui précède le sexe.

— Je ne sais pas si je vais réussir à enchaîner les chorégraphies de Grease, soupire-t-il, une pointe de moquerie se mêlant à l'érotisme de son timbre.

— Alors on n'a qu'à passer la journée au lit. Moi, ça me va.

J'infiltre un doigt entre ses fesses, le faisant murmurer de contentement.

— Willy... il faut vraiment que j'aille au lycée.

Déçu, je me replace sur le dos.

— C'est inhumain de vous faire venir un samedi !

— C'est la rançon du succès, que veux-tu.

— Excusez-moi, Barbara Streisand[44].

Nos regards s'affrontent et nos sourires s'alignent. Alex pince les lèvres, mais son rire finit par éclater dans la chambre. Je me vautre sur lui et le chatouille. Il repart de plus belle tout en se tortillant tel un asticot. On se chamaille comme deux gamins, puis jugeant que je l'ai suffisamment torturé, je le

---

[44] Célèbre chanteuse américaine.

laisse reprendre son souffle. Échevelé, il m'observe depuis l'oreiller sans se séparer de son sourire.

Lentement, il tend les mains vers moi. Il fait naviguer ses doigts le long de ma mâchoire puis s'empare de mon visage. Je plonge dans son regard pénétrant. Sans me quitter des yeux, Alex m'embrasse à pleine bouche. On se laisse aller, nos sexes soudés, nos reins arqués. Déjà trop excités pour résister.

Depuis les profondeurs de ma transe charnelle, j'entends la maison qui se réveille. Les portes claquent, des gens parlent au rez-de-chaussée, et une odeur de café embaume l'étage. Me reconcentrant sur le mec sexy qui partage mon lit, je commence à baisser son boxer. Il m'arrête doucement en tirant sur mon bras.

— Willy…

— T'es sûr que tu ne veux pas rester une heure ou deux ? je murmure contre ses lèvres.

— Non, arrête de me tenter, c'est traître.

Je dépose un dernier baiser sur sa bouche pour le convaincre. Un cri venant du rez-de-chaussée me retire toute chance d'y parvenir.

— WILL ! WIIIIILL !

Une cavalcade gravit l'escalier. Je me décale de mon mec et chope rapidement mon boxer ainsi que mon tee-shirt qui traînent sur le sol. Alex prend appui sur un coude pour me regarder les enfiler. Au moment où ma tête passe le col, la porte s'ouvre et cogne violemment le mur.

— Apprends à frapper aux portes, Lewie ! je l'engueule.

Il s'arrête dans son élan, son regard curieux alternant entre Alex et moi.

— Vous étiez en train de niquer ?

J'attrape mon oreiller et le lui balance à la figure. Il l'évite sans effort.

— Dis-moi ce que tu me veux, avant que je te fasse passer par la fenêtre.

Mon frère s'avance dans la chambre en fixant Alex toujours à poil sous la couette. Quand il arrive devant le lit, je me lève et croise les bras avec attente. Une expression malicieuse recouvre son visage avant qu'il ne me plante une enveloppe sous le nez.

Mon ventre se tord comme si je venais de recevoir un coup de poing. Je prends l'enveloppe, le cœur battant.

— C'est Columbia ?! intervient Alex en se redressant.

— Je n'ose pas l'ouvrir.

Il attrape aussitôt son boxer et se rhabille. Toujours posté face à moi, Lewie lui jette un coup d'œil curieux. Je lui fais une pichenette sur le front, le faisant râler.

— Baisse les yeux, petites couilles.

— Oh, ça va, hein !

— Ouvre-la, m'incite Alex en venant derrière moi.

— Je ne peux pas. Fais-le, toi.

Je lui donne la lettre avant de m'éloigner de quelque pas. Le visage rivé sur le poster de *Man of Steel*, j'entends Alex déchirer l'enveloppe et déplier la lettre qu'elle contient.

Superman, prête-moi ta force.

L'attente me paraît insoutenable, et enfin, le verdict tombe.

— T'es pris !

Il me faut quelques secondes pour accuser le coup. Je ne réalise pas tout de suite ce que signifient ces mots. Et lorsque je me retourne vers Alex et percute son air émerveillé, je comprends enfin.

— Je... je suis pris ?

— Ouais ! Tu vas à Columbia, Willy !

— Putain ! Tu... tu déconnes ?!

— Je vais prévenir maman ! s'écrie Lewie en quittant la chambre.

Je me précipite vers Alex pour le prendre dans mes bras. Dans l'élan, je perds l'équilibre et on chavire ensemble sur le lit.

— On va à New York ! On va à New York ! chantonne-t-il, écrasé sous mon poids.

Je me redresse et l'embrasse comme un fou.

J'entends ma mère s'écrier au rez-de-chaussée « C'est vrai ?! Il est pris ?! » avant de débouler dans la chambre. Je me sépare d'Alex au moment où elle accourt vers nous.

— Je savais que tu serais accepté, mon chéri. J'en étais sûr ! me félicite-t-elle en m'étreignant.

Elle me serre si fort que je manque d'étouffer. Mais je m'en fiche, je peux mourir à présent, car… j'ai réalisé mon rêve. J'ai été accepté à l'une des plus prestigieuses écoles des États-Unis !

— Et toi, Alex ? lance ma mère en me libérant enfin.

— Toujours pas de réponse.

Son euphorie retombe comme un soufflé.

— Ça va venir, ça met peut-être plus de temps selon les universités.

— Ouais, sûrement.

Bousculée par deux émotions contradictoires, elle caresse l'épaule d'Alex dans un geste de réconfort, puis dépose un baiser appuyé sur ma joue.

— Ça vous dit qu'on aille manger en ville pour fêter ça ?

— J'aurais adoré ça, mais je ne peux pas, je dois répéter pour la comédie musicale, nous prévient Alex.

— Oh, quel dommage…

Il force un sourire qui arrive à convaincre ma mère, mais pas moi. Avec l'habilité d'un illusionniste, Alex efface son air triste pour enfiler son masque de bonne humeur. Je le retiens par l'épaule tandis qu'il récupère ses affaires sur la chaise.

— Je dois me dépêcher de prendre une douche, je suis à la bourre, élude-t-il.

Il m'embrasse sur la joue, avant de quitter la chambre.

Seule avec moi, ma mère fait de nouveau éclater sa joie en m'enlaçant.

— Ça, c'est mon petit génie !

Quelques minutes plus tard, j'accompagne Alex pour récupérer son vélo attaché à la gouttière du garage.

— Je suis vraiment content pour toi, c'est dingue que t'aies été admis à Columbia, me félicite-t-il alors qu'on longe la façade de la maison. Mais en même temps, c'était obligé qu'ils t'acceptent.

— Je suis persuadé que Julliard va t'accepter aussi, il n'y a pas de raison, t'es hyper doué.

Il détache son vélo et le fait rouler dans l'allée, le regard perdu dans le vague. Arrivé sur le trottoir, il tourne la tête vers moi.

— Tu te souviens du mec dont je t'ai parlé ? Celui que j'avais rencontré à l'audition.

— Celui qui voulait faire une coloc ?

— Ouais. On se suit sur Instagram, il a déjà reçu sa réponse. Je sais que ça ne veut pas forcément dire que c'est négatif pour moi, mais bon.

J'exerce une légère pression entre ses omoplates afin de lui donner du courage. Une voisine sort soudain de chez elle en traînant sa poubelle jusqu'au trottoir. Je retire aussitôt ma main du dos d'Alex et la fourre dans la poche de mon jean.

Ce dernier juge mon geste, puis madame Smith.

— Ne pense pas à Julliard, je détourne. Aujourd'hui, c'est le grand jour, tu vas tout déchirer.

— T'as raison, je vais essayer de ne pas me prendre la tête.

— Et ce soir, on fêtera le succès du spectacle.

— Et le tien.

Après encore quelques mots échangés, il est l'heure pour Alex de partir. Je le sens prêt à m'embrasser, mais je recule d'un pas pour l'en dissuader. Il se ravise en se raclant la gorge. On ne s'est jamais montrés proches en public, et je ne suis pas encore prêt pour ça. Sans se laisser démonter, il enfourche son vélo et me dit :

— À ce soir, Willy.

— On se voit à l'entracte.

Je suis sa silhouette qui s'éloigne sur la route, jusqu'à ce qu'il atteigne le stop et tourne à l'angle de la rue. Quand je retourne en direction de la maison, je lance un coup d'œil à ma voisine. Elle me salue avant de remonter son allée. Mon attention glisse sur Scott qui m'observe depuis son jardin. Rien n'échappe aux habitants de Mohawks Street.

Dernièrement, on se croise si peu, que Scott est presque devenu un fantôme. Les seules nouvelles que j'ai de lui, c'est Ramon qui me les rapporte. Comme son embrouille avec le lanceur de l'équipe de baseball. Les crises de jalousie de Kloe Berry. Ou encore sa victoire lors du championnat de boxe. En fin de compte, il aura eu ce qu'il voulait.

Depuis l'allée, je soutiens son regard inquisiteur, puis Scott rentre chez lui.

#Chapitre 43
William

Ce soir, Edison High ressemble à une ruche en effervescence. Un bourdonnement ininterrompu résonne autour de moi. Une enfilade de voitures encombre la rue et le parking devant le lycée, déchargeant une foule monstre qui progresse en direction du grand auditorium. La représentation de Grease a, non seulement, attiré la majorité des élèves, mais aussi leurs parents, leurs amis, et les membres du conseil d'administration.

Assis à l'une des premières rangées, je fais signe à ma mère et Lewie qui viennent d'arriver dans l'immense salle. Ils n'ont pas eu la chance d'obtenir une place près de la scène. Ça a déçu ma mère, mais arrangé Lewie. Tout comme moi, il n'a jamais été un grand fan des comédies musicales. Mais ce soir, c'est Alex qui joue, et ça change tout.

Soudain, une voix féminine m'interpelle. Je tourne la tête vers les grands-parents d'Alex qui s'installent à quelques sièges sur ma gauche. Monsieur Bird me fait un signe de la main, tandis que sa femme me sourit chaleureusement. Je les salue avant de reporter mon regard sur le rideau tiré sur la scène.

Un parfum capiteux arrive jusqu'à mes narines. Je m'intéresse au siège à ma droite où Lionel vient de s'asseoir. Il retire sa veste claire et la pose avec précaution sur ses genoux.

— Salut, William. Alex m'a dit pour Columbia, tu dois être aux anges.

Ça m'aurait étonné qu'il ne s'empresse pas de le dire à ses potes. Je trouve ça mignon.

— C'est le cas de le dire, c'est un nouveau départ pour nous.

— La vie sera différente là-bas, à tout point de vue.

— Et c'est cette perspective qui rend la chose encore meilleure. Je n'ai jamais détesté Fairfax, mais je suis persuadé que New York est faite pour moi.

Pendant un instant, je crois voir passer une ombre sur le visage de Lionel. Mais un sourire franc et sincère m'accueille lorsqu'il se tourne de nouveau vers moi.

— Vous serez bien là-bas, j'espère juste qu'Alex aura une vraie raison d'y aller. Je ne sous-entends pas que tu n'es pas suffisant, mais si jamais il n'est pas pris à Julliard, j'ai peur qu'il te suive juste pour ne pas être séparé de toi. On ne dirait pas comme ça, mais il s'attache vraiment aux gens, et tu es super important pour lui. Ce qui l'effraie le plus, c'est d'être abandonné par ceux qu'il aime.

Sa tirade sonne comme un reproche. Cherche-t-il à me mettre en garde ? Mais de quoi ? J'aime Alex et qu'il soit accepté à Julliard ou non n'y changera rien. Je resterai avec lui quoiqu'il advienne et lui aussi, on se l'est promis.

Je m'appuie sur les propos de Lionel pour terminer notre conversation :

— Je comprends ce que tu veux dire, mais je n'ai pas l'intention de me séparer d'Alex. Il sait ce qu'il fait, c'est sa décision.

Une musique d'ambiance se lance soudain dans la salle, empêchant Lionel de riposter.

On s'intéresse au cortège d'invités qui continue d'affluer dans l'auditorium. J'aperçois Hailey et ce que je devine être son mec qui s'installent à deux rangées derrière nous. Je ne lui ai pas reparlé depuis qu'Alex m'a demandé de ne plus avoir de contact avec elle. Mais au fond, c'était inutile. Ça faisait longtemps que je n'avais plus l'intention de répondre à ses messages. Je ne voulais plus lui donner de faux espoirs. Je suis content qu'Hailey ait trouvé quelqu'un qui lui correspond mieux.

Je me tourne vers Lionel pour réorienter la conversation dans une meilleure direction :

— Ça ne va pas être trop dur de couper le cordon avec Alex ?

— J'essaie de ne pas y penser, me répond-il avec un sourire tendre. Je sais que ça va faire mal, mais Yale n'est pas trop loin de New York, on pourra toujours se voir. Le plus dur, ça va être pour Cody. Il n'a pas été pris dans la fac qu'il voulait, du coup, il va sûrement aller à Oklahoma City.

— Ouh, la poisse. C'est pareil pour mon pote Ramon.

Les lumières s'éteignent et l'obscurité nous engloutit. Face à nous, le rideau se lève et les projecteurs se braquent sur le décor de Grease. Le club de théâtre a mis le paquet, la reconstitution de Rydell High School [45]est dingue ! D'un côté de la scène se trouve la cour du lycée où une comédienne en jupe longue et chaussettes hautes vient d'apparaître, tandis que l'autre représente les gradins du stade toujours plongés dans le noir.

Le spectacle commence.

Durant les cinq premières minutes, je ne tiens pas en place. Je connais assez le film pour savoir qu'Alex va bientôt faire son entrée. Et lorsque les projecteurs glissent sur la gauche, dévoilant un Danny Zuko à tomber par terre, mon cœur rate un battement. Alex est tout bonnement impressionnant !

La chanson *Summer night* démarre sous les applaudissements de la salle. Durant toute la première partie du spectacle, je ne quitte pas Alex des yeux. C'est la première fois que je le vois jouer la comédie. Au-delà de son jeu d'acteur

---

[45] Nom du lycée dans Grease.

impressionnant, il a une voix incroyable. J'en ai eu un aperçu en visionnant ses vidéos YouTube, mais le voir en vrai est encore plus étonnant.

Une heure plus tard, c'est l'entracte. Le rideau retombe sur la scène, permettant aux spectateurs de prendre un rafraîchissement dans le hall. Je me glisse derrière Lionel dans l'allée centrale. Guidés par la même idée, on passe ensemble les portes à double battant. Je le laisse se diriger vers le stand et bifurque vers une autre porte sur laquelle est inscrit « réservé aux personnels de l'auditorium ».

Dès l'entrée du couloir menant aux loges des artistes, j'entends l'euphorie qui anime la troupe. À mesure que je m'en rapproche, les voix gagnent en décibels. Soudain, l'une d'elles résonne dans mes oreilles au moment où un mec en veste en cuir surgit d'une loge.

— Willy, t'es là.

Alex me repère immédiatement et le sourire qu'il affichait s'agrandit davantage. Il me prend aussitôt par le bras et m'emmène nous isoler plus loin. Après une porte et quelques marches, on s'arrête dans l'arrière-scène. Emporté par la tornade aux cheveux bouclés, j'analyse brièvement le décor qui s'y trouve. Je reconnais celui qui a servi pour la scène du garage. Alex s'adosse à un établi qui a été rangé dans un coin et m'attire contre lui. Ses mains agrippent mon tee-shirt alors que je me glisse entre ses cuisses.

— T'es trop canon en Danny Zuko.

— Toi, t'es trop canon tout court.

Il parle de manière rapide. Je ressens l'excitation qui le fait vibrer jusque dans ses mains qu'il plaque sur mon cul.

— Je suis trop content que tu sois venu, dit-il contre mes lèvres. J'essaie de ne pas te regarder pour ne pas me déconcentrer, mais j'en ai trop envie.

— Moi, je ne te quitte pas des yeux.

Je reprends le chemin de sa bouche avec nécessité, réanimant notre moment de ce matin. Comme si ses pensées avaient rejoint les miennes, sa prise se renforce sur mon jean. J'expire un souffle chaud entre nos baisers.

Soudain, j'échappe brusquement à Alex en entendant du bruit derrière moi. Murdoch fait irruption dans les coulisses, une canette de Coca-Cola à la main. J'ai failli ne pas le reconnaître avec ses cheveux coiffés en banane. Il nous observe à tour de rôle en faisant une moue désapprobatrice.

— Prenez-vous une chambre, les gars.

— Et toi, prends un mec, je lâche avec moquerie.

— Si seulement… soupire-t-il avant de se tourner vers Alex. Juste pour info, on reprend dans deux minutes.

— Merde, déjà ?

Il dépose un baiser sur mes lèvres puis rejoint son pote. Je suis Dany et Kenickie jusque dans le couloir investi par les autres comédiens. Alors que je les contourne pour partir, Alex prononce d'une voix forte :

— Attends-moi à la fin du spectacle !

Il disparaît parmi la troupe, me laissant rejoindre l'auditorium.

La salle est de nouveau pleine quand je passe la porte à double battant. Je retrouve ma place à côté de Lionel qui termine de dévorer un sandwich. Il m'accorde un clin d'œil quand je m'assois, avant de porter un regard doux à son iPhone. Accoudé au dossier de mon siège, je vérifie si Lewie et ma mère sont toujours là. Ils n'ont pas encore regagné leurs sièges. Lewie doit encore se goinfrer de gaufres ou de donuts.

Pour passer le temps, je jette des regards circulaires sur la multitude de visiteurs étalés dans la fosse, avant de dévier sur ceux qui se trouvent sur le balcon du niveau 1. Parmi eux, un visage me saute aux yeux. Debout devant la porte menant à l'escalier, Scott observe la scène d'un air neutre. Je ne pensais pas qu'il viendrait voir le spectacle. Sa mère ne doit pas être loin.

Je fouille le premier balcon du regard pour tenter d'apercevoir le reste de la bande, mais il n'y a ni Ramon ni Calvin. Les lumières s'éteignent de nouveau et le spectacle reprend.

Durant toute la deuxième partie, les comédiens se déchaînent sur scène, donnant tout ce qu'ils ont.

Les chansons s'enchaînent, fredonner ou chanter par mon voisin de droite qui semble les connaître par cœur. *Look at me I'm Sandra Dee, Rock'n Roll Party Queen, Sandy*, pour finir par la très emblématique *You're the one that I want.*

Le dénouement de la comédie musicale est interprété avec brio. J'essaie de prendre une photo d'Alex marchant à quatre pattes aux pieds de sa partenaire déguisée en Sandy, mais mon portable n'a plus de batterie. Dommage, on aurait pu se marrer en la regardant ce soir dans mon lit.

Le baissé de rideau entraîne une salve d'applaudissements qui retentit dans toute la salle. Elle perdure et s'accentue lorsque les comédiens réapparaissent sur scène pour saluer leur public. D'un même mouvement, tous les spectateurs se lèvent et font une ovation au triomphe de l'équipe de théâtre d'Edison High. Au centre de la scène, entouré de Murdoch et de sa partenaire, Alex sourit, décoiffé, en sueur, éreinté… mais plus beau et heureux que jamais.

Alors que le rideau se baisse pour de bon, j'attends un peu que la salle se décante pour me lever. La foule s'engouffre à travers les portes à double battant, laissées ouvertes pour une meilleure évacuation. Lors d'une brève accalmie, Lionel me fait signe de le suivre. On se mêle aux spectateurs qui affluent dans le hall, jouant des coudes pour sortir de l'auditorium. On reste pas loin de cinq minutes, coincé devant la grande porte surveillée par des vigiles.

Une foi dehors, j'inspire à pleins poumons. J'ai l'impression de pouvoir enfin respirer après avoir passé autant de temps compressé dans le hall. Lionel me tient compagnie, jusqu'à ce que ma mère et Lewie viennent me faire part de leurs impressions. Elle est surexcitée tandis que mon frère lance un « c'était pas mal » avant de s'éloigner avec son portable à la main.

— On rentre ensemble ? me demande-t-elle en observant d'un air fatigué Lionel qui rejoint sa voiture. Alex vient dormir à la maison ?

— Je suppose, on s'est donné rendez-vous à la fin du spectacle. Je t'écrirai avec son portable, le mien est encore déchargé.

— D'accord, ne traînez pas trop.

— Ouais, t'inquiètes.

Elle s'éloigne pour retrouver Lewie qui attend près de la voiture.

Dix minutes passent, l'auditorium se vide, et toujours pas d'Alex en vue. Voyant le temps défiler et mon mec qui n'arrive toujours pas, je me rends à la sortie des artistes. La porte coupe-feu se trouve sur le côté du bâtiment et mène directement au parking. Plusieurs personnes en sortent par vague, mais toujours pas celui que je recherche. J'entends une voix familière approcher. Murdoch faillit hurler lorsque j'empoigne son bras pour l'arrêter lorsqu'il passe la porte.

— Gilson ? Tu m'as foutu une de ces trouilles, dit-il en plaquant une main sur son cœur.

— Tu sais où est Alex ? je l'interroge d'emblée.

— Je pensais qu'il était avec toi, il est sorti dans les premiers.

— Sérieux ? Je ne l'ai pas vu…

— Il est peut-être sur le parking, soumet-il avec logique.

Automatiquement, je jette un regard dans la direction qu'il m'indique.

— Ouais, je vais aller voir. Merci quand même. Et félicitations pour ce soir.

Il me fait une révérence, avant de rejoindre le reste de la troupe.

Un sentiment désagréable me comprime le thorax tandis que je rejoins le parking. Quelques voitures sont encore stationnées devant l'auditorium, prenant la suite du cortège de véhicules qui avance sur la chaussée. Je crois reconnaître la partenaire d'Alex près d'une Ford bleue. J'accours vers elle avant qu'elle ne monte dans sa voiture.

— Excuse-moi ! Tu sais si Alex Bird est déjà parti ?

— Alex ? Non, je ne crois pas, il était avec un gars il y a à peine deux minutes.

— Un gars ? Qui ?

— Scott Foster.

Mon sang se glace dans mes veines.

— T'as une idée de l'endroit où ils sont allés ?!

— Vers le stade, je crois. Ils n'avaient pas…

Mais je ne la laisse pas finir sa phrase et me précipite en direction du lycée.

#Chapitre 44
Alex

Je regarde à nouveau mon téléphone dans l'espoir que William ait rallumé le sien. Toujours aucune réponse. *Qu'est-ce qui lui prend autant de temps ?*

M'impatientant, je quitte mon appui contre la rambarde en bas des gradins et m'approche du terrain. La nuit est tombée plus vite que je ne le pensais, je ne vois déjà plus rien. Les grands spots sont éteints, il n'y a que le halo des éclairages du lycée et la lune qui percent l'obscurité du stade.

Alors que je m'apprête à téléphoner une énième fois à William, il apparaît enfin sur la pelouse. Il traverse le terrain d'une démarche rapide. Je range mon téléphone et viens à sa rencontre.

— Will ! J'ai failli attendre, j'ironise.

Mon corps encore vibrant d'énergie est soudain submergé par une vague d'incertitude. La silhouette qui se dessine dans l'obscurité du stade n'est pas celle de William. À mesure que je m'approche, je prends pleinement conscience que ce type n'a rien à voir avec lui. Il est plus grand, plus large, et ses cheveux sont plaqués en arrière. Je plisse les yeux pour essayer de voir de qui il s'agit. Lorsque j'y parviens, il est déjà trop tard.

— Foster ? je réagis, surpris.

Je recule instinctivement en fronçant les sourcils. Il continue de marcher vers moi, semblant accélérer l'allure.

— Qu'est-ce que tu fous là ?

Il se met à courir et m'atteint avant même que je n'aie eu le temps de l'éviter. Il me fait tomber dans l'herbe dans un placage. Ma tête cogne la terre humide et mon dos amortit ma chute. Le choc me coupe le souffle. Foster se redresse en m'immobilisant sous son poids.

— Ça t'éclate, pas vrai ? s'exclame-t-il. Ça te fait marrer d'aguicher les mecs ! Sale petite pédale de merde !

Je lâche une quinte de toux tout en essayant de reprendre ma respiration.

— Lâche-moi, connard… je rage en me débattant. Je ne t'ai jamais allumé, je ne te toucherais même pas si t'étais le dernier mec sur terre ! Tu me donnes envie de gerber !

— Ah ouais ?! (il presse ses hanches aux miennes) Je vois clair en ton jeu, Bird, tu veux tous nous pervertir, mais je ne me laisserai pas faire ! Tu sais ce que me dit mon père ? Que les dégénérés dans ton genre devraient tous finir comme Russell Sheehan ! Toi le premier !

— Et tu sais qui tenait le même discours ? Hitler !

J'essaie de me redresser, mais il me replace violemment au sol.

— Tu me fais passer pour le cinglé, mais c'est ta faute ! crie-t-il. Tout est ta faute ! C'est à cause de toi que je souffre à ce point ! Tu vas me le payer !

— Bordel, Foster ! Calme-toi !

— FERME TA GUEULE !

J'essaie de rouler sur le côté pour m'en débarrasser. Il me rattrape aussitôt par les cheveux et son poing heurte ma mâchoire de plein fouet. Des étoiles dansent sous mes paupières tandis qu'une douleur diffuse s'anime dans ma bouche. Foster me chope le visage et approche le sien en écarquillant les yeux.

— Tu dois disparaître, me dit-il en appuyant son pouce sur ma lèvre inférieure.

Je gémis de douleur. Il resserre sa poigne sur ma mâchoire.

— Mort, tu ne pourras plus me bousiller le cerveau ! Je ne deviendrai pas comme toi, tu m'entends ?! Tu m'as poussé à bout ! T'as déjà eu mon pote, mais, il fallait que tu m'aies moi ?!

Il rive sa main libre dans son dos avant de la rabattre sur la pelouse. Mon sang se glace quand j'aperçois son flingue. Choqué, je fixe l'arme sans réussir à formuler une pensée cohérente. Quand je rive mon regard sur Foster, la haine et le désespoir qui habitent ses traits me broient l'estomac.

— Ne me regarde pas comme si j'étais le monstre ! m'engueule-t-il, en agrippant ma mâchoire encore plus fort. C'est à cause de mecs comme toi que ça arrive ! Si tu n'existais pas... (il s'arrête, le regard hagard) Ouais... C'est ça, il ne faut pas que tu existes, et alors tout va s'arranger.

— Ne fais pas ça, Foster... Tu n'es pas un tueur...

— TU NE SAIS RIEN DE MOI ! N'ESSAIE PAS DE ME MANIPULER !

Ses yeux s'emplissent de larmes et il écrase brusquement sa bouche sur la mienne. La surprise me paralyse. Foster m'embrasse avec force avant de se reculer pour me regarder. Tétanisé, je le dévisage tandis que des larmes dévalent ses joues.

— SCOTT ! LÂCHE-LE !

Mon cœur rate un battement. Foster et moi nous tournons d'un même mouvement vers William qui fonce droit sur nous. Le premier me libère aussitôt et recule sur l'herbe d'un air ahuri. Dans sa précipitation, une autre larme coule sur sa joue. Il l'essuie et se relève d'un bond, dévoilant son arme. En la voyant, mon mec s'arrête comme frappé par la foudre. Sous le regard choqué de son meilleur ami, Foster détale à l'autre bout du stade. William semble hésiter à le suivre, mais il le laisse finalement partir.

Toujours allongé dans l'herbe, je fixe la silhouette du footballeur jusqu'à ce qu'elle se fasse engloutir par l'obscurité. Ce n'est qu'une fois persuadé qu'il est bel et bien parti, que je prends conscience de la présence de William à côté de moi. Il m'aide à me relever et me prend dans ses bras.

— Borde, j'ai eu tellement peur… soupire-t-il dans mon cou.

Je me sens tout à coup gelé tandis que mon cœur bat à tout rompre. Ma tête se met à tourner et un haut-le-cœur me prend à la gorge, me faisant tousser pour le refouler.

Qu'est-ce qu'il vient de se passer ? Foster m'a embrassé ? Et son flingue… Avait-il vraiment l'intention de s'en servir contre moi ?!

Troublé, je me libère de l'étreinte de William et m'éloigne de quelques pas. Je prends appui sur mes genoux pour reprendre mon souffle. Je force l'air à pénétrer ma gorge, mais parviens à peine à inspirer. J'ai l'impression de suffoquer !

— Alex, qu'est-ce qui t'a pris de venir ici avec Scott ?

Je fais volteface et m'écrie :

— Je t'ai envoyé des tonnes de messages !

— Ma batterie est déchargée.

— Et tu ne pouvais pas la charger avant de venir ?!

Mes mains se mettent à trembler. Ou bien peut-être que je ne le remarque que maintenant. Je les passe sur son visage tout en déambulant dans l'herbe. William esquisse un geste vers moi, mais je l'évite en bougeant l'épaule.

— Bordel de merde… je grogne contre mes paumes.

Quelque chose d'humide coule sur mes doigts. Je les éloigne de mon visage pour les analyser, y découvrant du sang. William m'agrippe le poignet d'une main et saisit mon menton de l'autre.

— Il t'a cogné ?!

— Ça va, ce n'est rien.

— Bien sûr que non, je le vois sur ton visage !

— Je te dis que ce n'est rien !

Je dégage son geste et essuie mon menton d'un revers de bras, réanimant la douleur aiguë sur ma lèvre. *Putain !* À bout de nerfs, je m'accroupis dans l'herbe. J'ai besoin d'air. J'ai besoin de reprendre mes esprits. J'ai besoin de donner un sens à tout ce que je viens de vivre.

— Merde, Alex ! Comment t'as pu prendre le risque de le suivre ici ! Tu réalises que Scott aurait pu te blesser ?! Eh ! Tu m'écoutes !

— Bordel, William, tais-toi !

Je me prends la tête à deux mains pour l'empêcher d'exploser.

Réfléchis, Alex, réfléchis. Remets chaque chose à sa place, ne panique pas. Réfléchis… Réfléchis… Prends ton temps. Tout est fini.

Les yeux fermés, je sursaute lorsque William récupère mon poignet. Sans me laisser le choix, il tire sur mon bras pour me relever. La force de sa poigne aspire ma tension et ma colère descend miraculeusement d'un cran.

— Lève-toi, je te ramène chez toi.

Je le laisse me mettre debout et on traverse le terrain humide.

Je ne dis pas un mot jusqu'au parking de l'auditorium. William prend la parole à plusieurs reprises, mais c'est à peine si je l'entends. Sa voix est aussi lointaine que si j'avais la tête sous l'eau. Je perçois des phrases sans vraiment en saisir les mots. Je me sens déconnecté de la réalité, coincé sur ce terrain de football avec Foster. Mais ce silence me permet de remettre chaque pièce du puzzle à sa place, jusqu'à former une image que je n'avais encore jamais envisagée.

Dans un enchaînement de gestes automatique, je récupère mon vélo, et William et moi repartons à pied du lycée. Je ne sais pas quelle heure il est, mais les lampadaires sont allumés et l'air s'est rafraîchi. Je m'en rends compte lorsqu'un frisson dévale mon dos et secoue mes épaules.

Sentant le regard insistant de William sur moi, je me réintéresse à lui. Ses yeux noisette me transmettent toute une palette d'émotions. Tristesse. Inquiétude. Culpabilité. Colère. Et même de la tendresse. C'est cette dernière qui me pousse à me livrer :

— Je crois que ton pote est gay.

Il secoue la tête, désabusé.

— Je ne suis pas d'humeur pour ton sarcasme, Al.

— Il m'a dit des trucs bizarres.

On s'immobilise en même temps sur le trottoir. William a soudain l'air paumé, tel un mec qu'on viendrait de gifler gratuitement. Je comprends, je le suis toujours aussi. Mais je me raccroche à ce que je sais, à ce que mon instinct me dicte.

— Quoi, comme trucs ? relève-t-il.

— Du genre que j'aguiche les mecs, que c'est à cause de moi s'il est comme ça, qu'il voudrait que je crève pour ne plus avoir à souffrir.

— T... T'es sérieux ? Tu veux dire... qu'il craque sur toi ?

— Je ne sais pas... C'était peut-être juste... de manière générale. En fait, je ne sais plus trop quoi penser.

Je passe mes doigts dans mes cheveux encore laqués.

— Je suis un peu paumé là, j'ajoute en me frottant le crâne. Tu l'as déjà vu mater des mecs ?

— Je...Non, mais...

Il n'achève pas sa phrase, comme s'il réalisait soudain qu'il ne savait rien de son meilleur ami. Mais parfois, c'est le cas, on peut côtoyer une personne pendant des années avant de réaliser qu'on ne l'a jamais réellement cernée.

L'air grave, William se perd dans ses pensées. Je lui laisse un instant pour se remettre du choc. Ce silence forcé me permet de réfléchir de mon côté. Je m'en veux de lui avoir gueulé dessus tout à l'heure. Il était là pour m'aider, et je lui ai parlé comme une merde. J'effleure ses doigts et ses yeux se rivent sur moi, plus lucides.

Lui prenant la main et poussant mon vélo de l'autre, on se remet à avancer.

— Il s'est passé quelque chose avec Foster récemment ? je le questionne. Il avait l'air de te foutre la paix depuis quelque temps et il ne m'emmerdait plus au lycée.

— Je n'en sais rien, ça fait des semaines qu'on ne se parle plus. Mais il avait l'air normal, enfin... la notion de normalité est assez différente lorsqu'il s'agit de Scott.

Des voix nous interrompent. On se retourne vers un groupe de mecs qui vient vers nous en braillant. On est samedi soir, le jour des soirées, des sorties dans les bars et des débordements. William et moi cessons de parler en les croisant. Les types nous adressent des regards louches avant de s'éloigner sur l'avenue dans un concert de rires.

— Pour la première fois, Foster m'a vraiment fait flipper, j'avoue en perdant mon regard dans le vague. Pendant un instant, j'ai vraiment cru qu'il allait me tuer.

— Pourquoi tu l'as suivi sur le terrain ? Tu joues avec le feu, Alex. Et ce n'est pas la première fois.

— Si je l'ai suivi ?! je me braque en m'arrêtant. Ça faisait un moment que je t'attendais quand il s'est pointé ! Quand je l'ai vu au loin, j'ai cru que c'était toi ! Ce n'est qu'une fois sur le terrain que j'ai compris que c'était lui. Tu crois vraiment que j'aurais suivi ce cinglé ? Je ne suis pas totalement con, William !

Il contourne mon vélo et s'impose devant moi.

— Tu n'aurais jamais dû t'éloigner alors que je n'avais pas répondu à tes messages !

— J'étais impatient de te retrouver !

— Et impatient de finir à l'hosto ! Si je n'étais pas arrivé... Putain, Alex, il aurait pu arriver n'importe quoi... Il faut que tu sois plus prudent.

— Je suis juste allé sur un putain de terrain de Football, William ! Je ne devrais pas avoir à être plus prudent. Ce n'est pas moi qui ai un problème dans l'histoire ! C'est Foster ! C'est les Buffalo ! Et tous les enfoirés dans leur genre !

Ses épaules s'affaissent alors qu'il soupire lourdement. Soudain, il m'agrippe le tee-shirt et m'attire dans ses bras. Je perds ma prise sur le guidon de mon vélo qui tombe sur le trottoir.

William me serre fort, tellement qu'il m'étouffe, mais le désespoir de son geste me fend le cœur. Je l'enlace à mon tour et reste blotti dans son étreinte protectrice. Près de lui, j'ai le sentiment que plus rien ne peut m'arriver. Qu'enfin, je suis en sécurité.

Mon cœur s'apaise totalement alors qu'on reste ainsi, enlacés dans la lumière d'un lampadaire. Le rythme cardiaque de William se répercute sur mon torse à travers nos tee-shirts. Je lui caresse le dos, le débarrassant de sa colère comme il m'a délivré de la mienne. Et progressivement, il se calme lui aussi.

— Je suis désolé, Alex… Mais j'étais super inquiet pour toi…

Je desserre mes bras pour le regarder en face.

— Je suis solide, ne t'en fais pas.

— Mais tu n'as jamais gagné un championnat de boxe.

Sa répartie parvient à me faire sourire.

— Non, c'est vrai.

Une brise fraîche nous balaye et un autre frisson me secoue. William se détache de moi pour m'inciter à nous remettre à avancer. Je ramasse mon vélo, puis on presse le pas pour rentrer plus vite.

— Donc, si Scott t'a suivi, c'était pour te faire sa déclaration ? lance-t-il quand on traverse un passage piéton. Une violente et urgente déclaration…

— Sa déclaration de guerre, ouais.

Il se frotte vigoureusement les cheveux.

— Merde, Scott ? Gay ? Vu son père, ça ne m'étonne pas qu'il le vive aussi mal. C'est un néonazi, pro de la thérapie de conversion et des camps de redressement. Et dire que mon père est pote avec ce type-là...

— Tu crois que ton père pense comme celui de Foster ?

— Je ne pense pas. Il n'a jamais été à l'aise avec l'homosexualité, mais de là à faire brûler tous les gays de l'Oklahoma sur un bûcher... Non, il n'est pas comme ça.

Mais l'hésitation dans la voix de William ne me convainc pas, loin de là. Qui se ressemble s'assemble, c'est bien connu. Je ne vois pas comment un homme pourrait être ami avec une ordure telle que Foster sans partager ses idéaux. Et dire que ces cinglés vivent à quelques pas de chez mon mec.

— Tu ne veux pas dormir chez moi ce soir ? je lui propose. Je sais qu'on devait aller chez toi, mais je ne suis pas rassuré de savoir que Scott Foster vit à quelques maisons de la tienne. Qui sait ce qu'il pourrait te faire. D'autant plus depuis qu'il est au courant pour nous deux.

L'air sérieux, William semble analyser mes mots, leur poids, et leur signification. Puis il dépose un baiser sur mes lèvres. Du pouce, il caresse ma peau tuméfiée, et me dit :

— OK. On va chez toi.

Rassuré, je l'embrasse à mon tour. On se remet en route sous le ciel sombre dans la perspective de se mettre en sécurité.

Arrivé à la sortie de la ville, William s'assoit sur la selle de mon vélo tandis que je prends les pédales. Puis on part à travers la campagne. L'obscurité est plus opaque sans les éclairages publics de Fairfax, mais je me sens plus léger alors que j'impose une distance avec le stade, la maison des Foster, et toutes les personnes susceptibles de nous vouloir du mal.

Il y a des nuits comme celle-ci où j'aimerais être l'une des étoiles filantes qui fusent au-dessus de nos têtes. Inarrêtable, inaccessible, et libre. Mais alors que William est là, contre moi, je m'entête à vouloir garder ma vie telle qu'elle est. Avec ses bons et ses mauvais aspects. Car rien ne vaut une existence où il est à mes côtés.

#Chapitre 45
William

Lundi, je décide de prendre le taureau par les cornes et de régler une bonne fois pour toutes le *problème Scott.*

À Edison High, il règne déjà une atmosphère de fin d'année, un mélange entre la joie d'en avoir terminé avec le lycée et la tristesse de devoir se séparer de ses potes. Les couloirs sont déserts, mais envahis par la chaleur du printemps.

Le soleil tape fort ce midi, la cour est pratiquement déserte quand je sors du bâtiment principal. La majeure partie des élèves se sont entassés sous les quelques arbres qui font face au lycée ou dans le hall afin de profiter de la ventilation. Mais ce n'est pas ici que je trouverai Scott. Grâce à la story que j'ai vue sur Instagram, je sais qu'il prend son déjeuner au stade avec l'équipe de football.

Arrivé sur place, je repère les Buffalo dans les gradins. Vêtu d'un débardeur blanc, Scott tire sur un joint qu'il tend ensuite à Nolan Moore. On dirait que pour certains, la fin des cours a sonné avant l'heure. Mon pote me remarque à son tour en me fixant sans la moindre expression.

Quand je monte dans les gradins, Moore est le premier à m'adresser la parole :

— C'est trop tard pour rejoindre le club des gens stylés, mon invitation a expiré depuis que t'es devenu un connard.

— Lâche-moi la grappe, Moore, je suis là pour lui, je déclare en désignant Scott.

Ce dernier bondit comme une flèche et traverse le cercle de sportifs pour m'affronter.

— Tire-toi, on n'a rien à se dire, m'attaque-t-il.

— Ah ouais ? T'en es sûr ?

— Tu veux quoi ? Que je te déroule le tapis rouge ?

— Tu n'es pas en position de monter sur tes grands chevaux, Scott.

— Parle à mon cul, ma tête est malade !

— C'est ce que tu demandes aux autres mecs ? De chuchoter à l'oreille de ton cul ?

Notre échange se fait huer par les mecs de l'équipe qui poussent des cris comme des singes en rut. « Ouh, ouh, ouh ». Moqué par ses coéquipiers, Scott se renfrogne en contractant ses biceps. Il récupère son sac à dos sous le banc et descend les marches.

— Pourquoi tu te barres, Foster ? lui demande Moore. Tu vas recoller les morceaux avec ton ex-pote ?

Il l'ignore et continue d'avancer en balançant son joint sur la piste.

S'il croit qu'il va encore pouvoir s'enfuir, il se fourre le doigt dans l'œil. Je lui ai laissé un jour de répit pour qu'il se remette les idées en place, il est temps qu'il affronte ses démons.

— Je n'ai pas oublié ce qu'il s'est passé ici l'autre soir, je m'écrie en le rattrapant.

Scott s'arrête aussitôt, le dos crispé. Quand je passe à côté de lui, son visage est figé dans une expression de colère.

— Suis-moi.

Je contourne le complexe sportif et m'arrête à l'entrée d'un champ de blé. Une vague de chaleur me caresse le visage, mêlée à une odeur de tabac froid. Je baisse les yeux sur les mégots qui jonchent le sol. De toute évidence, on n'est pas les seuls à squatter ce spot.

Le soleil m'éblouit et la chaleur gagne en intensité lorsque je m'avance dans les herbes hautes.

— Vide ton sac, qu'on en finisse, râle Scott.

Je me retourne vers lui en croisant les bras.

— On aurait pu parler au stade la nuit où t'as attaqué Alex, mais tu t'es enfui comme un lâche, la queue entre les jambes.

— Parler pour dire quoi ? Hein ? Que t'es une tarlouze ?!

— Parce que toi, t'es quoi ? Un tueur ?! (je lui bouscule l'épaule, le faisant reculer d'un pas) Qu'est-ce que tu foutais avec ce flingue ?!

— Ça va, il n'était même pas chargé.

— Ça ne change rien ! C'était cinglé de faire ça ! La seule raison pour laquelle je ne te dénonce pas, c'est parce que je sais que ton père est le shérif et qu'il te couvrira !

— De toute façon, qui te croirait ? Ton soi-disant père ? T'es aussi inexistant dans la vie de Steffen que le nez sur la tronche de Voldemort !

Je serre les poings.

— Je sais pourquoi tu t'en es pris à Alex ! je le préviens en me retenant de lui mettre une droite.

— Arrête de jouer les défenseurs des opprimés, ça ne te va pas du tout.

— Tu sais très bien où je veux en venir ! T'es tellement attiré par lui que tu n'as pas pu le supporter et que t'as voulu le tuer !

Sa réponse est immédiate. Il se précipite sur moi et me plaque contre le bâtiment. Son avant-bras écrase mon torse et ses yeux me fusillent dans un mélange d'effroi et de rage. Je pourrais le dégager facilement, mais qu'il s'imagine avoir le contrôle sur moi le rend plus apte à m'écouter.

— Fais gaffe à ce que tu dis ! aboie-t-il à quelques centimètres de mon visage. Je ne sais pas ce que Bird t'a raconté, mais c'est des conneries !

— Si je ne te démolis pas pour avoir frappé et menacé mon mec, c'est parce que je sais ce que t'es en train de vivre, je suis passé par là, moi aussi. T'as honte de toi, t'es en colère, t'aimerais pouvoir te convaincre que t'es comme tout le monde. Mais tu ne peux pas changer ta nature, Scott.

— FERME TA GUEULE !

Il renforce sa prise sur moi, ses traits figés par la stupeur. Mais à travers sa colère et sa violence, je vois un mec blessé, seul, et perdu. Un mec qui ressemble beaucoup à ce William que j'ai tenté de fuir durant toutes ces années sans jamais y parvenir.

— Ce n'est pas une tare d'être gay. C'est simplement toi. Je sais ce que c'est de se sentir coupable. Moi aussi je me dégoûtais et j'en voulais au monde entier, mais j'ai fini par réaliser que j'étais plus heureux en m'acceptant tel que je suis.

Ne pouvant plus en supporter davantage, Scott me relâche violemment avant de s'éloigner de quelques pas, la tête entre les mains.

— Je ne serai jamais comme toi… Je… je ne me laisserai jamais atteindre par ça… Ça me répugne, putain ! (il fait volteface) je ne suis pas un dégénéré bouffeur de queue, je ne suis pas comme Bird ! Tout ça, c'est sa faute !

— Ce n'est la faute de personne, je défends en avançant dans sa direction.

— Bordel, regarde ce que ce mec t'a fait, riposte-t-il comme un dément. Il t'a retourné le cerveau, et maintenant il veut me faire la même chose. Mais il n'y arrivera pas, je ne le laisserai pas faire !

— Arrête, on croirait entendre ton père.

— Mon père a raison, tous ces pédés méritent de crever !

Je serre la mâchoire.

Ça ne m'étonne pas qu'avec des parents comme les siens, Scott en soit arrivé à de telles extrémités. Son éducation stricte, les valeurs républicaines avec lesquelles il a grandi, le lavage de cerveau permanent d'un père qui cumule à lui seul le racisme, l'homophobie, le machisme et la violence… Toutes ces choses ont bâti un monde hostile dans lequel Scott a grandi. Un quotidien nocif dans lequel il a intériorisé ses désirs et ses peurs pour pouvoir survivre.

L'homophobie peut prendre différentes formes. Chez Scott, c'est la peur inavouée de ses propres penchants qui l'ont poussé à s'en prendre à Alex. Mais même si je comprends par quoi il est en train de passer, je ne tolère pas sa violence pour autant.

— La dernière fois, je ne suis pas arrivé à temps pour t'empêcher d'agir, je déclare d'une voix ferme. Mais si jamais tu reposes la main sur Alex, je te le ferai payer, crois-moi.

Il soutient mon regard, ses yeux plissés débordant de dégoût.

— De toute façon, tout ça n'a plus d'importance, abrège-t-il en avançant d'un pas décidé. Je me tire bientôt de Fairfax.

— Comment ça ? Où tu vas ?

— J'ai passé les tests de l'armée, je pars dès la remise des diplômes.

— L'armée ? C'est ton abruti de père qui t'a soufflé ça ?

Il se retourne vers moi, l'air féroce.

— Ça a toujours été mon plan ! Là-bas, je serai avec de vrais mecs, qui ont les mêmes valeurs que moi et qui n'ont pas peur de prendre des coups !

Je pousse un soupir dépité.

— Alors, j'espère que tu y rencontreras quelqu'un pour t'aider.

— Je n'ai pas besoin d'aide ! Ça, c'est pour les nanas et les faibles !

— C'est ce que tu crois, mais un jour, tu changeras d'avis.

Il détourne la tête en émettant un son de dédain.

Au loin, j'entends les rires des Buffalo provenant du stade. Autrefois, Scott et moi avions nous aussi des fous rires. Autrefois, on se soutenait, on se comprenait, on répondait présent l'un pour l'autre. Je regrette cette époque d'insouciance et d'innocence. Car je sais qu'à présent, il nous est impossible de revenir en arrière. Trop de choses ont changé, trop d'erreurs ont été commises, trop de paroles ont été dites et autant de vérités révélées. J'ai fait le choix d'assumer ce que je suis, alors que Scott préfère s'enfermer dans son mal-être.

Au final, je ne lui en veux pas, ça me rend juste triste. Triste qu'il vive dans le mensonge. Et triste de perdre mon meilleur ami de cette façon. Dans la rancœur et la colère.

— C'est tout ce que t'avais à me dire, Gilson ? grogne-t-il, les yeux perdus sur-le-champ.

— Ouais, tu peux retourner avec tes potes, « les vrais mecs ».

Il lâche un souffle dédaigneux puis part en direction du stade.

— Eh, Scott ?

Dans l'ombre du bâtiment, il m'adresse un bref coup d'œil par-dessus son épaule.

— C'est quand même dommage qu'on en soit arrivé là, tu ne trouves pas ?

— C'est surtout dommage que t'aies choisi ce pédé à ma place.

Nos regards s'accrochent. Et alors, je sais que c'est la dernière fois qu'on s'adresse la parole.

Ça faisait un moment que notre amitié était arrivée à expiration. Mais ça fait toujours quelque chose de se dire que c'est fini. Dorénavant, il n'y a plus de William et Scott. Seul reste William, et c'est mieux comme ça.

Quand je retourne vers le lycée, je checke mon portable et vois le message qu'Alex m'a envoyé il y a deux minutes.

De Alex, 12 : 12
Il faut que je te voie. Je t'attends devant le lycée. Viens.

Sans perdre de temps, je pars en courant et retrouve mon mec qui m'attend sur le parking. Son sac à dos pendu à son épaule, Alex affiche un air grave qui n'augure rien de bon.

— Qu'est-ce qu'il se passe ? je l'interroge, essoufflé.

Il me montre l'enveloppe qu'il tient fermement dans sa main tout en se mettant à avancer.

— J'ai reçu ma lettre.

— Tu l'as ouverte ?

— Non, je voulais que tu sois là.

On s'arrête près d'un bus stationné sur le parking. Quand je pose une main sur son épaule, Alex est plus tendu qu'une corde à linge.

— Peu importe ce que tu as reçu comme réponse, je serai là pour toi. Et on ira à New York, c'est ce qu'on s'est promis.

Il inspire un bon coup, puis il me tourne légèrement le dos pour ouvrir sa lettre. Plusieurs secondes s'écoulent dans un silence de mort.

— Alors ? Ils t'ont dit quoi ?

Il se tourne vers moi, le visage livide.

— Je suis pris.

— Pour de vrai ?!

— Ouais.

J'explose de joie en l'enlaçant.

— Félicitations, Alex ! Je t'avais dit que tu y arriverais !

Tandis qu'il laisse retomber la pression, son corps ressemble à présent à une poupée de chiffon entre mes bras. Et tout à coup, comme s'il venait de réaliser l'impact de cette lettre, il agrippe ses mains à mes épaules.

— Putain… Je n'en reviens pas, Willy. Je vais à Julliard !

#Chapitre 46

William

Mai,

— On dirait que tu vas bosser à la maison blanche, ironise mon frère depuis le canapé. Bientôt, tu déjeuneras avec Trump.
— Je t'emmerde, Lewie.

Il se marre la bouche pleine de chips, vautré en jogging sur le canapé.

Dans le miroir de l'entrée, je recentre mon nœud papillon sur ma chemise blanche. C'est vrai que j'ai l'air d'un pingouin avec mon smoking noir flambant neuf et mes chaussures assorties. Ma mère n'aurait jamais dû dépenser autant de fric dans un costume que je ne porterai probablement plus jamais.

— Je déconne, Will, renchérit Lewie. T'es grave beau gosse. Alex va bander sévère en te voyant.
— Mais tais-toi, je râle avec un demi-sourire.

Le bal de promo commence dans moins d'une demi-heure et je ne suis toujours pas décidé à m'y rendre. Alex et moi, nous sommes donnés rendez-vous au gymnase, là où va se dérouler la soirée. On a décidé d'y aller séparément. Enfin, *j'ai* décidé d'y aller de mon côté et de le rejoindre une fois sur place. Lui aurait été partant pour qu'on se rende au lycée bras dessus bras dessous comme Kurt Hummel et Blaine Anderson[46] dans la saison 2 de Glee.

Tout en époussetant son tee-shirt plein de miettes, Lewie se place à ma droite et admire mon reflet dans le miroir. Ses yeux noisette s'attardent sur ma tenue de soirée, avant de remonter sur mon visage. Comme s'il pouvait lire le fond de ma pensée, il me demande :

— Pourquoi t'es encore là ? Tu vas être à la bourre.

— Je ne sais pas si j'y vais.

— Quoi ?! T'es sérieux ?! Pourquoi ?

— Parce que je voulais y aller avec Alex, mais que je ne peux pas.

— Ne me dis pas qu'il a refusé ? s'étonne-t-il. Oliver m'a prêté son fusil de paintball, si tu veux on peut…

— Mais non, il a accepté. C'est moi qui ai dit non.

— Ah… OK. (il marque une pause) Ouais, non, je ne comprends que dalle.

Je m'adosse au meuble de l'entrée tandis que mon frère me regarde, l'air paumé.

---

[46] Couple gay de la série Glee.

— Je n'ai plus envie d'aller au bal, car je sais que je ne vais pas m'y sentir à ma place si j'y vais sans Alex. Mais en même temps, je ne suis pas encore… Je n'ai pas envie de…

Mon nœud papillon semble soudain trop serré.

— T'as peur que tout le monde vous regarde comme des bêtes de foire si vous y allez ensemble, c'est ça ? devine-t-il.

— Ouais, en gros.

Il pose une main sur mon épaule.

— Franchement, Will, qu'est-ce que t'en as à faire de ce que les autres vont penser de vous ? Tu ne les reverras jamais. Et puis, tu crois vraiment qu'ils vont rester toute la soirée à vous mater ? Si j'allais au bal de promo, je passerais mon temps à draguer et à manger plutôt qu'à reluquer deux gays. Sans te vexer. En plus, t'as la chance d'y aller avec le mec que tu kiffes, alors profites-en, ce n'est pas tous les jours qu'on fête la fin du lycée.

Sa perspicacité me surprend. Ce n'est pas dans les habitudes de mon frère d'être aussi mature et censé.

Un rire m'échappe par le nez.

— Quoi ? relève Lewie.

— T'es moins con que t'en as l'air.

Il me donne un coup dans l'épaule en soufflant un rire.

— Allez, casse-toi avant que maman ne rapplique pour te mitrailler avec son appareil photo de la préhistoire.

J'acquiesce et m'apprête à partir, puis je reviens sur mes pas pour faire une accolade à mon frère.

— Merci, petites couilles. Tu vas me manquer quand je serai à New York.

Il me caresse doucement le dos.

— De rien, dugland. Toi aussi tu vas me manquer.

On se sépare en s'accordant un sourire complice.

— Ça va être à ton tour d'être l'homme de la maison, je lui dis. T'as seize ans maintenant. Enfin… sauf si tu pars vivre avec papa.

— Non, maman a trop besoin de moi. Son chouchou va partir, elle va me donner toute son affection, je vais vivre comme un roi.

Je lui frotte énergiquement les cheveux.

— Tu ne changeras jamais.

— Mais arrête ! bougonne-t-il en s'écartant.

Tandis que Lewie s'éclipse dans le salon, je récupère la clé de voiture dans le sac à main de ma mère et quitte la maison. Une fois ma ceinture bouclée, mon iPhone se met à sonner. M'attendant à voir le prénom d'Alex s'afficher sur l'écran, j'extirpe mon téléphone de mon pantalon. Le stress me gagne quand je découvre qu'il ne s'agit pas de mon mec, mais de mon père.

Après une longue hésitation, je réponds :

— Allo ?

— *Salut, William. Comment vas-tu ?*

Entendre sa voix me fait l'effet d'une douche froide.

— Ça va.

— *Tes examens se sont bien passés ?*

— Nickel. Mais là, je suis un peu pressé, je dois aller au bal de promo.

— *Ah oui c'est vrai, Jake m'a dit que c'était ce soir. T'as trouvé une cavalière ?*

— Non.

— *Ne me dis pas que tu y vas avec tes potes ?*

— Non.

Il y a un léger silence.

— J'y vais avec mon mec.

Je me surprends moi-même de l'avoir dit d'une voix si franche.

— *Si c'est sérieux, William, tu…*

— C'est plus que sérieux, papa.

Il souffle bruyamment. Je n'ai même pas besoin de voir son visage pour déceler sa déception.

— *J'aurais dû me douter que les hobbies bizarres de ta mère finiraient par t'atteindre,* réplique-t-il sèchement.

— Ça n'a rien à voir avec maman.

— *Ne dis pas n'importe quoi. Au fond, elle a toujours su que t'étais différent et t'a modelé comme elle le souhaitait.*

Et moi aussi je savais, j'ai juste fermé les yeux pour ne pas le voir.

Alors c'est ça son explication ? Mon père a un sixième sens qui lui a soufflé à l'oreille que son fils n'était pas hétéro ? Quelle blague !

— Différent de toi, tu veux dire ? Différent de Lewie ? De Scott ?! C'est pour ça que tu t'en balances de moi ?!

— *Je ne m'en balance pas de toi, William. Mais ton frère vient me voir sans que je ne lui demande, lui.*

— Maintenant, ça va être de ma faute ?!

— *Ne commence pas. Ce n'est pas ce que j'ai dit.*

— Pourquoi tu m'as appelé ? je m'agace.

— *Je voulais te féliciter pour ton admission à Columbia et la bourse,* répond-il d'une voix hésitante. *C'est Lewie qui me l'a dit.*

Ben, voyons !

— Tu sais quoi, papa ? Il y a quelque temps, j'aurais rêvé que tu me dises ça, parce que je voulais vraiment que tu sois fier de moi. Mais en vérité, le seul que je veux rendre fier aujourd'hui, c'est moi. Alors tu peux remballer tes félicitations, je n'en ai pas besoin.

Je l'entends soupirer dans le téléphone.

— *Écoute, William… Je sais que j'aurais dû être présent pour toi ces dernières années, mais le divorce avec ta mère a tout compliqué… Il n'y a pas que notre couple qui s'est brisé, c'est toute notre famille qui s'est éclatée. Et voilà qu'il en est ressorti un fils homo.*

— Pas si éclatée que ça vu que tu passes tout ton temps avec ton deuxième fils.

— *C'est vrai, je me suis accroché à ton frère, mais ta mère s'est accrochée à toi, et chacun y a trouvé son compte. Les choses se sont simplement goupillées comme ça.*

J'écoute les raisons qui ont poussé mon père à s'éloigner de moi avec un étrange détachement. J'ignore si c'est le *nouveau* William ou le *vrai* William qui réagit aussi froidement. Ou si j'en veux tout simplement à mon père de me gâcher cette journée en me racontant tout ça maintenant.

— J'aurais juste aimé que tu ne m'oublies pas. Il n'y avait pas que Lewie qui avait besoin d'un père, même si je ne suis qu'un « homo ».

— *William…*

— Tu vas t'empresser de le dire à ton pote pour qu'il vienne brûler la maison ? je riposte avec cynisme.

— *Je ne vais rien dire à Jake, ça ne le concerne pas.*

— Dis plutôt que t'aurais honte de lui avouer que ton fils aime un mec.

— *Je… Écoute… Si tu veux, on pourrait en parler, ma porte t'est toujours ouverte.*

— Je pars à New York dans un mois, c'est un peu tard pour les discussions père-fils.

Une voiture passe à toute vitesse dans la rue. Je reconnais aussitôt le 4x4 de madame Foster. Scott l'a probablement empruntée à sa mère pour aller au bal de promo.

— Il faut que j'y aille, je dis à mon père.
— *OK, on reparlera plus tard.*
— Pas la peine, je t'ai dit tout ce que j'avais à te dire. Salut, papa.

#Chapitre 47
William

~ Ed Sheeran – Perfect ~

En arrivant au gymnase qui jouxte le lycée, la décoration bleu et blanche me propulse dans un remake de la saison 1 de Riverdale (Bravo, Alex, de m'avoir donné l'idée de la regarder.) Il y a des cascades de ballons sur les murs, des banderoles et des guirlandes accrochées un peu partout, des fanions à l'effigie du lycée suspendu de part et d'autre de la salle. Mais ce qui retient mon attention est la gigantesque boule disco fixée au plafond.

Je passe l'arche de ballons disposée à l'entrée de la salle et pénètre dans un univers de paillette et de strass. Tous les élèves se sont mis sur leur trente-et-un. Les couples ont assorti leur tenue et attendent leur tour au stand-photo, tandis que les célibataires se sont dirigés vers le fond du gymnase. Là-bas, deux longues tables offrent un buffet sucré-salé qui les attire comme des guêpes.

Une fois photographié, ravitaillé et désaltéré, tout ce beau monde – ou presque – se dirige vers la piste pour danser. On peut dire que l'ambiance est au rendez-vous. Un DJ anime la soirée avec une playlist digne des meilleures boîtes de nuit.

Je m'intéresse vaguement à deux nanas qui twerkent dans leur robe de soirée, quand j'aperçois celui que je cherche depuis bientôt dix minutes. Debout devant la fontaine de chocolat, Alex est en pleine conversation avec ses potes. Je chope deux gobelets de punch sans alcool sur une table et m'approche d'eux. Je surprends quelques bribes de leur conversation à travers *Blinding Light* de The Weeknd.

— ... Mon costume me moule le paquet, mais je trouve qu'il me fait un beau cul, lance Murdoch avant d'admirer son corsage[47] de poignet bleu nuit. J'aime beaucoup la couleur que t'as choisie, Lio.

Lionel, qui porte les mêmes fleurs à sa boutonnière, me lance un clin d'œil par-dessus l'épaule d'Alex. Ce dernier m'avait prévenu que ses potes viendraient en duo.

— Je crois que tu me dois un verre, quand je t'ai vu, j'ai laissé tomber le mien, je blague à l'oreille du Brun.

Il fait volteface avec un sourire taquin.

— Désolé, j'attends mon mec.

— Il a eu du retard, mais il vient d'arriver.

---

[47] Bracelet de fleurs typique du bal de promo.

On s'échange un regard intense, vérifiant qu'on est sur la même longueur d'onde. Alex comprend aussitôt mon allusion. Il connaît mes fréquences.

— OK pour le verre.

Il l'accepte et en boit une première gorgée.

Lionel a la bonne idée d'emmener Murdoch plus loin, me laissant seul avec mon mec. Ce dernier est super canon ce soir. Ses jambes élancées sont moulées dans un pantalon de costume noir, une veste cintrée dissimule une chemise blanche, et un nœud papillon habille son cou.

— Le costard te va bien, dit-il en accord avec ma pensée. T'es toujours class, quoi que tu portes.

— Ça me rassure, j'avais l'impression d'aller à un entretien d'embauche. Toi aussi t'es beau.

Tout en buvant son punch, Alex m'observe par-dessus le bord de son gobelet. Un éclat de malice habite son regard, lorsqu'il chuchote :

— J'ai envie de te toucher. Je peux ?

Je m'arrête brusquement de boire, sentant une envie prendre forme dans mon pantalon.

— À quoi tu pensais encore ? devine-t-il avec un sourire en coin.

— Moi ? À rien...

Je reporte mon attention sur la salle de bal en lui donnant mon accord :

— Tu peux.

Alex ancre une main dans le bas de mon dos tout en déposant un baiser dans mon cou. Je suis tenté de vérifier si des gens nous regardent, mais ma discussion avec mon frère me revient en mémoire comme un boomerang. Lewie a raison, je me moque de ce que les gens peuvent penser de moi. Je suis venu au bal pour profiter de cette soirée avec mon mec, et c'est ce que je compte faire.

Son souffle chaud me chatouille l'oreille lorsqu'il ajoute :

— J'ai à peine commencé à boire, que j'ai déjà envie de te dévorer.

— Tu n'as pas besoin de te souler d'habitude.

— Non, mais j'essaie de me contenir en public.

J'esquisse un sourire. Des éclats de rire attirent mon attention sur le stand de photos. Scott et Kloe Berry prennent la pose devant un décor de conte de fées. Mon père aurait sûrement préféré que je fasse comme Scott, que je me refoule et aille au bal avec une cheerleader, que je sois malheureux afin d'entrer dans son moule du fils parfait. Mais pourquoi sacrifier mon bonheur pour un homme qui n'en a rien à faire de moi ?

— Qu'est-ce qui te tracasse, Willy ?

J'affronte le regard profond d'Alex. Il poursuit d'un ton résolu :

— Tu peux passer la soirée de ton côté si tu préfères qu'on ne soit pas vus ensemble. Je ne t'en voudrais pas.

— Ce n'est pas ça, je pensais à mon père. Il m'a téléphoné avant que je vienne.

— Qu'est-ce qu'il voulait ?

Mais avant que je ne lui réponde, je lis sur son visage qu'il a compris. Il me prend doucement la main et s'approche un peu plus près.

— Je suis désolé que ton père ne soit pas à la hauteur. Tu es exceptionnel, William. Il n'y a qu'un fou pour ne pas s'en rendre compte.

Je resserre mes doigts autour des siens. Au même moment, la chanson *Perfect* d'Ed Sheeran se lance. Elle fait aussitôt son effet chez les filles qui poussent une acclamation de joie.

I found a love for me
Darling just dive right in, and follow my lead
Well I found a girl, beautiful and sweet
I never knew you were the someone waiting for me[48]

Alex termine son verre et observe les duos qui envahissent la piste de danse.

— Tu veux danser ? je l'interroge.

Il se tourne vers moi, surpris.

— Quoi ? Maintenant ? Ici ?

---

[48] Paroles de *Perfect* d'Ed Sheeran « J'ai trouvé l'amour qui me convient. Chérie, jette-toi simplement à l'eau et suis mon exemple. Eh bien, j'ai trouvé une fille, belle et douce. »

Je ne lui laisse pas le temps de décliner mon invitation. Je dépose nos verres sur la table et l'entraîne par la main au milieu des danseurs. Sur notre passage, j'aperçois Scott enlacé à Kloe Berry. Il me lance un regard choqué, imité par d'autres, mais je les ignore et me concentre sur Alex. Et uniquement lui. On se perd au milieu des autres couples tandis que je pose mes mains sur sa taille. Il passe ses bras autour de mon cou, laissant ses mains retomber derrière mes épaules.

Alors qu'on commence à danser un slow, plus rien n'existe autour de nous. On plonge dans notre cocon constitué d'amour, de confiance et de respect.

— Je ne suis pas le meilleur cavalier du monde, je plaisante après avoir marché une deuxième fois sur ses pieds. Lionel s'en sort sûrement mieux que moi.

— J'ai suffisamment dansé avec Lionel. Et puis, c'est toi que je veux.

— Mais tu m'as déjà, Alex Bird.

Je cale ma joue contre la sienne tout en continuant de pivoter lentement sur la musique. Quand je dépose un baiser sous son lobe, un frisson caresse mes lèvres et Alex m'enlace plus étroitement contre lui.

— Merci, Willy…

Je me recule et lis la suite dans ses yeux bleus « … d'être venu ce soir, de danser avec moi, de te montrer avec moi. »

— J'aurais aimé avoir le courage de le faire avant, je lui confie, plus proche. Je me dis que c'est la dernière occasion de me montrer avec toi au lycée.

— Il n'est jamais trop tard. Je suis super fier de toi.

Et de tous les compliments qu'on m'a faits aujourd'hui, celui-ci est le plus efficace. Tandis qu'Alex colle son visage au mien, son souffle sent le punch... J'ai envie de le goûter dans sa bouche. Guidée par cette idée, je penche la tête et l'embrasse.

Baby, I'm dancing in the dark, with you between my arms
Barefoot on the grass, listening to our favorite song
When you said you looked a mess, I whispered underneath my breath
But you heard it, darling you look perfect tonight[49]

« Parfois, il suffit de donner une chance aux gens pour être surpris... » J'ai laissé sa chance à Alex et la surprise a été à la hauteur de mes espérances. Non seulement j'ai découvert une personne formidable, mais je me suis aussi découvert moi-même. Blotti dans les bras du mec que j'aime, devant la moitié du

---

[49] Paroles : « *Bébé, je danse dans le noir, avec toi entre mes bras. Dans l'herbe, pieds nus, en écoutant notre chanson préférée. Quand tu as dit que tu ne ressemblais à rien, j'ai murmuré tout bas.* »

lycée, je me sens enfin moi-même. L'ancien William me ressemblait, mais il jouait le rôle de quelqu'un d'autre. Et si ça ne se voyait pas de l'extérieur, à l'intérieur, moi, je le savais.

Les lumières se rallument. Le slow s'arrête. Toujours enlacés l'un à l'autre, Alex et moi nous regardons, plus amoureusement que jamais. Une voix annonce au micro l'élection du roi et de la reine du bal. L'un des moments les plus importants de la soirée, celui que tout le monde attend avec impatience. Les filles trépignent déjà, s'imaginant sur l'estrade, les projecteurs braqués sur elles. Un mouvement de foule se dirige peu à peu vers l'estrade.

— Ça te dit qu'on s'éclipse ? me propose Alex.

— J'attendais que tu me le demandes.

Il me prend la main et on quitte la salle de bal en catimini.

#Chapitre 48
William

Le lycée est désert, silencieux. Seule la voix de la présidente des élèves y fait écho tandis qu'elle annonce le nom de la reine du bal : Kloe Berry. Tu parles d'une surprise !

Embarqué dans un ouragan de baisers, je plaque Alex contre le mur d'un couloir. Son souffle amusé roule sur ma bouche. Ses mains glissent sous ma veste alors qu'il se colle à moi, les reins arqués. Je sens son érection grossir chaque fois que mon bassin cogne le sien.

— Je meurs de chaud… soupire Alex contre ma joue.

— Et moi j'ai envie de t'arracher ce costume.

— Vas-y, mets-le en pièce !

Son sourire me contamine. Je le dissimule derrière un baiser fougueux. Nos bouches soudées, j'aide Alex à retirer sa veste que je balance dans le couloir. Il m'ôte ensuite la mienne pendant que je tire sur mon nœud papillon afin d'en libérer mon cou. Nos gestes sont maladroits et désordonnés, pressés par le désir et l'excitation.

Un bruit attire notre attention vers les portes menant au gymnase.

— Viens, me lance Alex en ramassant sa veste sur le sol.

Je l'imite et on ouvre la première porte sur notre gauche. On entre dans le vestiaire et nos bouches se retrouvent. Je referme la porte avec mon pied, puis je me détache d'Alex le temps de la bloquer avec la poubelle. Aussitôt fait, mon mec me ramène à lui pour partager un baiser humide.

Essoufflé, je retire mes chaussures pendant qu'Alex m'entraîne jusqu'aux douches. Il se détache de moi pour déboutonner les premiers boutons de sa chemise. Le corps en feu, je me jette sur lui et me charge de la lui retirer plus vite. Je tire sur le tissu de sa chemise, faisant sauter les boutons. Son torse dessiné se dévoile, orné de ses deux tétons roses.

— T'as conscience que je vais devoir ressortir comme ça ? se marre-t-il en jugeant sa chemise écartelée.

— C'est pour ça que t'as une veste.

On se retourne d'un même mouvement vers la veste en question, piétinée et pleine de poussière.

— Enfin… *t'avais* une veste.

L'air aguicheur, Alex m'attrape par le poignet pour me guider à lui.

— La dernière fois qu'on s'est retrouvés dans un lieu comme celui-là, j'étais déjà accro à toi, tu m'obsédais littéralement, me confie-t-il en déposant un baiser dans mon cou.

— Et moi qui pensais que tu t'acharnais seulement à faire de ma vie un enfer.

J'ôte ma chemise. Les poils de mon bas-ventre se dressent au contact de l'air frais du vestiaire. Alex se penche pour donner un coup de langue sur mon téton droit.

— T'es tellement sensible. Je te sens frissonner.

Je craque. Je me colle à lui et ouvre sa braguette. Mes doigts fébriles font ensuite glisser son pantalon le long de ses cuisses. Alex me dévore des yeux alors que j'effectue la même manœuvre sur le mien. Je plaque mon bassin contre lui et nos sexes se rencontrent.

— Moi, il y a autre chose que je sens.

Il lâche un « Seigneur ! » tout en lovant son visage dans mon cou. Je lui prends doucement la nuque et le masturbe dans son boxer. Un gémissement roule sur ma peau alors qu'Alex s'abandonne à mes caresses. Il est déjà humide et dur entre mes doigts. J'aime lui faire autant d'effets…

Avec un rictus fier, je me penche vers son visage pour laper ses lèvres du bout de ma langue. Il ouvre la bouche pour l'accueillir, mais je me recule.

— William, me supplie-t-il.

— T'as une capote ?

— Dans ma veste.

Je cours la chercher, mes pieds nus claquant sur le carrelage froid. Je reviens vers Alex qui m'attend, adossé contre la paroi des douches. Une nuance sombre et intense s'éparpille dans ses yeux lorsqu'il les pose sur mon entrejambe. Je retire mon boxer avec précipitation et enfile la capote.

— T'avais tout prévu, je le taquine.

— En fait, j'imaginais que ça se ferait dans la voiture.

— Comme si tu pouvais attendre aussi longtemps.

Il promène son regard pénétrant sur mon corps. Je prends le temps d'admirer le sien totalement nu à l'exception du bracelet en cuir qui entoure son poignet. Quand je reviens vers lui, Alex m'ouvre les bras.

— Viens, j'ai trop envie de toi.

Je l'embrasse à en perdre haleine et il chute avec moi dans la brutalité de mon baiser. On se caresse. On se touche. On se presse l'un contre l'autre jusqu'à ce que ce ne soit plus suffisant. Je baisse son boxer sans attendre, le calant sous ses fesses. Puis, lentement, j'aventure mes doigts vers son intimité. Il soupire et sa main se matérialise entre mes jambes. Sa poigne chaude et franche se met à coulisser sur mon sexe couvert de latex.

— Continue, Willy…

Je l'envahis avec mon index. Alex se crispe avant de gémir de plaisir. Je le doigte un instant, ignorant mon propre désir pour me concentrer sur le sien. Au bout d'un moment, je retire mes doigts et Alex se tourne simultanément vers le mur carrelé. Ses fesses exposées à la lumière des néons me font perdre le nord. Je les empoigne tel un ballon, prêt à marquer.

— T'es au courant que ton cul est parfait ?

— Magne-toi, Willy... Je ne peux plus attendre, m'ordonne-t-il par-dessus son épaule.

Devant sa mine déterminée, je cède. J'attrape ses hanches et le pénètre lentement. Un son rauque résonne dans le vestiaire. Je m'enfonce de plusieurs centimètres dans la chaleur d'Alex, puis je m'arrête pour expirer profondément.

Bordel, ce qu'il est étroit...

— Aah ! Continue... soupire-t-il.

Je profite quelques secondes de cette sensation avant de me retirer progressivement. La pratique me donne confiance tandis que l'excitation me rend téméraire. J'envahis Alex à nouveau, plus franchement. Un grognement vibre dans ma gorge.

— Putain, bébé...

Au fur et à mesure, je le possède dans des mouvements rythmiques et impatients.

— Aah... William... C'est trop bon !

Alex plaque ses paumes sur la paroi, allumant la douche en même temps. L'eau chaude se déverse sur nos corps, se mêlant à notre torrent de jouissance. Mes mains se détachent progressivement de ses hanches et se pavanent sur ses cuisses humides, ses reins, son dos…

Ce que mon mec est beau…

Le visage enfoui dans les cheveux trempés d'Alex, je hume son parfum enivrant. La chaleur m'essouffle et m'engourdit. La sueur glisse le long de ma nuque parmi l'eau chaude qui ruisselle sur mon corps.

— Oh, ouais… Putain, putain…

Mon plaisir gagne en puissance. Irradiant dans chaque partie de mon corps. *J'en veux encore. Encore plus. Putain !* D'une poigne franche, j'agrippe le boxer recroquevillé sous les fesses d'Alex tout en balançant les hanches en avant. Je le comble de coup de reins et de caresses.

La bouche entrouverte, je soupire :

— Tu la sens bien si je fais ça ?

— Ouais, putain… Ouais !

— T'en veux plus ?

Sans cesser de le pénétrer, j'empoigne ses cheveux bouclés et lui penche la tête en arrière afin de capturer ses lèvres. Il engouffre aussitôt sa langue dans ma bouche avec appétit.

— Encore… gémit-il.

Mon bassin fait claquer ses fesses tandis que je l'envahis avec plus d'ardeur. Je veux en ressentir davantage. Je veux sentir l'explosion de plaisir dans mon ventre. Je veux chaque partie de lui.

Un coup de reins plus violent cloue Alex contre le mur.

— Oh, putain, William…

Alors que l'orgasme m'envoie les premiers signaux, je saisis son membre à l'aveugle et le masturbe vigoureusement. Alex se libère aussitôt dans mon poing et je ne tarde pas à sombrer avec lui. Les secousses me bousculent. Je jouis dans ses profondeurs, la tête penchée en arrière.

— Bordel, Alex… C'est trop bon !

Étourdi de plaisir, on s'écroule ensemble contre le mur détrempé des douches. Haletant et fiévreux. Je suis épuisé, mais je me sens incroyablement bien. Un sourire de bien-être s'inscrit sur le visage d'Alex. On reste quelques minutes adossé au mur à reprendre nos esprits et notre souffle parmi les vapeurs d'eau chaude.

— On vient de coucher dans le vestiaire comme deux dépravés, jase-t-il en retirant son boxer qui lui colle à la peau.

Je n'ai pas la force de lui répondre et me contente de soupirer un rire.

— Si je pouvais, je recommencerais sur-le-champ, ajoute-t-il en me caressant la cuisse.

— Même si je le voulais… je serai incapable de bander, elle est en berne, je réplique en jugeant mon sexe épuisé toujours couvert de la capote.

Alex me la retire puis grimpe à califourchon sur mes cuisses pour me rouler une pelle.

— T'es tellement sexy, tellement beau, tellement parfait, William Gilson, confesse-t-il contre ma bouche. C'est le meilleur bal de promo de tous les temps. Et dire que j'ai toujours cru que j'irais seul et que j'en repartirai seul et déprimé.

— Mais tu rends tout tellement meilleur.

— C'est mon charme naturel.

Je repousse sa tête.

— Branleur.

Alex se mord la langue avant de déposer un baiser sur mon menton. Il en abandonne un second sur mes lèvres puis enfouit son visage dans mon cou. Je lui cajole paresseusement la nuque en fermant les yeux.

Chaque jour qui passe, je l'aime un peu plus. Chaque fois qu'on fait l'amour, je me sens un peu plus proche de lui. *Chaque* signifie faire partie d'un tout et qui est considéré à part. Une contradiction qui nous va plutôt bien.

Quand il se redresse pour me regarder en face, son sourire tendre fait écho au mien. Je lui caresse la tempe du dos de la main, dégageant une mèche qui encombre son œil droit.

Et dire que c'est moi qui ai le droit à tout ça.

— Ton charme a agi sur plus d'un mec à Fairfax, je lui dis en perdant mon regard sur ses boucles brunes. Je n'imagine même pas ce que ça donnera à New York. Il va y avoir une queue de cent personnes tous les soirs devant notre appart.

— Tu parles, c'est pour toi qu'ils seront là. Depuis qu'on a reçu nos lettres, je me joue plein de scénarios dans ma tête où tu rencontres un mec super intelligent, fun et bodybuildé à Columbia. J'ai l'impression de devenir parano.

— Je ne suis pas fan des intellos.

— Ça veut dire que je suis con ?

— Euh... joker.

— Enfoiré.

Je me marre.

— Et toi, à Julliard, tu pourrais rencontrer un danseur, un comédien ou un musicien super beau gosse, intéressant et original.

— Aucun risque, moi, je suis fan des intellos. Surtout des *rouquins* intellos.

— Ah, ça, c'est un combo dur à trouver.

Un sourire taquin creuse la fossette sur sa joue gauche. Je passe mes mains le long de ses cuisses tièdes, ramassant les restes de notre moment torride. Un frisson dresse ses poils sous mes paumes. En dépit de la température qui règne dans le gymnase, le vestiaire est frais. En quelques minutes, nos corps refroidissent déjà. J'incite Alex à se lever pour nous rhabiller.

— Parfois, je voudrais rester dans cet univers minuscule pour être sûr de te garder rien que pour moi, m'avoue-t-il en en enfilant son pantalon sans rien en dessous. Quand je pense à New York, je trouve ça tellement vaste et imprévisible, j'ai peur que ça nous engloutisse.

Ma chemise sur les épaules, je lui lance un coup d'œil perplexe.

— Je pensais que c'est ce qui te plaisait, toutes les opportunités qu'offre une grande ville ?

— Ça me plaît, mais je ne veux pas qu'on se perde.

Je ferme mon pantalon et m'avance derrière lui alors qu'il ramasse sa chemise en boule et son boxer trempé. J'enlace ses épaules dénudées et fraîches.

— Ne t'en fais pas, je resterai accroché à toi comme un koala à son arbre. Tu es mon premier amour, Alex Bird. Je n'ai pas l'intention de te laisser me filer entre les doigts.

Ses mains agrippent mes bras pour me garder contre lui.

— Comment j'ai fait pour trouver un gars aussi génial que toi, perdu au fin fond de l'Oklahoma ? m'interroge-t-il.

— T'as bien cherché.

Il m'adresse un regard par-dessus son épaule.

— Je n'ai surtout rien lâché.

#Chapitre 49
Alex

Dans les séries et les films, la remise des diplômes ressemble à un clip de propagande qui démontre combien le lycée était cool et combien la vie d'adulte le sera encore plus. On a le droit au discours pertinent et drôle du président des élèves, aux bons conseils du proviseur, et aux larmes des dernières années, le tout sur une musique punchy. Je me demande si ça se passe réellement comme ça, j'ignore même si j'aurai la chance d'y assister. Car d'après Lionel, c'est officiel, on est à la bourre !

Assis à l'avant de sa voiture avec Cody, j'aide ce dernier à achever les dernières retouches de son maquillage. De la poudre sublime son teint, du rose rehausse ses pommettes, du rouge à lèvres redessine sa bouche, et ses yeux sont maquillés d'un « smoky eyes » surligné de faux-cils volumineux.

Pour son dernier jour en tant qu'élève d'Edison High, Cody va à l'encontre des mises en garde de son père, des interdictions du proviseur Burket, et des menaces des mecs de l'équipe de football. Et putain, il est tellement beau.

— Magnez-vous, les mecs, ou on finira avec Moore sur les bancs du public, nous presse Lionel qui attend dehors.

— Attends, j'ai presque fini ! réplique Cody.

— C'est bon, t'es parfait, je lance en rangeant le gros pinceau dans sa pochette. Mate-moi ce travail, j'ai fait ça comme un pro.

— Tu parles, t'as mis trop de poudre sur ma mâchoire.

— Mais non, mais non. Allez, viens, je crève de chaud dans la voiture.

Je sors du véhicule, m'attirant les plaintes du Blond.

La première différence entre la réalité et la fiction : la transpiration. Porter un jean et un tee-shirt sous trente degrés est déjà un supplice, mais la toge noire me donne l'impression d'être enfermé dans une combinaison de sudation. Vivement que la cérémonie se termine pour que je puisse l'enlever ! Je l'agite pour me ventiler tandis que Cody retouche une dernière fois son maquillage.

— Cody ! s'impatiente Lionel.

— Oui, oui, je suis là, c'est bon.

Il balaye la poudre échouée sur sa toge puis consent à quitter le pick-up. Tout en me regardant dans la vitre, j'enfile à la hâte ma toque ornée d'un pompon bleu.

— Allez, on y va, déclare Lionel en fermant sa voiture.

— Attendez, attendez ! nous arrête Cody. Et la photo ?

— Merde, c'est vrai, je réagis en sortant mon iPhone.

— Attends, mets un filtre !

— Non, pas de filtre, tranche Lionel.

— Mais on est plus canon avec les filtres, soutient l'autre.

— Pas de filtre !

— Rah ! Pourquoi rechigner à être beau ?

— Faites-moi votre plus beau sourire, *bitches* ! je les interromps sans me laisser distraire.

Cody prend aussitôt la pose tandis que Lionel sourit de toutes ses dents. J'immortalise notre dernière journée en tant que lycéen puis juge le résultat, satisfait et un peu ému.

— Qu'on est mignons.

— Reprends en une, j'avais une tête bizarre, me dit Cody.

Je pouffe de rire sans céder à son caprice et range mon téléphone sous ma toge.

Des gens traversent le parking en trottinant, nous rappelant qu'on est également en retard. Je pars aussitôt en courant.

— Eh ! m'appelle Cody.

— Il est hors de question que je passe un an de plus dans ce bahut ! je m'écrie en m'éloignant.

Mes potes se lancent aussitôt à ma suite et on fonce en direction du stade. Cody traîne derrière tandis que Lionel me double avec ses grandes jambes. J'accélère l'allure, dérapant à l'angle du bâtiment. Les gens se font de plus en plus nombreux à mesure qu'on approche. Lorsqu'on arrive près de l'entrée du stade, la foule des dernières années attend la musique annonçant le début de la cérémonie. Au moment où on les atteint, essoufflés et débraillés, *Pomp and Circumstance*[50] sort des grandes enceintes.

Tandis que les premiers s'avancent, les mecs regroupés devant nous lancent des regards de travers à Cody. J'en surprends même un qui crache par terre. Mais mon pote ne se démonte pas. Il les affronte, la tête haute, fier de son allure, fier de qui il est. Je passe un bras autour de ses épaules et soutiens l'air dédaigneux d'un type qui le reluque.

— Si son maquillage te plaît autant, je te ferai le même, je provoque ce dernier.

Il se détourne aussitôt en maugréant. Je me tourne vers Cody et dépose un baiser sur sa tempe.

— Je suis super fier de toi.

— Merci, Al. Tout ça, c'est grâce à toi, depuis le début.

---

[50] Musique officielle de la remise des diplômes, version « walking march graduation ».

— Moi je n'ai rien fait, j'ai juste mal appliqué ta poudre.

Il ricane tandis que Lionel m'enlace la taille et cale sa tête contre la mienne.

Ce jour ne signe pas uniquement la fin de nos années à Edison High, mais également le commencement de notre épanouissement. Je ne sais pas si on peut d'ores et déjà parler de vie d'adulte, je ne me sens pas toujours suffisamment mature pour être appelé comme tel. Même si je défends corps et âme que je mérite d'être entendu, car j'ai un avis, une voix, une place à tenir… je continue tout de même de faire des erreurs, j'apprends, je cherche ma voie. Mais si je sais une chose, c'est que le premier pas vers l'accomplissement est de vivre en étant soi-même. Et le Cody que j'ai devant moi n'a jamais été aussi authentique qu'en ce jour.

Mon tour vient d'entrer dans le stade. Je me détache de mes potes pour traverser la piste sous les applaudissements des spectateurs. Arrivé sur le terrain, je m'assois sur l'une des chaises disposées parmi les dizaines de rangées. Dans les gradins, j'aperçois plusieurs visages familiers. Celui de Nolan Moore et d'autres élèves qui n'ont pas eu leurs examens, puis mes grands-parents en compagnie d'Anna et Lewie.

Alors que Lionel et Cody s'installent à ma droite, je cherche William parmi les rangées déjà occupées. On est venus séparément, car j'avais promis à mes potes qu'on passerait l'après-midi ensemble. Sans petit-ami, sans parents, sans personne pour s'interposer dans les derniers instants de notre trio en tant lycéens d'Edison High, *enfer, paradis sur terre, ou parfois les deux.*

Alors que le proviseur s'avance sur l'estrade, je continue de zieuter les quatrièmes années. Le visage de Foster passe dans mon champ de vision, mais je ne m'y attarde pas, puis celui d'Emma, de Jackson, de Mia, et même de Kaplan... Après plusieurs minutes à me pencher et à me tordre sur ma chaise, je trouve enfin un beau Rouquin habillé d'une toge noire.

L'air inspiré, William écoute attentivement le proviseur Burket qui nous souhaite bonne chance pour l'avenir prometteur mais difficile qui nous attend. Le pompon de la toque de William vacille et tapote contre sa joue, mais il demeure imperturbable. Je souris et extirpe mon iPhone de la poche de mon jean.

De Alex à William, 15 : 02
À dix heures. (ps : t'es beau gosse)

Il baisse la tête vers sa cuisse et sort son téléphone de sous sa toge. Ses yeux balayent l'écran avant d'analyser les personnes assises autour de lui, cherchant la position que je lui ai indiquée. Son regard finit par capter le mien. Son expression sérieuse se fissure et un sourire étire subtilement sa bouche. On se regarde un instant, puis je me réintéresse à la scène.

La présidente des élèves tape sur le micro avant de débuter son discours. Ses quelques lignes provoquent des rires émus dans l'assistance et quelques sifflements d'encouragements. Puis un concert d'applaudissement gronde dans le stade lorsqu'Olivia effectue une révérence. J'attrape la main de Lionel assis à côté de moi et il pose sa tête sur mon épaule.

Les élèves sont appelés par ordre alphabétique pour récupérer leurs diplômes. Ils se succèdent sur la scène, jusqu'à ce que « Alex Bird » sorte des haut-parleurs. Je me lève sous les sifflements de mes potes et monte sur l'estrade. La proviseur Burket me tend mon diplôme, on se serre la main, et j'effectue le tassel turning[51] tant attendu. Ça y est, c'est officiel, je suis diplômé !

William ne tarde pas à monter sur l'estrade. Il serre fièrement la main du proviseur, avant de venir se placer avec les autres élèves. Séparés par une vingtaine de personnes, on se sourit tandis que les lycéens se succèdent devant Burket. Lionel et Cody nous rejoignent, le dernier en acceptant son diplôme dans un cri de joie. Le proviseur fait une grimace

---

[51] Trad. Terme signifiant le fameux mouvement consistant à faire passer le pompon de la droite vers la gauche, symbolisant l'obtention de son diplôme.

contenue en le voyant maquillé, mais ne dit rien à l'exception d'un bref « Félicitation, monsieur Murdoch. »

Une fois l'ensemble des dernières années réuni sur la scène, on lance tous nos toques dans les airs. Une pluie de carrés noirs retombe du ciel tandis que les gens s'embrassent, s'enlacent et rient aux éclats.

Je retrouve William à la sortie du stade en compagnie de Mendoza. Ce dernier se débat avec sa toge qu'il a du mal à retirer. Il s'en extirpe en grognant et la roule en boule sous son bras.

— Il faut que je passe au casier pour aller rendre mes bouquins, t'y es déjà allé ? me demande William.

— Ouais, tout à l'heure en arrivant.

Je m'intéresse à son pote qui nous observe timidement, échevelé et le front en sueur.

— Salut. T'es Ramon Mendoza, c'est ça ?

— Euh, salut… ouais c'est ça. Et t'es Alex Bird ? Enfin, je sais déjà qui t'es. Puisqu'avec les gars… Enfin bref. Moi je n'ai rien contre toi, hein. C'est cool pour vous deux. Vraiment.

— Il faudra qu'on prenne le temps de traîner ensemble tous les trois, avant qu'on parte tous à la fac.

Il rougit et bafouille un « oui, ce serait cool » en se grattant la tête. William lui donne une tape sur l'épaule pour le rappeler à l'ordre.

— J'y vais, on se retrouve après.

— Ouais, je t'attends sur le parking.

Ramon me fait signe avant de rejoindre le bâtiment avec William en trottinant. Alors que ce dernier m'échappe une fois de plus, je traîne sous le ciel chargé avec Cody et Lionel. Le Blond n'arrête pas de pleurer et se ventile le visage pour empêcher ses larmes de massacrer son maquillage.

— Arrête, tu vas finir par me faire chialer aussi, je le sermonne en l'enlaçant.

— Mais vous… vous allez tellement… tellement me manquer… bande de petites crottes en sucre…

Lionel lâche une exclamation attendrie et vient nous prendre entre ses bras. On se serre fort, au risque d'étouffer Cody qui finit par rire en reniflant.

— Ce n'est pas la fin, on se reverra, je te le promets, je déclare contre sa joue. Tu pourras venir me voir quand tu veux à New York, ou même Lionel à Yale, on sera ta deuxième maison. (Lionel acquiesce) Et puis, je reviendrai à Fairfax pour les vacances, et vous avez intérêt à le faire aussi.

— Mais c'est loin la côte Est, et c'est loin les vacances, chouine Cody. Vous allez vous faire de nouveaux potes et moi je n'existerai plus… Je serai qu'un bouseux de plus d'Oklahoma…

— Mais non, ne dis pas n'importe quoi, tu seras *notre* bouseux.

Lionel éclate de rire.

— Je sais ! s'exclame Cody, ragaillardi. Je vais laisser tomber la fac de langue et venir travailler dans un salon de Brooklyn !

— Euh… T'es sûr de ça ? réagit Lionel en me suppliant d'intervenir.

— Oui, ça, ou… autre chose, ce qui te fait vraiment plaisir, je réponds en me marrant.

Cody hoche la tête et renforce son étreinte.

— Je vous aime, les gars.

— Moi aussi, je vous aime, je renchéris.

— Moi aussi, termine Lionel en me frottant affectueusement le dos.

On se sépare une dizaine de minutes plus tard, après s'être promis de se revoir avant nos départs respectifs pour New Haven, Oklahoma City et New York. J'essaie de ne pas trop m'attarder sur notre séparation, ne voulant pas finir par craquer moi aussi, et m'intéresse plutôt à ce que fait William.

Sur le parking du lycée, les groupes d'amis et les familles se succèdent. Étant venu à vélo, j'ai laissé mes grands-parents repartir de leur côté, tandis qu'Anna patiente plus loin avec Lewie en discutant avec un parent d'élève.

La marée humaine habituelle s'entasse devant les bus d'Edison High. Avachis dans l'herbe, des dernières années profitent du soleil qui fait une percée à travers l'amas de nuages gris. Une chaleur étouffante rend mes fringues lourdes à porter. Sur mon trajet jusqu'au garage à vélo, je m'empresse de retirer ma toge que je fourre dans une poubelle.

Au milieu du passage, Nolan Moore roule une pelle à une cheerleader de deuxième année. Apparemment, la séparation avec une partie des membres de son équipe a été amoindrie par l'acquisition d'une petite amie. Il me regarde passer et ouvre la bouche pour parler. Finalement, sa grande gueule ne trouve aucune vanne à me balancer.

— Cette année sera la bonne, Moore, je lui lance. Profites-en pour mieux faire, c'est à ça que servent les secondes chances.

— On n'a pas tous un Gilson pour faire nos devoirs à notre place, Bird. D'ailleurs, tu l'as payé en nature ?

Il mime une fellation, s'attirant une tape désapprobatrice de la part de sa copine.

— En fait oublie ce que j'ai dit, t'es incapable de faire mieux, je réplique en continuant d'avancer. Mais rassure-toi en te disant qu'il faut de tout pour faire un monde.

Il fronce les sourcils d'incompréhension, mais il n'a jamais été perspicace.

Quand je m'engage sur le parking avec mon vélo, je repère un beau mec à la carrure de boxeur. Sans toge sur le dos, sans bouquins dans les bras, et sans Ramon à ses côtés. Planté à quelques mètres d'une horde qui semble tout droit sortie d'un épisode de

The Walking Dead, William discute avec sa mère. À présent, une casquette des Sooners a remplacé la toque qui recouvrait son crâne.

Je me mets à pédaler et m'arrête à quelques mètres de sa position.

— Willy !

Il se retourne en même temps que les quelques personnes présentes autour de lui. Il dit quelques mots à sa mère puis s'avance vers moi d'une démarche nonchalante. Lorsqu'il arrive à mon niveau, je me penche vers lui pour l'embrasser sous la visière de sa casquette. Il glisse une main dans ma nuque et approfondit notre baiser.

— Joyeux anniversaire, je murmure contre ses lèvres.

J'ai attendu toute la journée de pouvoir lui souhaiter de vive voix. Je m'en suis voulu de ne pas passer la matinée avec lui, mais William a insisté pour que je profite de ce moment avec mes potes.

— J'ai toujours détesté les anniversaires, soupire-t-il. Encore plus le mien.

— Je ne comprends pas pourquoi, c'est génial de recevoir des cadeaux.

— Je n'aime pas être le centre de l'attention.

— Mais tu es toujours le centre de la mienne.

Je dépose un autre baiser sur sa bouche puis me redresse.

— Tu sens bon, me dit-il.

— Tu parles, j'ai transpiré comme un bœuf.

Il se marre, et on s'éloigne sur le parking. Je pédale à la vitesse de ses pas tandis qu'on impose une distance avec les lycéens qui nous reluquent comme l'attraction de la journée.

Finalement, le coming-out de William n'aura attiré aucune remarque ou critique. Personne n'a osé lui dire quoi que ce soit, ou n'a estimé nécessaire de le faire. Pas même les Buffalo ou ses potes. Certains ont simplement coupé les ponts avec lui depuis la bagarre du Nouvel An. William affirme ne pas s'en formaliser, et je le crois.

Il paraît réellement détendu alors qu'on vient de s'afficher, une fois de plus, devant la moitié du lycée. Mais c'est ça qui est beau avec le fait de s'assumer. Dès qu'on se jette de la falaise pour tomber dans le vide, le sentiment de liberté est si fort qu'il annihile toutes nos anciennes craintes.

— Tu rentres directement chez toi ? je lui demande.

— Pas forcément. On doit toujours retrouver ma mère et Lewie pour vingt heures, mais je l'ai prévenu que je rentrais avec toi. T'as un truc à proposer ?

— Ça te dit d'aller faire un tour ?

— Carrément.

Je tapote le guidon.

— Monte.

William enjambe la roue avant et s'installe devant moi. Je m'engage sur la route et on part à travers Fairfax. La vitesse accentue le vent qui nous caresse le visage et froisse nos vêtements. Devant moi, le tee-shirt de William s'agite comme la voile d'un bateau. Dans un virage, il resserre ses mains agrippées à côté des miennes, puis j'accélère la cadence en apercevant la sortie de la ville. On franchit le panneau dans un cri de joie, chacun y allant plus fort, nous donnant des airs de Cheyennes prêts pour le combat.

Je ralentis une fois sur la route qui serpente à travers les champs de blé. Pendant le trajet, William me parle du petit-déjeuner copieux que lui a préparé sa mère pour son anniversaire. C'est Lewie qui le lui a apporté dans sa chambre, le tout sur un plateau avec une bougie plantée dans ses pancakes. La tête dans le gaz, William les a écoutés chanter *Happy Birthday*, avant qu'ils ne restent pour le regarder manger, tel un roi avec ses sujets.

Après ça, on laisse le sujet « 18 ans » de côté pour commencer à prévoir ce qu'on fera pendant les vacances. À bord de mon vélo, on arpente la campagne tout en faisant des projets tandis qu'un vent de liberté nous souffle dans les cheveux. Je quitte la route pour emprunter une piste en terre qui s'enfonce vers un bois. Le vélo bondit dans des bosses, donnant des frayeurs à William qui se marre l'instant d'après. Je finis par m'arrêter dans un léger dérapage. Mon passager descend du guidon en se frottant les fesses.

— Pas trop abîmé ? je lance.

— Au retour, c'est toi qui vas sur le guidon.

— Petite nature.

Cette promenade m'aura donné chaud ! Mon tee-shirt me colle tellement qu'il me fait l'effet d'une seconde peau. Je pose mon vélo contre un buisson, passe l'antivol dans la roue, avant de le refermer autour du tronc.

On quitte la piste pour partir à pied à travers une prairie. Les herbes hautes nous chatouillent les chevilles, puis nous fouettent les jambes alors qu'on se met à courir. Je chope la casquette de William avant de le devancer en lâchant un rire diabolique. Il se lance aussitôt après moi pour me rattraper. Il finit par m'atteindre et me fonce dessus comme un Linebackers[52].

Le ciel est devenu plus sombre tandis qu'on s'allonge sous un arbre au milieu de l'étendue verdoyante. D'ici, on n'entend aucune voiture. Il n'y a que le grésillement des insectes, le bruissement de la brise dans les branches et le chant des oiseaux qui passent au-dessus de nos têtes.

Étendu dans l'herbe, j'embrasse William et le câline. Nos mains baladeuses s'explorent. Nos

---

[52] Joueur dans le football américain qui a pour rôle de bloquer le quaterback avec un placage.

langues se taquinent. En sueur et à moitié excités, on profite de la tranquillité de la fin d'après-midi dans une chaleur pesante qui rend nos peaux moites.

Alors que William a la tête posée sur mon torse, je joue distraitement avec ses mèches rousses. La naissance de ses cheveux est tiède et humide. J'y enfouis mes doigts, lui extorquant un murmure de plaisir.

— Où est-ce que tu te vois dans dix ans ?

Les yeux fermés, William réfléchit avant de répondre :

— Hum... Dans dix ans ? C'est chaud de se projeter... Je me vois architecte à New York, installé dans un loft de style industriel avec un célèbre acteur comme colocataire.

— Ah ouais, lequel ?

— Tu sais, celui qui joue dans le film qu'on a vu l'autre soir, le mec hyper musclé qui défonce tout...

Il ouvre un œil en souriant.

— Je me vois avec toi, Alex.

— Ça m'a l'air d'être un plan plutôt sympa.

— Ouais. Même s'il peut se passer beaucoup de choses en dix ans.

— C'est vrai. On peut subir une invasion de zombies ou d'extraterrestres.

— Ou une troisième guerre mondiale.

— Non, on mérite un truc plus original que ça.

William quitte son appui sur mon ventre et pivote sur le côté. S'accoudant dans l'herbe, il me propose :

— Une attaque de météorites ?

— C'est toi ma météorite.

— Je suis imposant et j'éclate tout sur mon passage ?

— Non, t'es en fusion.

Provoqué, il glisse une main conquérante sous mon tee-shirt. Je le regarde faire sans bouger tandis que mon cœur bat plus vite. William caresse mes abdominaux et dépose un baiser sur mon ventre. Puis ses doigts migrent vers la ceinture de mon jean avant de se presser entre mes cuisses. Je chope le col de son tee-shirt pour le ramener vers moi. Ses lèvres trouvent aussitôt les miennes, me faisant goûter leur saveur salée.

— Je ne suis pas le seul, t'es chaud comme la braise, bébé, me nargue-t-il.

— Ça, c'est parce que je t'ai tracté jusqu'ici. T'es super lourd.

— Ah ouais ?

Il s'allonge sur moi, m'écrasant de tout son poids.

— Et là, je suis lourd ?

— Pouah, le pachyderme ! Je ne peux plus respirer. Au secours !

William me prend la mâchoire et me secoue doucement la tête. Je me libère en grognant et le fais basculer sur le côté. On part dans une lutte désordonnée, se roulant dans l'herbe et s'agrippant les vêtements. Je finis au-dessus de lui en le bloquant au sol entre mes cuisses. Il récupère sa casquette vissée sur ma tête, délivrant mes boucles brunes qui encombrent aussitôt ma vue. Je me penche vers William pour l'embrasser. L'une de ses mains reprend ses caresses dans mon dos. Il me cajole le creux des reins, puis agrippe mon cul qu'il malaxe lentement.

Je me redresse et le détaille, cherchant à lire entre les lignes de son visage. Mon regard redessine ses sourcils épais auburn, son nez légèrement retroussé, ses lèvres rosées, sa mâchoire carrée, puis se focalise sur ses grands yeux noisette qui me fixent.

— J'aimerais déjà tout savoir de toi, Willy. Et en même temps, j'adore découvrir chaque jour quelque chose que j'ignorais la veille.

— Moi aussi j'aimerais tout connaître de toi. Mais en même temps, j'ai peur de ce que tu pourrais me dire.

— Pourquoi ? T'as peur de découvrir que je suis le Ted Bundy[53] du XXIe siècle ?

Il me pousse le visage en pouffant de rire avant de me dire sérieusement :

---

[53] Célèbre tueur en série américain.

— Je ne veux pas jalouser tes anciens mecs.

— Tu es le premier.

— J'ai pris ta virginité, c'est vrai, mais j'imagine que t'en as connu d'autres avant moi. Je ne veux pas dire par là que tu te donnes à n'importe qui, mais t'es grave beau, alors je ne vois pas comment t'aurais pu rester célibataire jusqu'à aujourd'hui.

— Je ne savais pas que les gays de Fairfax étaient aussi prolifiques.

— Je suis sérieux, râle-t-il en souriant.

Je lui mords le menton, le faisant grogner.

Quand on se rapproche d'une personne comme je l'ai fait avec William, on a tendance à s'imaginer qu'elle lit en nous, qu'on n'a plus aucun secret pour elle. Mais il reste toujours des zones d'ombres. Des choses qu'on ne s'est jamais confiées. Parce qu'on a préféré les passer sous silence. Parce qu'on les a oubliés. Ou simplement parce que ça ne nous a jamais traversé l'esprit d'en parler. Je me demande si toute une vie suffirait à partager ce qu'on a traversé depuis notre naissance. Au fond, la seule personne qui nous connaît réellement, c'est nous-mêmes.

— Il n'y en a eu qu'un, je finis par lui avouer.

Alors que William ne voulait rien savoir l'instant d'avant, son visage s'anime de curiosité.

— C'était il y a combien de temps ?

— Deux ans. Il était en quatrième année et moi en deuxième.

— Comment vous vous êtes rencontrés ? C'était un mec du lycée ?

— Non, ils vivaient à New Cordell. C'est par le biais de mon cousin que je l'ai connu. En fait, ils sortaient ensemble. Pratiquement personne n'était au courant, ils ont tout fait pour que ça ne se sache pas.

William se perd dans ses pensées. Je ne sais pas ce qui le perturbe le plus. Que d'autres mecs du comté aient été gay. Que comme nous, ils aient dû se cacher. Ou que je me sois accroché à un type déjà casé avec mon propre cousin.

Un éclat de lucidité éveille son regard.

— Tu l'aimais ?

— À ce moment-là, je l'ai cru, alors peut-être que je l'ai aimé, mais ce n'était pas aussi fort que ce que je ressens pour toi. On ne peut pas nourrir indéfiniment un amour à sens unique. Et puis, je n'ai presque rien partagé avec lui.

— Je veux savoir ce que vous avez fait.

J'affronte son air déterminé. Sur le moment, je suis tenté de lui dire que ce n'est pas la peine. Il y a cinq minutes, il affirmait ne pas vouloir savoir, et l'entendre ne lui fera pas forcément du bien. Mais souvent, l'imagination est pire que la vérité. J'en sais quelque chose. Quand j'ai surpris le message sur son téléphone, je me suis fait suffisamment de films intitulés « Les aventures de Willy et Hailey. » pour remplir le nouveau catalogue Netflix.

Alors je donne à William ce qu'il demande.

— Généralement, ça se limitait à quelques câlins, mais on s'est embrassés deux fois. Je sais que c'est dégueulasse alors que c'était le mec de mon cousin, ce n'est pas la période la plus glorieuse de ma vie... Mais il avait une façon bien à lui de m'embobiner, de me dire tout ce que je voulais entendre. Il passait son temps à me répéter qu'il le quitterait pour qu'on puisse se mettre ensemble, mais évidemment, il ne l'a jamais fait. Et quand il est parti, j'ai compris que je m'étais juste fait avoir. Alors j'ai tourné la page.

— Pourquoi vous n'avez pas été plus loin ?

— Parce que je voulais vivre mes premières fois avec quelqu'un pour qui je serais spécial.

William détourne le regard et reste silencieux. J'aimerais me faufiler dans sa tête pour cambrioler ses pensées. Mais elles n'appartiennent qu'à lui et doivent le rester.

Toujours avachi sur lui, je cale mon menton sur son épaule et attends. La patience ne fait pas partie de mes vertus, mais je prends sur moi pour ne pas le brusquer.

Une brise fraîche me fait soudain frissonner. Je sens ma secousse se propager chez William dont le ventre frémit. Comme si ça l'avait reconnecté à la réalité, il déclare :

— Je n'ai eu personne avant toi.

— Jamais ? Pas même une amourette de vacance ?

Il fait non de la tête.

Je dois être un putain d'égoïste, mais ça me fait plaisir de savoir que je suis son premier.

— Il y a eu une période où t'as cru être intéressé par les filles ? je l'interroge.

— Ouais, quand j'ai commencé à m'intéresser aux films pornos. Mais je n'ai jamais sauté le pas. J'ai juste fait croire à mes potes que j'avais couché avec une nana pendant un été.

— Pourquoi ?

— Pour ne pas passer pour un con. Ils avaient déjà perdu leur virginité. Enfin, sauf Ramon. Ils n'arrêtaient pas de le vanner à propos de ça, d'ailleurs.

— C'est dingue tout ce que l'on peut faire ou raconter juste pour paraître cool. On nous dit tout le temps de profiter de l'adolescence, parce qu'après le lycée, on devra faire face aux problèmes d'adultes. Mais on se met déjà une pression de malade juste pour répondre aux attentes des autres. Que ce soit nos potes, nos parents, notre mec...

William arque un sourcil.

— Tu te mets la pression pour moi ? relève-t-il.

— Non, avec toi, je ne peux pas faire autrement qu'être moi-même.

— Ah ouais ?

— Ça a bien failli te faire fuir.

Il se marre.

— Quand j'y pense, il y aura toujours une chartre sociale à respecter pour être dans la norme, déclare-t-il. Elle sera juste différente selon notre âge et l'endroit où on se trouve.

— La norme... Hum… Je trouve ça démoralisant d'être comme tout le monde. Je ne veux pas avoir à dire ou faire quelque chose juste pour plaire aux gens. J'aimerais juste être Alex. Et je voudrais que tu sois juste William.

Sa main se pose sur ma joue et me caresse de la mâchoire jusqu'au menton.

— Tu n'as pas à t'inquiéter. Il n'y en a pas deux comme toi. T'es unique, Alex Bird.

Son regard me paraît fluorescent dans la pénombre qui nous recouvre. Sous un ciel chargé et à l'ombre d'un arbre, ses iris noisette ressortent tels deux phares dans la nuit. Elles transpirent de vérité et d'innocence.

Combien de temps survivront-elles au futur qui nous attend ? Le plus longtemps possible, j'espère.

Parfois, j'aimerais que notre adolescence soit éternelle. Peu importe les difficultés, peu importe nos rêves, je voudrais que cette étincelle qui a survécu à la dureté du Midwest subsiste dans les yeux de William. Car je sais qu'elle a déjà disparu des miens.

Je l'embrasse pour m'imprégner de son bien-être et lui donner ma force pour ce qui nous attend.

Une goutte s'échoue soudain sur mon crâne. Je relève la tête vers les branches qui s'agitent. Le vent s'est levé et l'air s'est considérablement rafraîchi. L'orage approche. Je me mets debout et tends une main à William.

Alors qu'on repart vers la piste sous une pluie éparse, une pensée me torture les méninges. J'avance en ruminant, quand William me touche le bras.

— À quoi tu penses ?

Je prends conscience que je fronçais les sourcils et ma tension s'évapore.

— T'as déjà eu le sentiment de te forcer à faire quelque chose quand t'es avec moi ?

— Jamais. Quand on est ensemble, tout est naturel et vrai.

Il n'imagine pas à quel point ça me fait du bien d'entendre ça.

— Je suis désolé pour la fois où j'ai pété un câble vis-à-vis de Hailey Mahoney. Je n'aurais jamais dû te dire de ne plus lui parler. Tu ne m'appartiens pas, je n'avais pas d'ordre à te donner.

— Ne t'en fais pas, c'est déjà oublié.

Il attrape ma main et la serre fort dans la sienne.

— Depuis que je te connais, tu ne peux pas savoir à quel point tu m'as aidé, Alex, me confie-t-il. Pas seulement à me libérer et à m'accepter, mais à savoir ce que je voulais et qui je voulais être. Et ça, je ne l'oublierai jamais.

Soudain, l'averse s'intensifie et s'abat sur nous comme un torrent. On se met à courir vers le chemin en riant comme deux abrutis. Un grondement sonore vibre jusque dans mes os. Je lève les yeux au moment où un éclair s'éparpille en toile d'araignée dans le ciel.

— Bordel, on va se faire foudroyer ! me dit William.

— Zeus te chante un joyeux anniversaire ! Quel veinard !

Je me marre et on accélère l'allure. On atteint la piste en un temps record. Nos fringues sont aussi trempées que si on avait plongé tout habillés dans l'Hudson Lake. William passe une main sur mon visage pour dégager mes cheveux qui s'y sont plaqués. Il m'adresse un sourire qui reflète le mien, puis on se dépêche de récupérer le vélo. Je monte sur le guidon tandis qu'il s'installe sur la selle, et on rentre chez moi pour se sécher avant le dîner d'anniversaire chez les Gilson.

Plus tard, je repenserai au début de notre histoire en me disant que William et moi avons fait de notre mieux dans un monde où être soi-même n'est pas toujours facile. Quoi qu'il arrive, je chérirai ce qu'on a vécu, en espérant pouvoir le faire à ses côtés. Je me remémorerai l'amour qui m'a frappé l'année de mes dix-sept ans. Violent. Foudroyant. Électrisant. Tel l'orage qui gronde au-dessus de nos têtes en illuminant le ciel.

#Épilogue
Alex

Juillet,

Le réveil a été brutal. Face au miroir de la salle de bain, je me lave les dents sous la lumière blafarde du néon. Le jour est à peine levé. Dehors, la campagne a cette luminosité grisâtre et légèrement violacée de l'aube. Je l'ai traversée des dizaines de fois à vélo, dans la fraîcheur de l'hiver et la tiédeur des matins printaniers, observant les nuances s'accentuer puis se dissiper dans le ciel. Aujourd'hui sera la dernière.

Cette nuit, je n'ai pas beaucoup dormi. J'ai parlé au téléphone avec William jusqu'à deux heures du matin avant de sombrer sans même avoir raccroché. Et si j'en crois l'appel de six heures enregistré dans mon historique, lui non plus.

Habillé d'un pantalon de jogging et d'un pull à capuche, je récupère mon iPhone que j'ai mis à charger dans ma chambre. Pas de messages. L'écran affiche six heures cinq. Je le fourre dans la poche de mon sweat puis ramasse mes deux valises ainsi que mon sac à dos.

Dans le couloir, je me retourne pour regarder une dernière fois ma chambre. Celle où j'ai récité des pages de pièce de théâtre, où j'ai enregistré mes podcasts, où j'ai rigolé avec mes potes à m'en donner des crampes, regardé des séries, traîné, dormi, pleuré, et fait l'amour avec William pour la toute première fois.

Sur le lit, Picasso dort paisiblement, loin de savoir qu'il sera seul désormais. Un élan de nostalgie me noue la gorge. Je reviens sur mes pas et dépose un bisou sur la tête de mon chat. Il remue les oreilles sans ouvrir les yeux, puis je sors avant qu'une pulsion ne me pousse à le cacher dans ma valise. « Les animaux de compagnie sont interdits, Alex, tu sais ce que ça veut dire ? » Ouais, je le sais, mais je n'en ai pas pleinement pesé le sens sur le moment.

— Tu n'as rien oublié ? me demande ma grand-mère quand j'arrive dans l'entrée. Tu as ton passeport ?

— Ouais, je réponds en le coinçant entre mes dents.

J'enfile mes converses blanches tandis que mon grand-père sort ma grosse valise sur la terrasse.

— T'as pris la trousse de toilette que je t'ai préparée ? enchaîne ma grand-mère. Ton ordinateur ? Et tes chaussures ? Elles sont bien dans la grande valise ? J'avais fait de la place exprès. Oh, ton chargeur de téléphone !

— C'est bon, je l'ai, je viens de le ranger dans la poche avant. Normalement, tout est OK.

— Normalement ? (elle soupire) Laisse-moi vérifier.

— Je te dis que je n'ai rien oublié, je l'arrête en éloignant mon sac à dos. Dans le pire des cas, New York ne manque pas de magasins, je pourrai y acheter ce qui me manque.

Elle se tortille les doigts, ne sachant plus quoi faire.

— Tu es sûr de vouloir partir aujourd'hui ? Tes cours ne commencent pas avant la semaine prochaine.

— Willy a déjà pris son billet, je ne peux plus changer d'avis maintenant.

— On pourrait lui en payer un autre.

— Arrête un peu, la sermonne mon grand-père. C'est bien qu'il aille à New York plus tôt, ça lui laissera le temps de s'organiser et de se faire à la ville avant de commencer les cours.

— Je sais, je sais... Mais il va tellement me manquer.

— Vous aussi vous allez me manquer, je lui dis en la serrant dans mes bras.

Elle me frotte le dos tandis que mon grand-père nous regarde d'un air amusé.

— Tu as grandi tellement vite, Alex.

— C'est vrai, tu parais toute petite.

Elle lâche un rire étranglé par un pleur. Je dépose un baiser sur sa joue, avant de récupérer ma petite valise et mon sac à dos. D'un même mouvement, on sort tous les trois sur la terrasse en bois.

— Je reviendrai vous voir aux vacances de Noël.

— Et appelle-nous de temps en temps, d'accord ? exige ma grand-mère.

— Promis.

Je sors mon téléphone de la poche de mon pull. Six heures dix. Et dire que je croyais être en retard. Mais William n'est toujours pas là. Je rive mes yeux sur la piste qui mène à la maison et guette l'horizon. Après quelques minutes d'observation, j'écris à mon mec.

De Alex à William, 06 : 15 :
Je t'attends, t'es où ?

De William, 06 : 16 :
J'arrive. Je suis à la bourre.

De Alex, 06 : 16 :
Comment ça, à la bourre ?? William, si on loupe l'appel à l'embarquement, je te jure que je nous trouve une place dans la soute d'un vol low cost.

De William, 06 : 17 :
J'arrive, t'inquiètes. Je suis là dans dix minutes.

Les dix minutes me laissent le temps d'échanger des aurevoirs dignes de ce nom avec mes grands-parents. Ma grand-mère me donne d'autres directives et conseils, tandis que mon grand-père m'enlace chaleureusement en me disant qu'il pensera à moi chaque jour. Tout à coup, je mesure le manque que leur absence provoquera dans ma vie. La vache… Les quitter est beaucoup plus dur que je ne l'avais imaginé.

Qui aurait cru que je serai aussi perturbé par mon départ de Fairfax ? Mais quand le SUV de la mère de William se gare devant chez moi, je me sens prêt à chialer pour de bon. Je mets ça sur le compte de la fatigue et rejoins mon mec qui vient à ma rencontre.

On échange un baiser au goût de dentifrice et je l'étreins un instant.

— T'es une vraie boule de nerfs, t'es tout tendu, remarque-t-il en me prenant les épaules.

— M'ouais. Je suis crevé.

— Moi aussi, on dormira pendant le vol.

Je salue Lewie installé à l'avant de la voiture tandis qu'Anna va échanger quelques mots avec mes grands-parents. Je charge mes affaires dans le coffre, puis William et moi montons à l'arrière du SUV.

Sa mère se réinstalle derrière le volant et se tourne vers moi en souriant.

— Coucou, Alex. Désolée pour le retard, William ne trouvait plus son passeport.

— Bonjour, Anna. Ça ne fait rien, on a encore du temps devant nous.

— Ce n'est pas ce que tu disais par message, me taquine William.

— C'est bon, de l'eau a coulé sous les ponts.

Il pouffe de rire et sa mère démarre.

On s'engage sur l'allée alors que le soleil est enfin levé. Il perce le pare-brise avant, nous éblouissant. Depuis le perron, ma grand-mère, blottie contre mon grand-père, me fait un signe de la main. Je lui réponds en souriant. Ces deux-là ne me lâchent pas des yeux, jusqu'à ce que le SUV s'éloigne en faisant disparaître la maison, entourée de champs de blé et de maïs, dans laquelle j'ai grandi. La boule dans ma gorge grossit d'un coup.

— Alors Alex, me récupère Anna quand on atteint Fairfax. Tu es prêt ?

— Plus que près.

Assis à sa droite, Lewie fait volteface et se penche entre les deux sièges.

— S'il te plaît, Al, tu ne veux pas me faire une place dans ta valise ? Mon égoïste de frangin m'a envoyé chier !

— Ça va, Lew, tu m'abandonneras bien assez tôt, râle Anna.

— Désolé, j'ai atteint le nombre maximum de bagages. Mais t'inquiètes, on t'invitera.

— Maman, prends doucement les ralentisseurs si tu ne veux pas défoncer le parechoc, lui conseille William.

Elle ralentit au dernier moment, faisant remuer tout le véhicule et ramenant Lewie dans le fond de son siège.

On est à une heure trente d'Oklahoma City. Le trajet que j'ai trouvé trop long lors de mon premier voyage à New York passe beaucoup plus vite ce matin. Je regarde à travers la vitre pour mémoriser le paysage auquel je m'étais habitué. Cherchant à imprimer ses nuances et ses détails dans mon esprit, alors que jusqu'ici, je n'attendais que de pouvoir les oublier.

Alors qu'on approche de notre destination, William saisit ma main. Je me retourne vers lui et mène ses doigts à mes lèvres. On se sourit, puis il surprend le regard de sa mère dans le rétroviseur central. Il ne se détache pas de moi et garde ma main dans la sienne tandis qu'on discute jusqu'à notre arrivée.

L'aéroport Will Rogers World est bondé de monde. À croire que les Oklahomiens ont choisi cette journée pour déserter l'état. Alors qu'Anna et Lewie ouvrent la marche, William et moi traînons un peu derrière. Ma main gauche est logée dans la poche arrière de son jean, tandis que la droite répond au message de Lionel et Cody. Je n'en reviens pas qu'ils se soient levés aussi tôt juste pour me souhaiter un bon vol. *Bordel, ils vont tellement me manquer.* William me frotte le dos. Comme s'il avait su. Et il sait sûrement.

Après avoir enregistré nos bagages et obtenu notre carte d'embarquement, on rejoint les contrôles de sécurité. On a encore du temps devant nous, alors je propose à William d'aller nous acheter quelque chose à manger. En fait, je profite surtout de l'occasion pour lui laisser du temps avec sa mère et son frère. Depuis qu'on est entré dans l'aéroport, leurs bonnes humeurs à tous les deux s'est détériorée pour laisser apparaître un visage triste.

Je passe environ un quart d'heure dans l'une des boutiques. J'achète le tome un de *l'assassin royal*, deux sandwichs, des reese's, un livre de sudoku et un magnet ringard à l'effigie d'un bison, symbole de l'Oklahoma. Je le paie cinq fois sa valeur. Mais c'est le piège avec les sentiments, ils n'ont pas de prix.

Je retrouve la famille Gilson en pleine embrassade. Lewie s'accroche à William comme un ouistiti et renifle discrètement en le lâchant. Le grand frère fait ensuite un dernier câlin à sa mère qu'il serre un moment dans ses bras puissants.

Quand j'arrive près d'eux, Anna se tourne vers moi en lâchant son fils aîné. Elle essuie les grosses larmes qui coulent le long de ses joues et impose un sourire sur ses lèvres.

— C'est bon, j'ai de quoi tenir pendant les deux heures de vol, j'ironise pour détendre l'atmosphère.

— Prenez bien soin loin de l'autre, me dit-elle en me frottant l'épaule.

— Comptez sur moi.

— Et dis à Will de revenir nous voir de temps en temps ! me lance Lewie. Je suis sûr qu'il va nous oublier.

— On t'a déjà dit que tu viendrais squatter ! rétorque son frère.

On se salue tous une dernière fois, puis William me prend par la main.

— Je vous envoie un message quand on arrive, dit-il avant de m'entraîner vers la sécurité.

J'adresse un dernier regard à Anna qui se remet à pleurer en regardant son fils la quitter. William fixe droit devant lui, les épaules figées et la mâchoire serrée. Je réalise alors que depuis ce matin, il me rassure alors qu'il est aussi mal que moi. Sa main fermement blottie dans la mienne, je lui caresse les phalanges avec mon pouce.

Moi aussi je suis là pour toi, Willy.

Prendre l'avion n'est pas comme voyager en train. C'est long, une succession d'étapes, de vérifications, de contrôles et d'attente interminable avant d'enfin pouvoir monter dans l'appareil.

Après deux heures passées dans l'aéroport, on avance l'un derrière l'autre dans l'allée du Boeing 747 de l'American Airline. William s'installe le premier à notre rangée. Je glisse nos sacs à dos dans le porte-bagages puis m'assois dans le siège du milieu.

Ne supportant pas de rester à ne rien faire, je commence à sortir mes emplettes. William pose une main dans ma nuque et me masse.

— Détends-toi, ça va aller.

Son geste me fait prendre conscience de la raideur de mon corps. L'une de mes jambes tressaute nerveusement tandis que mes gestes sont brusques et brouillons. Je lâche le roman et le livre de Sudoku sur la tablette pour me frotter le front.

— Pourquoi je suis aussi stressé ? J'ai attendu ça toute ma vie.

— Parce que ça fait toujours peur de quitter ce qu'on connaît pour plonger dans l'inconnu.

Je m'enfonce dans le dossier de mon siège.

— Et dire que je me croyais sûr de moi et indépendant. J'ai maudit l'Oklahoma pendant des années, et à présent, j'ai peur d'en partir. Quelle blague…

Je ferme les yeux en grognant. William enroule un bras autour de mes épaules et m'attire contre lui. Sa chaleur me contamine et son odeur m'enveloppe. Soudain, je me sens un peu plus chez moi. Même dans un avion rempli d'inconnus, sa présence parvient à me donner l'impression d'être à la maison.

— J'ai détesté certains moments passés à Fairfax, mais j'en garde aussi un tas de bons souvenirs, je lui dis. Beaucoup que j'ai créés avec toi ces derniers mois.

— Et tu en créeras de nouveaux à New York. Différents, mais pas moins géniaux. Et ce sera la même chose pour tous les autres endroits que tu visiteras. En Amérique comme partout ailleurs.

— Tu les visiteras avec moi ?

— Bah ouais, c'est prévu.

Je cale ma tête contre la sienne.

— Comment ça se fait que tu ne sois pas stressé ? je demande, soupçonneux.

— J'ai hâte de découvrir New York. Et puis, j'ai pris un calmant pour le vol.

— T'es sérieux ? je réplique en me redressant. Il ne t'en reste pas un pour moi, par hasard ?

— Il ne serait pas assez fort, t'as trop d'énergie. T'es aussi survolté qu'une centrale électrique.

— Dis plutôt que tu veux te shooter tout seul.

Il se marre et me gratouille la tête comme j'avais l'habitude de le faire avec Picasso. J'enfouis mon visage dans son cou en grommelant. Il dépose un baiser dans mes cheveux.

— Je suis avec toi, tu n'es pas tout seul, Alex. On restera tous les deux. Et puis, d'ici deux semaines, t'auras déjà deux mille nouveaux potes sur Instagram et tu n'auras plus une minute de libre pour moi.

— J'aurais toujours du temps pour toi.

Il lâche un murmure amusé. Je relève la tête et mon regard franc trouve le sien.

— Je te le jure, Willy. Je ne te laisserai pas tomber. Ce rêve, je veux le vivre avec toi.

Il m'embrasse sur les lèvres.

Lorsque l'avion décolle, William observe à travers le hublot d'un air émerveillé. Le paysage rétrécit à mesure qu'on prend de la hauteur, jusqu'à avoir l'allure d'une maquette. Les champs forment comme une mosaïque et les maisons ne sont plus que des points minuscules à peine perceptibles depuis le ciel. L'appareil monte jusqu'au-dessus des nuages et l'Oklahoma disparaît, englouti par un univers blanc et cotonneux.

Les premières minutes, William et moi nous donnons le défi de finir les grilles de Sudoku avant l'autre. Mais sa logique de matheux me fait lâcher prise au bout du troisième face à face. Je retrouve alors ma place contre lui et ferme les yeux un instant.

L'instant s'avère avoir duré tout le long du vol alors que j'aperçois le tarmac à travers le hublot. Déboussolé et légèrement nauséeux, il me faut quelques secondes pour comprendre où je me trouve. *On a atterri à New York.*

William me secoue doucement le genou tandis que les gens s'entassent dans l'allée. Je me frotte le visage, complètement décalqué.

— On est arrivé, bébé.

Je m'extirpe de la rangée et récupère nos sacs dans le porte-bagages.

Comme promis, j'envoie un message à mes grands-parents et à mes potes pour les prévenir que je suis bien arrivé. Puis, tandis que William et moi traversons l'aéroport international de la Guarda avec nos valises, je commande un Uber sur l'application.

Dans la voiture, on observe la ville qui va devenir notre quotidien pour les années à venir. C'est la première fois que William met les pieds à New York, et j'ai beau y être venu cet hiver pour mon audition, l'effet de la grosse pomme reste identique.

Partant du nord de Brooklyn, on traverse tout l'arrondissement aux bâtisses en briques rouges. On se croirait dans un décor de série télé. William n'avait vu cette partie de la ville que sur internet lorsqu'on a épluché les sites d'annonces pour trouver notre appartement. On a passé des journées et des nuits entières à s'échanger des liens, jusqu'à trouver celui qui convenait autant à nos budgets qu'à la situation de nos écoles respectives. C'est seulement la semaine dernière qu'on a déniché la perle rare.

La voiture se gare devant un immeuble typique de Brooklyn, dans Borough Park. William et moi prenons nos valises dans le coffre, puis le Uber redémarre en nous abandonnant sur le trottoir.

La bâtisse haute de quatre étages est fermée par une porte électronique au rez-de-chaussée. William tape les chiffres dans le boîtier, puis on pénètre dans le hall. Après avoir récupéré les clés dans une boîte à code, on monte jusqu'au troisième niveau par l'escalier. Là, j'ouvre la porte de l'appartement 302 et laisse mon mec entrer le premier.

— Bienvenu chez nous, déclare-t-il.

Je pose mes valises dans l'entrée tout en découvrant l'appartement meublé. C'est petit, fonctionnel, lumineux et chaleureux. Je m'avance jusque dans le salon où un canapé fait face à une petite télévision. De son côté, William part voir la chambre.

— Le lit a l'air confortable, me prévient-il en revenant.

— Tu voudras faire une sieste avant qu'on sorte faire un tour ?

— Celle de l'avion ne t'a pas suffi ?

Je l'enlace par la taille.

— En fait, je pensais à un autre genre de sieste. Histoire d'inaugurer cet endroit comme il se doit.

Ça l'intéresse tout de suite beaucoup plus. Il sourit tout en se penchant vers ma bouche.

— Je valide. Je valide carrément.

On s'embrasse et ses mains se faufilent sous mon pull à capuche. Je noue fermement les miennes dans son dos pour l'amener plus près. William me dévore les lèvres, son nez soupirant faiblement sur ma joue. Puis on se sépare pour se regarder.

Un bruit de klaxon étouffé par le double vitrage s'infiltre dans notre bulle. Je me tourne vers la grande fenêtre du salon. William dépose un baiser sur ma pommette avant de me laisser traverser la pièce. Dehors, un camion de livraison encombre une partie de l'avenue. Une file de voitures s'entasse derrière lui et un mec fait de grands gestes par sa vitre ouverte.

— C'est bruyant, ici, ça change de Fairfax, remarque William en se postant derrière moi.

Ses bras m'encerclent et il pose son menton sur mon épaule. Debout face à la fenêtre, on observe le paysage urbain constitué d'immeubles en briques, d'un drugstore et d'un parc qu'on aperçoit depuis l'appartement. Plus loin encore, dans le cœur de Manhattan, les gratte-ciel de Wall Street se dessinent sur le ciel ombragé.

— Mais la vue est dingue !

— C'est différent des champs que tu voyais depuis ta chambre.

— C'est clair.

— T'es heureux d'être ici, Alex ?

Je me tourne vers lui.

— Oui, je suis heureux, Willy.

Je capture sa nuque avec possessivité et prends sa bouche en otage. Ma victime répond aussitôt avec un naturel désarmant. Et alors, ce qu'on a commencé en arrivant dans l'appartement reprend aussitôt. Dans ce nouvel endroit aux odeurs inconnues, on se caresse par-dessus nos vêtements froissés tout en prenant la direction de la chambre. Nos langues se lient sensuellement, nos souffles se heurtent et fusionnent, tandis qu'on s'embrasse comme des affamés.

Les jambes de William cognent le lit et on s'effondre sur le matelas sans drap dans une succession de baisers. Je soupire et prends appui au-dessus de mon mec pour l'admirer. Essoufflé par notre échange passionné, il passe une main dans mes cheveux qui ondulent dans sa direction.

— Et toi ? je l'interroge. T'es heureux d'être ici ?

— Ça ressemble à un rêve. J'ai peur de me réveiller et de me rendre compte que rien n'est réel.

Je me penche vers lui et mes lèvres effleurent les siennes devenues humides.

— Mais c'est bien réel. On a réussi, Willy. Tous les deux.

— Tous les deux, répète-t-il avec tendresse.

Ses doigts se faufilent à l'arrière de mon crâne et m'entraînent dans un baiser fiévreux, m'étourdissant comme la toute première fois… Lorsqu'un ado qui rêvait d'amour fit chavirer le cœur de celui qui n'en voulait pas.

#Merci

S'accepter, c'est faire le premier pas vers le bonheur.

. . .

Merci à tous ceux qui se sont laissés tenter par les aventures d'Alex et William et à ceux qui nous soutiennent depuis le début.
On espère que l'histoire de ces deux adolescents vous a plu,
N'hésitez pas à laisser un commentaire ou à évaluer le roman.

À bientôt pour de nouvelles aventures,
Effie & Ryanne.

#Nous contacter

Sur Facebook :
Effie & Ryanne HOLLYN / @EffieRyanneAuteures

Sur Twitter :
@Holly_Effie / @RyanneKelyn

Par Mail :
effieryanne@gmail.com

Sur Instagram :
@Hollyn_auteures

Printed in France by Amazon
Brétigny-sur-Orge, FR